ullstein

JENNY HOLIDAY

STILL INTO *you*

MOON FLOWER BAY

ROMAN

Aus dem Amerikanischen
von Milena Schilasky

Ullstein

Besuchen Sie uns im Internet:
www.ullstein.de

Wir verpflichten uns zu Nachhaltigkeit
- Klimaneutrales Produkt
- Papiere aus nachhaltiger Waldwirtschaft
- ullstein.de/nachhaltigkeit

MIX
Papier
FSC FSC® C083411

Deutsche Erstausgabe im Ullstein Taschenbuch
1. Auflage Juli 2021

Titel der englischen Originalausgabe: *Mermaid Inn*
(Forever 2020)

Umschlaggestaltung: zero-media.net, München
Titelabbildung: © FinePic®, München
Gesetzt aus der Quadraat Pro powered by pepyrus.com
Druck und Bindearbeiten: CPI books GmbH, Leck
ISBN 978-3-548-06455-0

Für Lexi, die mir sehr fehlen wird. (Keine Sorge, sie ist nicht tot, sie ist bloß in Pittsburgh.) Wir sehen uns bei den Wasserfällen.

Kapitel 1

Großtante Lucille hat immer gesagt, das Leben sei verworrener als der Miskwimin River, was Eve Abbott zwar als süße Metapher, aber letztlich nichtssagend abgespeichert hatte. *Niemandes* Leben war verworrener als der Miskwimin River. Auf seinem Weg runter zur Bucht von Moonflower Bay machte der Fluss so viele verwinkelte Kurven, dass sich Touristen ständig auf der Strecke verirrten. Das galt allerdings auch für Einheimische, die in Lawson's Lager House einen zu viel getrunken hatten. In einer Sekunde lag der Fluss hinter einem, und in der nächsten, *bäm*, taucht er direkt vor einem wieder auf. Man konnte sich nur noch am Kopf kratzen und fragen: »Habe ich das Ding nicht gerade erst überquert?«

Man müsste also quasi in einer Seifenoper leben, um ein derart verworrenes Leben zu haben. Eves Leben war ganz sicher nicht wie eine Seifenoper. Wenn man mal bei der Fluss-Metapher bleiben wollte, war ihr Leben ein ruhiger, gerader Kanal. Ein künstlich angelegter Kanal, der sich, so weit das Auge reichte, als verblüffend gerade Linie vor einem erstreckte. Eves Leben war hart erkämpft. Vorhersehbar. Nicht *verworren*. Nicht einmal leicht gekrümmt.

Lucilles Leben dagegen war sehr wohl verworren gewesen, und für die meisten der Kurven war sie selbst verantwortlich gewesen. Zum Beispiel, als Eves Vater – Lucilles Neffe – vorschlug, dass Lucille in Rente gehen sollte, das Inn verkaufen und in ein Altenheim ziehen könnte, weil er das Gefühl hatte, dass sie »es ruhiger angehen« sollte. Ihre Antwort darauf war, mit zweiundsiebzig Jahren plötzlich ihren Führerschein zu machen.

Lucille muss also gedacht haben, dass Eves Leben ein paar mehr Kurven und Abzweigungen vertragen könnte. Bis vor ein paar Tagen führte Eve das gemütliche Leben ihrer Träume in Toronto als Bibliothekarin und Plant Lady, und jetzt stand sie auf dem Dach vom *Mermaid Inn* in Moonflower Bay, das *ihr* gehörte.

Die sechs Worte, die ihr Leben komplett durcheinandergebracht haben, gingen ihr immer wieder durch den Kopf: »Das Testament von Lucille Frances Abbott.«

Eve seufzte. Na ja, wenigstens hatte sie die Ursache ihres unmittelbaren Problems gefunden – nämlich, dass es *drinnen* geregnet hatte, als sie gestern angekommen war. Ein großer, kahler Fleck mitten auf dem sonst geteerten Dach.

Als sie am Abend vorher in Moonflower Bay eingetroffen war, hatte sie sich noch über den Regen gefreut – also, den Regen draußen –, weil das bedeutete, dass sie mit niemandem außer Jason Sims, dem Anwalt, der sich um Lucilles Nachlass kümmerte, großartig reden musste. Eve kannte Jason nicht. Er musste erst in den letzten zehn Jahren neu in die Stadt gezogen sein. Bei der Schlüsselübergabe hatte er sie schon gewarnt, dass das *Mermaid Inn* wohl schon bessere Tage gesehen hatte. »Gegen Ende wurde es alles etwas zu viel für Lucille«, waren seine Worte, und die hatten sich schmerzhaft in Eves von Schuldgefühlen überkommenes Herz gebohrt. Eves Entschlossenheit, Moonflower Bay nach dem Sommer vor zehn Jahren nie wieder zu betreten, wurde nur noch von Lucilles Hingabe zu dem Ort übertroffen. Also hatte Eve ihre geliebte Großtante seitdem nur noch ein paarmal im Jahr gesehen. Meist an Feiertagen, wenn ihr Vater Lucille für einen Tag nach Toronto geholt hatte.

Die letzten zehn Jahre über hatte Eve sich immer wieder eingeredet, dass sie auch von weit weg eine aufopferungsvolle Großnichte sein könne. Sie hatte Geschenke geschickt und oft mit Lucille telefoniert. Sie bekam alles mit – hatte sie jedenfalls gedacht.

Über Probleme mit dem Inn hatte Lucille allerdings nie etwas erzählt.

Über ihre Herzschwäche auch nicht.

Oder darüber, dass sie Eve das *Mermaid* in ihrem verdammten Testament überlassen würde.

Okay, Eve hatte anscheinend überhaupt nichts mitbekommen.

Nur, dass sie einen Klempner brauchte, und zwar sofort. Oder einen Dachdecker. Oder … wen auch immer man anrief, wenn es drinnen regnete.

Sie fing an, in Gedanken eine Liste aufzustellen. Als Bibliothekarin gehörte kategorisieren sowieso zu ihren Stärken. Oder ihre Vorliebe für Listen kam daher, dass sie ihr ein

Gefühl von Kontrolle gaben, auch wenn das letztlich wahrscheinlich eher Einbildung war.

Anrufen:

1. Klempner
2. Dachdecker

Und, vielleicht am allerwichtigsten:

3. Makler

Am besten einen Makler aus Grand View, der Nachbarstadt, denn sie wollte nicht, dass ganz Moonflower Bay alles mitbekam. Hier mischten sich die Leute ständig in die Angelegenheiten von anderen ein. Da wollte sie wirklich nicht mit reingezogen werden, sondern so schnell und unauffällig wie möglich wieder von hier verschwinden. Wie ein Ninja. Oder Spion.

Oder, na gut, ein Angsthase.

Die leisen Schuldgefühle, weil sie Lucilles ganzen Stolz und ihr eigenes ehemals geliebtes Feriendomizil verkaufen wollte, schob sie schnell wieder beiseite.

Sie redete sich ein, dass es viel eher Überforderung war als wirkliche Schuldgefühle. Immerhin war Lucille tot, und Eve war zurück in Moonflower Bay.

Außerdem war es eklig schwül. Viel zu heiß für so früh am Morgen. Viel zu heiß für irgendeine Tageszeit, in einer Stadt direkt an einem riesigen See. Schnell wieder rein zur Klimaanlage.

Okay, ein Schritt nach dem anderen. Und zwar wörtlich, denn als Erstes sollte sie irgendwie vom Dach runterkommen. Vorsichtig ging sie zum Rand, wollte die Leiter runterklettern, mit der sie hochgekommen war, und ... was zur Hölle?

Sie starrte auf den Parkplatz, der bis auf ihren Mietwagen leer war. Die Leiter war weg. Nicht umgekippt, weg. Nirgendwo zu sehen.

Sie griff in ihre Hosentasche. Auch leer.

Dann spähte sie noch mal über den Rand des Daches. Die Leiter war immer noch fort. Nicht, dass sie erwartet hatte, sie würde auf wundersame Weise wiederauftauchen ...

Was sie allerdings entdeckte, war ihr Handy, das auf dem Dach des Mietwagens lag. »Scheiße.« Sie hatte es rausgeholt, um ein paar Fotos von Stellen der Backsteinfassade vom Inn zu machen, die so schlimm aussahen, dass sie vor dem Verkauf wahrscheinlich noch abgeschliffen werden sollten.

4. Handwerker. Maurer? Egal: Fassaden-Typ

Liste mal beiseite, das hier war wirklich gar nicht gut. Sie hockte auf dem Dach fest und konnte niemanden anrufen.

Außer, war das ...?

»Mr Andersen?«, rief sie.

So viel zu unauffällig. Sobald Karl Andersen, der Besitzer vom Baumarkt, dem Lakeside Hardware Store, wusste, dass sie hier war, würde es die ganze Stadt erfahren. Früher wurde in dem Laden jedenfalls mehr mit Gerüchten gehandelt als mit allem anderen. Es war quasi das inoffizielle Rathaus und Treffpunkt für eine Gruppe von Alteingesessenen, die sich überall einmischten. In manchen anderen Städten liefen alle Gerüchte über Friseursalons, aber in Moonflower Bay war es der Laden von Andersen.

Karl hatte sie anscheinend nicht gehört. Er muss inzwischen um die achtzig sein. Sie rief noch mal lauter. »Mr Andersen!«

Er schaute sich übertrieben auffällig um.

»Hier oben, Mr Andersen! Auf dem Dach vom *Mermaid!*«

Er legte seinen Kopf in den Nacken und sah sie schweigend an. Sie hatte mit Überraschung gerechnet, Ungläubigkeit, aber er lächelte einfach nur. »Eve Abbott. Ich habe schon gehört, dass du in der Stadt bist.«

Ach ja?

Wie war das möglich? Sie hatte niemandem erzählt, dass sie kam, und sie hatte hier auch keine Freunde mehr. Vielleicht hatte sie überschätzt, wie ernst Jason Sims es mit der Vertraulichkeitsvereinbarung nahm. Und dabei hatte sie gerade noch daran gedacht, wie schnell sich Gerüchte in der Stadt verbreiteten.

Sie machte sich schon auf die ganzen Fragen gefasst. Was wollte sie hier? Wo war sie die ganzen Jahre gewesen? Wieso hatte sie Lucille nie besucht? Wieso war sie so eine schreckliche Großnichte?

Aber stattdessen sagte er nur: »Was hältst du vom neuen Marktplatz? Von da oben musst du doch einen perfekten Blick haben.«

Sie schaute nach unten. Die historische Hauptstraße von Moonflower Bay verlief direkt von der Bucht hoch, etwa dreihundert Meter, bis zu einem großen, begrünten Marktplatz, auf dem der Wochenmarkt sowie die zwei jährlichen Festivals stattfanden.

»Äh, sieht toll aus.« Alles sah genauso aus wie früher. Und sie kannte diese Aussicht gut. Immer wenn eines der oberen Zimmer frei gewesen ist, hatte sie auf einem der Balkone dort gelesen.

Oder stundenlang mit dem, dessen Name nicht genannt werden darf, auf dem Balkon gesessen und geredet.

Oder zusammen die Mermaid Parade von oben beobachtete.

Nur, dass sie das letzte Jahr allein vom Rand zugesehen hatte, während er *Teil* davon gewesen war.

Aber genug von der Mermaid Parade. Zeit, die marschierenden, winkenden Meer-Menschen wieder in die hinterste Ecke ihres Kopfes zu verbannen. Das war wahrscheinlich nicht besonders gesund, aber egal. Die letzten zehn Jahre hatte es immerhin ziemlich gut funktioniert.

»Der Pavillon ist brandneu«, rief Karl hoch. »Der alte wurde so oft gestrichen, dass keine Farbe mehr halten wollte.«

Da hatte er wohl recht. Der alte Pavillon war ständig für Liebesbotschaften missbraucht worden. »Jake + Kerrie 4EVR« und so ein Kram. Gut möglich, dass auch einmal »Der, dessen Name nicht genannt werden darf, liebt Evie« auf dem Pavillon stand, und zwar eingeritzt, nicht bloß geschrieben. »So ist es permanenter«, hatte der Schnitzer noch verkündet. Eve, der etwas peinlich war, wie aufregend sie das alles fand, hatte daraufhin gemeint, dass man »permanent« nicht steigern konnte. Entweder etwas war permanent oder eben nicht.

In diesem Fall Letzteres, wie sich herausstellte.

»Der Stadtrat konnte sich nicht auf eine Farbe einigen.« Mr Andersen redete immer noch über den Pavillon. »Ein paar wollten ihn tatsächlich pink streichen! Die haben gesagt, es sei ›himbeerfarben‹.« Sie konnte die Anführungszeichen deutlich hören. »Wegen des Festivals, aber es war *pink*. Knallpink. Himbeeren sind *rot*, habe ich denen immer wieder gesagt.«

Stimmt. »Mr Andersen, können Sie vielleicht ...«

»Siehst du Jake Ramseys Boot schon in der Bucht?«

Kurz war sie überrascht. Der Gedanke an Jake – dem Jake von ›Jake + Kerrie 4EVR‹ – auf einem Fischerboot war nicht ungewöhnlich, aber vor zehn Jahren wäre es noch das Boot von seinem Vater gewesen. Mr Andersen hätte nach Arthur Ramseys Boot gefragt.

Aber die Zeit verging eben, oder? Sie hatte alles und jeden in dieser Stadt hinter sich gelassen, als sie an dem grauenvollen Labor-Day-Wochenende vor zehn Jahren geflohen war. Arthur war inzwischen wahrscheinlich in Rente. Jake und Kerrie könnten sich sogar getrennt haben, auch wenn ihr das fast unmöglich vorkam. Wenn es auf der Welt ein Paar gab, das wirklich *permanent* war, dann die beiden.

Doch Jakes Schicksal musste wohl erst mal ein Rätsel bleiben, denn sollte sie irgendwelche Nachfragen stellen, würde Karl sie sicher lang und breit beantworten. Er schien nichts daran ungewöhnlich zu finden, gemütlich mit jemandem zu plaudern, den er seit zehn Jahren nicht gesehen hatte und der gerade auf dem Dach eines dreistöckigen Hauses hockte.

»Ich sehe sein Boot nicht. Mr Andersen, ich brauche Hilfe. Ich stecke hier oben fest. Meine Leiter scheint verschwunden zu sein.«

»Verschwunden?« Er schaute sich um, wieder auf diese komödiantisch auffällige Weise. »Wie kann eine Leiter denn verschwinden?«

»Das weiß ich nicht. Ich dachte, sie wäre umgekippt, aber ich kann sie nirgends sehen. Vielleicht hat sie jemand mitgenommen?«

»Doch nicht in Moonflower Bay.«

Das war das Problem mit dieser Stadt. Alle taten so, als wäre es die magische Welt von Oz – nur mit Meerjungfrauen statt Zwergen. Eve versuchte gar nicht erst, sich das Augenrollen zu verkneifen, von da unten konnte Karl es sowieso nicht sehen. »Wie auch immer. Ich hatte eine Leiter, und jetzt ist sie weg. Ich sitze hier fest. Können Sie mir vielleicht eine aus dem Laden ausleihen?«

»Du bist ganz schön hoch, Eve Abbott. Da brauchst du eine richtige Ausziehleiter.«

Sie nickte erfreut. »Ich wäre wirklich dankbar.«

»Ich rufe lieber die Feuerwehr.«

»Nein! Bitte nicht!« Sie sah schon vor sich, wie der einzige Einsatzwagen der Stadt mit lauter Sirene vor dem *Mermaid* parkte. Das wäre definitiv das Ende von ihrem Plan, schnell und unauffällig wieder zu verschwinden. Doch sie war sowieso schon aufgeflogen, die Neuigkeiten würden schnell die Runde machen. »Das sind alles Freiwillige, die müssen doch nicht herkommen, wenn eine einfache Leiter …«

»Ich werde den Chief anrufen«, meinte er dann, eher zu sich selbst als zu ihr. Er drehte sich um. »Chief Collins wird wissen, was zu tun ist.«

Chief *Collins*?

Ja, das konnte sie sich nur zu gut vorstellen.

Aber gleichzeitig: Nein. Auf gar keinen Fall. Niemals. Nicht nur, dass sie eine uralte, inzwischen fast durchsichtige Yogahose trug, dazu ein T-Shirt auf dem *Keep Calm and Ask a Librarian* stand, sie hatte den, dessen Name nicht genannt werden darf, außerdem seit zehn Jahren nicht gesehen. Mal ganz abgesehen davon, dass er das letzte Mal, als sie ihn gesehen hatte, seine Zunge in Jeanny Wilkersons Mund hatte, mitten auf einem der Weihnachtswagen der Parade.

Ihre Hände zitterten so sehr, dass sie wahrscheinlich gerade keine Leiter runterklettern sollte, aber auf keinen Fall sollte Karl die Polizei rufen. Da würde sie sich lieber vom *wirklichen* Voldemort retten lassen.

»Rufen Sie *ihn* nicht an!« Seinen Namen konnte sie nicht aussprechen, nicht mal in einem Notfall. »Vielleicht ist die Feuerwehr doch eine gute Idee!« Sie lief zur Vorderseite des Hauses, um Karl hinterherzusehen, der auf seinen Laden auf der gegenüberliegenden Seite der Hauptstraße zuging. »Mr Andersen! Sie müssen *wirklich* nicht die Polizei rufen, ich finde schon eine Lösung!« Lieber würde sie ihre Klamotten zu einem Seil knoten und daran runterklettern.

»Bin gleich wieder da!«, rief Karl ihr zu, kurz bevor er in seinem Laden verschwand.

Wieder allein, blickte Eve über die Stadt, die sie früher geliebt hatte. Das Inn lag zwar nicht direkt am Wasser, aber vom Dach aus konnte sie die beiden Strände der Stadt sehen. Beim näheren Strand auch die Seebrücke und den rotweiß gestreiften Leuchtturm.

Zusammen mit dem, dessen Name nicht genannt werden darf, hatte sie sich oft in den stillgelegten Leuchtturm geschlichen, um von oben den Sonnenuntergang zu beobachten. Erst guckten sie vom Strand aus zu, um dann ein Wettrennen die alten, klapprigen Stufen vom Leuchtturm hoch zu machen, um einen kleinen zweiten Sonnenuntergang zu erhaschen. Nur wenn, wie so oft, seine kleine Schwester Clara dabei war, schafften sie es meist nicht. Claras Beinchen waren noch viel zu kurz. Aber dennoch hatte es immer Spaß gemacht, und am Ende würden alle drei lachend und außer Puste oben ankommen.

Das hatte Eve schon fast wieder vergessen.

Es wäre eine schöne Erinnerung, wenn er es nicht versaut hätte. Sie hatte den Leuchtturm verloren, als sie ihn verloren hatte. Sie musste ihn zusammen mit den Meerjungfrauen in die hinterste Ecke ihres Kopfes einsperren.

Trotz der Hitze schauderte sie plötzlich vor Wut.

Interessant. Normalerweise unterdrückte sie jegliche Gedanken an den, dessen Name nicht genannt werden darf, sofort. Drückte sie weg. Sie erlaubte sich ja nicht einmal, seinen verdammten *Namen* zu denken.

Und was hatte ihr das gebracht? Jetzt stand sie auf einem

Dach und zitterte am ganzen Körper, weil sie solche Angst hatte, ihn wiederzusehen.

Aber wieso eigentlich? Er war doch der Böse.

Und jetzt wo sie wieder hier war, spürte sie auf einmal eine unfassbare Wut.

Sie lächelte. Wut kannte sie, damit könnte sie umgehen. Sollte sie länger hier in der Stadt festsitzen, wäre Wut definitiv besser als Angst. Wut war ihr Schutz.

Sie schaute wieder runter zur Stadt, die sie einst geliebt hatte, und wartete auf Rettung durch den Jungen, den sie einst geliebt hatte. Und wenn er kam, dann würde sie ihn beim Namen nennen.

Sawyer Collins.

• • •

Als Sawyer den Anruf erhielt, dass in der Hauptstraße jemand auf einem Dach festsaß, wollte er erst seinen Deputy schicken, aber Karl Andersen war strikt dagegen.

»Junge, das ist ein Job für den Chief.«

»Wohl eher für die Feuerwehr«, entgegnete er. »Welches Haus ist es denn?« Zu beiden Seiten der Hauptstraße standen Steinbauten, welche die Straße rahmten, aber die waren alle unterschiedlich hoch, von zweistöckig bis hin zu vierstöckig.

»Ich bin nicht ganz sicher.«

»Du bist nicht sicher? Hast du die Person denn nicht gesehen? Rufst du nicht genau deswegen an?«

»Komm einfach her, es ist schwierig zu erklären.«

»Ich werde Deputy Chief Powell schicken.« Olivia würde das schon regeln, was auch immer da los war. Sawyer war nach seinem Nachtdienst völlig fertig. Es hatte durchgehend geregnet, was eigentlich eine ruhige Schicht bedeutete, nur dass diesmal auch Vollmond war – immer ein großes Ereignis in Moonflower Bay. Da seine Schwester Clara den Morgen arbeiten würde und das Haus deswegen leer war, wollte er den ganzen Tag nur schlafen.

»Sawyer«, sagte Karl in seiner Boss-Stimme, auch wenn Sawyer inzwischen achtundzwanzig war und zuletzt als Teenager in Karls Laden gearbeitet hatte. »Komm selbst her.« Karl legte auf.

Mit einem frustrierten Seufzen stemmte Sawyer sich aus seinem Stuhl.

»Was ist los, Chief?« Sein recht neuer Deputy, Olivia, sah zu ihm hoch, vor ihr ein Haufen Papierkram.

Er zögerte. Sie würde sich bestimmt aufregen, wenn er ihr erzählt, dass Karl ihn persönlich angerufen hatte und darauf bestand, dass *er* kam. Sie versuchte nämlich, etwas mehr Professionalität in die kleine Viermannwache zu bringen. Damit die Leute die Wache anriefen statt Sawyer persönlich. Damit sie eine Frau als Polizistin akzeptierten. Sawyer war, was das anging, auch voll auf ihrer Seite, aber gerade war er einfach nur müde. An Sommerabenden in einem Strandort war eigentlich immer viel zu tun, aber mit dem Vollmond gestern hatten sie ganze sechs Festnahmen wegen Erregung öffentlichen Ärgernisses durch Betrunkene. Und zu tun, was Karl wollte, schien leichter, als sich mit ihm anzulegen – der schnellste Weg nach Hause und in sein warmes Bett.

»In der Hauptstraße sitzt jemand auf einem Dach fest. Ich muss sowieso noch ein paar Sachen erledigen«, sagte er zu Olivia – *log* er. »Ich schaue kurz vorbei und gehe dann nach Hause.«

»Klingt gut. Ruf an, wenn du Verstärkung brauchst.«

In der Hauptstraße angekommen, schaute er sich erst mal um, entdeckte aber auf keinem der Dächer irgendetwas Ungewöhnliches.

Dann läuteten kurz die Glocken vom Eingang zu *Andersen's Lakeside Hardware*, und der Eigentümer tauchte auf. »Hallo, Chief. Ich bringe dich mal zu dem Fräulein.«

»Deputy Chief Powell hätte das übernehmen können«, meinte Sawyer, der gedanklich schon einen ganzen Vortrag drüber vorbereitete, dass auch ein Fräulein ein anderes Fräulein retten könnte. Oder so was in der Art.

Karl ignorierte ihn und ging auf den Durchgang neben *Lawson's Lager House* zu. »Schönes Wetter heute, oder?«

Es war kein schönes Wetter. Es war drückend heiß, schwül und bedeckt. »Es wird noch mehr regnen«, konterte Sawyer, der Karl folgte.

Die meisten Bauten an der Hauptstraße standen eng aneinander, nur zwischen *Lawson's* und dem *Pie with Pearl* lag ein Durchgang, der als Abkürzung zum großen Parkplatz hinter den Läden genutzt wurde. Allerdings nicht nur dafür, wie die benutzten Kondome und Zigarettenstummel auf dem Boden zeigten – noch mehr Beweise dafür, dass die letzte Nacht besonders viel los war.

»Quatsch«, sagte Karl. »Das klart noch auf. Es wird richtiges Postkartenwetter, bei dem man immer wieder glücklich ist, in der schönsten Stadt Kanadas zu leben.«

Sawyer verdrehte die Augen. Nur weil er genau wusste, dass Karl es nicht mitbekam. Ihm war klar, dass Karl recht hatte, auch wenn er gern mal übertrieb in seiner Rolle als eine Art selbst ernannter Bürgersprecher. Sawyer hatte die Phasen, in denen er Moonflower Bay hasste, inzwischen hinter sich. Na ja, die eine große Phase. Sein Gefühl, hier gefangen zu sein, hatte sich über die Jahre verflüchtigt. Es war auch nie die Schuld der Stadt, dass er hier gefangen war, dafür müsste er sich bei seinem geliebten Vater bedanken.

An Tagen, wenn sein Job ihn wirklich fertigmachte, konnte Sawyer auch genervt sein, aber letztlich war diese kleine Stadt am Ufer vom Lake Huron sein Zuhause. Er war für alle Einwohner verantwortlich, auch für die manchmal anstrengenden wie Karl Andersen. Er war für die ganze Stadt verantwortlich – er nahm sich vor, später zurückzukommen und den Durchgang sauber zu machen. Nachdem er etwas Schlaf bekommen hatte.

Sie traten auf den Parkplatz hinter der Bar, die seinem Kumpel Ben Lawson gehörte. Kurz überlegte er, nach dem Kram hier noch reinzugehen und sich unter einen der Zapfhähne zu hängen. Ja, es war vielleicht acht Uhr morgens, aber er war die ganze Nacht wach gewesen, also fing für ihn quasi die Happy Hour an.

»Sie ist da oben«, Karl zeigte hoch.

»Auf Lucilles Gebäude?« Sawyer grübelte. Seit Lucilles Tod vor einer Woche machte er sich Sorgen um das leere

Gebäude. Lucille hatte immer schon Antiquitäten gesammelt. Eine Menge davon war Schrott, aber unter dem ganzen Meerjungfrauenkram waren auch ein paar wertvolle Sachen. Es gab nicht einmal eine Alarmanlage und auch wenn er gerade noch gedacht hatte, wie schön die Stadt war, gab es auch hier die üblichen Kleinstadtprobleme – Drogensucht und Arbeitslosigkeit allen voran. Dazu noch die ganzen Touristen im Sommer. Deswegen hatte er das Inn im Auge behalten. »Ich sehe niemanden. Wann hast du die Person gesehen?«

Keine Antwort. Als Sawyer sich umdrehte, bemerkte er, dass Karl verschwunden war. Er schaute wieder hoch zum Dach, aber entdeckte niemanden. Verdammt. Sollte er sich Sorgen um Karls geistigen Zustand machen? Der Mann wirkte zwar unverwüstlich, aber er war immerhin siebenundachtzig und ein allein lebender Witwer.

Dennoch sollte Sawyer sich lieber vergewissern, ob nun jemand auf dem Dach festsaß. Es war ganz schön hoch.

»Guten Morgen!«, rief er. Anscheinend hatte Karl auch recht, was das Wetter anging. Der graue Himmel lichtete sich langsam, und die Sonne brach durch die Wolkendecke hindurch. »Moonflower-Bay-Polizei hier. Ist da oben jemand?«

Und dann wusste er es. Er wusste es einfach. Noch bevor er sie sah.

Wie jeder gute Cop hatte auch Sawyer gelernt, auf seinen Instinkt zu hören. In einem Fall reichten nur wenige Indizien, um zu wissen, was passiert war. Aber das hier war anders. Das Wissen lag tiefer. Er ließ sich von seinem Körper leiten. Oder, na ja, eher ließ sein Körper ihn plötzlich im Stich. Er sackte gegen das Auto hinter sich, seine Beine zu wackelig, um ihn zu halten. Oder um wegzurennen, was auch eine gute Möglichkeit gewesen wäre. Er öffnete seinen Mund, wollte tief durchatmen, aber es ging nicht. Er stand einfach nur schlaff da, mit offenem Mund wie ein Fisch.

Dann kam sie nach vorn, und Sawyers Herz blieb stehen.

Hinter ihr war die Sonne inzwischen komplett durch die Wolken gebrochen, und er hatte den absurden Gedanken, dass die Sonne nur da war, um sie in ein blendendes Licht zu hüllen, als wäre sie ein Engel. Aber wenn sie wirklich ein Engel wäre, dann auf jeden Fall ein Racheengel.

Es war Evie Abbott.

Die einzige Frau, die er jemals geliebt hatte.

Ein kurzer, stechender Schmerz durchfuhr ihn.

Wenn Sawyer an sein gebrochenes Herz dachte, war es für ihn nie wirklich wie brechen, eher wie leeren. Denn als Evie vor zehn Jahren die Stadt verlassen hat – von ihm *vertrieben* –, hatte es sich nicht wie Brechen angefühlt. Es hatte sich angefühlt, als würde all die Freude und all das Leben aus ihm strömen, wie das Wasser vom Fluss sich in den See ergießt. Da hatte er sich auch wie ein Fisch gefühlt, der in einem leeren Aquarium herumzappelt, bis nur noch die ausgetrocknete, schuppige, leblose Hülle übrig blieb.

Auf der anderen Seite, wenn das Herz erst mal leer war, war es *leer*. Die kluge Evie, der Genauigkeit und Präzision so wichtig waren, hatte ihm einmal gesagt, dass man ›permanent‹ nicht steigern kann. Der Abend, als er ihre Namen in den Pavillon geritzt hatte, in die Stadt selbst, fühlte sich näher an als die Schicht letzte Nacht.

»›Permanenter‹ gibt es nicht, Sawyer«, hatte sie ihn geärgert. »Das ist als würde man ›schwangerer‹ sagen. Entweder man ist schwanger oder eben nicht. Entweder etwas ist permanent oder eben nicht.«

Ein Herz ist entweder leer oder eben nicht.

Und seins war leer.

Dachte er zumindest.

Dem stechenden, klaffenden Schmerz in seiner Brust nach irrte er sich da anscheinend. Es war wohl noch genug übrig, was zerstört werden konnte. Genug, was rausgesogen werden konnte.

Und er hatte große Angst, dass Evie Abbott hier war, um genau das zu tun.

Kapitel 2

Wie sich herausstellte, war Wut ein seltsam angenehmes Gefühl. Sie sah Sawyer Collins an und ließ die Wut durch ihre Adern fließen. Sie ballte ihre Hände, wollte ihn schlagen. Verdammt, sie hätte ihm damals eine reinhauen sollen. Sie hätte auf den dämlichen Wagen klettern, die Meer-Elfen zur Seite schieben, Jeannie Wilkerson und ihn auseinanderzerren und ihn dann runterwerfen sollen.

»Evie?«, rief Sawyer.

Dinge, die Eve sauer machten

1. Dass Sawyer unten gelassen am Auto lehnte und mit zusammengekniffenen Augen zu ihr hochschaute, als ob er sie fast nicht erkannte. Sein verspätetes »Evie?«, in dem keinerlei Überraschung durchschien – überhaupt keinerlei Emotion.

»Nenn mich nicht Evie«, fuhr sie ihn an. Der alte Spitzname tat weh. Er war der Einzige, der sie jemals Evie genannt hatte, und jetzt hatte er nicht mehr das Recht dazu.

»Okay«, antwortete er langsam. »Steckst du fest?«

»Was denkst du denn? Ich hocke aus Spaß hier oben?«

»Wie bist du überhaupt da hochgekommen?«

»Ich hatte eine Leiter, aber die ist weg.«

Er sah sich um. »Warte mal kurz.«

Als hätte sie irgendeine andere Wahl? Sie nutzte seine Abwesenheit, um ihre Liste fortzuführen.

2. Dass der achtundzwanzigjährige Sawyer Collins noch achthundertmal attraktiver war als der achtzehnjährige Sawyer Collins.

Das war unfair. Mit achtzehn Jahren, mit den unordentlichen dunkelbraunen Haare und den Augen in der Farbe der blauen Bucht an den sonnigsten Tagen war Sawyer Collins niedlich, aber er hatte immer etwas Jungenhaftes, was inzwischen verschwunden war. Vielleicht zusammen mit den Haaren abrasiert. Er hatte seine Haare recht kurz geschnitten, dazu ein Bart in fast derselben Länge.

Sein Bart.

Eve stand eigentlich noch nie auf Bärte. Der ganze Holzfällerlook – auch beliebt auf den ganzen Covern der Liebesromane, die sie in der Bibliothek einräumte – ließ sie völlig kalt.

3. Dass Sawyer Collins Bart sie anmachte.

Aber sie konnte ihn auch nicht wirklich gut sehen, mit drei Stockwerken Entfernung. Von Nahem war sein Bart bestimmt genauso eklig wie alle anderen Bärte.

Als er zurückkam, zog er eine Leiter hinter sich her. Wie es aussah, ihre eigene.

»Wo war die denn?«, rief sie runter.

»In dem Durchgang neben Lawson's. Sie ist mir schon auf dem Weg hierher aufgefallen, aber Law lässt gerade hinter der Bar irgendetwas bauen, also dachte ich, es wäre seine.«

»Okay. Stell sie an das Haus.«

Er erstarrte, und dieser leicht verwirrte Gesichtsausdruck tauchte wieder auf, als könnte er sich nur noch vage an sie erinnern und suchte in Gedanken krampfhaft nach Details.

4. Dass Sawyer Collins sie ansah, als könnte er sich nicht daran erinnern, wie sie ihn in ihr Herz gelassen hatte. In ihren Körper.

»Danke für die Hilfe.« Sich zu bedanken, obwohl sie jetzt doch wütend war, fühlte sich komisch an, aber Hauptsache, sie wurde ihn schnell los. »Den Rest schaffe ich dann schon.«

»Das sind drei Stockwerke.«

»Und ich wäre gern wieder unten. Aber dafür brauche ich die Leiter.«

Er lehnte die Leiter an die Seite des Hauses.

Endlich.

Aber dann trat er selbst auf die erste Sprosse.

»Vielleicht hast du mich falsch verstanden. Ich will *runter*. Ich brauche hier oben keine Gesellschaft.«

»Das sind drei Stockwerke«, wiederholte er.

»Wie bereits festgestellt wurde.«

»Ich helfe dir runter.«

»Ich brauche deine Hilfe nicht«, widersprach sie automatisch, wobei der zickige Ton sie selbst überraschte.

5. Dass sie wie ein Kleinkind klang. Das zeigte nur, dass er immer noch Einfluss auf sie hatte, und genau das sollte er eigentlich nicht denken.

Sie musste sich noch an das mit der Wut gewöhnen. Sie versuchte es noch mal. »Deine Hilfe wird hier nicht mehr benötigt. Du kannst wieder gehen.« Das klang besser. Distanzierter.

Er kletterte dennoch weiter hoch.

»Was willst du überhaupt machen?«, blaffte sie. »Du kannst mich wohl kaum runtertragen.«

»Nein.« Er kam oben an und stoppte auf der Leiter, als sein Kopf über den Rand des Daches schaute.

6. Dass sein Bart gar nicht eklig war.

»Aber ich kann unter dir bleiben, und wir klettern zusammen runter.«

»Das ergibt keinen Sinn!« Mist, wieder zickig. Sie räusperte sich und gab sich Mühe, tiefer zu sprechen. »Und dann? Wenn ich falle, ziehe ich dich mit runter?«

Eigentlich doch gar keine schlechte Idee.

Er warf ihr einen Blick zu, den sie nicht ganz lesen

konnte, aber er wirkte auf jeden Fall nicht entspannt. Wenigstens rief sie endlich etwas anderes in ihm hervor als minimale Neugierde. »Das war der Plan.« Er winkte sie ungeduldig zu sich, aber als sie sich nicht rührte, sagte er, »Evie Abbott, beweg deinen Arsch auf die Leiter.«

Sie bewegte ihren Arsch auf die Leiter, sie hatte nicht wirklich eine Wahl. »Nenn mich nicht Evie!«, warf sie aber noch bissig zurück.

7. Dass Sawyer den ganzen Weg nach unten auf ihren verdammten Hintern starrte – das spürte sie – und sie absolut gar nichts dagegen tun konnte.

Allerdings konnte sie ihre Füße benutzen. In der Sekunde, als sie unten ankam, ging sie einen Schritt von ihm weg.

»Wie lange bist du in der Stadt?«, fragte er.

»Eine Woche. So lange, bis das Dach repariert ist und ich das Inn zum Verkauf anbieten kann. Dann muss ich zurück nach Toronto.« Sie musterte ihn, war ziemlich sicher, Erleichterung in seinem Gesicht zu erkennen. Arschloch. Sie wollte ihre Antwort zurücknehmen, ihm erzählen, dass sie hierbleiben würde, in das Inn ziehen. Nur, um ihn zu ärgern.

»Das mit Lucille tut mir leid«, fing er an. »Ich erinnere mich noch –«

»Weißt du was, Sawyer?«

Er sah sie fragend an. Vielleicht überrascht, dass sie ihn unterbrochen hatte. Die alte Eve – *Evie* – hätte das nie getan. Sie hätte bei jedem einzelnen Wort an seinen Lippen gehangen.

»Halt die Klappe.«

• • •

»Aua!«

Eve schrie auf, als ihr eine Meerjungfrauenfigur auf den Kopf fiel. Sie war gerade dabei, ihren Koffer in den Schrank von dem Zimmer zu hieven, in das sie ziehen wollte.

Ironischerweise hatte sie sich genau dieses Zimmer ausgesucht, weil es das einzige ohne gruselige lebensgroße Meerjungfrauen war. Am Abend zuvor, kurz nachdem sie bemerkt hatte, dass es im dritten Stock regnete, hatte sie es sich im Zimmer dicht an der Rezeption gemütlich gemacht. Als sie dann allerdings mitten in der Nacht aufgewacht war und kurz ins Bad wollte, stieß sie dabei gegen eine ein Meter fünfzig große Meerjungfrau neben der Tür. Im Halbschlaf hatte sie das Ding sofort für einen Einbrecher gehalten und laut losgeschrien.

Eventuell hatte sie auch die Nachttischlampe zerstört.

Um damit auf die Meerjungfrauenfigur loszugehen.

Die jetzt nur noch aus einem Haufen Scherben bestand.

Das Inn bei Tageslicht zu sehen war wirklich ... ein Erlebnis.

Im *Mermaid Inn* standen natürlich schon immer Meerjungfrauenfiguren. Die gesamte Stadt war etwas verrückt, wenn es darum ging – deswegen auch die Meerjungfrauenparade am Labor-Day-Wochenende. Als Kind hatte Eve die kleinen Meerjungfrauen hier und da geliebt: Die Meerjungfrauenbecher für das Frühstück für die Gäste, die Vitrine im

Empfangsbereich mit Lucilles Sammlung an Meerjungfrauenfigürchen, die Garderobe mit den grünen Metallhaken, die aussahen wie die Schwanzflossen von Meerjungfrauen.

Aber in den letzten zehn Jahren war Lucille anscheinend etwas durchgedreht, was den Meerjungfrauenkram anging. Das, oder eine riesige Flutwelle war über das Haus eingebrochen und hatte überall Meerjungfrauen hingespült.

Nicht einen Schritt konnte man gehen, ohne auf irgendwelche Meerjungfrauen zu stoßen, oft wörtlich gesehen. Sie waren überall. Auf den Bildern an den Wänden in jedem Zimmer, auf den Sofakissen im Eingangsbereich, es lagen Bildbände und Kalender mit ihnen bereit. Im Speisesaal hingen Schilder mit der Aufschrift: *Meerjungfrauenfütterung verboten* und in den Badezimmern welche mit *Wenn sich Deine Oberschenkel berühren, ist das nur der erste Schritt zur Meerjungfrau.*

Und kleine Meerjungfrauenfiguren standen überall – und sie waren festgeklebt.

Das verstand Eve irgendwie. Sie wusste noch, wie genervt Lucille immer war, wenn die Gäste Becher stahlen, oder Handtücher, die sie selbst bestickt hatte. Wenn man dann also jede freie Fläche mit Meerjungfrauenfiguren vollstellen wollte, dann sollte man sie lieber festkleben.

Die einzigen, die nicht festgeklebt waren, waren die lebensgroßen, die wie Wachen vor den Zimmern standen. Die waren wahrscheinlich sowieso zu groß und/oder zu hässlich zum Klauen.

Die Figuren waren allerdings nur das eine Problem, und die konnte man sicher einfach abbrechen und wegwerfen. Aber das ganze Inn war völlig runtergekommen. Die einst charmante Vintage-Tapete hing in Fetzen runter, der Boden musste dringend nachbearbeitet werden, und an den Decken bildeten die Wasserflecken schon wilde Muster.

Aber das konnte ihr egal sein, dachte Eve sich. Alles Probleme für den zukünftigen Eigentümer. Um den Wasserschaden sollte sie sich kümmern, aber das würde sie in der einen Woche schaffen, die sie sich freigenommen hatte. Das Dach reparieren und das *Mermaid* verkaufen, und dann sollten ihre finanziellen Probleme auch vergessen sein.

Sie lächelte. Lucille und sie verband beide eine Liebe zu Märchen, und jetzt wirkte es fast so, als wäre Lucille Eves gute Fee, die aus dem Grab heraus ihren Zauberstab schwang und Eves Berg an Studienschulden verschwinden ließ. Vielleicht könnte sie sich dann sogar eine nicht ganz so ranzige Wohnung leisten.

Eve rieb sich ihren Kopf und schaute sich in dem Zimmer um – das einzige Zimmer ohne Meerjungfrau als Wache. Oder einem Haufen Scherben. Aber auch wenn es in dem hinteren Zimmer im Erdgeschoss keine lebensgroßen Meerjungfrauenfiguren gab, standen auf dem Absatz über dem Schrank diverse Andenken, darunter die Figur von einer jungen Meerjungfrau, die Eve runtergeschmissen hatte, als sie ihren Koffer über ihren Kopf wuchten wollte, um ihn in das obere Fach im Kleiderschrank zu schieben. Nur hier waren die Figuren natürlich nicht festgeklebt, deswegen war die Figur runtergefallen und hatte Eve direkt an der Schläfe getroffen.

Eventuell hatte sie ihren Koffer aber auch etwas zu schwungvoll nach oben geworfen.

Alles Sawyers Schuld.

Sie hob die kleine Statue auf und begutachtete sie. Das Mädchen wirkte traurig. Sie saß auf ihrer Schwanzflosse und schaute wehmütig in die Ferne.

Hmm. Eve drehte sich um, inspizierte das Zimmer etwas genauer. An der einen Wand hing ein Bild von der kleinen Meerjungfrau, aber nicht die Disneyversion. Der Mond schien auf das Wasser, in dem die Meerjungfrau schwamm und den Prinzen ansah, der an einem Geländer stand.

Das Bild hatte immer in Lucilles Schlafzimmer gehangen, und der Anblick traf sie. Auf einmal war Eve wieder acht Jahre alt, lag eingekuschelt in Lucilles Bett und kämpfte mit den Tränen, während Lucille ihr die Geschichte von der kleinen Meerjungfrau vorlas, die alles für den Prinzen aufgab, den sie liebte, nur um dann zuzusehen, wie er eine andere heiratete.

Lucille war eine Verfechterin der Originalversion von Hans Christian Andersen, und auch wenn sie die Faszination der kleinen Eve zu der Disneyversion tolerierte, sorgte sie immer dafür, dass auch die Originalversion einen Platz in ihrem Herzen hatte.

Eve wurde bewusst, wie sehr Lucilles Liebe zu Märchen – zu den traditionellen wie denen von Andersen und den Gebrüdern Grimm – sie selbst dazu gebracht hatte zu lesen. Sie würde sogar behaupten, dass es ihre Berufswahl entscheidend beeinflusst hatte. Schon solange sie denken konnte, wollte sie Bibliothekarin werden, und das hatte sie geschafft. Allein das verdankte sie zu großen Teilen Lucille.

Lucille hatte sie genauso mit erzogen wie ihre Eltern.

Vielleicht sogar mehr, in den Dingen, die wirklich zählten. Eve hatte eine gute Beziehung zu ihren Eltern, sie liebte sie sehr, aber sie lasen nicht. Das sprach auch überhaupt nicht gegen sie, die beiden hatten schon viel zu viel damit zu tun, über die Runden zu kommen, als dass sie ihr noch entspannt vorlesen konnten. Auch Lucille hat natürlich hart gearbeitet – die Abbotts waren noch nie reich –, aber vielleicht blieb mehr Zeit für Märchen, wenn man da wohnte, wo man auch arbeitete.

Beim Zurückstellen der Figur bemerkte Eve ein halbes Dutzend weitere Meerjungfrauen – alles junge Mädchen, die eher traurig aussahen, und keine davon festgeklebt. Bei jeder Einzelnen davon machte es kurz Klick in ihrer Erinnerung. Sie kannte die Figuren, sie hatten früher in der Vitrine im Eingangsbereich gestanden.

Das Merkwürdigste daran, hier zu sein – na gut, eines der merkwürdigen Sachen – war, dass es alles nicht zu Lucille passte, abgesehen von diesem Zimmer. Natürlich mochte Lucille immer schon Meerjungfrauen, aber eher die Hardcorevariante. Selkies, Sirenen und noch verrücktere Varianten aus unterschiedlichen Mythologien. Die Meerjungfrauen, die Männer eher in den Tod lockten – ein Hoch auf alle alten Jungfern! –, als mit ihren Unterwasserfreunden zu singen und tanzen.

Auch das Inn hatte das früher widergespiegelt. Der Meerjungfrauenkram war damals immer eher subtil und manchmal etwas gruselig, aber inzwischen hatten die Zeichentrick-Arielle, Fiberglas-Statuen und lustige Schilder überhandgenommen. Anscheinend war eine Menge des alten Krams – der richtigen Sachen – in diesem Zimmer gelandet.

Es musste Lucilles Zimmer gewesen sein. Eigentlich wohnte sie in einem der Zimmer im Obergeschoss, neben einem anderen winzigen Zimmer, in dem Eve immer war, wenn sie die Sommer hier wohnte. Aber es ergab natürlich Sinn, dass Lucille ins Erdgeschoss gezogen war, als sie älter und weniger mobil geworden war. Eve bekam einen Kloß im Hals.

Wie als Beweis, dass es wirklich das Zimmer ihrer Großtante war, standen noch vier Fotos neben den Figuren. Auf dem ersten sah man Lucille und Eve, die bei der Meerjungfrauenparade mitmarschierten – Lucille zog die Meerjungfrau-Eve in einem Bollerwagen hinter sich her, denn die Schwanzflosse war nicht wirklich gut zum Gehen. Eve erinnerte sich noch daran, wie viel Arbeit in dem Kostüm steckte, wie sie die unzähligen Pailletten akribisch an den von Lucille vorbereiteten Schwanz genäht hatte. Auf dem nächsten Foto war Eve in Paris, während ihres Auslandssemesters – noch ein Lebenstraum, den Lucille ihr in den Kopf gesetzt hatte. »Wann sonst hast du die Chance, mal probeweise in einem anderen Land zu leben?« Dann noch das Porträt von Eves Abschlussfeier an der Uni.

Als sie zum letzten Bild überging, blieb ihr Herz stehen. Sawyer und sie beim Himbeerenpflücken. Eve schaute in die Kamera und hielt grinsend ihre roten Finger hoch. Sawyer lächelte auch, aber er sah zu ihr. Hingebungsvoll. Er sah sie hingebungsvoll an, anders konnte man es nicht beschreiben.

Sie spürte wieder die klaffende Leere in sich. Alles, was sie verloren hatte. In den letzten zehn Jahren hatte sie andere Männer gedatet, sogar ein paar Beziehungen gehabt, aber sie war ziemlich sicher, dass keiner von denen sie jemals so angesehen hatte.

Doch die Leere war nicht mehr da, ermahnte sie sich. Jetzt war sie erfüllt von Wut. Kraftvoller Wut. Befriedigender Wut.

Sie betrachtete das Bild noch mal etwas genauer. Im Gegensatz zu den anderen konnte sie sich nicht genau daran erinnern. Es gab einfach zu viele dieser Tage, zu viele Himbeer-Festivals. Sie löste eine Ecke des Fotos aus dem Rahmen und schaute auf die Rückseite. Lucille hatte die Fotos immer professionell entwickeln lassen, weshalb hinten das Datum aufgedruckt war. Das Foto war von ihrem letzten Sommer hier. Der Sommer, in dem sie angefangen hatten, miteinander zu schlafen.

Alles zwischen ihnen war in diesem Sommer noch mal viel intensiver geworden. Der Spaß, die Liebe, das Vertrauen. Das Gefühl, dass es sie beide – oft mit Clara dabei – gegen den Rest der Welt waren.

Eve drehte das Bild zur Wand. Ihre Augen brannten.

Dann war sie genervt von sich selbst. Wegen dem bisschen Teenie-Drama würde sie doch nicht anfangen zu heulen. Sie war erwachsen. Sie hatte schon zehn Jahre, um darüber hinwegzukommen. Sie *war* darüber hinweg.

Aber sie hatte ihn einfach *so sehr* geliebt.

Und jetzt war sie *so sehr* wütend auf ihn, ermahnte sie sich.

Sie drehte sich weg. Sie hatte sowieso keine Zeit dafür, sie musste sich noch um das Dach kümmern und eine Beerdigung planen.

•••

Zu Sawyers Überraschung stand seine Schwester in der Küche, als er nach Hause kam. Das war besonders unpraktisch, da er kurz vor dem Zusammenbruch stand. Normalerweise würde er sich freuen, aber gerade war er einfach nur fertig.

Wie sie ihn mit großen Augen anschaute, half da auch nicht gerade. Sie arbeitete den Sommer über in einem Supermarkt am Bluewater Highway in der Nähe von Grand View und hatte heute eigentlich ab sieben Schicht.

»Was ist los? War er wieder im Laden?« Sawyer wusste zwar, dass es sowohl finanziell als auch privat wichtig war, dass Clara einen Job hatte, aber ihm gefiel überhaupt nicht, dass der außerhalb seines Zuständigkeitsbereichs lag. Auch wenn die Officer in Grand View Charles Collins kannten – und dafür sorgte Sawyer –, störte ihn allein der Gedanke, dass jemand anderes den Anruf bekommen würde, sollte etwas passieren.

»Nein, nein«, meinte sie sofort, und das Grinsen in ihrem Gesicht verriet ihm, dass sie ihre Augen vor Freude aufgerissen hatte, nicht vor Angst. Außerdem war das andere sowieso unwahrscheinlich. Charles hatte sie schon Ewigkeiten nicht mehr gestört. Es war inzwischen ein Jahr her, dass er während Claras Schicht in den Laden gekommen war.

Sawyer musste sich entspannen.

Jedenfalls was das anging. Was den anderen Grund für seine Stimmung anging – das würde sich wohl nicht so schnell entspannen.

Clara zog ihn rüber zum Esstisch. »Ich habe die Schicht getauscht, weil ich gestern tolle Neuigkeiten bekommen habe, wovon ich dir persönlich erzählen wollte.« Sie wedelte albern mit den Händen in der Luft, während er sich hinsetzte. »Das wird dich so überraschen!«

Er hatte wirklich mehr als genug Überraschungen für einen Tag, aber na gut. »Was gibt's?«

»Erinnerst du dich noch an diesen Essay Contest für den Canada Day, an dem ich teilgenommen habe?«

Vielleicht? Er gab es zwar nicht gern zu, aber Clara war immer schon unglaublich eigenständig. Er hatte immer geglaubt, dass Teenager mehr Erziehung brauchten, dass man sie fast schon zwingen musste, ihre Hausaufgaben zu machen, und sie ständig an die Bewerbung für die Uni erinnern. Clara war anders. Sie war so ehrgeizig und selbstständig, dass er ihr teilweise gar nicht mehr wirklich zuhörte, wenn sie über ihre ganzen Ziele redete. Bei den großen Dingen natürlich schon. Er wusste, dass sie an die University of Toronto wollte, um Ingenieurwesen zu studieren, aber sie bewarb sich ständig für Stipendien oder nahm an irgendwelchen Contests teil, auch wenn sie noch ein Jahr Highschool vor sich hatte, da war es schwierig, den Überblick zu behalten. »Natürlich«, log er also.

»Das Thema war ja ›Wenn Sie den Premierminister bei einer großen politischen Entscheidung beraten könnten, welche wäre das?‹, und ich habe doch über die Impfpflicht geschrieben. Weißt du noch, der Masernausbruch letztes Jahr?«

Daran konnte er sich erinnern. Er hatte einen Notruf wegen eines Kindes erhalten, das an Krampfanfällen litt. Wie sich herausstellte, kamen die von einer Enzephalitis, ausgelöst durch Masern. Sawyer hatte damals nicht auf den Krankenwagen warten können und war mit dem Kind im Polizeiwagen zum Krankenhaus gerast – die längsten zehn Minuten seines Lebens.

»Ich habe über mögliche Gesetzesanpassungen geschrieben, bla bla bla.« Clara schlug mit den Händen auf den Tisch und starrte ihn mit offenem Mund an, wie sie es immer tat, wenn sie aufgeregt war. »Und ich habe gewonnen!«

Was sagte man dazu? »Das ist großartig!« Sie schlugen kurz ein, und er strahlte vor Stolz.

»Ich dachte, es gewinnt auf jeden Fall jemand, dessen Thema viel sexier ist«, fuhr sie fort. »Wie Residential Schools oder Klimawandel oder so was.«

Sawyer war ganz gerührt, und nur Clara würde den Klimawandel als sexy bezeichnen.

»Ich bin so stolz auf dich, Clärchen.« Stolz und erstaunt. Wie er es geschafft hatte, so eine Person großzuziehen, konnte er sich immer noch nicht erklären.

»Aber das ist noch nicht alles! Die besten drei Teilnehmer – also der dritte Platz, der zweite und *ich* – sollen im Herbst zu *The Agenda* kommen!«

The Agenda war eine Politikshow vom öffentlichen Fernsehen aus Ontario, was Sawyer nur wusste, weil er sie manchmal mit Clara schaute. In seinen eigenen Teenagerjahren hatte *The Agenda* keine besonders große Rolle gespielt. Nicht nur, weil er mehr an Sandburgen interessiert war oder am Himbeerpflücken mit Evie, er hatte außerdem nicht so ein riesiges Hirn wie seine Schwester.

»Also müssen wir nach Toronto fahren für die Dreharbeiten. Geht das? Bitte, Sawyer!«

Clara stand kurz vor ihrem letzten Jahr auf der Highschool, und aufgrund seiner Arbeit – lange Schichten, oft über Nacht – verbrachte sie viel Zeit allein. Sie war verantwortungsbewusst und reif, er vertraute ihr. Sie brauchte seine Erlaubnis also überhaupt nicht, um nach Toronto zu gehen, um im Fernsehen über ihren Politikessay zu reden, und erst recht keinen Babysitter. Seltsamerweise machte er sich weniger Sorgen um sie, wenn sie weit weg war, als wenn sie im Supermarkt arbeitete. Wahrscheinlich, weil Charles weder Führerschein noch die Mittel hatte, um viel weiter als Grand View zu kommen.

Aber wo sie ihn schon wie selbstverständlich um Erlaubnis bat, erzählte er ihr natürlich nichts davon. »Klar, vielleicht bleiben wir eine Nacht dort, machen einen richtigen Ausflug draus.«

»Jaa!« Sie hüpfte auf ihrem Stuhl auf und ab. »Okay, ich weiß, dass du jetzt schlafen willst. Da ich zum Glück freibekommen habe, gehe ich an den Strand.« Er runzelte die Stirn, und sie wusste sofort, was er dachte. Normalerweise ging sie nur mit Freunden an den Strand. »Es ist neun Uhr morgens, er wird nicht da sein.«

»Vielleicht, vielleicht auch nicht.« Charles ging gerne mal mit seinem Metalldetektor am Strand entlang.

So wie er gern mal völlig ausrastete, wenn er wütend war.

»Außerdem«, redete Clara weiter, »ist es Wochenende und Sommer, es wird sowieso brechend voll sein.«

Die Touristen waren quasi eine Art Schutz, sollte sie wirklich auf ihren Vater treffen.

Sawyer unterdrückte den Instinkt, Clara Vorträge darüber zu halten, dass sie vorsichtig sein sollte. Er war mit ihr ausgezogen, als er zwar schon achtzehn gewesen war, aber sie erst sieben. Das Schlimmste hatte sie also gar nicht mitbekommen, genau deswegen hatte er sie auch da rausgeholt. Clara kannte ihren Vater eher durch die Konfrontationen, nachdem sie ausgezogen waren.

Aber wie er gerade schon überlegt hatte, hatte es davon lange keine mehr gegeben. »Okay. Aber ruf an, wenn irgendetwas ist. Ich lasse mein Handy an.«

»Nein, mach das nicht. Geh schlafen. Ich rufe Law, wenn es Probleme gibt.«

»Oder Jake. Ruf Jake an.« Beide seiner Freunde würden sofort alles stehen lassen, um Clara zu helfen, aber Jake hatte noch dazu die Statur eines Linebackers.

»Sawyer, ich bin kein Kind mehr. Ich komme schon zurecht.«

Sie kam zurecht, ja. Aber er auch?

Als Clara weg war, stemmte er sich hoch und stellte die Kaffeemaschine an – Schlaf schien nicht mehr drin zu sein. Nicht mehr, seit er Evie auf dem Dach gesehen hatte. Sie hatte ihn wachgerüttelt, und wer wusste schon, wie lange das anhalten würde. Vielleicht würde er nie wieder schlafen.

Kapitel 3

Als es klingelte und Eve am frühen Abend zur Tür ging, rechnete sie fest mit Jason Sims. Sie waren verabredet, um über Lucilles Testament zu reden.

Stattdessen stand eine ältere Frau mit blauen Haaren vor ihr. Kein blasses, ausgewaschenes Blau für alte Frauen, nein, ein knallblauer Bob.

»Eve Abbott!«

»Pearl?«

Die Frau sah Pearl Brunetta ähnlich, an die sich Eve noch erinnern konnte. Pearl gehörte die Bäckerei neben dem *Mermaid*, *Pie with Pearl*, und da sie sogar einen Kuchen in den Händen hielt, war es wahrscheinlich genau diese Pearl.

Nur die blauen Haare verwirrten Eve.

»Süße!« Pearl schob sich an Eve vorbei nach drinnen, stellte den Kuchen auf dem Empfangstresen ab und schlang ihre Arme um Eve.

Die Umarmung wollte einfach nicht aufhören, es ging immer weiter. »Okay, ähm …«, versuchte Eve sich von ihr zu lösen, aber Pearl drückte sie nur noch fester. »Was kann ich für dich tun?«

Die Frage wirkte. Pearl ließ Eve gerade genug los, um ihr in die Augen zu sehen. »Nein, Süße, was kann *ich* für *dich* tun?«

Eve überlegte kurz, wie man wohl »du kannst mich in Ruhe lassen« etwas höflicher formulieren könnte.

Pearl beantwortete ihre Frage allerdings direkt selbst und ließ Eve dabei zum Glück endlich los. »Ich kann dir zum Beispiel Kuchen bringen. Mermaid-Kuchen! Ich dachte, du brauchst dringend eine eigene Kreation für das Inn.«

»Oh, ich will das …«

Pearl griff nach Eves Hand und zog sie rüber zum Tresen. »Es war ungewohnt, einen Lemon Pie mit doppelter Kruste zu machen, aber ich wollte unbedingt die Schuppen raufbringen, deswegen brauchte ich mehr Teig.« Die Decke des Kuchens schmückten filigrane Schuppen aus Teig. »Man kann das ganze Meerjungfrauenthema natürlich auch anders darstellen, aber ich mache doch keine blau eingefärbte Kokoscreme und stecke eine Plastikfigur rein. Nein, nein, da mag ich es lieber schlicht.«

Eve starrte auf Pearls alles andere als schlichten Haare.

»Jedenfalls«, fuhr Pearl fort, »arbeite ich noch daran. Probier ihn einfach, und lass mich wissen, was du denkst. Ich weiß, Lucille hat in ihrer Cocktail Hour nie Pie angeboten, aber wer freut sich denn nicht über ein Stück Pie? Ich könnte auch Miniküchlein machen, für die Gäste, wenn sie einchecken. Die Minis werden immer beliebter, alle sagen, dass die perfekt für Instagram sind.«

»Pearl.« Eve wusste nicht, wie sie es ihr sagen sollte. »Ich brauche keinen eigenen Kuchen, weil ich das Inn nicht weiterführen werde. Ich will es verkaufen.«

»Oh.« Leicht verwirrt zog Pearl ihre Augenbrauen zusammen.

»Hallo? Eve?« Pearl hatte die Haustür offen gelassen, durch die nun Jason kam.

»Hallo Jason, komm rein. Tut mir leid, Pearl, ich will mit ihm über Lucilles Testament reden.«

»Oh!« Pearl merkte sofort auf. »Oh.« Sie lächelte. »Ja, ich gehe mal lieber.« Sie warf Eve noch einen Kuss zu. »Wiedersehen!«

»Tut mir leid, hier ist alles etwas staubig.« Eve führte Jason zu einem der Tische im Speisesaal und wischte noch kurz mit ihrem Ärmel über den Stuhl, bevor er sich setzte. Jason Sims wirkte genau wie die Actionfigur eines Anwalts – perfekt sitzende Haare und Nadelstreifenanzug. Viel zu edel, um sich zwischen dem staubigen Meerjungfrauenzeug rumzutreiben. »Ich hätte auch ins Büro kommen können.«

»Du hast genug zu tun. Es macht mir nichts aus herzukommen. Das ist sowieso mein letzter Termin für heute.« Er schob ihr einen Stapel Papierkram über den Tisch zu. Auf der ersten Seite stand »Das Testament von Lucille Frances Abbott«.

Sie hatte schon einen Scan davon gesehen, in einer E-Mail von Jason, aber es so vor sich zu sehen, die scharfen schwarzen Buchstaben auf dem dicken weißen Papier, hatte etwas Endgültiges. Sie spürte ein kurzes Stechen in ihrem Herzen und atmete tief durch.

»Das ist schwer, ich weiß.«

Er hatte ja keine Ahnung. Er sprach von einem Testament, vom Tod. Natürlich beschäftigte Eve das auch, klar, aber da waren eben auch die ganzen Tretminen, überall, wo sie in Moonflower Bay hinschaute. Als sie vorhin für ein Treffen mit der Maklerin nach Grand View musste, war sie am *Twistee Freeze* vorbeigekommen, der alten Fünfzigerjahre-Eisdiele, die wie eine riesige Eiswaffel aussah. Früher war sie oft mit Lucille dort gewesen, um sich ein Eis zu holen, sich damit auf die Bänke in der Nähe zu setzen und von dort aus zu beobachten, wie die ersten Sterne aufgingen.

Später hatte sie das Gleiche mit Sawyer gemacht. Da keiner von ihnen besonders viel Geld hatte, holten sie sich nur die kleinste Größe ohne Extras, und wenn Clara dabei war, verzichtete Sawyer sogar auf sein Eis, um ihr eins zu kaufen. Eve sagte dann immer, dass sie sich ihrs teilen könnten, aber das wollte er nie. Er meinte immer nur, dass er keinen Hunger hätte. Das war natürlich gelogen, er hatte immer Hunger, das wusste Eve. Aber sie wusste auch, dass Stolz manchmal wichtiger war als Hunger.

»Lucille hat das Inn geliebt«, sagte Jason plötzlich und riss Eve aus ihren Erinnerungen.

»Ja. Habe ich auch.« *Tue* ich auch? Sie war sich nicht sicher. Die Vergangenheit und die Gegenwart verschwammen langsam miteinander.

»Lucille hat sich gut überlegt, was sie damit machen möchte. Vor etwa fünf Jahren hatte sie daran gedacht, es zu verkaufen, als sie sich langsam eingestehen musste, dass es ihr alles zu viel wurde.«

»Wir wollten sie immer überreden, einen Manager einzustellen.« Klang das nach einer Rechtfertigung? Eve hatte immer noch ein unheimlich schlechtes Gewissen, dass sie nicht bemerkt hatte, wie schlecht es ihrer Großtante am Ende ging. Vielleicht wollte sie sich wirklich rechtfertigen.

Sie hätte öfter herkommen sollen. Sie hätte hier sein sollen, Punkt.

Wut flammte wieder in ihrer Brust auf. Verdammter Sawyer.

»Ich auch«, stimmte Jason zu. »Sie hat auch eine Putzfirma engagiert, aber das eigentliche Management hat sie bis zum Schluss allein übernommen. Sie war wirklich stur, oder?«

»Auf jeden Fall. Wenn man nur versucht hat, sie zu irgendetwas zu bringen, was sie nicht wollte, hat sie sofort ihre Schutzschilder hochgefahren und einen komplett ignoriert.«

Eve fiel auf, dass man das genauso gut über sie selbst sagen konnte. Wieso hatte sie all die Jahre nie an das *Twistee Freeze* gedacht? Weil sie es weggeschoben hatte, zusammen mit dem Leuchtturm und allem anderen in dieser Stadt. Aber Schutzschilder waren nicht immer nur schlecht, dachte sie sich. Sie *schützten* einen eben auch. Sorgten dafür, dass man einen Fuß vor den anderen setzen konnte und weitermachen.

»Letztlich hat sie entschieden, dass du das Inn erben sollst«, fuhr Jason fort.

»Ja. Das ist wirklich großzügig, und ich bin sehr dankbar.« War sie tatsächlich. Das Geld von dem Verkauf würde ihr Leben gewaltig erleichtern.

»Wie schon am Telefon gesagt, hat sie alle Buchungen bis Ende Juni gecancelt, als sie ins Krankenhaus gekommen ist, aber du solltest noch mal in die Bücher gucken, wie es danach aussieht, um einen Eindruck zu bekommen.«

»Oh, ich behalte das *Inn* nicht. Ich habe gestern schon alles geregelt, um das Dach zu reparieren, und wenn mir noch genug Zeit bleibt, bevor ich wieder zur Arbeit muss, dann lasse ich auch noch was an der Fassade machen, bevor ich es zum Verkauf anbiete.« Die Buchungen blieben also auch ein Problem für den Käufer, genau wie die alte Tapete und die fleckigen Decken.

»Na ja, also, sie wollte, dass *du* es bekommst«, erklärte Jason. »Deswegen hat sie auch dein Zimmer unberührt gelassen.«

Verdammt. Eve hatte alle Zimmer durchgesehen, bis auf das eine, von dem Jason redete. Sie hatte es nur bis zur geschlossenen Tür geschafft – die Erinnerung an ihr altes Zimmer hatte sie auch weggesperrt. Sie wusste nicht einmal, wieso, aber allein die Vorstellung machte ihr Angst. »Das weiß ich auch wirklich zu schätzen, aber ich arbeite in Toronto, mein ganzes Leben ist dort.« Und noch viel wichtiger, »ich habe …« *Pflanzen. Ich habe eine sehr sensible Palme, die mich braucht. Die Pflanzencommunity braucht mich.*

»Du bist Bibliothekarin, oder? Lucille war so stolz auf dich. Sie hat immer davon geredet, wie ähnlich ihr euch seid.«

»Ach, ich weiß nicht.« Beide waren schon mal alleinstehend, da hatte er recht.

Auch das mit den Schutzschildern.

Und mit den Märchen. Sie hatte doch vorhin noch daran gedacht, wie sehr Lucille sie beeinflusst hatte.

Scheiße. Vielleicht sollte sie einfach direkt damit anfangen, sich Lucille Junior zu nennen.

Wie auch immer, sie wäre stolz, Lucille Junior zu sein. Aber das bedeutete nicht, dass sie Lucilles Leben weiterleben musste. Lucille hatte das Leben in Moonflower Bay geliebt, aber Eve war ein Stadtmensch. Sie mochte Toronto. Wenn ihr Vermieter ihr jetzt noch erlauben würde, die Little Free Library unten aufzustellen, wie sie es schon ewig wollte, würde es ihr in Toronto noch besser gefallen. Jedenfalls könnte sie doch die Großstadtvariante von Lucille Junior sein. Und sobald sie das Inn verkauft hatte, war genau das der Plan.

Jason streckte seine Hand aus, als würde er sie am Arm berühren wollen, aber sie zog ihren Arm noch rechtzeitig zurück. Was war hier eigentlich los?

»Du könntest dir einen Nebenjob hier in der Bibliothek suchen, vielleicht macht dir das Spaß. Du müsstest das Inn nicht selbstständig leiten. Anders als Lucille könntest du jemanden einstellen, der das übernimmt.«

Was? »Aber ich werde das Inn nicht wieder öffnen.« Hatte er ihr überhaupt zugehört? »Ich bleibe nur hier, bis es verkauft ist.«

»Na ja, das ist ein Problem.«

Langsam beschlich sie ein ungutes Gefühl. »Was? Wieso ist das ein Problem?«

»Ich habe dir die erste Seite des Testaments geschickt, aber da ist noch eine … Zusatzklausel.«

Oh verdammt. Langsam bekam sie ein *wirklich* ungutes Gefühl.

»Ich wollte es nicht über das Telefon besprechen oder dich gestern damit überrumpeln, aber du hast das Inn nicht einfach nur geerbt, es ist etwas komplizierter.«

»Inwiefern komplizierter?«

»Das Inn gehört dir ... aber du kannst es erst nach einem Jahr verkaufen.«

• • •

Als Sawyer sich in *Lawson's Lager House* schleppte, war er bereits seit achtundzwanzig Stunden wach. Inzwischen schien es sinnvoller, wach zu bleiben und zur normalen Zeit schlafen zu gehen.

Außerdem brauchte er seine Freunde um sich. Clara war schon immer der Ansicht, dass es eine waschechte Bromance zwischen Ben Lawson, Jake Ramsey und ihm war, und damit hatte er auch ehrlich gesagt kein Problem. Sie halfen ihm, ein Auge auf Clara zu haben. Wahrscheinlich hatten sie auch ein Auge auf ihn, auch wenn er nicht das Gefühl hatte, dass es nötig wäre.

Wenn nicht gerade irgendeine Festivität anstand, hatte Sawyer freitags frei – einer der Vorteile, wenn man Chief war –, wenn er also nichts mit Clara geplant hatte oder die Stadt gerade von Meerjungfrauen eingenommen war, dann verbrachte er seine Freitagabende in der Bar mit seinen Kumpels. Während der Highschool hatten die drei sich ganz gut verstanden, aber erst danach waren sie zu richtigen

Freunden geworden. Wenn man für wer weiß wie viele Hundert Freitage immer neben den gleichen Typen in der Bar saß, schweißte das zusammen. Wenn das also als Bromance galt, dann war er definitiv dafür.

Er schaute sich in der Bar um und seufzte. Ben, oder Law, wie sie ihn nannten, stand in der einen Ecke und diskutierte mit Maya Mehta – es würde also noch dauern, bis er was zu trinken bekam. Er zog sich den Hocker neben Jake ran. »Hey.«

Jake nickte.

Sie konnten Maya sogar vom anderen Ende der Bar noch hören. »Ich will doch nur, dass deine Band eine Viertelstunde später anfängt, damit meine Gäste auf dem Weg zu einem kulturell wertvollen Abend im Theater nicht mit dem dubiosen Rock and Roll, der aus deiner Bar schallt, belästigt werden. Sind Rockbands nicht sowieso immer zu spät? Weil die sensible Künstlerseele so unberechenbar ist?«

»Wieso fangt ihr nicht einfach fünfzehn Minuten früher an?«, konterte Law. »Dann sind alle Gäste drinnen, bis die Band anfängt.«

»Weil das Theater um acht anfängt, *Benjamin*. Nicht um Viertel vor acht.«

Sawyer schüttelte den Kopf. Früher hätte er bestimmt versucht dazwischenzugehen, bei dem ewig andauernden Streit zwischen Law und Maya, der das Theater zwei Häuser weiter gehörte. In einer Kleinstadt gehörte Streit schlichten oft dazu. Den Leuten helfen, sich zu einigen. Aber den beiden konnte man wirklich nicht mehr helfen.

»Wo ist Amber?« Amber war eine von Laws Angestellten,

die ihn an den Wochenenden meistens hinter der Bar unterstützte.

Jake zuckte mit den Schultern. Er redete generell nicht viel, war eher der Typ für Taten. Das bewies er auch direkt, indem er aufstand, hinter die Bar ging und Sawyer ein Bier reichte.

»Danke, Mann.« Sawyer musste schmunzeln, als direkt die paar Frauen ein paar Hocker weiter an die Bar kamen.

»Machst du uns Cosmos mit extra Kirschen?«, fragte eine von ihnen.

Jake blinzelte kurz. »Nein.«

»Okaaaay ...«

Der verwunderte Ton musste bis zu Law durchgedrungen sein, denn der hörte direkt auf, mit Maya zu diskutieren, und kam rüber.

»Sorry, sorry.« Er scheuchte Jake weg. »Raus hier.«

Als er mit den Cosmos fertig war, wendete Law sich sofort an Sawyer. »Ich habe gehört, Eve Abbott ist wieder in der Stadt.«

Jake pfiff, woraufhin Sawyer zu ihm sah. Er hatte die Augenbrauen leicht hochgezogen, was bei Jake quasi einem höchst schockierten Gesichtsausdruck entsprach.

»Was ist mit Maya los?«, gab Sawyer zurück. Er wollte das Gespräch dringend von Eve weglenken.

»Ich habe gehört, Eve Abbott ist wieder in der Stadt«, wiederholte Law einfach nur unbeirrt und Jake schnaubte.

Sawyer verdrehte die Augen. »Und?«

»Was macht sie hier? Wie lange bleibt sie?«

»Was fragst du mich das?«

»Weil du doch eine Zeit lang mehr oder weniger Mr Eve Abbott warst.«

»Wir waren *Teenager!*« Verdammt. Zu energisch. Der große Nachteil an einer Bromance – die Leute wussten jeden Scheiß über einen. Er fing noch mal an. »Ich habe seit zehn Jahren nicht mit Eve Abbott geredet. Ich weiß nicht, was sie hier will, aber wahrscheinlich hat es mit Lucilles Tod zu tun.«

»Vielleicht soll sie den Nachlass verwalten«, mutmaßte Law.

»Vielleicht.« Sawyer interessierte sich plötzlich brennend für das Baseballspiel, das auf dem Fernseher über dem Tresen lief.

»Vielleicht hat sie das *Mermaid* geerbt.«

»Vielleicht.« Wow, ein Double Play von … welches Team auch immer das war.

»Vielleicht hat *wer* das *Mermaid* geerbt?«, kam Maya zu ihnen rüber.

»Eve Abbott.« Law füllte Mayas Weinglas auf. »Sie ist wieder in der Stadt.«

»Ist sie? Oh mein Gott! Aber natürlich, nach Lucilles Tod.« Maya überlegte. »Hmm, wenn Eve tatsächlich das Inn geerbt hat, frage ich mi-«

»An was auch immer du denkst, lass es«, unterbrach Law sie.

»Was soll das denn heißen?«

»Du planst irgendwas, das sehe ich. Du willst Eve nur in deine Pläne gegen mich mit reinziehen.«

»Ich plane nichts gegen dich, *Benjamin*. Ich weiß, es fällt dir schwer, das zu glauben, aber es dreht sich nicht alles nur um dich.« Sie schaute zu Sawyer und Jake. »Jedenfalls, Eve Abbott ist zurück! Ich mochte sie früher immer.«

»Ich muss los.« Sawyer stand auf. Wenn hier alle nur von Evie reden wollten, musste er schnell raus.

»*Alle* mochten Eve«, meinte Law, und als Sawyer das Geld für sein halb volles Pint hinlegte, schob er noch hinterher, »manche von uns mehr als andere.«

Eve brachte Jason Sims zur Tür, wobei sich ihr Kopf von dem ganzen Jurakram drehte. Sie war nicht einmal sicher, ob sie alles mitbekommen hatte, was er ihr noch erklärt hatte, nachdem er die große Bombe hatte platzen lassen, nur bei einer Sache war sie sicher: ein Jahr. Ein verdammtes Jahr.

Sie hatte auch noch mitbekommen, was er an Steuern und laufenden Kosten des Inns alles aufgezählt hatte.

Und nun steckte sie hier fest. Da sie das Inn nicht verkaufen konnte, musste sie es eröffnen, allein schon, um alles bezahlen zu können.

Aber *sie* könnte es auf keinen Fall führen. Sie hatte doch ihren Job in Toronto und einen Berg an Studienschulden, den sie gerade mit einem kleinen Eispickel langsam abbaute. Bald wollte sie sich einen anderen Job suchen, einen besseren, sodass aus dem Eispickel vielleicht eine Schaufel wurde.

Sie brauchte also jemanden, der das Inn führte.

Und dessen Gehalt kam dann auf den Schuldenberg obendrauf.

Leise Panik kroch ihr den Rücken hoch.

»Ach, Eve«, sagte Jason noch beim Rausgehen. »Eine Sache noch. Ich soll dir noch von Lucille sagen, dass sie an deinem Zimmer nichts verändert hat.«

Eve nickte gedankenversunken und schloss die Tür hinter Jason.

Schon das zweite Mal, dass er ihr Zimmer erwähnt hatte.

Mist. Da sie allerdings sowieso keine Ahnung hatte, was sie gegen das Chaos, das in den letzten fünf Minuten über ihrem Leben hereingebrochen war, machen sollte, konnte sie genauso gut hochgehen und sich den dämlichen Raum ansehen.

Sie fragte sich, wieso Lucille daraus nichts Praktisches gemacht hatte, das wäre nur logisch, nachdem offensichtlich war, dass Eve nicht zurückkommen würde. Vielleicht sollte sie einfach hochgehen, die Tür einen Spalt öffnen und ein brennendes Streichholz reinwerfen?

Nein. Egal was sie entschied, mit dem Inn zu tun, ihrem alten Zimmer musste sie sich stellen. Außerdem stand sie sowieso schon kurz vor dem Zusammenbruch, wieso nicht gleich beides hinter sich bringen? Nervenzusammenbruch-Multitasking quasi.

Sie stieg die Treppe rauf, als würde sie zu ihrer Hinrichtung gehen. Im vorderen Teil des zweiten Stocks lagen zwei große Gästezimmer, dahinter drei kleinere. Früher wohnte Lucille immer in einem der hinteren, aber Eves Detektivarbeit am Morgen nach, war sie irgendwann wohl nach unten gezogen. Davor hatten ihre Zimmer immer direkt nebeneinandergelegen – perfekt für die langen Märchen-Vorleseabende.

Den Flur kannte Eve gut. Jede Bewegung machte sie automatisch, mit der Hand strich sie über die samtige Tapete, wie sie es immer getan hatte.

Und da war sie. Die leicht zerkratzte Eichentür mit dem kleinen Schild, auf dem *Eve's Zimmer* stand. Sie griff nach dem Kristalltürknauf, der schon immer etwas locker gesessen hatte.

Und rührte sich nicht.

Es war so dumm, es war doch bloß ein Zimmer.

Sie stieß die Tür auf und ... es war nicht bloß ein Zimmer. Ihr ganzer Körper erstarrte, Tränen stiegen in ihre Augen, und Blut schoss in ihren Kopf.

Sie wischte sich die Tränen weg und atmete tief durch, um gegen das Schwindelgefühl anzukämpfen, dann ging sie rein. Es war, als würde sie in der Zeit zurückgehen. Genau wie Jason gesagt hatte, war das Zimmer unverändert. Blassrosa Wände, pinker Fliesenboden – *knall*pinker Fliesenboden. Sie fragte sich ernsthaft, wieso zur Hölle Lucille der neunjährigen Eve die freie Gestaltung des Zimmers erlaubt hatte. Oder wieso Lucille überhaupt ein eigenes Zimmer für sie eingerichtet hatte, obwohl Eve nur etwa zwei Monate im Jahr hier war.

Sie wagte noch einen Schritt weiter rein. Auf dem Doppelbett, das den größten Teil des Raumes einnahm, lag eine schwarz-weiß karierte Tagesdecke – als Teenager hatte Eve versucht, das ganze Pink mit ihrer Meinung nach erwachsenerer Deko aufzulockern. Deswegen hing auch nur noch ein Poster von Arielle an der Wand – so ganz verstoßen konnte sie dann doch nicht alles – zwischen den »erwachsenen« Kunstdrucken vom Eiffelturm, ihrer zweiten Kunstphase.

Dann war da noch ihr Schminktisch mit den Fotos, in den Rahmen des Spiegels gesteckt. Passend zur Tagesdecke, war der Schminktisch schwarz. Ursprünglich war auch der natürlich pink, aber Sawyer hatte ihr geholfen, ihn abzuschleifen und neu zu streichen.

Auch die Bücherregale, die über eine gesamte Wand reichten, waren schwarz und ebenfalls mit Sawyers Hilfe gebaut. Sawyer hatte damals eine richtige Handwerkerphase, die er so ausleben konnte. Eve wusste genau, dass sie beim genauen Hinsehen alle ihre alten Lieblingsbücher entdecken würde. Grimms Märchen zum Beispiel, aber auch Eine für vier oder Harry Potter.

Aber sie sah nicht nach.

Sie wusste überhaupt nicht, wieso sie genau dieses Zimmer so mitnahm. Vielleicht weil es *ihrs* war. Das Haus ihrer Eltern in Toronto war eher ein winziger Bungalow und ihr Zimmer dort eher eine Nische, nur durch einen Vorhang vom Wohnzimmer getrennt. Sie hatten ihre Privatsphäre zwar immer respektiert, aber dennoch – an einem Vorhang konnte man schlecht anklopfen.

Aber hier, hier hatte sie immer ein richtiges Zimmer.

Sawyer und sie hatten als Kinder so viele Stunden in diesem Raum verbracht. Damals, als er noch ihr bester Freund war. Sie hatten Brettspiele gespielt, oft auch mit Clara, Musik gehört oder Pläne geschmiedet, wie sie die Gäste ausspionieren könnten.

Sobald sie richtig zusammen waren, hatte Lucille ihn

aus dem Zimmer verbannt. Das hatte sie allerdings natürlich nicht davon abgehalten, jede Chance zu nutzen, um sich hochzuschleichen. Zu Sawyer konnten sie zwar nicht, aber zum Glück war Lucille oft mit den Gästen beschäftigt.

Wenn sie allein sein wollten, kamen sie also hierher.

Eve starrte auf das Bett. Hier haben sie ...

Stopp.

Sie war kein Kind mehr, sie lebte nicht mehr in dem rosa Wunderland.

Eve ging zu der kleinen Ablage neben der Tür. Die hatten alle Zimmer, darauf lagen immer die Schlüssel für die neuen Gäste bereit. Ihr Schlüssel lag dort auch. Endlich mal etwas Gutes an diesem verdammten Tag. Sie nahm den Schlüssel, und mit einer seltsamen Ruhe verließ sie das Zimmer. Sie schloss hinter sich ab, steckte den Schlüssel in ihre Tasche und ging wieder runter.

Im Erdgeschoss angekommen, wusste sie genau, was sie als Nächstes vorhatte.

Zeit, zu *Lawson's Lager House* rüberzugehen. Ihr Plan: sich besaufen.

Sich *etwas* besaufen, korrigierte sie sich selbst.

Neuer Plan: Sich genug besaufen, um die ganze Scheiße in ihrem Leben kurz zu vergessen, aber auch nicht so sehr, dass sie morgen nichts mehr schaffen würde, denn sie musste immerhin noch eine Lösung für den ganzen Müll finden.

Die Bar war nur zwei Häuser weiter. Sie ging zügig und schaute dabei auf den Boden, denn sie wollte niemanden sehen. Natürlich ließ sich das nicht ewig vermeiden, besonders mit der Beerdigung in zwei Tagen, aber in dem Moment fühlte sie sich zu verletzlich, wie nackt. Ein einziges Nervenbündel. Als ob …

Die massive Holztür vom Lawson's schwang genau in dem Moment auf, als sie ihre Hand nach dem Griff ausstreckte. Erschrocken machte sie einen Schritt zurück.

Verdammt. Sawyer.

Er trug keine Uniform, sondern ein altes London-Knights-T-Shirt und ausgeblichene Jeans, die gleichzeitig locker an seinen Hüften saßen *und* perfekt passten. Trotz des etwas unordentlichen Looks – oder vielleicht genau deshalb? – sah er unfassbar gut aus.

»Evie?«

Na gut. Anscheinend musste er nur kurz den Mund öffnen, und schon war ihr völlig egal, wie umwerfend er aussah. »Was genau an ›Nenn mich nicht Evie‹ verstehst du eigentlich nicht?«

»Sorry. Gewohnheit. Ich wollte sagen …«

»Gehst du?« Es wirkte so. »Wenn nicht, gehe ich nämlich.«

»Ja. Ich will nur …«

Wortlos drehte sie sich um und fing an, wieder Richtung Inn zu marschieren. Sie konnte das gerade nicht. Vielleicht würde sie ja noch etwas von dem widerlichen Brandy finden, den Lucille früher immer getrunken hat.

»Okay, ich gehe schon, Evie. *Eve*. Ich gehe.«

Sie wartete noch einen Augenblick, bevor sie sich umdrehte. Mit den Händen in den Hosentaschen ging er weg.

Kurz darauf schob sie sich auf einen der Hocker in der

Bar, die ihr wie so vieles in dieser Stadt unheimlich vertraut vorkam. Nicht, dass sie jemals besonders viel Zeit hier verbracht hätte. Es war noch eine richtige Bar, und außer aufgewärmter Tiefkühlpizza gab es auch nicht wirklich Essen. Dennoch waren Sawyer und sie oft zum Pub-Quiz hergekommen, was auch für Jüngere offen gewesen war.

Sie schaute sich um. Genau wie in der pinken Folterkammer hatte sich auch hier nichts verändert. Immer noch hingen Dartscheiben an den Holzwänden, in Neonschrift leuchteten Biermarken, und in der hinteren Ecke stand die alte Jukebox.

Zum Glück erkannte Eve aber keinen der Gäste. Sie war *wirklich* nicht in der Stimmung für noch so eine Begegnung wie der mit Pearl.

»Ms Abbott, lange nicht gesehen. Was darf es denn sein?«

»Hi, Law.« Ben Lawson kannte sie zwar, aber er machte zumindest kein großes Ding aus ihrer Rückkehr. Ein »lange nicht gesehen« von ihm könnte genauso gut nach zehn Tagen wie nach zehn Jahren kommen. Das war eben Law, er war immer schon gelassen. »Irgendein gutes IPA da?«

»Natürlich. Ein lokales, hier.« Er stellte ein Pint vor sie und stützte sich dann mit den Ellenbogen auf den Tresen, das Kinn in den Händen. Vielleicht hatte sie sich zu früh gefreut. Ob er doch ausflippen würde? Jedenfalls für seine Verhältnisse?

Nein. Er schaute sie einfach nur an, sein Blick unlesbar.

»Eve Abbott, bist du das?«, schrie auf einmal jemand

links von ihr so laut, dass sie zusammenzuckte. »Oh. Mein. Gott. *Eve*! Ich habe schon gehört, dass du hier bist!«

Eve drehte sich zur Stimme und wurde positiv überrascht. »Maya?«

Eve und Maya hatten sich immer gut verstanden, auch wenn sie nie wirklich befreundet waren – Maya war etwas jünger als Eve, und Eve war eigentlich immer mit Sawyer beschäftigt gewesen. Früher hatte Maya oft Aufführungen auf der großen Wiese organisiert, einmal hatte Eve sogar in *Hexenjagd* die Puritanerin Nummer vier gespielt. *Hexenjagd* war allerdings nicht wirklich das Theatererlebnis, worauf die Touristen in einer Stadt aus waren, die sonst eher für Himbeerpflücken, Meerjungfrauenkostüme und Strandspaziergänge bekannt war, weshalb das Stück ziemlich gefloppt ist.

Während Maya sich neben Eve setzte, brachte Law ihr Weinglas zu ihr und füllte es ohne ein Wort auf. Sie schien es überhaupt nicht zu bemerken. »*Eve*. Alle waren *am Boden zerstört* nach Lucilles Tod, wir haben sie alle *so* sehr geliebt.« Maya klang immer etwas melodramatisch – vermutlich eine Berufskrankheit, falls sie noch mit Theater zu tun hatte. Aber es wirkte ehrlich.

Sie legte Eve eine Hand auf den Arm, und diesmal ließ Eve es auch zu, anders als bei Jason Sims, und spürte sofort ein Ziehen in der Brust.

»Ich kann nicht glauben, dass du hier bist«, redete Maya weiter. »Obwohl es ja klar war, dass du herkommst. Ich meine, Lucille ist *tot*.«

Wieder ein Ziehen in Eves Brust, diesmal stärker. Sie fühlte sich einfach so … unfassbar überwältigt und überfordert von dem Chaos, das Lucilles Testament auf einmal in ihrem Leben angerichtet hatte.

Auch wieder hier zu sein, das *Twistee Freeze*, das pinke Zimmer ... einfach alles.

»Oh, Scheiße, das klang falsch, tut mir leid.« Maya legte Eve einen Arm um die Schulter, und Eve fühlte sich sofort wie die schmelzende böse Hexe des Westens, nur dass es nicht am Wasser lag, sondern an dem bisschen Zuneigung. »Wie lange bleibst du?«

Die große Frage. Sie wünschte, sie hätte eine Antwort. Nicht nur, weil sie gern selbst die Antwort wüsste, sondern auch, weil sie jeden Moment in Tränen ausbrechen würde.

Nope. Nicht jeden Moment, sie war schon dabei.

»Oh, Süße.« Maya hüpfte von ihrem Hocker und schloss Eve fest in ihre Arme. Sosehr sie sich vor ein paar Stunden noch gegen die Umarmung von Pearl gesträubt hatte, genauso sehr brauchte sie es in dem Moment, und sie vergrub ihr Gesicht in Mayas Hals. Ein kläglicher Versuch, ihre Emotionen zu kontrollieren, endete nur in dem nächsten lauten Schluchzen, das sie überkam. Maya drückte sie noch fester. »Lass uns in eine der Sitzecken hinten gehen«, schlug sie nach ein paar Sekunden vor.

Eve nickte. Alles, was ihren Zusammenbruch zumindest minimal weniger auffällig gestaltete.

»Benjamin«, meinte Maya über ihre Schulter hinweg, während sie Eve weg vom Tresen führte. »Wir brauchen Shots. Jede Menge Shots.« Sie setzten sich in eine der Sitzecken im hinteren Teil der Bar, und Maya fing sofort an. »Okay, was ist los, erzähl.«

»Ich …«

»Na sag schon.« Sie machte eine Handbewegung, dass Eve sich beeilen sollte. »Reden hilft.«

»Du hast Rotze von mir am Hals.«

Kurz herrschte Stille, und Eve wollte sich gerade entschuldigen, als Maya ihren Kopf nach hinten warf und in so ein ansteckendes Lachen ausbrach, dass sogar Eve durch ihre Tränen lächelte. Dann tupfte Maya mit einer Serviette ihren Hals ab. »Das passt schon. Das ist mehr Action, als ich seit …«, sie verstummte sofort, als Law mit zwei Shotgläsern an den Tisch kam.

»Ladys.« Er stellte widerlich aussehende knallgrüne Kurze vor ihnen ab.

»Danke«, sagte Maya, »aber war ›jede Menge Shots‹ wirklich so schwer zu verstehen? Wir brauchen umgehend eine zweite Runde.« Law verschwand wieder, und Maya schob eines der Gläser zu Eve rüber. »Runter damit.«

»Das werde ich noch bereuen.«

»Quatsch. Guck mal, du weinst schon gar nicht mehr!«

»Stimmt.« Eve stieß mit Maya an und trank. Wow. »Sauer.«

Maya schüttelte sich kurz, sie schien es genauso zu sehen. »Okay, also, was ist los? Wieso die Tränen? Ich meine, abgesehen vom Offensichtlichen, das mit Lucilles Tod. Ich habe das Gefühl, da ist noch mehr?«

»Ich bin …« Eve schaute sich um. Sie hatte es noch niemandem erzählt, noch nicht mal ihren Eltern. Ein paarmal wollte sie schon anrufen, hatte sich dann aber entschieden, es ihnen persönlich zu erzählen, wenn alle für die Beerdigung hier waren.

Plötzlich musste sie es aber einfach irgendjemandem erzählen. Es schien alles zu viel für sie allein. Das ganze Wissen, die *Bürde*, die Lucille ihr hinterlassen hatte. Ganz offensichtlich war es zu viel, wenn sie schon in *Lawson's Lager House* unkontrolliert anfing zu heulen. Sie atmete tief durch. »Ich habe das *Mermaid* geerbt, und ich wollte es verkaufen, aber jetzt habe ich erfahren, dass ich es wegen irgendeiner absurden Regelung in Lucilles Testament ein Jahr lang nicht verkaufen kann. Aber ich kann mir auch nicht leisten, ein Jahr lang dafür zu zahlen.«

Maya starrte sie perplex an. »Willst du mich verarschen? Erst neulich hatte ich die *beste* Idee überhaupt und dachte noch, wie schlimm, dass Lucille gestorben ist. Also, es ist natürlich so oder so schlimm, aber ich glaube, sie hätte die Idee echt toll gefunden.« Maya schlug auf den Tisch. »Bereit?«

Jetzt war Eve verwirrt. »Ähm, vielleicht?«

»Ein Murder Mystery Theater im *Mermaid*.«

»Wie bitte? Murder was?«

»Also, ich bin ja Art Director der *Moonflower Bay Theater Company*.«

»Es gibt eine *Moonflower Bay Theater Company*?« An die Stücke auf der Wiese erinnerte sich Eve noch, aber darüber hinaus …

»Ja! Diesen Sommer feiern wir unser zweites Jubiläum. Die meisten Aufführungen finden im alten Kino statt.«

Tatsächlich mal etwas Neues. Eve kannte das alte große

Art-déco-Kino, in dem früher immer Klassiker liefen, allerdings hatte es dichtgemacht, als Eve sechzehn Jahre alt war. Sie erinnerte sich noch daran, wie sie mit Sawyer *Casablanca* dort gesehen hatte, der letzte Film, der vor der Schließung lief.

»Wir machen jeden Sommer ein großes Musical und sind auch durchgehend ausgebucht. Die Touristen lieben das.« Maya rümpfte die Nase. Ganz offensichtlich hatte sie einen anderen Geschmack als die Touristen, an denen sie verdiente. »Im Herbst kommt dann das richtige Theaterstück, das machen wir meist draußen, wie früher.«

»Wie bei *Hexenjagd*?«

»Ja! Du warst auch eine hervorragende Puritanerin, damals.«

»Ich war doch nur Statistin, ich hatte nicht mal Text.«

»Aber hattest eine tolle Ausstrahlung.«

»Eine puritanische Ausstrahlung?«

»*Genau*.« Maya schlug wieder auf den Tisch, Eves Versuch, lustig zu sein, überging sie einfach. »Jedenfalls habe ich überlegt, dazu noch ein jährliches Murder Mystery zu veranstalten. Die Touristen würden bestimmt ausrasten!« Sie schnaubte abfällig. »Aber damit es richtig gut funktioniert, müsste man es außerhalb des Theaters machen. Ein heruntergekommenes Inn wäre *perfekt*. Die Gäste können alles erkunden und selbst ermitteln. Zum Beispiel, ob die Tatwaffe die Lampe in der Bibliothek oder der Kerzenständer in der Küche war.«

»Ich würde das *Mermaid* jetzt nicht per se als ›heruntergekommen‹ beschreiben«, meinte Eve. Ja, in jeder Ecke lauerte irgendwelches Meerjungfrauenzeug, und die pinke Folterkammer war wie ein Bonus obendrauf, aber richtig heruntergekommen war es nicht.

Moment, wieso verteidigte sie sich eigentlich? Sie dachte an die herunterhängende Tapete und an die Decke mit den Wasserschäden. Das *Mermaid* war heruntergekommen. Sogar noch darüber hinaus, es war eine Bruchbude.

»Nein, nein, ich meinte nicht so richtig *heruntergekommen*«, redete Maya sich raus. »Es hat nur Charakter. Oh! Wir könnten ein Stück machen, in dem das Opfer eine Meerjungfrau ist! Ein Supernatural Murder Mystery Theater!«

»Ihre Tante ist gerade erst gestorben, und du willst schon an das Haus ran?«, kommentierte Law, der mit zwei weiteren Shots an den Tisch kam – diesmal in Orange.

Maya hob einen Finger und öffnete den Mund, um ihm zu widersprechen – die beiden konnten sich wirklich nicht leiden. Dann zog sie ihre Hand aber wieder zurück und schloss den Mund. »Du hast recht«, sagte sie dann. Law runzelte die Stirn. »*Ausnahmsweise* hast du *einmal* recht.« Dann scheuchte sie ihn wieder weg. »Tut mir leid, wirklich. Wenn es um das Theater geht, bin ich manchmal etwas zu zielstrebig. Es ist nicht nur mein Job, es ist irgendwie auch mein Leben.« Selbstironisch rollte sie mit den Augen.

»Schon okay«, sagte Eve, und das war es auch. Obwohl sie die Idee eines Murder Mystery Theaters im *Mermaid* nicht unbedingt reizte, fühlte sie sich schon besser. Mayas Enthusiasmus und allgemeiner Optimismus schienen ansteckend.

»Wir sind hier, um über dich zu reden«, meinte Maya. »Und über dein Inn.«

»Ich habe wirklich keine Ahnung, was ich mit dem Inn machen soll … dafür finde ich heute bestimmt auch keine Lösung mehr.«

»Na dann, Prost.« Maya schob Eve einen der orangenen Shots rüber, und beide stürzten sie runter. Diesmal waren sie nicht sauer, eher genau das Gegenteil, nämlich widerlich süß. Eine Mischung aus Fanta und noch mehr Zucker.

»Bah. Das macht er doch absichtlich.« Maya warf einen bösen Blick in Richtung Tresen, bevor sie wieder zu Eve schaute. »Ist es wirklich nicht möglich, es zu verkaufen, wenn du das willst? Diese Zusatzklauseln kennt man doch eigentlich nur aus Seifenopern.«

»Ich weiß! Und dann ist da immer noch ein Brief oder so was, den man bekommt.«

»Den hattest du nicht?«

»Nein.« Nichts. Sie hatte Jason Sims sogar direkt danach gefragt, aber er hatte nur geantwortet, »Lucille meinte, du wirst es schon verstehen«.

»Und du hattest noch Kontakt zu Lucille? Sie hat es nie erwähnt?«

»Wir hatten Kontakt, wir haben uns nur leider nicht so oft gesehen.« *Weil ich eine egoistische Idiotin bin und statt mich Sawyer zu stellen, einfach abgehauen bin.* »An Feiertagen ist sie nach Toronto gekommen, und wir haben oft telefoniert.«

»Hm.«

»Ich könnte es anfechten, glaube ich, aber Jason Sims scheint es für ziemlich hieb- und stichfest zu halten.«

»Na ja, okay, aber er hat es wahrscheinlich auch aufgesetzt. Sorry, aber Jason Sims ist vielleicht nicht der allerbeste Anwalt überhaupt.«

Eve lachte. »Ist es nicht komisch, dass er irgendwie aussieht, als wäre er ein *Sims*-Charakter?«

»Oh Gott, ja! Seine Haare sehen aus, als wären sie aus Plastik!«

»Vielleicht sollte ich mir wirklich eine zweite Meinung einholen.«

»Definitiv, man sollte nie ohne zweite Meinung juristischen Rat von einem Videospielcharakter annehmen.«

Eve war allerdings nicht mal sicher, ob es einen Unterschied machte. Könnte sie sich wirklich gegen Lucilles ausdrücklichen Wunsch stellen? Wieder spürte sie die Schuldgefühle. Allein ihr Stolz hatte sie davon abgehalten, die letzten Jahre eine richtige Beziehung zu ihrer Großtante zu haben. Sie hätte wirklich ihre Angst überwinden sollen, Sawyer zu treffen, und Lucille besuchen sollen. Wenigstens *ein Mal*, dann wäre das alles jetzt nicht so ein Schock.

Maya sprang auf. »Ich bin gleich wieder da, ich besorge uns mal was Anständiges zu trinken. Teilen wir uns eine Flasche Wein?«

»Klar.« Wieso nicht? Sie hatte immerhin schon ein halbes Bier, einen widerlichen grünen Kurzen und orangenes Zuckerwasser hinter sich. Was sollte schon passieren?

Kapitel 4

Wie sich herausstellte, sollte sie eingesperrt im Kühlraum von *A Rose by Any Other Name* landen.

»Oh mein Gott! Nein! Du hast doch den Schlüssel!«, Maya schlug sich die Hände vor den Mund. Sie stand auf der anderen Seite des Glases, der normalen Seite, im Blumenladen. Dann brach sie in Gelächter aus.

»Was?« Oh, Scheiße, sie hatte tatsächlich den Schlüssel. Den hatte sie der betrunkenen, tollpatschigen Maya abgenommen, als die es nicht geschafft hatte, ihn in das Loch zu stecken. Dann hatte sie die Tür geöffnet und war in den Kühlraum gegangen, um die Blumen rauszuholen, die Maya haben wollte. Anscheinend war dabei die Tür zugefallen, während Eve den Schlüssel noch in der Hand hielt. Wie unglaublich lächerlich. Vergeblich rüttelte Eve an der fest verschlossenen Tür, musste dabei aber selbst schon kichern.

Sie war betrunken. Aber nur ein bisschen, nicht so sehr wie Maya und auch nicht so sehr, dass sie es morgen bereuen würde. Allerdings offensichtlich betrunken genug, um Mayas Plan zuzustimmen, Blumen aus dem Laden ihres Vaters zu holen, um diese dann am Strand in den See zu werfen.

Und betrunken genug, um sich dabei in einem Kühlraum einzusperren.

Das war Tradition hier im Ort – das mit dem Blumenwerfen, nicht das mit dem in den Kühlraum einsperren. Wenn man bei Vollmond eine Mondblume in den See warf und sich was wünschte, sollte sich der Wunsch erfüllen. Deswegen wuchsen vor jedem Geschäft in der Hauptstraße Mondblumen, in kleinen Grünflächen oder Töpfen. An jedem Zaun oder Pfahl rankten sich die Kletterpflanzen hoch. Es war beinahe schon zu viel – sollte das hier eine echte Stadt sein oder ein Filmset? Aber selbst Eve musste zugeben, dass es immer schon etwas Magisches hatte, abends durch die Straßen zu gehen, wenn die Blumen langsam ihre Blüten öffneten. Früher fiel es ihr leicht zu glauben, dass die Blumen Wünsche erfüllen konnten – als Märchenverrückte hatte Eve sowieso in allem etwas Magisches gesehen.

»Es gibt noch einen Schlüssel, oder?«, fragte Eve. Sie sah zu, wie das Lachen aus Mayas Gesicht verschwand und Panik sich ausbreitete. Wie in Zeitlupe wandelte sich ihre Miene von einem emotionalen Extrem ins andere, ihr Hang zur Dramatik durch den Alkohol nur noch verstärkt. »Es gibt keinen zweiten Schlüssel?« Nicht gut. »Wieso sind die hier überhaupt eingeschlossen?«

»Amaryllis sind nicht günstig.« Maya kramte in einer Schublade am Tresen rum.

Amaryllis? Waren sie nicht wegen Mondblumen hier?

»Und mein Vater handelt mit einigen seltenen Orchideen«, fuhr Maya fort. »Also müssten da drin Blumen im Wert von ein paar Tausend Dollar sein.«

Eve fand das lustig, vielleicht hatte sie doch etwas mehr getrunken als gedacht. »Die Orchideen-Mafia ist echt schlimm, da muss man sich schützen.«

Maya fing wieder an zu prusten und zog dabei die nächste Schublade auf. »Ich bin ziemlich sicher, dass mein Dad hier keinen Schlüssel über Nacht liegen lässt.« Sie schaute hoch. »Du weißt ja, wegen der Orchideen-Mafia kann man nicht einfach Schlüssel rumliegen lassen.« Beide mussten wieder lachen, aber dann riss Maya sich zusammen. Sie torkelte zum Kühlraum und stieß sofort ihren Kopf an dem Glas.

»Autsch!« Eve verzog aus Solidarität das Gesicht.

»Alles in Ordnung!« Maya hielt ihre Hände hoch, als würde sie ausgeraubt werden. Vielleicht von der Orchideen-Mafia? Bei dem Gedanken musste Eve sofort wieder loslachen.

»Okay«, brachte Maya lachend heraus, während sie sich die Stirn rieb. »Ich muss zu meinen Eltern rüber und sie aufwecken. Ich muss nur ein Taxi rufen oder jemanden finden, der mich fährt.«

»Und wie lange dauert das?« Erst da fiel Eve plötzlich auf, wie kalt es in dem Kühlraum war.

»Hallo?«

Oh nein. *Nein*. Sie kannte die Stimme. Was stimmte eigentlich nicht mit dem Typen? War er *überall*?

Na ja, vielleicht, immerhin war er der Chief?

Der, dessen Name nicht genannt werden darf.

Moment, sie benutzte ja jetzt wieder seinen Namen.

»Was?« Maya hielt inne und schaute Eve fragend an. »Der, dessen … was?«

Oh, Scheiße. Hatte sie das etwa laut gesagt?

Verwirrt sah Maya über ihre Schulter, bis Sawyer den Laden betrat. »Sawyer?« Sie drehte sich wieder zu Eve. »Hast du über Sawyer geredet?«

Maya sprach in diesem superlauten Tonfall, wie Betrunkene so oft, wenn sie die Lautstärke nicht mehr richtig einschätzen konnten. Eve wollte auf der Stelle sterben. Oder sich zusammenrollen und langsam im Kühlschrank erfrieren.

»Hallo, Maya.«

Er trat in den schwachen Schein der Lampe auf dem Bezahltresen. Das Deckenlicht hatte Maya nicht eingeschaltet, das einzige Licht kam von der Lampe und der Beleuchtung im Kühlraum.

»So spät noch arbeiten? Ich bin zufällig vorbeigegangen und habe das Licht gesehen, da wollte ich kurz nachsehen, ob alles …«, er entdeckte Eve, »in Ordnung ist.«

Wenn er sie jetzt erst bemerkte, hatte er immerhin ihren Namen für ihn nicht mitbekommen.

»Ich bin so froh, dass du da bist!«, rief Maya. »Eve ist im Kühlraum eingeschlossen!«

»Das sehe ich.« Sein Blick klebte weiter an Eve, als er näher kam und nach der Türklinke griff. »Ihr habt keinen Schlüssel?«

Eve hielt den Schlüssel hoch.

Sawyer verdrehte die Augen, gefolgt von einem erfolglosen Versuch, die Tür zu öffnen.

»Meine Eltern haben noch einen Schlüssel«, erklärte Maya. »Kannst du bei Eve bleiben, während ich den hole?«

Als Sawyer in den Laden gekommen war, hatte Eve instinktiv ihre Arme um sich geschlungen, wie als Schutz, nur dass sie jetzt anfing zu zittern, während die Kälte langsam in ihre Knochen sickerte. Sie rieb sich die nackten Arme.

Das fiel Sawyer auf. Nachdenklich musterte er sie, sein Blick wanderte an ihr hoch und runter. Sie redete sich ein, dass es rein professionell war, dass er überlegte, wie er sie da rausbekommen könnte.

Nur ... so fühlte es sich nicht an.

Er kam ganz nah ans Glas. Für einen Moment sah es so aus, als ob er ... was? Das Glas zerschmettern? Sie war nicht sicher, aber er wirkte so entschlossen. Sie wollte einen Schritt zurück machen, aber wieso? Er wollte nur die Situation einschätzen. Er machte seinen Job. Sie blieb regungslos stehen.

Auf einmal ging er auf die Knie und inspizierte das Schloss. Da Eve immer noch vorn am Glas stand, war sein Gesicht genau vor ... einer bestimmten Region.

Aber nicht direkt. *Hallo, da war noch das Glas zwischen ihnen!*

Trotz der Kälte wurde ihr allein durch die Situation, wie er vor ihr kniete, den Kopf direkt vor dem Bereich zwischen ihren Beinen, ganz warm, genau in ... dem Bereich. Sie zwang sich, ruhig zu bleiben, sich nicht wegzudrehen. *Dein Bereich ist immun!*

Er zog etwas aus seinem Gürtel.

»Oh!«, staunte Maya. »Ist das ein Dietrich? Das ist ja richtig FBI-mäßig!«

»Nein, nur ein Schweizer Taschenmesser.«

Eins von denen, mit diversen unterschiedlichen Werkzeugen dran. Nach etwas Rumgefummel steckte er einen winzigen Schraubenzieher in das Schlüsselloch und wackelte damit hin und her. Mit einem kleinen Klicken löste sich das Schloss einfach. Er schob die Schiebetür zur Seite, entfernte damit die Glasbarriere zwischen ihnen.

Aber er stand nicht auf. Er blieb auf den Knien und sah zu ihr hoch. In seinen Augen entdeckte sie ... etwas. Ein Funken? Funkeln? Anscheinend hatte der Alkohol ihr Wortfindungsschwierigkeiten beschert.

»Yay!«, jubelte Maya. »Egal, was du sagst, Sawyer, das *war* sehr FBI-mäßig! Und ich muss meine Eltern nicht aufwecken – ein Win-win!«

Er machte immer noch keinerlei Anstalten aufzustehen, sondern funk-funkelte sie weiter an, während ihr Unterleib immer heißer wurde. Worauf wartete er?

»Oh, warte mal!«, kreischte Maya plötzlich. »Ihr beide wart mal zusammen, oder? Das fällt mir gerade erst wieder ein!«

Anscheinend war das genau der kleine Stups, auf den er gewartet hatte. Er wich zurück, so schnell, dass er sich am Tresen stützen musste, und eine Sekunde später stand er wieder aufrecht. Als könnte er gar nicht schnell genug von der Erinnerung – von *ihr* – wegkommen.

Der stechende Schmerz in ihrer Brust war fast so schlimm wie an dem Tag der Parade. An dem Tag, als er auf dem Meerjungfrauen-Weihnachtswagen vom Laden der

Wilkersons an ihr vorbeigefahren war. Erst der Schock, dann das Knock-out.

Sie schluckte den Schmerz runter. »Es war nichts Ernstes«, log sie. Sie musste es kleinreden, bevor er es konnte. Wie sagt man noch mal? Die Sieger schreiben die Geschichte.

»Genau.« Inzwischen war er knapp drei Meter entfernt, den Blick aber immer noch auf sie gerichtet. Gerade als das Schweigen unangenehm wurde, wiederholte er: »Es war nichts Ernstes.«

Okay, das tat weh. Auch wenn er ihr nur zustimmte.

Wenigstens hatte sie es als Erste gesagt.

• • •

Nichts Ernstes, am Arsch.

Er wusste genau, wieso sie das gesagt hatte. Aus Selbstschutz. Logisch, nach dem, was er ihr angetan hatte. Aber dennoch war es eine dreiste Lüge. Das zwischen ihnen hätte ein Leben lang halten können, das wussten sie beide.

»Nimm zwei Blumen!«, meinte Maya noch schnell, als Evie aus dem Kühlraum wollte.

»Du willst das immer noch machen?«

»Natürlich.«

»Es ist noch nicht mal Vollmond!«

»Pf.« Maya winkte ab. »Unwichtige Details.«

»Es funktioniert nur bei Vollmond!«

Beim Zuhören, wie sie sich über die Details des Mythos

stritten, fragte Sawyer sich, ob die erwachsene Evie wohl immer noch an Märchen und Magie glaubte.

»Es wird schon nicht schaden!«, entschied Maya. »Und gestern war Vollmond, das reicht doch.«

»Okay, na gut!«

Er musste darüber lächeln, wie die beiden sich wie alte Freunde zankten. Typisch Maya. Sie kannte jeden, und sobald irgendjemand Neues herkam, war Maya die Erste, um die Person willkommen zu heißen.

Nicht, dass Evie neu hier wäre.

Und nicht, dass sie hierbleiben würde.

Wofür er definitiv dankbar war, ihrem wütenden Blick nach, als sie aus dem Kühlraum kam.

»Moment«, sagte sie zu Maya, als sie die Blumen auf den Tresen legte. »Das sind keine Mondblumen.«

»Das sind irgendwie ...« Maya wurde leiser, wahrscheinlich ein Versuch zu flüstern, allerdings war sie zu betrunken, um es richtig einzuschätzen. »Ersatzblumen.«

»Ersatzblumen?«

Sawyer übernahm die Erklärung. »Vor ein paar Jahren wurde das mit den Wünschen so beliebt, dass alle Mondblumen geklaut wurden. Bis zum Sommer waren dann keine mehr da, und da Mondblumen Kletterpflanzen sind, können die Floristen sie schlecht einzeln verkaufen, wie andere Blumen.«

»Deswegen hat mein Dad dem Stadtrat vorgeschlagen, dass er anfängt, Amaryllen zu importieren.« Maya legte ihren Kopf schräg. »Amarylli? Ich kann mir den Plural nie merken.«

»Das Amt für Denkmalschutz hat dann entschieden, dass die *eigentlichen* Mondblumen in der Hauptstraße geschützt sind, und sie haben Plaketten aufgestellt, um die Touristen dazu zu bringen, ihre Blumen hier zu kaufen, statt sie zu pflücken«, erklärte Sawyer weiter.

»Es gibt sogar eine neue Anordnung, dass der Diebstahl von Mondblumen mit bis zu fünfhundert Dollar strafbar ist!«, fügte Maya noch hinzu.

Evie wirkte unverhältnismäßig entsetzt über die Geschichte. »Also werden die Touristen betrogen? Von der gesamten Stadt?«

»Es ist kein Betrug! Nirgendwo steht, dass es Mondblumen sind!« Maya zeigte auf das Glas, vor dem großen Eimer mit Blumen in der Kühlung. Auf dem Schild stand ›Wunschblumen‹.

»Wunschblumen«, wiederholte Eve spöttisch. »Also ist es reiner Zufall, dass eine Amaryllis fast genauso aussieht wie eine Mondblume?«

Maya zuckte nur mit den Schultern, und Sawyer lachte leise. Evie hatte recht: Genau genommen hinterging die ganze Stadt die unwissenden Touristen, um die Blumen in der Hauptstraße zu schützen. Ehrlich gesagt schien das Ganze ziemlich absurd. Aber typisch für Moonflower Bay. Eine Kleinstadt voller Wichtigtuer.

Auf Evies empörten, angewiderten Blick hin meinte er nur, »Hey, ich mache die Gesetze nicht, ich setze sie nur durch«.

»Also stellst du Leuten wirklich eine Strafe von fünfhundert Dollar aus, wenn sie eine Blume stehlen?«

Er grinste selbstgefällig. »Wenn mir danach ist.« In anderen Worten, wenn ihm betrunkene Touristen dumm kamen. Einheimische hatte er noch nie bestraft, aber das wusste niemand. Er musste die Oberhand behalten, soweit es ging.

Er hielt beiden die Tür auf, während Evie ihn böse anfunkelte. Maya und sie traten auf den Gehweg und spazierten schon los, als er sich räusperte, um ihre Aufmerksamkeit zu bekommen. Maya schaute über ihre Schulter zu ihm.

»Willst du noch abschließen?«

»Oh, ja!« Sie kam zurückgeeilt, und nach dem ersten gescheiterten Versuch, den Schlüssel in das Loch zu stecken, übernahm Sawyer das Abschließen.

»Danke, Chief! Du hast uns den Abend gerettet!« Sie warf ihm einen Kuss zu. »Wir können auch eine echte Mondblume klauen, wenn du willst«, flüsterte Maya laut zu Evie, als sie weitergingen. »Eigentlich bin ich ja eine gewissenhafte Bürgerin, aber wir haben die Amaryllen eh schon von meinem Vater geklaut, also sind wir so oder so kriminell.«

Sawyer folgte ihnen, aber nach ein paar Metern drehte Maya sich zu ihm um und rief: »Du kannst jetzt gehen, Chief!«

»Ignoriert mich einfach.« Er versuchte, sich im Hintergrund zu halten, aber sie waren zu betrunken, als dass er sie einfach an den Pier lassen konnte, ohne sie im Auge zu behalten. Er würde sogar davon absehen, ihnen eine Geldstrafe aufzuerlegen, sollten sie echte Mondblumen klauen.

»Du bist nicht eingeladen!«, rief Maya.

»Und ihr seid nicht nüchtern!«, rief er zurück.

»Ist das etwa verboten?«

»Ich könnte euch jeden Moment für Trunkenheit in der Öffentlichkeit festnehmen, aber euch ist vielleicht lieber, wenn ich im Hintergrund bleibe und aufpasse, dass niemand ins Wasser fällt und ertrinkt, aber das ist eure Entscheidung.«

Maya warf ihre Hände in die Luft, was er als Aufgeben interpretierte, also ging er ihnen weiter leise hinterher – er hatte gewonnen.

Die ganze Zeit über beobachtete er Evie. Sie starrte konsequent nach vorn, während Maya über ihre Schulter mit ihm diskutiert hatte. Ihre Körperhaltung schien alles andere als entspannt, der Rücken gerade und steif. Fast schon roboterhaft marschierte sie weiter.

Auf eine seltsame Art gefiel ihm, dass es keine ›Es-war-nichts-Ernstes‹-Körperhaltung war, auch wenn sie unfassbar sauer auf ihn wirkte.

Beim Gehen staunte er wieder, dass sie wirklich zurück war. Schon als er aus der Bar gekommen war, hatte er einen langen Spaziergang gemacht – auch, um Clara nicht erklären zu müssen, wieso er so früh zurück war. Er hatte keinen konkreten Plan, aber wie selbstverständlich hatten ihn seine Füße zur Grundschule getragen. Dort hatte er Evie getroffen, als sie das erste Mal den Sommer bei Lucille verbracht hatte. Da lebte auch seine Mutter noch, und Clara war noch nicht einmal geboren. Sein Leben noch nicht komplett auf den Kopf gestellt. Während seine Mom mit Lucille quatschte, hatten Sawyer und Evie sich langsam angenähert. Sie war schüchtern. Er, der gerade in einem Witzebuch aus der Bibliothek Wortwitze gelernt hatte, schwang sich an das Klettergerüst und rief ihr »Lust rumzuhängen?« zu. Und es funktionierte. Sie lächelte und kam zu ihm. Dann dachten sie sich ein Spiel aus: »Wie lange kannst du dich festhalten?« – ziemlich selbsterklärend. Sie hingen einander gegenüber und versuchten immer, den anderen mit Grimassen dazu zu bringen, loszulassen. Daran hatten sie immer einen unheimlichen Spaß.

Und dann waren sie zusammen aufgewachsen. Freunde geworden. Beste Freunde. Dann mehr.

Das war das Schmerzhafteste daran gewesen, Evie wegzustoßen: Er hatte nicht nur seine Partnerin verloren, er hatte seine beste Freundin verloren.

Im Blumenladen hatte ihn das Ganze kurz überwältigt. Als er vor ihr kniete und die Tür endlich aufsprang, fühlte er sich kurz wie ... betäubt. Zwei Male, die er sie getroffen hatte, seit sie wieder hier war, hatte sie wie vor ihm emporgeragt. Alles eingenommen. Erleuchtet. Einmal von dem plötzlichen Auftreten der Sonne, auf dem Dach vom *Mermaid*, und dann vom Licht im Kühlraum, in dem sonst spärlich beleuchteten Blumenladen.

Und sie war *so* wütend auf ihn.

Keine große Überraschung, bei dem, was er ihr angetan hatte.

Im Laden wollte er auf den Knien bleiben, wollte ihre Hände nehmen und alles erklären. Erklären, dass es zu ihrem Besten war. »Keine Erklärung«, hatte er sich selbst damals geschworen. Da konnte er es nicht erklären, sonst wäre sie nicht gegangen. Sie hätte ihr Stipendium abgelehnt und ihrem Traum den Rücken gekehrt.

Aber jetzt?

Vielleicht könnte er es jetzt erklären. Vorhin, vor der Bar, hatte er es versucht, aber sie wollte nicht mit ihm reden. Dennoch hatte er Hoffnung, dass er irgendeinen Weg finden würde, sich bei ihr zu entschuldigen, solange sie hier war.

Gleichzeitig auch um herauszufinden, ob es das alles wert gewesen war. War sie aufs College gegangen, hatte im Ausland studiert, etwas aus sich gemacht? Es sah so aus.

Aber was hieß das überhaupt? Sie sah wunderschön aus. Ihr Gesicht immer noch zart und blass – sie bekam immer schnell einen Sonnenbrand –, aber es wirkte etwas schmaler, erwachsener, die vorher schon markanten Wangenknochen waren noch präsenter. Ihr hellbraunes Haar war immer noch lang, nur dass sie es jetzt statt in einem Zopf offen über ihren Rücken hängen ließ.

Er schüttelte den Kopf. Wie sie aussah, sagte ihm nichts darüber, was er wissen wollte. Ob sie erreicht hatte, was sie wollte, konnte man ihr nicht ansehen.

Die Hauptstraße endete unten am »kleinen Strand«, was der extrem originelle Name des kleineren der beiden Strände der Stadt war. Die beiden Frauen überquerten den Sand, um zum Pier zu kommen. Während er ihnen hinterherging, bemerkte er im Augenwinkel eine Bewegung, in der Nähe des Hochsitzes für die Rettungsschwimmer. Die meisten dieser Hochsitze waren einfache erhöhte Plattformen, doch letzten Sommer hatte eine einheimische Künstlerin den Stadtrat überreden können, einen in ein funktionales

Kunstwerk umzuwandeln. Um die Plattform selbst hatte sie ein kleines Plateau gebaut, mit einer Treppe, die runter zum Strand führte, und auf der Plattform war dann noch ein kleiner Bau mit einer Miniaturversion des alten Leuchtturms oben drauf.

Es sah süß aus, und die Strandwachen liebten es, weil sie darin ihre ganze Ausrüstung geschützt lagern konnten, aber für die Polizei war es echt nervig. Ständig mussten sie Leute von da oben runterholen, die fragwürdige Dinge anstellten. Teenager, die sich betranken. Erwachsene, die sich betranken.

Und natürlich das, was Art Ramsey und seine Frau Jamila Johnson gerade da oben trieben.

Sawyer seufzte. Er war nicht im Dienst, und wären sie auch nur ein bisschen diskreter, würde er ein Auge zudrücken, aber nein. Sie hatten sich nicht einmal die Mühe gemacht, in den Schuppen einzubrechen, wie die meisten anständigen Leute, die in der Öffentlichkeit Sex hatten. Immerhin waren sie noch angezogen. Einigermaßen. »Wartet!«, rief er Maya und Evie zu.

Er schaltete die Taschenlampe ein, die an seinem Schlüsselbund hing – die und das Schweizer Taschenmesser hatte er immer dabei, weil es für einen Chief in einer Kleinstadt nicht wirklich so was wie »nicht im Dienst« gab. Er räusperte sich und leuchtete direkt vor das Paar, um ihre Aufmerksamkeit zu bekommen, ohne sie direkt ganz bloßzustellen.

Dann kamen ein männliches Fluchen und ein weibliches Kichern, gefolgt von dem Geräusch, wie Kleidung zurechtgerückt wurde. Sawyer wartete noch kurz, bevor er sich vor den Stand stellte. »Guten Abend.«

Art machte einen Schritt von seiner Frau weg, als würde das irgendetwas daran ändern, dass sie erwischt wurden. »Sawyer, mein Junge.«

Jakes Vater Art *war* wie eine Vaterfigur für Sawyer. Bevor er in Rente gegangen war, hatte Sawyer fast jeden Monat eine Kühlbox voller filetiertem Fisch bekommen. Sawyer und Clara hatten in dieser Zeit viel Fisch gegessen. Er wusste es wirklich zu schätzen, wie die Stadt sich um ihn und seine Schwester gekümmert hatte, nachdem sie abgehauen waren. Ohne das alles hätte es ziemlich übel ausgesehen für die beiden. Allerdings machte das auch Sawyers Job in Situationen wie diesen nicht gerade einfacher – wenn man seine Vaterfigur wegen Sex in der Öffentlichkeit zurechtweisen musste.

»Hallo, Chief«, sagte Jamila säuselnd. »Wir haben nur den Mond …«, sie schaute sich um, bemerkte, dass der Mond vom Schuppen verdeckt wurde, »beobachtet«, sagte sie dennoch.

Als Art mit Jamila zusammengekommen war – er Witwer und sie Lehrerin an der Highschool –, wusste niemand so recht, was man davon halten sollte. Sie war immerhin fast zwanzig Jahre jünger, weshalb die meisten sich einig schienen, dass sie es auf sein Geld abgesehen hatte. Beziehungsweise das Geld seiner verstorbenen Frau. Aber dann hatten sich Pearl, Karl und Co. eingemischt – vermutlich hatten sie von Anfang an ihre Finger im Spiel –, und das Gerücht verschwand schnell wieder. Ein Jahr später waren Jamila und

Art verheiratet und lebten glücklich und bescheiden in Arts kleinem Häuschen in der Stadt.

»Ich würde vorschlagen, dass ihr in Zukunft von zu Hause aus den Mond beobachtet.« Sawyer lächelte, allerdings nur, weil es dunkel war und die beiden es sowieso nicht sehen konnten.

»Natürlich.« Art kletterte die Leiter runter, wobei Sawyer wieder die Leichtigkeit in Arts Schritten auffiel, die sich seit seiner zweiten Ehe ausgebreitet hatte. Art streckte noch seine Hand aus, um seiner Frau runterzuhelfen. Sawyer freute es natürlich, dass Art glücklich war – die Ramseys hatten wirklich genug mitgemacht die letzten Jahre.

Sawyer sah sich um. Überraschenderweise hatten Maya und Evie auf ihn gewartet und gingen gerade erst wieder los in Richtung Pier. »Die sind so süß!«, meinte Maya so laut, dass es wohl an Sawyer gerichtet war.

»Das würdest du nicht mehr sagen, wenn du sie an jeder Ecke dabei erwischst, wie sie übereinander herfallen.«

»Das waren Art Ramsey – Jakes Vater – und seine neue Frau«, erklärte Maya für Evie. »Auch wenn es nicht mehr so neu ist, eigentlich.«

»Was ist mit Jakes Mutter?«, wollte Evie wissen.

»Sie ist gestorben. Brustkrebs.«

»Oh nein.«

In Evies Stimme klang ehrlicher Schmerz mit. Sawyer musste daran denken, wie sie bei der Kunstmesse, die Teil des Himbeer-Festivals war, mit Jakes Mutter geredet hatte. Jakes Mutter hatte eine Reihe an abstrakten Bildern mit dem Titel »Magie« bereitgestellt, welche die junge Evie natürlich sofort fasziniert hatten. Leider konnte sie sich keins davon leisten, also hatte Jakes Mutter ihr am Ende des Festivals eines der Bilder geschenkt, das nicht verkauft wurde. Begeistert hatte Evie es sofort in ihrem Zimmer im Inn aufgehängt.

Das hatte Sawyer ganz vergessen. Erschreckend, denn er dachte eigentlich, dass er nie etwas über Evie Abbott vergessen könnte.

»Ich mochte sie.« Evie sah beim Gehen hoch in den Himmel.

»Ich weiß«, antwortete Maya. »Zum Glück ist Jamila auch cool! Alle mögen sie, sogar Jake. Keine böse Stiefmutter in dem Fall.« Sie pfiff. »Und es tut mir leid, aber ich glaube, das zwischen Art und ihr ist etwas *intensiver* als in Arts erster Ehe.«

Dann kamen sie am Steg an, wo Sawyer hinten stehen blieb und zusah, wie die beiden Frauen zum Ende gingen. Seit der Regen am Morgen aufgehört hatte, war es klar geblieben. Der Mond stand recht tief, groß und silbrig spiegelte er sich auf der schwarzen Oberfläche des Sees, wie glitzernde sanfte Wellen aus Diamanten. Aus dem Postkartenwetter am Tag war eine richtige Postkartennacht geworden.

Sawyer hörte die Frauen murmeln, versuchte aber aus Respekt nicht, es zu entschlüsseln. Stattdessen genoss er den Klang ihrer Stimmen – Evies Stimme, Evie war *hier*. Wie ein Pitcher riss Maya ihren Arm zurück und schleuderte ihre Blume in den See. Evie streckte nur ihren Arm aus, hielt ihn über das Wasser, die Blume in ihrer Hand. So stand sie da und dachte über ihren Wunsch nach. Sawyer bekam das Gefühl, als würde sie die Zeit anhalten. Der Mond und der

Strand schienen stillzustehen, als wartete alles darauf, Evie ihren Wunsch zu erfüllen.

Auch er hatte einen Wunsch. Nichts Magisches, Unrealistisches oder Unmögliches. Das interessierte ihn alles nicht mehr, seit Evie die Stadt verlassen hatte. Nein, nur ein bescheidener Wunsch, aber dieser war stark. Er spürte ihn in seinem gesamten Körper, er wollte sich bewegen, losrennen, den Wunsch freilassen. Aber er hatte keine Blume – weder Amaryllis noch die echte –, also blieb ihm nichts anderes übrig, als stehen zu bleiben und sich von seinem Wunsch einnehmen zu lassen.

Er wollte wissen, was Evie sich wünschte.

Wünsche, die Eve Abbott in Erwägung zog, während Sawyer sie anstarrte

1. Dass Sawyer sie nicht mehr anstarrte.

Unwahrscheinlich. Er klebte an Maya und ihr wie Kaugummi. Anscheinend hatte sich sein Beschützerinstinkt – früher eher auf Clara konzentriert – sich inzwischen auf die gesamte Stadt ausgeweitet. Wahrscheinlich Teil seines Jobs, und Eve konnte sich gut vorstellen, dass er seinen Job sehr, sehr ernst nahm.

Sie sah wütend nach hinten.

»Wow«, kommentierte Maya. »Wenn Blicke töten könnten.«

»Es war nichts Ernstes.«

»Lügnerin.«

2. Dass sie in die Vergangenheit reisen könnte und aus ›Es war nichts Ernstes‹ die Wahrheit machen könnte.

»Erinnerst du dich noch an Jeannie Wilkerson?«, fragte Evie Maya.

»Die Wilkersons hatten diesen Weihnachtsladen, oder? Jeannie war die Jüngste, glaube ich, aber sie war älter als wir – *oh*! Ja, jetzt weiß ich es wieder, die Parade ...«

Eve stöhnte genervt. »Ugh, weiß eigentlich *jeder* davon?«

»Nicht *jeder*«, entgegnete Maya diplomatisch.

»Aber die ganze Stadt war bei der Parade! Er hat mitten auf dem Wagen mit ihr rumgemacht!«

»Ach, das war doch kein großes Ding.«

Eve schnaubte.

»Hey«, meinte Maya trocken, »wenn es nichts Ernstes war, dann kann das Ende auch nicht so dramatisch gewesen sein, oder?«

Stimmt. Eve brauchte einen neuen Wunsch.

1. Dass sie Sawyer in den See schubsen könnte?

Nein, nein. Den verwarf sie direkt wieder. Würde sie ihn in den See schubsen, würde er ja nass und zitternd wieder rauskommen.

3. Dass sie nicht mehr an Sawyer, nass und zitternd, denken musste.

Was sie sofort dazu brachte, sich zu fragen, wie wohl sein

dummer Bart in nass aussah. Bah, was stimmte nicht mit ihr? Wenn es überhaupt etwas noch Ekligeres als einen Bart gab, dann war das ein *nasser* Bart.

»Worauf wartest du?«, drängte Maya sie. »Göttliche Eingebung?«

»Ist ja gut, gib mir noch eine Sekunde.«

Okay, jetzt mal ernsthaft. Bei dem Gedanken musste sie sofort lächeln. Die Idee, ernsthaft an diese alberne, irrationale Tradition ranzugehen, war irgendwie widersprüchlich. Sie hatte nicht einmal die richtige Blume für das abergläubische Ritual, das sowieso schon nicht echt war. Sie sollte sich einfach das Erstbeste wünschen, was ihr einfiel. Ihrem Bauchgefühl nach.

4. Dass sie das Inn sofort verkaufen könnte?

Nein. Das wünschte sie sich zwar schon, aber irgendwie fühlte es sich falsch an, einen *offiziellen* Wunsch auszusprechen, der direkt gegen den von Lucille gerichtet war.

»Komm schon!«, drängte Maya weiter. »Ich werde langsam nüchtern und will ins Bett!«

»Das hier war doch deine Idee!«, protestierte Eve mit einem Lächeln. Sie mochte Maya. Auch wenn sie erst seit ein paar Stunden wieder Kontakt hatten, fühlte sie sich wie eine gute Freundin an. »Es ist doch nicht meine Schuld, ich will nur, dass der magische Mond mich nicht aus Versehen verflucht!«

»Ich verwandle mich jeden Moment wieder in einen Kürbis.« Maya fing an, rückwärts zu gehen.

Da wusste Eve es plötzlich. Es war so einfach, jetzt wo sie vor einem der Großen Seen stand. So offensichtlich und so perfekt. Schon seit Ewigkeiten wollte sie es. In Toronto war der Wunsch nicht so stark gewesen wie in den Sommern hier, wahrscheinlich weil sie in Toronto nicht jeden Tag auf einen riesigen See starrte. Aber jetzt, wo sie wieder hier stand, war auch der Wunsch zurück. Gemischt mit Scham. Und Angst, natürlich. Immer kam die Angst dazu.

Aber es war höchste Zeit für den Wunsch. Vor allem war es nicht einmal wirklich ein Wunsch. Ein Wunsch war auch nichts anderes als Hoffnung. Eine Bitte an Gott oder das Universum oder was auch immer verantwortlich dafür war, dass einem etwas passierte. Das, was auch immer hinter der nächsten Kurve auf einen wartete, schön war. Nur, wie sie sich selbst neulich erst gedacht hatte, war ihr Leben nicht sehr verworren. Es war gerade und vorhersehbar. Sie hatte es gerade und vorhersehbar gemacht. Also würde sie sich etwas wünschen, das eigentlich eher ein Vorsatz war. Ein Versprechen, es zu tun. Ein Schwur.

Ich wünschte, ich könnte schwimmen.

Kapitel 5

Eve holte sich tatsächlich eine zweite Meinung ein, was das Testament anging. Nachdem sie mit einem Kater und haufenweise gemischter Gefühle gegenüber Sawyer aufgewacht war, rief sie eine Freundin an, die in der Universitätsbibliothek für Rechtswissenschaft in Toronto arbeitete. Die leitete sie dann an eine Anwältin für Erbrecht weiter, die Eve über das Telefon erklärte, dass sie Lucilles Testament wahrscheinlich vor Gericht anfechten könnte. Diese Worte ließen sie nachdenken: *wahrscheinlich* und *Gericht*.

Am Tag danach bekam sie diverse weitere Ratschläge. Ungebetene Ratschläge.

Von so ziemlich jedem Bewohner von Moonflower Bay.

Bei der Beerdigung ihrer Großtante.

»Die Balkone nach vorn hin müssen weg«, meinte Karl Andersen, der ihr gerade ein weiteres Glas seiner selbst eingelegten Gurken reichte. »Auch wenn alle das denken, gehörten die ursprünglich gar nicht zum Haus, sondern wurden irgendwann Anfang neunzehnhundert angebaut. Wenn du das Haus auf die Liste der historischen Gebäude setzen willst, müssen sie weg.«

»Ach, komm schon, Karl.« Pearl tauchte zu Eves anderer Seite auf. »Die Balkone sind doch nebensächlich. Viel wichtiger ist, den ganzen Ramsch drinnen loszuwerden und das Inn wieder stilvoller zu machen! Sie kann viel mehr für eine Übernachtung nehmen, wenn sie den ... Schrott ... loswird.« Sie tätschelte den Kopf von einer von Lucilles festgeklebten Meerjungfrauen.

»Aber ich werde das Inn nicht öffnen«, erklärte Eve.

Pearl schien sie nicht zu hören, sondern scheuchte nur Karl weg und stellte noch zwei Boxen mit Kuchen zu dem immer größer werdenden Berg an Essen auf dem Tisch im Speiseraum des Inns. Theoretisch richtete Eve hier den Leichenschmaus aus. Praktisch richtete sie allerdings wenig aus. Sie blieb die ganze Zeit in Abwehrhaltung.

»Ich meine das wirklich nicht böse«, fing Pearl an und pulte dabei an ihrem Weinglas rum – auf dem »Drink Like a Fish« stand, neben einem Bild einer Meerjungfrau –, »aber das Inn hat wirklich schon bessere Tage hinter sich.«

Eve überlegte. »Ich erinnere mich noch an ein bisschen Meerjungfrauendeko, aber nicht so was. Lucille hat Meerjungfrauen doch eigentlich immer als diese märchenhaften, mythischen, fast schon gruseligen Wesen gesehen.« Eve nahm – beziehungsweise versuchte es, aber sie war natürlich festgeklebt – eine der Arielle-Figuren, die das komplette Gegenteil von den traurigen Meerjungfrauen in Lucilles Zimmer war. »Sie hat das ursprüngliche Märchen geliebt.«

»Oh jaa!«, sagte Pearl. »Das hatte ich ganz vergessen. Die tragische Geschichte von der Meerjungfrau, die aus Liebe zu einem Mann ihre Stimme geopfert hat und an Land gekommen ist.«

»Ihre Schwanzflosse hat sie auch geopfert.«

»Genau! Und auf Beinen zu gehen war, als ob sich mit jedem Schritt Messer in ihr Fleisch bohrten.« Pearls freudiger Ton passte irgendwie nicht zu den grausamen Bildern in Eves Kopf.

»Und dann war es alles umsonst, weil der Prinz sie hintergangen hat und eine andere heiratete. Der einzige Weg, in ihr früheres Leben zurückzukehren, wäre, den Prinzen umzubringen, aber stattdessen hat sie sich ins Meer gestürzt«, erzählte Eve weiter.

Pearl runzelte die Stirn. »Ich dachte, aus ihr wurde so eine Art Geisterwesen?«

»Ja, na ja, schon. Sie bekam noch die Möglichkeit, ihre Seele zurückzubekommen, wenn sie dreihundert Jahre lang Gutes für die Menschheit tut. *Dreihundert Jahre.*«

»Wie seltsam«, grübelte Pearl. »Ich erinnere mich gut daran, wie verrückt Lucille früher nach diesen düsteren Märchen war, aber irgendwie ist das die letzten Jahre verschwunden.«

»Deswegen die Disney-Explosion hier?«, fragte Eve.

»Hmm.« Pearl schaute sich um, als würde sie jetzt alles mit anderen Augen sehen. »Ich glaube, das hat zwei Gründe. Zum einen haben alle Leute ihr den Kram angedreht. Sie meinte immer, sie wollte renovieren, aber wahrscheinlich hat sie es einfach nicht mehr geschafft.«

Schuldgefühle aktiviert. »Und der zweite?«

»Manche Menschen werden im Alter dickköpfig und

schlecht gelaunt, aber andere hören einfach auf, sich über das ganze Zeug Gedanken zu machen, worüber sich die Jungen Gedanken machen, und haben stattdessen Spaß. Vielleicht wollte Lucille einfach etwas fröhlicher werden.« Sie stemmte ihre Hände in die Hüften. »So oder so muss der Kram weg. Das Thema ist niedlich, aber das hier ist kein Thema mehr – das ist eine Katastrophe. Wenn du wieder öffnest ...«

»Ich öffne das Inn nicht.« Das hatte Eve am Morgen entschieden. Im Notfall würde sie Schulden machen, um so lange die Rechnungen zu zahlen, bis sie das Inn verkaufen konnte.

»... dann sollen die Gäste doch entzückt sein, nicht verstört. Du solltest –«

»*Pearl.*«

»Entschuldige, was?« Pearl hatte angefangen, sich überall im Raum umzuschauen, hielt aber inne und sah Eve an – endlich.

»Ich werde das Inn nicht öffnen. Ich verkaufe es.« *Wann* sie es verkaufen würde, wusste sie noch nicht, aber der Plan stand.

Pearl blinzelte. »Aber ich dachte ...« Sie schloss ihren Mund wieder, überlegte noch mal. Dann blinzelte sie noch ein paarmal. »Eve, entschuldigst du mich kurz?«

»Natürlich.« Eve suchte sofort nach S–, *nein*. Sie suchte nach ihren *Eltern*.

Vorhin hatte sie sich noch gedacht, dass die gesamte Stadt zur Beerdigung gekommen war, aber das stimmte nicht direkt. Die ganze Stadt, außer Sawyer Collins. Nicht, dass sie das interessierte.

Nicht, dass sie ihn dort haben *wollte*.

Sie wollte ihre *Eltern*. Das waren die Leute, deren Meinung ihr wichtig war. Wichtiger als die der Anwälte oder von allen anderen in der Stadt.

Damit musste sie sich allerdings noch eine Stunde gedulden. Erst mal musste sie weitere Aufläufe und Kuchen entgegennehmen und sich mit unzähligen ungefragten Meinungen zu der Parksituation und den Sanitäranlagen rumschlagen.

Schließlich ließ sie sich auf einen der Hocker bei der großen Kücheninsel fallen, während ihre Mutter das ganze übrig gebliebene Essen in Gefrierbeutel umfüllte.

Ihre Eltern hier zu sehen war seltsam. Ihr Vater war zwar Lucilles Neffe, und da sie auch keine Kinder hatte, kümmerte er sich immer schon um Lucilles Angelegenheiten, aber als sie das Inn gekauft hatte, war er erst zwanzig. Und Eves Eltern hatten immer viel gearbeitet, deswegen wurde sie selbst auch über den Sommer hergeschickt. Abgesehen von einem Wochenende ab und zu hatten ihre Eltern also nie viel Zeit hier verbracht.

Die beiden jetzt hier zu haben war ein wenig, als wären sie in Eves Zuhause. Nur, dass ihr winziges Apartment in Toronto ihr Zuhause war, nicht das hier.

Ihr Vater legte ihr eine Hand auf die Schulter. »Wie geht es dir?«

Zum zweiten Mal in nur zwei Tagen brach Eve in Tränen aus.

Es war einfach alles so *viel*.

Ihre Eltern umarmten sie von beiden Seiten und ließen sie weinen. Nach einer Weile beruhigte sie sich wieder und erzählte ihnen vom Testament. Was darin stand. Was der schicke Anwalt aus Toronto meinte.

»Süße«, fing ihre Mutter an, »du weißt, dass wir hinter dir stehen, egal, wie du entscheidest.« Sie schaute kurz zu Eves Vater. »Vielleicht können wir dir Geld für den Anwalt leihen, und du zahlst es einfach zurück, wenn du das Inn verkaufst.«

»Auf keinen Fall.« Ein großzügiges Angebot, aber sie lieh sich kein Geld von den beiden. Ihre Eltern standen jetzt nicht kurz davor, auf der Straße zu landen, aber hatten auch nicht wirklich viele Rücklagen. Sie hatten ihr ganzes Leben hart gearbeitet – taten sie immer noch. Ihre Mutter war Näherin und ihr Vater Wachmann in einer Wohnanlage.

»Ich habe Lucilles altes Testament noch gesehen«, erzählte ihr Vater, »und da stand, abgesehen von einem kleinen Erbe, nichts weiter über dich.«

»Das ist wahrscheinlich schon fünfzehn Jahre her«, sagte ihre Mutter. »Da war Eve noch ein Kind.«

»Der Anwalt von hier meinte, dass sie es vor neun Jahren neu aufgesetzt hat«, erklärte Eve.

»Etwa zu der Zeit, als du nicht mehr über den Sommer hergekommen bist«, bemerkte Eves Mutter.

»Mh-hm«, antwortete Eve nur vage. Ihre Eltern wussten nichts von Sawyer. Also, sie wussten, dass sie als Teenager mit ihm zusammen war, aber das war alles.

Ursprünglich war es Lucilles Idee gewesen, dass Eve

über den Sommer nach Moonflower Bay kam, und Eves Eltern hatten sofort zugestimmt. Andere Ferienunterbringungen waren sehr teuer und bei Lucille zu wohnen dagegen kostenlos. Als Eve dann aber älter wurde, hatten ihre Eltern öfter gemeckert, dass sie wichtige Chancen verpasste, wenn sie den ganzen Sommer bei ihrer Großtante verbrachte. Wie den Sommer, als sie sechzehn war, als sie zu einem angesehenen Sommerworkshop zugelassen wurde, aber nicht hingehen wollte. Es hatte einen riesigen Streit gegeben, was sonst nie vorgekommen war. Ihre Eltern waren immer so fest entschlossen, dass sie eine bessere Ausbildung bekommen sollte, als sie selbst hatten.

Aber den Streit hatte Eve noch gewonnen. Sie musste sich daraufhin nur vorwerfen lassen, dass ihr ein Junge wichtiger wäre als ihre Bildung.

Sie standen sich zwar nahe, aber über Sawyer redete Eve nie mit ihnen – erst recht nicht, seit sie damals darüber nachgedacht hatte, nach Moonflower Bay zu ziehen, statt zur Universität zu gehen.

Daher hatte sie ihren Eltern auch nie erzählt, was Sawyer ihr eigentlich bedeutet hatte. Dass er ihre erste große Liebe war.

Dass er ihre *einzige* große Liebe war.

Klar, bei einer Handvoll Flirts oder Beziehungen dachte sie auch, sie könnte sie lieben, aber das hatte sich irgendwie immer schnell wieder gelegt.

Nur nicht bei Sawyer.

Und noch schlimmer: Selbst als er aus ihrem Leben verschwand, war er nur physisch weg, er hatte immer noch

Macht über sie. Sie hatte sich seinetwegen nicht mehr nach Moonflower Bay getraut, *zehn Jahre* lang. Es machte sie so wütend. »Wie auch immer, Lucille wollte offensichtlich, dass du das Inn bekommst«, meinte ihr Vater. »Und *behältst*. Es führst. Sonst hätte sie die Klausel nicht hinzugefügt.«

»Also nur, weil sie wollte, dass ich mein Leben aufgebe und ein Inn in einer Kleinstadt führe, muss ich das auch machen?« Eve hasste es, wie hoch und piepsig ihre Stimme klang, wenn sie sich aufregte. Sie versuchte bewusst, ruhiger zu sprechen. »Ich habe schon ein Leben, Dad, und zwar in Toronto. Mit euch. In der Bibliothek.«

»Ich weiß«, schob er schnell ein. »Ich weiß.« Er machte eine abwinkende Handbewegung.

Scheiße. Ihr Vater sagte so selten deutlich seine Meinung. Als der starke, schweigsame Typ hielt er sich normalerweise im Hintergrund und unterstützte wortlos ihre Mutter und sie. Er ließ sie so ziemlich alles entscheiden – welchen Film sie schauten oder wann sich alle freinahmen, für ihren jährlichen Urlaub zu Hause.

In den seltenen Fällen, in denen ihr Vater also seine Meinung zu einem Thema deutlich machte, merkten ihre Mutter und sie sofort auf.

Oder, wie gerade, wenn er ganz offensichtlich eine Meinung hatte, sich aber zurückhielt, fühlte Eve sich gezwungen, es aus ihm herauszukitzeln.

»Dad«, sagte sie sanft, »sag, was du wirklich denkst.«

»Also, im Testament heißt es, ein Jahr, oder? Du kannst es ein Jahr lang nicht verkaufen.«

»Genau.«

»Und es ist auch klar, dass ein bisschen was am Gebäude gemacht werden muss, um es zu verkaufen.«

»Ich kümmere mich nur um das Dach. Vielleicht mache noch ein bisschen was an der Fassade.« Und das war's. Die Maklerin hatte ihr erst gestern noch schnell eine Liste mit Verbesserungen gegeben, die sie für sinnvoll hielt, aber das war Eve viel zu riskant. So was geriet schnell außer Kontrolle.

»Sieh mal«, fing ihr Vater erneut an. »Ich sage dir nicht, was du tun sollst. Aber was wäre denn, wenn du das Inn restaurierst?« Er sah sich in der schäbigen Küche um. »Es ein Jahr lang auf Vordermann bringst. Es könnte wieder richtig schön werden.«

Vielleicht ... vielleicht hatte er gar nicht unrecht. Sie spürte richtig, wie sie sich der Idee näherte. »Du meinst, ich soll jemanden einstellen, der renoviert? Der sich um alles kümmert, und ich komme dann ein, zwei Wochenenden im Monat her?«

»Zum Beispiel«, antwortete er zögerlich, wobei deutlich wurde, dass er eine andere Vorstellung hatte. »Oder *du* übernimmst es. Ein kleines Projekt, für Lucille. Du willst es vielleicht nicht leiten, aber wenn du es wieder instand setzt, dann ist das Inn ihr auch angemessen, wenn du es am Ende des Jahres verkaufst.«

Eve schaute Hilfe suchend zu ihrer Mutter. Die verzerrte allerdings nur entschuldigend das Gesicht. »Sie hat sich wirklich viele Jahre um dich gekümmert.« Sie versuchte, normal zu lächeln, aber es schien nicht ganz zu klappen. »Und vielleicht wird es auch ein netter Tapetenwechsel.«

Was ihre Eltern sagten, ergab Sinn, aber es würde immer noch bedeuten, dass all das – ein Jahr lang zu tun, was Lucille wollte, ihren Wunsch respektieren, bla bla bla – in *Moonflower Bay* stattfinden musste. Und Moonflower Bay war sicherlich kein ›netter Tapetenwechsel‹.

»Mal rein pragmatisch«, fügte ihre Mutter noch hinzu, »würdest du nicht viel mehr verdienen, wenn du das Inn als Luxus-Inn verkaufen kannst?«

Eve versuchte, ihre Gefühle mal außen vorzulassen. Objektiv gedacht, war ein Jahr nicht so lang. Sie müsste ein Jahr freinehmen, aber das wäre vielleicht gar nicht so dramatisch. Es könnte sogar Vorteile haben. Momentan arbeitete sie nämlich in einer Zweigbibliothek, aber sie hatte schon ein Auge auf eine Stelle in der zentralen Bibliotheksleitung geworfen, die allerdings erst in ein paar Monaten frei wurde.

Nur … das Finanzielle. Kein Gehalt und all die Ausgaben, von denen Jason gesprochen hatte, *plus* die Kosten der Renovierung?

Mal abgesehen davon, dass sie ein Jahr lang in derselben Stadt wie Sawyer leben müsste.

Aber hatte sie sich nicht gerade erst geärgert, dass sie allein seinetwegen schon zehn Jahre lang nicht hier war?

Ja, das sollte wirklich aufhören.

Sie überlegte. Sie wusste nur nicht, worauf sie wartete. Ein Zeichen des Universums?

Ein Brocken Mörtel löste sich von der Decke.

Die leisen Schuldgefühle, die sich die letzten Tage immer wieder gezeigt hatten, kamen ihr langsam nicht mehr ganz so leise vor. Mehr wie ein Presslufthammer. Sie seufzte. »Okay, ich denke wohl noch mal darüber nach.«

• • •

Jake kam im Anzug bei Sawyer zu Hause an.

»Wow.« Sawyer runzelte die Stirn. »Chic.«

»Das ist mein Beerdigungsanzug.«

Oh. Sawyer kam sich vor wie ein Arsch. Ihm fiel wieder ein, dass Jake den Anzug für die Beerdigung seines Sohnes, Jude, vor drei Jahren gekauft hatte. »Richtig.«

»Ich war gerade im *Mermaid*.«

»Okay.«

Jake schaute ihn erwartungsvoll an.

»Ich hatte bis sieben noch Dienst.« Die Schicht, die er extra übernommen hatte, um eine gute Ausrede für Lucilles Beerdigung zu haben. Evie war nur eine Woche hier und wollte ihn ganz offensichtlich nicht sehen. Auch wenn es sich Lucille gegenüber schlecht anfühlte, war es das Mindeste, was er für Evie tun konnte.

Jake setzte sich neben Sawyer auf das Sofa. »Was guckst du da?«

Sawyer legte sein Handy weg. Er schaute gerade ein YouTube-Tutorial dazu, wie man ein Kanu baute, aber das musste Jake nicht unbedingt wissen. Jedenfalls noch nicht. Wenn es so weit war, würde er ziemlich sicher sowieso noch Jakes Hilfe brauchen. Früher hatte Sawyer gern herumexperimentiert oder Dinge gebaut, aber Jake war tatsächlich *gut* darin. Er reparierte ständig Sachen in der Stadt oder baute die Kulissen für Mayas Theater.

Während Evies letztem Sommer hier hatte Sawyer mit dem Kanu angefangen. Er dachte, da sie nicht schwimmen konnte, könnte sie den See wenigstens vom Kanu aus erkunden. Wie er es geliebt hat, im Schuppen im Hintergarten zu tüfteln, während Evie auf einem Hocker saß und mit ihm redete – oder einfach nur ein Buch las? Ihr Ding machte, während er sein Ding machte?

Da hatte er sich so normal gefühlt. Glücklich.

Aber dann war sie gegangen – er hatte sie fortgeschickt –, bevor das Kanu fertig war. Aber das spielte auch gar keine Rolle mehr. Das Kanu konnte man vermutlich sowieso nicht mehr retten, nachdem, was sein Vater damit angerichtet hatte.

»Hast du eigentlich jemals darüber nachgedacht, eine Tischlerei aufzumachen?«, platzte es plötzlich aus Sawyer heraus.

»Wieso sollte ich? Ich bin Fischer.«

»Nur, dass du kaum überhaupt fischen gehst.« Seit Judes Tod. Seit auch noch Kerrie weg war, fuhr er kaum noch raus.

Jake stand auf. Sawyer war zu weit gegangen.

Bei Jake musste man immer vorsichtig sein. Er war nie über Judes Tod hinweggekommen. Das hatten Sawyer und Law gelernt, als sie Jake anfangs immer wieder zu irgendetwas überreden wollten, worauf er keine Lust hatte – irgendwelche Feiern, über Dating nachdenken –, er zog sich nur immer weiter zurück. Wenn man ihn zu sehr drängte, verschwand er für eine Weile. Tauchte den nächsten Freitag nicht in der Bar auf.

Sawyer hielt beschwichtigend die Hände hoch. »Ich dachte nur, wenn du das offiziell beruflich machen würdest, könntest du – verrückt, ich weiß – Leuten tatsächlich Rechnungen für die ganze Arbeit ausstellen, die du in der Stadt machst.«

Jake blieb kurz stehen, die Hand schon an der Türklinke. »Ich muss los.«

Na gut. Sawyer nahm sein Handy in die Hand und ließ das Video weiterlaufen.

• • •

Nachdem sie ihre Eltern verabschiedet hatte, machte Eve sich auf die Suche nach Maya. Der einzigen Person in Moonflower Bay, die sie als ihre Freundin bezeichnen würde.

Eigentlich hatte sie geplant, allein zu gehen, aber auf einmal war ihr doch nach Gesellschaft.

Maya hatte erzählt, dass sie über Jennas Gemischtwarenladen wohnte. Tatsächlich war neben der Eingangstür zum Laden noch eine schlichte Tür mit einer Gegensprechanlage.

»Ja?«, fragte die blecherne Stimme aus der Anlage.

»Maya? Ich bin's, Eve.«

»Eve! Was gibt's?«

»Hast du Lust, runter an den See zu gehen?«

Kurz darauf spazierten sie zusammen die Hauptstraße runter in Richtung Wasser. Seit sie wieder hier war, hatte

Eve dem Gemischtwarenladen von Jenna öfter mal einen Besuch abgestattet – neben den Souvenirs und Fudge hatte Jenna nämlich auch eine Espressomaschine –, aber viel weiter war Eve bisher nicht gekommen.

Deswegen war sie auch überhaupt nicht darauf vorbereitet, von einer weiteren Erinnerung erschlagen zu werden. Sie stolperte richtig zurück, als sie den Brunnen entdeckte. Da war er, genau wie immer. Und da tauchte er auch in ihrem Kopf wieder auf. Etwas, das sie immer gemocht hatte. »Den hatte ich ganz vergessen. Funktioniert das Ding noch?«

»Na klar«, antwortete Maya.

Es war ein Trinkbrunnen in der Form eines riesigen Fisches, irgendeine Art Piranha. Um zu trinken, musste man seinen Kopf in den gruseligen Mund des Fisches stecken. Eve erinnerte sich noch daran, wie Sawyer und sie als Kinder nervös kichernd vor dem Brunnen gestanden hatten. Auch wenn sie natürlich gewusst hatte, dass er nicht echt war, hatte es sich immer seltsam angefühlt, den ganzen Kopf in die Statue zu stecken. »Ich habe ihn viel größer und gruseliger in Erinnerung.«

Sie erinnerte sich auch wieder daran, wie Lucille ihr immer gesagt hatte, sie sollte sich nicht so anstellen, wenn sie Angst hatte, während Sawyers Mutter sie immer getröstet hatte.

Ihre Erinnerungen an Sawyers Mutter waren allerdings sehr vage. Zum Teil, weil sie gestorben ist, als Eve noch sehr jung war, und auch weil Sawyer nie wirklich über sie gesprochen hatte, auch wenn Eve wusste, wie sehr sie ihm fehlte.

Wieder in Moonflower Bay zu sein, kam ihr vor wie eine Runde Whac-a-mole mit Erinnerungen zu spielen. Der Brunnen, Sawyers Mutter, das *Twistee Freeze*, der Leuchtturm. Sie dachte, sie hätte all die Sachen schon längst vergessen, aber anscheinend war das alles noch irgendwo in ihr drin. Der Gedanke, dass all die Sachen in ihr schlummerten, gefiel ihr ganz und gar nicht. Alles könnte jeden Moment wieder hochkommen.

»Was ist eigentlich aus Clara Collins geworden?«, fragte sie, auch wenn sie keine Ahnung hatte, wieso. Sie hatte doch gerade erst daran gedacht, dass sie *keine* Moonflower-Bay-Erinnerungen wecken wollte.

Allerdings hatte sie Clara immer gemocht.

Maya schaute sie fragend an. »Wieso fragst du?«

»Nur so.«

»Als ob, ›nur so‹!«

»Ich musste nur daran denken, dass sie den Brunnen immer mochte.« Das stimmte sogar. Als Eve ihre Angst vor dem Brunnen längst überwunden hatte, waren Sawyer und sie zusammen mit Clara hergekommen.

»Also, sie fängt jetzt ihr letztes Jahr an der Highschool an. Sie ist super. Sehr klug, aber auch eine von diesen schrecklichen Leuten, die in allem gut sind. Sie spielt oft in Stücken bei mir mit.«

Das freute Eve wirklich. Ihre neue Wut gegen Sawyer betraf Clara ja nicht.

Am Strand angekommen, fragte sie: »Können wir raus auf den Steg?«

»Klar.« Am Ende vom Steg lehnte sich Maya über die Brüstung. »Die Beerdigung war schön.«

Eve antwortete nicht, sondern holte nur die Urne raus.

»Aber ich muss schon sagen, ich bin nicht sicher, ob – was zur Hölle ist das denn?«

»Lucille.«

»*Was?*«

»Sie wollte im See verstreut werden, aber sie hat nicht genau gesagt, wie. Also, soll ich mit einem Boot in die Mitte fahren? Soll es während der Beerdigung passieren?« Eves Stimme brach weg – es fühlte sich an, als würde auch in ihr etwas zerbrechen –, aber sie zwang sich weiterzureden. »Sollen ihre Freunde dabei sein?«

»Ooh.« Maya legte Eve einen Arm um die Schulter. »Was denkst *du* denn?«

»Ich denke, wenn ihr die Details wichtig wären, dann hätte sie Anweisungen dazu hinterlassen. Sie meinte aber nur, dass sie eingeäschert werden will und die Asche soll in den See. Ich kann mir gut vorstellen, dass sie noch so was wie ›Es soll aber nicht so eine Riesensache werden‹ gesagt hat.«

»Worauf wartest du dann noch?«

»Ich werde ein Jahr bleiben und das Inn renovieren«, flüsterte Eve, auch wenn das überhaupt nicht Mayas Frage beantwortete. Sie hatte keine Ahnung, weshalb sie flüsterte. Nur, dass lautes Sprechen sich anfühlte, als hätte sie den Mund voller Steine.

Maya ging bei dem abrupten Themenwechsel mit. »Wow.«

»Ich habe keine Ahnung, was ich machen soll«, redete Eve weiter. »Wie renoviert man ein Inn ohne Geld?«

»Dafür gibt es YouTube. Und wir helfen dir.«

»Wer sind ›wir‹?«

»Ich! Ich kann dir bestimmt helfen. Das Theater leite ich auch mit wenig Budget. Und Jake kann dir alles bauen. Pearl, Karl, Eiko und alle anderen von Lucilles alten Freunden. Ich meine, die wollen sowieso alle, dass du für immer bleibst – damit ja niemand jemals Matchmaker Bay verlässt, wo sie alles kontrollieren –, aber das kannst du nutzen. Karl hat immerhin einen Baumarkt! Das ist bestimmt hilfreich.«

»*Matchmaker* Bay?«, hakte Eve nach.

»Ja, die Alten hier mischen sich immer mehr ein, wollen alle verkuppeln, also haben ein paar von uns angefangen, die Stadt aus Spaß Matchmaker Bay zu nennen.«

Das war sogar wirklich ganz lustig. Änderte aber nichts an Eves Umständen. »So oder so, ich habe *echt* kein Geld – ich muss mir freinehmen. Ich kann doch nicht ohne Geld renovieren. Ich kann unmöglich *alles* selbst machen, selbst mit der Hilfe von ein paar Alteingesessenen nicht, die sich überall einmischen.«

»Dafür gibt es doch Kredite.«

Immerhin gehörte das Haus komplett ihr – Eve war nicht gewohnt, so was Großes zu besitzen –, wahrscheinlich würde sie deswegen sogar tatsächlich einen Kredit bekommen.

Es war alles so unheimlich viel.

Als sie länger schwieg, fragte Maya, »Okay, was gibt es sonst noch?«.

»Was meinst du?«

»Fachwissen, Geld. Wenn wir schon alle Hindernisse aufzählen, was gibt es dann noch? Sag schon, damit ich alle aus der Welt schaffen kann.« Sie legte ihren Kopf schräg und schaute Eve in die Augen. »Oder *willst* du nicht, dass ich das mache? In dem Fall scheiß auf Lucille, sie schwimmt sowieso bald als Asche auf dem Lake Huron rum, ab mit dir zurück nach Toronto.« Maya lächelte. »Ich würde dich vermissen, aber wenn du willst, liefere ich dir eine ganze Liste an Hindernissen.«

Irgendetwas an Mayas fröhlicher Härte – und der Loyalität, obwohl sie sich gerade erst wieder angenähert hatten – brachte Eve dazu, die Wahrheit zu sagen. »Da ist immer noch Sawyer.«

»Ah.« Maya nickte und dachte keine Sekunde nach, bevor sie sagte: »Okay, da hilft nur ein Exorzismus.«

»Sorry, was?«

»Exorzismus.«

Eve lachte verwirrt. »Wie in ›Weiche von mir, Satan‹?«

»Genau. Ich meine, guck mal, es klingt, als wäre Sawyer eine ziemlich düstere, große Gestalt in deiner persönlichen Mythologie. Aber er ist nur ein Mensch. Wenn du ein Jahr lang bleibst, wird sich dein Bild von ihm auch ändern. Er wird wieder zu einem normalen, unauffälligen Typen. Du wirst gar nicht mehr wissen, was du mal in ihm gesehen hast. Wenn du, so halb freiwillig, ein Jahr lang hierbleibst, dann sieh es doch als Chance! Mach das Inn neu, und befreie dich von Sawyer.«

»Ein Exorzismus.« Eve probierte sich an dem Wort. Es

klang wie … keine so schlechte Idee. Wenn Sawyer weniger Raum in ihren Gedanken einnahm, könnte sie vielleicht ohne Panikattacken an Trinkbrunnen und Eisdielen vorbeigehen. Sie warf Maya ein vorsichtiges Lächeln zu. »Nur ein Jahr.«

»Yay! Renovierung inklusive Exorzismus, wir kommen!« Maya klatschte in die Hände. »Okay, aber streuen wir Lucille jetzt in den See oder nicht?«

»Noch nicht.« Eve ging einen Schritt zurück.

»Wieso nicht?«

»Ich weiß nicht. Es fühlt sich irgendwie nicht richtig an.« Sie steckte Lucille zurück in ihre Umhängetasche, und beide drehten sich wieder um.

»Hey, weißt du, was richtig cool wäre?«, rief Maya. »Ein Murder Mystery Theater in dem halb renovierten *Mermaid*! Denk nur mal an die ganzen mörderischen Möglichkeiten! Wackelige Gerüste, Zement, Werkzeug.« Sie klatschte wieder. »Das wird das beste Jahr überhaupt!«

Kapitel 6

Eine Woche später hatte Eve sich um den ganzen Papierkram für die Freistellung von der Arbeit gekümmert, hatte die Kündigung bei ihrem Vermieter eingereicht und Fabius eingepackt – ihre restlichen Pflanzen wohnten für das Jahr bei ihrer Mutter. In ihrem neuen Auto war sie auf dem Weg zurück nach Moonflower Bay. Der Wagen war allerdings nur für sie neu, und sie war nicht einmal sicher, ob das Teil die Strecke wirklich schaffen würde.

In Grand View machte sie kurz halt, um Lebensmittel einzukaufen. Bisher hatte sie von den Snacks aus Jennas Laden und dem Essen von den Beerdigungsgästen gelebt, aber inzwischen konnte sie wirklich keinen Auflauf mehr sehen. Wenn sie das Ganze durchzog – *ein ganzes Jahr in Moonflower Bay!* –, dann brauchte sie richtiges Essen.

»Oh mein Gott! Eve Abbott?« Die Kassiererin erstarrte mit dem Scanner in der Hand, den sie auf Eves Kundenkarte des Shops richtete. »Ich habe schon gehört, dass du wieder da bist!«

Das Mädchen sah wie etwas unter zwanzig aus. Sie hatte lange, dunkelbraune Haare und … *Shit.* Augen so blau wie der See. Vielleicht wäre eine Diät aus tiefgefrorenem Thunfisch-Nudel- oder Hühnchen-Auflauf doch besser gewesen. Nein, früher oder später wären sie sich sowieso über den Weg gelaufen.

»Oh, tut mir leid!«, sagte das Mädchen. »Ich habe deinen Namen erkannt, aber du hast wahrscheinlich keine Ahnung, wer ich bin.«

»Clara Collins.« Sie wirkte so erwachsen, das war unheimlich.

»Ja! Krass, ich war doch erst sieben, als du weggegangen bist. Aber alt genug, um mitzubekommen, wie das meinen Bruder fertiggemacht hat.«

Ähm, wie bitte? Eve öffnete den Mund, um nachzufragen, aber da redete Clara schon weiter. »Aber das war klug von dir. Sawyer ist ein schrecklicher Freund.«

»Ich verstehe nicht ganz, was du meinst.«

»Er arbeitet die ganze Zeit und zu so komischen Zeiten. Nie hält es mit einer Freundin.«

»Hatte Sawyer denn viele Freundinnen?«

Nicht, dass es wichtig wäre. Eve fiel auf, dass sie sich vorgebeugt hatte und die Stirn runzelte. Sie befahl sich, mehr wie jemand zu stehen, dem Sawyers Ex-Freundinnen egal waren.

Grübelnd legte Clara ihren Kopf auf die Seite. »Nicht wirklich. Zwei vielleicht? Nichts Ernstes. Keine ist bei uns eingezogen oder so was.«

»Stimmt, ich kann mir nicht vorstellen, dass dein Dad sich darüber freuen würde.« Nicht, dass Eve Charles Collins gut kannte. Sie hatte ihn nur ein paarmal überhaupt persönlich getroffen. Sawyer und sie hatten sich immer entweder im Inn oder irgendwo anders in der Kleinstadt rumgetrieben, oft zusammen mit Clara.

Doch einmal waren sie zur falschen Zeit bei ihm zu Hause gewesen. Was hatten sie überhaupt noch mal dort gewollt? Sie hingen sonst nie bei Sawyer zu Hause rum.

Die Erinnerung explodierte in ihrem Kopf, sie schnappte nach Luft.

Das Kanu.

Wie konnte sie *das* vergessen?

Das Kanu hat ihr damals mehr bedeutet als alles andere. Sawyer baute ihr aus dem *Nichts* ein *Boot*. Niemand hatte je etwas Vergleichbares für sie getan. Wie, als er damals ihre Namen in den Pavillon geritzt hatte, nur noch tausendmal größer.

Er hatte alles im Garten aufgebaut, da hatte er an dem Boot getüftelt, aber nur, wenn sein Vater bei der Arbeit war.

An dem Tag musste er sich allerdings geirrt haben.

Mehr und mehr Fetzen der Erinnerung prasselten auf sie ein. Charles' Wut. Wie er mit einer Schaufel auf das halb fertige Kanu einschlug. Wie sie mit Clara reinliefen. Wie sie die Polizei riefen.

Wie sie in der Küche vom *Mermaid* Sawyers blaues Auge kühlte.

Eve versuchte, ihre Atmung zu beruhigen. So sehr Sawyer auch ihr Herz gebrochen hatte – so sehr sie ihn hasste –, daran zu denken, wie er an dem Tag litt, war dennoch nicht leicht. Eigentlich hatte er jeden Tag gelitten, auch wenn die meisten nicht mit einem blauen Auge geendet hatten.

Clara schien Eves Stress zum Glück nicht aufzufallen. »Nein, nein, Sawyer und ich wohnen schon seit fast zehn Jahren nicht mehr bei meinem Dad. Als er die Ausbildung bei der Polizei angefangen hat, sind wir in eine Wohnung gezogen. Später hat er dann ein Haus gekauft.« Sie lächelte. »Es ist viel schöner, als mit Charles unter einem Dach zu leben – das denke ich jedenfalls. Ich habe nicht wirklich viele Erinnerungen an meinen Dad.«

Eve schaute Clara an. So richtig. Sie wirkte … gesund. Aber was bedeutete das? Sie müsste siebzehn sein. Alle Siebzehnjährigen sehen gesund aus. »Du fängst also bald dein letztes Jahr an der Highschool an?«

»Jap.«

»Weißt du schon, was du danach machen willst?«

»Ich will an der University of Toronto studieren. Entweder Computer- oder Elektroingenieurwesen.«

»Wow, das ist …«, *ambitioniert*, »… beeindruckend.«

»Ich meine, wenn ich einen Platz kriege.« Clara zuckte mit einer Schulter, aber es wirkte irgendwie eher gespielt.

»Das ist jetzt falsche Bescheidenheit, oder?«

Sie grinste. »Total. Ich habe einen Notendurchschnitt von 1,0 und bin supergut in den Naturwissenschaften. Und in Wissenschaftspolitik. Und Schauspiel. Kennst du Maya Mehta?«

»Ja!« Das ›Ja‹ kam vielleicht etwas zu energisch, aber jetzt, da sie ein Jahr lang in der Stadt blieb, war Eve froh, eine Freundin zu haben.

»Ich habe die Hauptrolle in ihrer Aufführung im Herbst bekommen«, erklärte Clara.

»Was wird dieses Jahr aufgeführt?« Eve musste an ihre Zeit als Puritanerin Nummer vier denken.

»*Medea.*«

»Die griechische Tragödie über Medea, die ihre Kinder umbringt, um sich an ihrem Mann zu rächen, der sie betrogen hat?«

»Genau die.«

»Maya hat also noch nicht ihre Liebe zu den fröhlichen, touristenfreundlichen Dramen verloren.«

»Du musst auch kommen! Aber bis dahin bist du wahrscheinlich schon wieder weg. Du willst das Inn verkaufen, oder?«

»Ja, aber erst in einem Jahr. Ich muss noch einiges daran renovieren, bevor ich es auf den Markt stelle, also werde ich ...« Die Worte steckten in ihrem Hals fest. Es fühlte sich zu groß an, um mit jemand anderem als Maya darüber zu reden. Das würde es nur noch realer machen.

Und solange es noch nicht real war, könnte sie immer noch in ihre rostige Schrottkarre steigen, umkehren und nach Hause fahren.

Aber nein. Es gab einen Grund, weshalb sie hier war. Sie wollte Lucilles Wunsch ehren.

Und der Exorzismus. Vom Bruder dieser bezaubernden jungen Frau.

Sie räusperte sich. »Ich bleibe für ein Jahr.«

»Oh, wow! Das ist ja super!« Clara schien sich ernsthaft zu freuen. Dann riss sie ihre Augenbrauen so hoch es nur ging und schien noch aufgedrehter. »Dann kannst du also doch zur Aufführung kommen!«

»Kann ich.« Tatsächlich freute Eve sich schon, den Kindermord mal beiseite. Sie wollte Clara als Medea sehen. Sie wollte Maya unterstützen. Vielleicht gab es sogar eine Rolle für sie als griechische Passantin Nummer vier – okay, so weit wollte sie dann doch nicht gehen.

Aber sieh an. Tag eins und sie integrierte sich sogar schon so halbwegs.

Vielleicht hatte Lucille doch recht. Vielleicht *war* das Leben verworren.

• • •

Sawyer stand gerade in Andersens Laden, als er eine Nachricht von Clara bekam:

> Eve Abbott war heute Morgen im Supermarkt, und sie bleibt ein Jahr lang! Und Lucilles Beerdigung war letztes Wochenende?! Wie konnten wir das verpassen? Wir hätten da sein sollen – ich kam mir vor wie ein Riesenarsch.

»Alles in Ordnung, Chief?«, Olivia schaute ihn stirnrunzelnd an, als er hochsah.

Olivia hatte gerade Schluss, und seine Schicht fing an. Sie trafen sich oft im Lakeside Hardware Store für den Wechsel. Der perfekte Ort, um kurz zu quatschen und aufzuschnappen, was es so an Gerüchten in der Stadt gab.

Die Antwort auf Olivias Frage lautete: Nein. Es war nicht alles in Ordnung. Was war aus dem Plan, das Dach zu reparieren und das *Mermaid* zu verkaufen geworden? Dicht gefolgt von für immer zu verschwinden?

Er lockerte seinen verkrampften Kiefer. »Ja.«

Ihrem bohrenden Blick nach nahm Olivia es ihm nicht ab. Er versuchte, locker zu wirken, auch wenn Hitze seinen Rücken hochkroch.

»Wo sind alle?«, fragte er, um vom Thema abzulenken. Er meinte die kleine Gruppe von Alteingesessenen, die sich jeden Morgen auf einen Kaffee in dem Laden versammelte. Alle führten kleine Geschäfte im Ort oder hatten mal welche. Schon seit Sawyer denken kann, trafen sie sich jeden Morgen hier. Heute waren allerdings nur zwei anwesend – Karl, der Besitzer vom *Lakeside Hardware Store*, und Pearl, die sowieso früh im *Pie with Pearl* anfing zu backen und dann alles einem Angestellten überließ, um herzukommen.

»Eiko guckt sich irgendeinen Kornkreis in der Nähe von Hensall an.«

Eiko Anzai leitete die Zeitung, den *Moonflower Bay Monitor*, und auch wenn sie ständig meinte, dass sie in Rente gehen wollte, war sie doch permanent unterwegs und ging irgendwelchen Storys nach – oder dachte sich welche aus, wenn es keine gab.

»Das sind nur Kinder, die einen Streich spielen«, sagte Sawyer. »Die Provinzpolizei von Ontario hat es letzte Woche schon geprüft.« Nicht, dass Fakten Eiko davon abhalten würden, etwas auf die Titelseite zu drucken.

»Und Art sieht nach Carol Dyson«, meinte Pearl, was die

Abwesenheit des anderen fehlenden Mitgliedes, Art Ramsey, erklärte.

Stimmt. Carol hatte gerade erst eine Hüftoperation hinter sich. Er nahm sich vor, später noch bei ihrer Tochter vorbeizuschauen, ob sie irgendetwas brauchte. Ihre Tochter war Friseurin in Carols Schönheitssalon *Curl Up and Dye*.

»Ich habe ihr gestern noch einen Lemon Meringue Pie gebracht«, fügte Pearl noch hinzu.

Olivia, die schweigend zugehört hatte, machte klugerweise einen Schritt zurück, um sich aus dem Gespräch auszuklinken, solange es noch ging. Am Auto angekommen, winkte sie Sawyer noch zu. Er nickte erleichtert. Nicht, dass er sie allgemein loswerden wollte, aber im Moment kreisten seine Gedanken nur darum, wie er das verdammte nächste Jahr überleben sollte.

»Carol hat erzählt, dass ihre Mutter sich gut erholt, aber es wohl langsamer geht als bei der ersten OP.« Pearl seufzte. »Alt zu werden nervt.«

»Besser, als zu sterben«, entgegnete Karl.

»Darauf trinke ich.« Pearl hielt ihren Kaffeebecher hoch und stieß mit Karl an. »Wo wir schon beim Thema sind, auf meinem Weg hierher habe ich Eve Abbott gesehen. In so einem kleinen roten Sportwagen, der allerdings aussah, als würde er jeden Moment auseinanderfallen.«

Panik schoss plötzlich in Sawyer hoch. »Was hat Eve Abbott mit dem Tod zu tun?« Er versuchte krampfhaft, gelassen zu klingen. Wäre Evie irgendetwas passiert, nachdem seine Schwester sie gesehen hatte, dann hätte Pearl ganz sicher direkt damit angefangen.

»Na, weil Eve Abbott doch wegen Lucilles Tod hier ist«, meinte Pearl in ihrer typischen Offenheit.

Natürlich. In dem Vierer-Kaffeekreis hier waren einmal fünf – Lucille ist als Erste von ihnen verstorben.

Die Klingel über der Tür läutete, und Art Ramsey setzte sich zu ihnen. Für ihren morgendlichen Kaffee setzten sich die vier immer an die Garnitur Gartenmöbel, die bei Karl im Laden ausgestellt war. Er nahm einen Kaffeebecher von Karl entgegen. »Ich brauche was für mein Bett.«

»Ach ja?«, fragte Karl, »ich dachte, was das angeht, läuft es ganz gut bei dir.«

Pearl prustete los, und auch Sawyer lachte leise.

Die Sticheleien ignorierte Art einfach und zog eine alte, rostige Schraube aus seiner Tasche. »Die ist durch. Aber die Größe ist irgendwie komisch, oder?«

Karl nahm sie ihm ab, setzte seine Lesebrille auf und inspizierte die Schraube. »Eine Messingschraube.«

»Ja, aber die neue Schraube muss nicht aus Messing sein.«

»Ha! Ihr habt euer Bett kaputt gemacht!« Pearl zeigte auf Art, und dabei verschüttete sie etwas von ihrem Kaffee. »Mist! Sieh an. Du hast Sex, und ich saue mich ein.« Als jung gebliebene Witwe war Pearl immer auf der Suche nach einem Mann.

»Ich meinte doch, ich kann dich mit …«

Pearl unterbrach Karls Verkupplungsversuch. »Und *ich* meinte doch, dass ich niemanden aus dieser Stadt date.« Sie stand auf und tupfte mit einem »Tz tz tz« den Fleck auf ihrer Bluse ab. »Wenn man bedenkt, dass ich heute Morgen schon

Blaubeerkuchen gemacht habe, ohne einen Spritzer abzubekommen!«

»Wir müssen über das Anti-Festival reden«, sagte Art plötzlich.

»Du willst nur davon ablenken, dass Jamila und du euer Bett kaputt gemacht habt«, neckte Pearl zurück.

»Vielleicht.« Art verkniff sich ein Lächeln. »Aber hat einer von euch schon überlegt, dass wir einen neuen Ort für die Übernachtungsparty brauchen, wenn das *Mermaid* bis zum Festival nicht wieder öffnet?«

»Oh, Mist!«, rief Pearl. »Daran habe ich noch gar nicht gedacht!«

»Also«, sagte Art, »ich habe *gerade* auf dem Weg erst gehört, dass Eve Abbott das Inn doch nicht verkauft. Jedenfalls nicht sofort. Sie bleibt noch und renoviert es.«

Pearl, die noch mit dem Fleck auf ihrer Bluse beschäftigt war, riss ihren Kopf hoch. »Oh mein Gott, Lucille hat es wirklich gemacht!«

Vielsagende Blicke wurden ausgetauscht, die Sawyer nicht ganz deuten konnten.

»Dann los.« Karl steckte seinen Kopf um die Ecke in einen der Gänge, um seinem Angestellten etwas zuzurufen – dem Angestellten, der den Laden am Laufen hielt, während Karl sich um die Gerüchte kümmerte. »Ich bin für ein paar Minuten weg!«

Irgendwie erinnerten Sawyer die vier an eine kleinere, langsamere, Seniorenversion von *Ocean's 11*.

Also sollte er vielleicht lieber hinterher.

• • •

Eve war umschwärmt – anders konnte man es wirklich nicht bezeichnen – von Alten, als sie hinter dem Inn ihren Kram aus dem Auto holte. Karl Andersen, Art Ramsey und Pearl Brunetta tauchten aus dem Nichts auf und redeten alle in rasendem Tempo auf sie ein. Irgendwas über eine – Übernachtungsparty?

»Sorry, was?« Sie nahm ihre Einkaufstaschen alle in eine Hand, um mit der anderen ihre Schlüssel rauszuholen.

»Sawyer«, sagte Pearl, »nimm ihr die Taschen ab.«

Sawyer? Was? Sie drehte sich um, und da stand er. Lehnte am Rand der Terrasse vom Inn und beobachtete die Szene sichtlich belustigt.

Pearls Kommentar ließ ihn allerdings aufmerken. »Ja, Ma'am.« Sekunden später stand er direkt neben Eve und versuchte, ihr die Tüten abzunehmen. Sie wehrte sich allerdings, wollte nicht, dass Sawyer ihre Sachen trug, was in einem kleinen Tauziehen endete.

»Gib ihm die Taschen«, befahl Pearl.

Pearl hatte immer schon die Fähigkeit, Leute dazu zu bringen, auf sie zu hören. Unter all dem Teig und Mehl lag ein Rückgrat aus Stahl.

Gerade wollte sie Eve dazu bringen, an irgendetwas teilzunehmen, was sie Auntie-Festival nannten, am ersten Wochenende im Oktober? Und sie brauchten das Inn für die Übernachtung?

Übernachtungsparty für die ganze Stadt? Was war hier

eigentlich los? War sie plötzlich in einer Folge *Gilmore Girls* gelandet? Oder doch eher *The Twilight Zone*?

»Alle schlafen im Inn? Wie soll das überhaupt funktionieren?« Es gab immerhin nur zehn Zimmer – elf, wenn man die pinke Folterkammer mit einbezog.

Auf keinen Fall. Und ihre Tüten bekam Sawyer auch nicht. Sie hatten ihren kleinen Kampf kurz unterbrochen, während sie mit Pearl geredet hatte. Mit einem schnellen, kräftigen Ruck befreite sie die Einkaufstüten aus Sawyers Hand.

»Nicht alle«, erklärte Art. »Es sind eher die jungen Leute. Letztes Jahr hat Lucille das Erdgeschoss für die Teenager hergerichtet und alle älteren in den oberen Stockwerken untergebracht.«

»Also hat meine Tante die oberen Stockwerke quasi in eine Singleparty mit Orgie verwandelt?«

»Ganz und gar nicht!«, sagte Pearl daraufhin gekränkt. »Die Leute bringen alle eigene Schlafsäcke mit.« Dann grinste sie. »Aber eine interessante Idee.«

»Wie gesagt, Dennis Bates wäre bereit und wartet nur darauf, dass ich euch beide verkupple«, meinte Art.

»Der einzige Grund, sich mit Dennis Bates zu treffen, ist, oben im Brückenhäuschen zu sitzen und sich an den Leuten zu rächen, die man nicht leiden kann, indem man die Brücke hochfährt, wenn sie drüberfahren wollen.«

Eve musste lachen. Sie erinnerte sich noch daran, dass Dennis Bates Wärter der kleinen Hebebrücke war, die kurz vor der Bucht noch über den Fluss führte. Ein ganzes Stück weiter den Fluss rauf lag nämlich ein Jachthafen, und wenn größere Boote kamen, musste die Brücke hochgefahren werden.

»Wie auch immer«, fuhr Pearl fort, »so verlockend die Idee auch ist, dann müsste ich immer noch Dennis Bates daten, und das wird nicht passieren.«

»Wenn du einfach –«

»Also.« Eve hatte das Gefühl, der Streit könnte sich noch eine Weile hinziehen, also unterbrach sie die beiden. Sie wollte ihren Kram reinbringen und raus aus der Sache mit der Übernachtung. Und natürlich weg von Sawyer. Sie sah ihn an. Er hatte einen seltsam intensiven Gesichtsausdruck. »Ich habe Neuigkeiten.«

Da merkten alle auf und starrten sie an. Obwohl genau das ihr Ziel war, fühlte sie sich sofort unwohl. Genau wie im Supermarkt fiel es ihr wieder schwer, es auszusprechen. Jedes Mal, wenn sie es laut aussprach, wurde es etwas realer. Und diesmal stand auch noch Sawyer dabei.

Sie holte tief Luft. Sie werden sich alle so wundern. »Ich habe entschieden, für ein Jahr hierzubleiben. Ich renoviere das *Mermaid*.«

»Das wissen wir, Liebes«, sagte Pearl sofort. »Deswegen sind wir hier. Wenn du bleibst, bist du zum Anti-Festival da.«

»Warte ... Was?« Wie konnten sie es wissen?

Sawyer lachte. »Hier spricht sich so was schnell rum.«

Dann redeten auf einmal wieder alle auf sie ein, diesmal wegen der Renovierung. Wie weit würde sie in einem Monat sein? Könnte sie für das Festival eine Pause machen? Würde sie währenddessen Gäste haben oder geschlossen bleiben?

»Also …«, fing Eve an, versuchte, die Aufmerksamkeit zu kriegen, was allerdings nicht klappte.

Nur Sawyers ungeteilte Aufmerksamkeit hatte sie. Tatsächlich hatte er nie den Blick von ihr abgewendet. »Lasst sie ausreden«, rief Sawyer genervt genug, dass alle sofort den Mund hielten.

»Also«, fing Eve nochmal an und trat von einem Bein auf das andere. Sie kam sich vor wie früher in der Schule bei einer Präsentation vor schlecht gelauntem Publikum. »Ich habe noch keine Ahnung, in welchem Zustand das Inn am ersten Oktoberwochenende sein wird.« Als hätte sie ansonsten nichts dagegen, das *Mermaid* für eine Übernachtungsparty für die gesamte Stadt zu öffnen. So ganz hatte sie das alles immer noch nicht verstanden. »Daher kann ich mich da noch nicht festlegen.«

Kurzes Schweigen folgte, aber sie merkte richtig, wie sie sich neu sortierten.

»Sawyer.«

Die Stimme kam von jemand anderem, weiter weg, und es war nicht sehr laut. Aber es reichte. Sawyers Kopf schoss sofort in die Richtung, aus der die Stimme kam.

Genau wie an dem schrecklichen Tag damals wollte Eve instinktiv zurückweichen, als Charles Collins näher kam. Sawyer fiel das direkt auf, und er stellte sich vor sie. Das ergab natürlich eigentlich wenig Sinn. Charles würde ihr nie irgendetwas tun. Auch vor zehn Jahren hatte sie das nicht wirklich gedacht. Nein, das bekam nur Sawyer alles ab.

Charles sah mitgenommen aus. Er wirkte fast wie eine verblasste Version seines Sohnes. Statt des dicken, dunkelbraunen Haares von Sawyer hatte Charles hellere, dünnere Haare mit silbernen Strähnen dazwischen. Statt Sawyers dunkelblauen Augen hatten Charles' Augen ein blasses Hellblau. Aber das war nicht alles. Eve hatte nur einmal mitbekommen, wie Charles ausgerastet war, aber das war damals schon genug, um Todesangst in ihr auszulösen. Inzwischen wirkte Charles aber irgendwie kleiner. Schwächer. Beinahe ... traurig?

»Ich habe ein Geburtstagsgeschenk für Clara«, sagte er.

Sawyer schwieg. Er stand einfach nur da. Sie spürte geradezu die Anspannung, die ihn überkam. Clara hatte schon erzählt, dass sie schon seit zehn Jahren nicht mehr bei ihrem Vater lebten. Allerdings war ziemlich offensichtlich, dass Charles immer noch Macht über seinen Sohn hatte.

»Ich würde es ihr gern nächsten Monat geben.« Er kam einen Schritt näher, und Sawyer verkrampfte noch mehr. Er wirkte gleichzeitig kampfbereit und verwirrt. Auf einmal wollte Eve sich vor ihn stellen, *ihn* beschützen, aber das war absurd. Es wäre völlig vergeblich, und außerdem war sie eigentlich auch wütend auf ihn.

Sie schaute kurz Hilfe suchend zu den anderen. Pearl stieß nur Karl an, als solle er irgendetwas machen, aber der war genauso versteinert wie Sawyer.

Verdammt. Sie war zwar sauer auf Sawyer, wollte aber trotzdem nicht, dass er litt.

Na ja, irgendwie schon, aber nicht *so*.

Also trat sie hinter Sawyer hervor – oder versuchte es zumindest. Er streckte sofort den Arm aus und blockierte den Weg. Dann hängte sie kurzerhand ihre Einkaufstüten über seinen Arm. »Bringst du jetzt meine Sachen rein, oder nicht?« Er schaute sie an, kam wieder zurück. »Ich brauche auch noch Hilfe mit Fabius.«

...

Sawyer stellte Evies Pflanze auf den Boden in der Küche und die Einkäufe auf die Arbeitsfläche. Er hasste dieses Gefühl. Er kam sich vor, als wäre er wieder ein Teenager, der Angst vor seinem Vater hatte. Besonders hasste er aber, dass sie es mitbekommen hatte.

Aber er war kein Teenager mehr. Und eines der Dinge, die Jungs von Männern unterschied, war, dass Männer die Verantwortung für ihr Handeln übernahmen. Männer hatten Anstand. Er drehte sich zu ihr, »Danke«.

Evie schaute von ihren Einkäufen hoch. »Wofür?« Ihre Augen waren immer noch wie eine Explosion aus Farben. Wahrscheinlich galten sie technisch als braun, aber das wurde ihnen nicht wirklich gerecht. Wenn man genau hinsah, erkannte man die Maserung in jeder erdenklichen Augenfarbe darin.

Aber gerade sah sie ihn komplett ausdruckslos an, was ihn wahnsinnig machte. Er räusperte sich. »Danke, dass du mich da draußen gerettet hast.«

Sie winkte ab. »Es ist viel zu heiß da draußen, Fabius musste dringend rein.« Sie beugte sich runter und strich über die Blätter der Topfpflanze.

»Ist das nicht irgendeine Tropenpflanze? Sollte Hitze nicht gut für die sein?«

Sie verdrehte übertrieben die Augen – immer noch besser als der ausdruckslose Blick.

»Was?«, fragte er nach.

»Ich wollte dir damit nur eine Ausrede liefern, weshalb du mit mir reinkommen musstest, aber du bist entweder zu anständig oder zu dumm, um es einfach anzunehmen.«

Oh. Er wusste nicht, ob das ein Kompliment oder eine Beleidigung sein sollte – ›anständig‹ genannt zu werden, war eigentlich in Ordnung für ihn. So oder so war er hier, und das war seine Chance für die Entschuldigung.

»Evie.« Sie warf ihm einen sauren Blick zu, er vergaß es immer wieder. »*Eve*. Ich wollte dir sagen, wie sehr es mir leid ...«

»*Jedenfalls*«, brüllte sie fast schon, um ihn zu unterbrechen. »Fabius ist eine Cat Palm. Er ist empfindlich. Er mag keine Veränderungen.«

Verdammt. Er wollte sich *wirklich* entschuldigen, aber nicht, wenn er sich dafür mit ihr anlegen musste. Er seufzte und musterte die Pflanze, während er sich eine andere Strategie überlegte. »Wie Katzenpalme? Ist das wirklich eine Palmenart?«

»Ja, *Cat Palm* ist eine echte Palmenart.«

»Und du hast deine ›Fabius‹ genannt.« Fabius war der Fisch aus dem Disney-Arielle-Film, ihr bester Freund.

»Erst wollte ich eine richtige Katze, aber ich bin anscheinend superallergisch, deswegen musste ich sie weggeben. Also habe ich mir stattdessen die geholt.«

Typisch Evie. Trotz allem musste er lächeln.

Ein Baum mit dem Namen Fabius. Eine Katzenpalme benannt nach einem Fisch.

Aber er riss sich zusammen, so benahm man sich nicht als Chief. »Also, du bleibst ein ganzes Jahr?« Er war nicht sicher, welche Antwort ihm lieber wäre.

»Lucille hat in ihrem Testament festgehalten, dass ich das Inn erst nach einem Jahr verkaufen darf.«

Also blieb sie nicht freiwillig, sondern war gezwungen.

Natürlich, wieso sollte sie auch sonst bleiben?

Dennoch überraschte ihn Lucille. Gerade in den letzten Jahren hatte er oft mit ihr gesprochen. Er war vorbeigekommen, um nach ihr zu sehen, wie bei den meisten Älteren hier, die allein wohnten. Sie hatte nie erwähnt, dass sie Evie das *Mermaid* überlassen wollte, und erst recht nichts von einer Frist. Aber das musste Pearl gemeint haben, mit ihrem Kommentar, dass Lucille es wirklich gemacht hat. Die Frage war nur … »Wieso?«

»Ich habe keine Ahnung. Ich meinte schon zu Maya, dass bei so was in Filmen normalerweise ein Brief beiliegt oder so. ›Wenn du das liest, bin ich schon tot. Und hier ist eine kurze Übersicht, wie ich dein Leben versauen werde.‹ – so was, weißt du?«

Dass sie ein Jahr in Moonflower Bay als »ihr Leben versauen« sah, traf ihn, aber was hatte er erwartet? Sie hatte bestimmt ein erfülltes Leben in Toronto. »Also kein Brief?«

»Nope. Ich habe keine Ahnung, wieso sie mir das angetan hat.«

»So schlimm ist die Stadt nun auch nicht«, entgegnete er leise.

Sie ignorierte ihn und kramte stattdessen in einer der Tüten herum. »Es wird sowieso schnell rumgehen.« Sie zog einen Kalender hervor. Der berühmte Milchkalender von Kanadas *Dairy Farming Association*, der in allen Supermärkten auslag. Sie blätterte direkt zum August. Schon über zwei Wochen waren die Tage mit dicken schwarzen Kreuzen markiert. »Ich hake jeden Tag seit Lucilles Tod ab.« Dann zeigte sie auf das Foto und das Rezept zum August. »Und guck mal, ich kann gleichzeitig lernen, wie man ein Drei-Käse-Kartoffelgratin macht!«, sagte sie voller aufgesetztem Enthusiasmus. Sawyer war ziemlich sicher, dass es mehr an sie selbst gerichtet war als an ihn.

»Ich habe immer sehr viel von Lucille gehalten«, fing er leise an, »aber ob du das Inn verkaufst, wird sie nie wissen.«

»Aber ich wüsste es.«

»Okay. Natürlich.«

Sie ließ ihre Schultern sinken, aber nur kurz, dann rollte sie ihre wieder nach hinten. »Sawyer?«

»Ja?« War sie vielleicht doch nicht mehr so wütend auf ihn? Sie hatte ihm immerhin geholfen und sie beide eine komplette Unterhaltung ohne Streit geschafft.

»Wieso bist du noch hier? Die Rettung hat geklappt. Und jetzt verschwinde.«

Ah. Vielleicht doch nicht.

Kapitel 7

Eve holte noch mal tief Luft, als sie den Strand Paradise Cove betrat und zum Cottage der Ramseys schaute, das direkt am Ende der Bucht lag. Sie wusste nur nicht, ob sie vom Weg so außer Atem war oder von dem, was sie vorhatte.

Man musste wissen, wo Paradise Cove versteckt lag, um hinzukommen. Man erreichte den Strand nur zu Fuß und musste über steinige Hügel klettern. Außerdem behielten die Einheimischen den Strand für sich. Technisch gesehen war der Strand in Privatbesitz, aber zumindest früher hatten Mr und Mrs Ramsey kein Problem mit Leuten aus dem Ort, die oft genug herkamen, dass sich schon ein kleiner Pfad gebildet hatte.

Eve hoffte nur, dass es immer noch so war. Sie musterte das dunkle Cottage. Sie erinnerte sich noch, dass die Ramseys hauptsächlich in einem Häuschen in der Stadt wohnten und das Cottage nur als Rückzugsort und Studio für Jakes Mutter benutzten. Sie hatte allerdings keine Ahnung, ob seit deren Tod jemand anderes in dem Cottage wohnte. So oder so war sie froh, dass gerade niemand dort zu sein schien. Publikum konnte sie wirklich nicht gebrauchen.

Sie ließ ihre Tasche in den Sand fallen, schlüpfte aus ihren Sandalen und drehte sich zu ihrem wunderschönen, nassen Erzfeind.

Noch mal atmete sie tief durch. Sie konnte es schaffen. Da man von der Bucht nach Westen schaute, waren die Sonnenaufgänge nicht so spektakulär wie die Untergänge, und zu der kleinen, abgelegenen Bucht drang wenig von der Morgensonne durch, aber der Anblick hatte eine subtile Schönheit. Der Himmel wurde gerade etwas heller, das Schwarz wich dem sanften Blau. Leichter Nebel schwebte über der Wasseroberfläche, und ruhige Wellen glitten über den Sand. Die felsige Wand hinter ihr – der Kalkstein, der die Bucht bildete – gab dem Ganzen eine Art Gemütlichkeit.

Okay. Heute wollte sie sich erst mal nur ins kalte Wasser wagen – wörtlich *und* metaphorisch. Dieser Abschnitt war eher ein Kiesstrand, weshalb der Sand, je näher man dem Wasser kam, kleinen Steinen wich. Sie kannte den Schmerz, wenn man mit sandigen Füßen über den Kies lief. Es war ein angenehmer Schmerz. Man musste über die Steine, um wieder zum Sand zu gelangen. Wenn man nämlich etwa knietief ins Wasser ging, trat man wieder auf Sand.

Als sie diese Stelle erreicht hatte, blieb Eve stehen. Das Wasser ging bis zu ihren Knien. Auch wenn das Waten nie ein Problem für sie war – für ihren Kopf etwas fundamental anderes als Schwimmen –, pochte ihr Herz ziemlich schnell in ihrer Brust. Vielleicht, weil sie wusste, dass es ihr letzter Tag des Watens war.

Aber auch wegen der überraschenden neuen Erkenntnis, die an ihr zerrte. Noch so ein Schlag ins Gesicht, den ihr diese Stadt verpasste. Nur, dass er diesmal größer war als der Brunnen, der Leuchtturm oder das Kanu. Es war der See selbst. Der blaue See, so groß, dass man sich fast wie am Meer fühlte.

Sie *liebte* den See, auch wenn sie Angst hatte, darin zu schwimmen.

Und sie liebte die kleine Stadt am Ufer dieses gewaltigen Sees.

Dieser Ort hatte sie geprägt.

Sie erzählte immer, dass sie aus Toronto kam, und das stimmte auch in dem Sinne, dass sie dort geboren und zur Schule gegangen war, aber die Sommer bei Lucille in Moonflower Bay hatten eine so viel größere Wirkung auf sie gehabt.

Tränen stiegen in ihre Augen, als ihr das alles bewusst wurde. Ihre Brust füllte sich mit Bedauern wegen all der Jahre, die sie so getan hatte, als hätte sie mit dem Ort hier abgeschlossen. Als würde er ihr nichts bedeuten. Dass sie alles einfach vergessen und ihr Leben leben könnte. Wieso konnte sie damals nicht die Wut heraufbeschwören, die jetzt so einfach hochkam, und es mit Sawyer klären? Um dann so weit zu sein, dass sie es mit ihm in einer Stadt ausgehalten hätte?

Bedauern, Liebe und Angst vermischten sich in ihr und wirbelten herum, rissen ihr beinahe den Boden unter den Füßen weg, sie musste sich krümmen.

»Eve?«

Sie schoss so schnell wieder hoch, dass sie sich schon wie eine Marionette vorkam.

»Alles in Ordnung?«

Es war Jake. Den Fußstapfen nach kam er gerade vom Cottage.

»Ja! Ja, alles gut. Sorry, ich sollte nicht hier sein.« Sie wischte sich kurz über die Wangen und wollte gerade wieder aus dem Wasser kommen.

Er hielt eine Hand hoch. »Ich wollte sowieso gerade los, kein Stress.«

»Aber es ist dein Strand.«

»Du bist hier jederzeit willkommen.«

Wie seltsam, er kannte sie doch kaum. Er war ein Jahr älter als Sawyer, und als sie das letzte Mal in Moonflower Bay war, hatte er schon auf dem Boot seines Vaters gearbeitet. Er hatte zusammen mit seiner Freundin Kerrie in einer Wohnung gelebt, und für sie war er damals schon wie ein Erwachsener. »Das ist wirklich nett, aber ich will dich und deine Familie nicht stören.«

»Dad und Jamila wohnen jetzt nur noch in der Stadt, und mein Bruder ist nach Alberta gezogen. Ich wollte sowieso gerade los, also störst du mich nicht.«

»Und was ist mit Kerrie?« Eves Blick wanderte zum Cottage. »Hat sie nichts dagegen?«

»Kerrie ist nicht mehr hier.«

»Oh, tut …« Sie wollte sagen, dass es ihr leidtat, war aber nicht ganz sicher, ob das angemessen wäre, wenn sie sich getrennt hatten.

Also stand sie einfach da, während sich peinliches Schweigen ausbreitete. Immer wenn sie etwas aus der Zeit erfuhr, als sie weg war – wie den Tod von Jakes Mutter –, kam sie sich wie ein Idiot vor. Ihr fehlten so viele Informationen. Schließlich öffnete sie doch wieder den Mund: »Also wohnst du jetzt allein hier draußen?«

»Jap. Ich habe es gewagt und bin einfach hergezogen.«

»Ich bin hergekommen, weil …« *Ich versuche, mir selbst das Schwimmen beizubringen, weil ich es mir gewünscht habe, aber es war eher ein Versprechen an mich selbst als ein Wunsch.* »Ich wollte allein sein. Heute ist die Parade, und …« *Sie bauen schon alles in der Hauptstraße auf, und ich halte es nicht in der Nähe der dummen Parade aus.*

»Diese Stadt kann manchmal etwas viel werden«, sagte er.

Genau. Er verstand es. Jake redete zwar nicht viel, aber hatte ihre herumschwirrenden Gedanken perfekt zusammengefasst. Hmm … ob Jake eine Art unauffälliger Guru voller Weisheiten war? Sie wollte ihn kurz testen. »Auch wenn ich dachte, dass ich die Stadt hasse, wird mir irgendwie auch wieder bewusst, was ich immer daran mochte.« *Was ich daran liebte.*

»Die Stadt ist wie ein Teil von einem.«

»Gehst du später zu der Parade?«, fragte sie.

Er lächelte, aber etwas traurig, dachte sie. »Nein. Ich fahre mit dem Boot raus.«

»Viel Erfolg beim Angeln.«

»Nicht das Boot.« Dann zeigte er auf ein Kanu, das neben dem Cottage lag.

»Oh.« Sie kam zum Ufer. »Na ja, ich sollte wieder gehen.«

»Bleib«, meinte er und drehte sich wieder zum Haus. »Und komm ruhig jederzeit her.«

• • •

»Okay, wenigstens ist heute kein Vollmond.«

»Amen.« Olivia hielt ihren Kaffeebecher hoch.

Sie waren gerade auf der Wache, wo Sawyer allen Anweisungen für den Tag gab. Der Samstag am Labor-Day-Wochenende war bei Weitem der verrückteste Tag des Jahres in Moonflower Bay.

Außerdem der Jahrestag des schlimmsten Tages seines Lebens.

»Oh ja«, stimmte auch Joel Pinter ein. Dominic Keyes hob wortlos seinen Becher. Dom und Joel stellten den Rest der Vier-Mann-Wache dar.

»Und da das *Mermaid Inn* geschlossen ist, haben wir auch weniger Touristen, die über Nacht bleiben«, fuhr Sawyer fort.

»Aber wenn sie außerhalb der Stadt übernachten, werden wir einige Betrunkene am Steuer haben«, entgegnete Patty, ihre Dispatcherin.

»Stimmt.« Abgesehen vom *Mermaid* und ein paar Einheimischen, die Zimmer via Airbnb anboten, gab es lediglich ein Motel direkt am Stadtrand. Ansonsten blieben nur die Hotels am Highway. »Also sollten wir heute einen besonders klaren Kopf bewahren.«

Zwei Stunden später missachtete Sawyer seinen Rat und raste beinahe in die Blaskapelle der Highschool, die gerade marschierend *Under the sea* performte, weil er Evie ein Stück weiter weg entdeckte.

»Chief!«, rief Olivia.

»Sorry, sorry.« Er trat auf die Bremse, und das Auto blieb stehen, während die Twirlerinnen an ihnen vorbeizogen. Es fühlte sich an, als würden die Stäbe, die sie in die Luft warfen, sich in seine Eingeweide bohren.

Sawyer fuhr immer den Einsatzwagen bei der Mermaid Parade. Da es Olivias erstes Jahr im Dienst war, fuhr sie auf dem Beifahrersitz mit, während Joel und Dom zu Fuß patrouillierten. Er hatte erst überlegt, Olivia fahren zu lassen, um ihr ein bisschen mehr Respekt vor den Leuten zu verschaffen – und vor Dom, denn der war immer noch beleidigt, dass er nicht Deputy Chief geworden war. Allerdings fuhr Sawyer *immer* in der Parade mit. Er war der Chief, das war Tradition.

Außerdem musste er immer Teil der Parade sein, um nicht zugucken zu müssen. Die Parade weckte böse Erinnerungen, dieses Jahr besonders, deswegen wollte er eigentlich überhaupt nicht da sein.

Und jetzt hielten sie auch noch an, nur sechs Meter von Evie entfernt.

Er wollte wegschauen, aber es war, als würde sie seinen Blick anziehen wie einen Magneten. Sie sah so hübsch aus wie immer, in ihrem Sommerkleid, die Haare hoch auf dem Kopf zusammengebunden, so locker, dass es ihn schon nervös machte. Er mochte dieses Zwischending nicht. Die hochgesteckten Haare könnten sich jeden Moment lösen. Er vermisste den ordentlichen geflochtenen Zopf von früher. Er wollte …

»Chief?«

Er drehte sich zurück zu Olivia, die nach vorn zeigte. Die

Band war inzwischen weitermarschiert, und es hatte sich bereits eine deutliche Lücke gebildet. Ach ja. Er trat auf das Gas, nur etwas zu stark – was war bloß mit ihm los? –, und Olivia erschrak neben ihm, als er laut anfuhr. Dann pendelte er sich wieder in das Schneckentempo der Parade ein.

Er konnte Evie nicht aus dem Weg gehen. Auch nicht der Tatsache, dass er nicht zum ersten Mal Teil der Parade war, während sie am Rand stand und zusah. Nur dass er damals gesehen werden wollte, für seinen sehr öffentlichen Betrug. Gerade wäre ihm allerdings nichts lieber, als im Boden zu versinken.

Beim Näherkommen bemerkte er, dass ihr sommerliches Aussehen anscheinend im direkten Kontrast zu ihrer Stimmung stand. Sollte es ihn freuen, dass sie wirkte, als wäre sie genauso ungern dort wie er? Sie hatte die Lippen fest zusammengekniffen und den Blick zur Seite gerichtet, als versuchte sie angestrengt, an etwas anderes als die Parade zu denken. Wahrscheinlich gedankenversunken in eines ihrer Märchen.

Während sie sich ihr weiter näherten, überkam ihn ein überwältigender Drang zu fliehen. Er warf einen Blick nach hinten. Sie fuhren direkt vor dem großen Festwagen, auf dem der diesjährige Meerkönig und die Meerkönigin saßen. Der König war natürlich wie immer Karl Andersen. Da die Parade vor zwanzig Jahren seine Idee war, wählten alle ihn. Nur die Königin wechselte jährlich. Meistens war es irgendeine Highschool-Schülerin, für die es fast wie eine außerschulische Homecoming-Queen-Wahl war. Dieses Jahr war allerdings Maya die – widerwillige – Königin. Sie saß auf ihrem Muschelthron und rollte mit den Augen, während ihre Chucks deutlich unter der Flosse hervorblitzten. Als Teil ihres ewigen Streits hatte Law die grandiose Idee einer ganzen Kampagne, nur damit sie gewählt wurde, einfach um sie zu ärgern. Auch wenn Maya eigentlich nichts gegen Rampenlicht hatte, verabscheute sie alles, wenn es bedeutete, dass Law gewann.

Sawyer lenkte seine Aufmerksamkeit wieder auf die Band vor sich. Auch die Twirlerinnen waren alle als Meerjungfrauen verkleidet und drehten ihre Stäbe, die wie Dreizacke aussahen.

Selbst wenn ihm irgendeine Ausrede einfallen würde, weshalb er wegmusste, wäre es sowieso bis zur nächsten Querstraße unmöglich zu entkommen. Er steckte mitten in einer Horde Verrückter fest, die sich als Meermenschen verkleidet hatten.

Unter anderen Umständen hätte er es vielleicht sogar lustig gefunden. Ihm blieb keine andere Wahl, als im Schritttempo in dem Polizeiwagen weiterzufahren, der mit Meerjungfrauenstickern und blauen und grünen Ballons dekoriert war. Der vermutlich unmännlichste Fluchtwagen überhaupt.

Vielleicht würde sie ihn ja gar nicht bemerken, auch wenn er in der Meerjungfrauen-Edition von Barbies Traumauto saß. Sie konnte sich schon immer in ihren Tagträumen verlieren. Sie lag zum Beispiel am Strand, und wenn er sie fragte, woran sie dachte, kam plötzlich: »Was, wenn mein Hogwarts-Brief nur Verspätung hat und erst an meinem zwölften Geburtstag kommt?«

Aber nein. Sie hatte ihn entdeckt. Sie rollten an ihr vorbei, und Evie schaute ihn an, als wäre er der Teufel persönlich.

In ihren Augen war er das wahrscheinlich auch.

• • •

»Hey, kann ich dich was fragen? Was ist dieses Auntie-Festival, von dem alle reden?«

Eve hatte den Tag der Parade überlebt. Sie saß mit Maya auf dem Sofa im Salon des *Mermaid Inns*, und sie schauten *Der Exorzist* auf Mayas Laptop. »Hausaufgabe«, hatte Maya verkündet.

»Ich erinnere mich gar nicht an das Festival«, fuhr Eve fort. »Die Stadt ist echt gestört, wenn es um Festivals geht, aber hätten sie sich nicht was Besseres als Tanten aussuchen können? Und wieso nicht auch Onkel?«

Maya prustete los. »Anti-Festival. A-N-T-I.«

Huch? »Weil *das* so viel mehr Sinn ergibt? Was feiert ihr? Den kollektiven Trotz?«

»Mmm.« Maya starrte auf den Bildschirm. »Pater Damien ist schon irgendwie heiß. Also, auf eine ungepflegte Siebzigerjahre-Art, oder?«

»Weiß nicht. Wenn überhaupt eher dieses Priester-Ding, etwas Verbotenes und so.«

»Kollektiver Trotz trifft es ganz gut«, kam Maya dann wieder zum Thema Festival zurück. »Das Anti-Festival hat vor ein paar Jahren als Scherz gestartet. Die beliebten Events – die Parade und das Himbeer-Festival – sind *richtig* groß geworden. Das mit den Mondblumen auch. Der ganze Kram war früher eher klein und lokal, wurde aber immer beliebter. Das ist auch super, ich brauche auch die Touristen, die zu meinen Aufführungen kommen, aber es kann auch nerven. Irgendwann hat dann das Meckern über die Touristen angefangen – wahrscheinlich mit Pearl –, und daraus wurde dann eine Feier nur für die Einwohner, am ersten Wochenende im Oktober.«

»Wenn die Saisongeschäfte schließen.«

»Genau.« Maya kam zurück zum Film. »Denkst du, die ganzen Effekte waren damals richtig beeindruckend? Ich könnte mindestens genauso überzeugende Kotze mit meinem winzigen Theaterbudget hinkriegen.« Sie zuckte mit den Schultern und wechselte dann direkt wieder zum anderen Thema. »Das Festival findet nördlich der Hauptstraße auf dem Platz hinter den Läden statt. Es gibt ein bisschen Fundraising-Kram, aber nur für innerhalb der Stadt – die Bibliothek oder die Tafel. Aber, und da muss man sich vor Verkupplungsversuchen in Acht nehmen, es gibt auch eine Junggesellenauktion.«

»Das klingt alles unheimlich niedlich, ihr solltet aufpassen, dass keine Touristen davon erfahren, sonst gibt es noch ein großes Herbst-Festival.«

»Ich glaube, es ist allen ziemlich wichtig, das geheim zu halten. Abgesehen von der Auktion macht es auch echt immer Spaß.«

»Aber Pearl will unbedingt, dass ich das Inn für eine Pyjamaparty öffne? Ist das nicht merkwürdig?«

»Sehr merkwürdig«, stimmte Maya sofort ein. »Das kam

auch erst später dazu, weil Lucille nicht wollte, dass die Leute betrunken fahren. Deswegen hat sie kostenlos Zimmer angeboten. Das haben dann so viele Leute genutzt, dass daraus eine Art Pyjamaparty wurde. Hier ist wirklich alles möglich. Kaum macht man etwas zweimal hintereinander, ist es plötzlich eine Tradition und wird in die Stadtgeschichte eingemeißelt. Wenn du es nicht machen willst, sag einfach …«

Klonk.

Irgendetwas traf das Fenster.

»Also *das* sind gute Special Effects«, sagte Maya.

Klonk.

»Was ist das?«, fragte sie dann.

»Weiß ich nicht, aber bald sind meine Fenster kaputt.« Eve stand auf, um nachzusehen.

»Vielleicht solltest du deswegen nicht noch *näher* an die Fenster«, meinte Maya.

»Ich kann doch nicht einfach Leute in mein Inn einbrechen lassen.«

»*Dein* Inn? Aww, das ging aber schnell!«

Eve antwortete nicht, sondern öffnete die Vorhänge und sah zwei Männer sich prügeln. Richtig kämpfen, wie man es aus Schlägereien in Filmen kannte.

Als einer der beiden dem anderen seinen Kopf in den Bauch rammte und beide durch die Wucht gegen das *Mermaid* prallten, kreischte Eve auf und wich zurück.

Dann kam Maya zu ihr. »Oh Gott.«

»Ja! Wir sollten die Polizei …«

Jemand schrie. Eine Frau kam dazu und brüllte die beiden Männer an. Es war schwierig zu sagen, ob sie die beiden anstacheln wollte oder sie auseinanderbringen.

»Wo ist mein Handy?« Eve sah sich hastig um. »Wir müssen Hilfe rufen.«

»Nein, müssen wir nicht«, entgegnete Maya, »denn da kommt dein dunkler Prinz schon.«

»Er ist *nicht* mein Prinz. Er ...«

Eigentlich hatte Eve nie eine Vorliebe für Uniformen gehabt. Eigentlich.

Natürlich hatte sie eigentlich auch nie eine Vorliebe für Bärte. Eigentlich.

Aber ... als sie Sawyer sah, wie er auf die Männer zuging und »Polizei! Auseinander!« rief, regte sich etwas.

Ein *Kribbeln*.

»Wie im Fernsehen!« Maya öffnete das Fenster einen Spalt, damit sie mithören konnten.

Sawyers Rufe schienen wenig Effekt zu haben, und mit dem offenen Fenster drang das eklige Geräusch der dumpfen Schläge nach drinnen. Kurz flackerte Panik in Eve auf. Was, wenn sie ein Fenster zerstörten? Wenn sie sich gegenseitig verletzten?

Was, wenn sie Sawyer verletzten?

Während die Gedanken in ihrem Kopf herumschwirrten, kümmerte er sich darum. Er ging direkt auf die Männer zu, packte einen von ihnen und zog ihn weg.

»Oh, wow«, kommentierte Maya.

»Clara!«, rief Sawyer eilig und schaute über seine Schulter – wahrscheinlich zu seiner Schwester, aber die konnte Eve nicht sehen. »Geh nach Hause.«

»Verdammt, Sawyer, denkst du wirklich, ich würde meiner eigenen Tochter etwas tun?«, schnauzte einer der Männer.

Oh Gott. Es war Charles Collins, das war ihr vorher nicht aufgefallen, weil sie nur seinen Rücken sehen konnte.

Ohne eine Sekunde nachzudenken, lief Eve zur Haustür und riss sie auf. »Clara!« Sie winkte das Mädchen nach drinnen, das ein Stück weiter weg stand.

Sawyer schaute kurz zu ihr, dann zurück zu Clara. »Geh rein.« Seine Stimme klang ruhig und kontrolliert, aber Eve hörte die Dringlichkeit darin.

Dann drehte er sich wieder zu ihr. »Evie. *Eve.*« Scheiße. Sie fühlte sich schlecht, weil er sich sogar in dieser Situation extra korrigierte. »Ruf auf der Wache an, ich brauche noch einen Officer hier. Solltest du nicht durchkommen, wähl den Notruf.«

Sie nickte, und für einen kurzen Moment sahen sie sich nur an. Sie wusste, dass sie beide an das Gleiche dachten. An den Sommertag, bei ihm im Garten, als er am Kanu gearbeitet hatte. Plötzlich war Charles wie aus dem Nichts aufgetaucht, betrunken, hatte über seine verstorbene Frau gelallt, gebrüllt, dass die kleine Clara sie umgebracht hätte.

Die inzwischen nicht mehr so kleine Clara kam jetzt mit weit aufgerissenen Augen und rosa Wangen angelaufen. Eve kam ihr einen Schritt entgegen und hielt schützend ihren Arm vor sie, als würde ihr Arm irgendetwas bringen, sollte Charles ausrasten. Wenn irgendjemand Clara wirklich schützte, dann war es der Mann mit der Dienstmarke und der Waffe.

Clara stolperte nach vorn, und Eve zog die Tür hinter ihr zu, um Clara danach aufzufangen. Sie zitterte am ganzen Körper.

»Oh, Süße.« Eve umarmte das Mädchen.

Die Umarmung fühlte sich vertraut an, obwohl Clara inzwischen groß war. Genau wie früher vergrub Clara ihren Kopf an Eves Schulter. Als kleines Mädchen war Clara immer sehr liebevoll und zärtlich gewesen, was für Eve im Nachhinein überraschend schien. Immerhin hatte sie keine Mutter und de facto keinen Vater. Aber sobald sie sich zum Beispiel das Knie aufgeschürft hatte, wollte sie immer sofort von Sawyer oder Eve getröstet werden. Die plötzliche und so greifbare Erinnerung traf Eve, sie spürte einen großen Kloß in ihrem Hals.

»Ich rufe die Wache an«, sagte Maya ruhig.

»Ich hasse das«, flüsterte Clara daraufhin.

Eve führte sie zum Sofa. »Kommt das oft vor?«

»Nein. So aggressiv habe ich ihn noch nie gesehen.«

»Er hat dir nie gedroht?« Eve wusste nicht, wieso sie sich einmischte. Eigentlich ging es sie nichts mehr an.

»Manchmal taucht er bei mir auf und versucht mit mir zu reden, sich wieder anzunähern, aber Sawyer meint, ich soll nicht mit ihm allein sein. Deswegen kriege ich immer ein bisschen Panik, wenn ich ihn sehe. Aber ich glaube nicht, dass er mir tatsächlich was tun würde.«

Eve war da nicht so sicher. »Er hat Sawyer schon was getan, das weißt du, oder?«

Clara riss ihre Augen noch weiter auf. »Nein. Also, ich

weiß, dass er ein Aggressionsproblem hat. Und ein Alkoholproblem. Aber das wusste ich nicht. Was ist passiert?«

Sie hätte nichts sagen sollen. Sie hatte kein Recht, Clara davon zu erzählen, wenn Sawyer es nicht wollte.

Maya musste Eves Verzweiflung mitbekommen haben. »Olivia und Dom sind unterwegs.« Sie lächelte Clara zu und zeigte neben sich auf das Sofa. »Setz dich, wir gucken gerade *Der Exorzist*.«

»Was guckt ihr?«

»*Der Exorzist*?«

Clara setzte sich hin und starrte auf den Bildschirm.

»Ein amerikanischer Horrorklassiker, in dem ein Mädchen vom Teufel besessen ist – wie das eben so passiert – und ihre Mutter von ein paar Priestern einen Exorzismus durchführen lässt – wie man das eben so macht.«

Clara wirkte immer noch verwirrt.

»Wo sich ihr Kopf so komisch umdreht und ...«

Eve klappte den Laptop zu, gerade als das Mädchen anfing zu kotzen und zu schweben.

»Na gut.« Maya sprang auf und inspizierte Lucilles DVD-Sammlung im Regal über dem alten Fernseher. »*Splash*! Lass uns *Splash* gucken.«

»Den kenne ich glaube ich auch nicht«, sagte Clara.

»Klassische Rom Com über eine Meerjungfrau, die einen Mann rettet, der sie dann ein paar Jahre später rettet?« Auf einmal legte Maya den Kopf schief und musterte Eve nachdenklich.

Eine Stunde später kam Sawyer, um Clara abzuholen.

Eve machte kurz Pause, um ihn reinzulassen. Sein Blick fiel sofort auf seine Schwester. »Ist alles in Ordnung?«

Clara hüpfte vom Sofa auf. »Ja, bei dir?«

»Ja, ja. Wir hatten sie schnell auseinander, es hat nur etwas gedauert, alles zu klären. Die Frau war auf Meth, und es stellte sich heraus, dass die das drüben in Grand View selbst braut.«

Eve holte überrascht Luft, dabei wollte sie weder schockiert noch entsetzt rüberkommen. Meth war für sie einfach etwas, was sie bisher nur aus dem Fernsehen kannte.

Sawyer sah zu ihr. »Willkommen in der typischen Kleinstadt in Ontario.«

»Nimmt Dad auch Drogen, Sawyer?«, fragte Clara leise.

»Ich glaube nicht. Jedenfalls heute nicht. Es klang sogar so, als hätten die Frau und ihr Freund angefangen.«

»Denkst du ...«

Er hielt eine Hand hoch und unterbrach sie. »Lass uns zu Hause darüber reden.«

»Okay.« Ihr Blick wanderte kurz zu Eve und Maya, als hätte sie kurz vergessen, dass Sawyer und sie nicht allein waren. Dann wurden ihre Wangen schlagartig rot. »Das ist so peinlich«, murmelte sie und ging zu Sawyer, der sie direkt in seine Arme schloss.

Wahrscheinlich war es nur an Sawyer gerichtet, aber Eve hatte es auch gehört, und es hatte ihr ein bisschen das Herz gebrochen. Clara wirkte so erwachsen für ihr Alter – wahrscheinlich musste man das sein, wenn man keine richtigen Eltern hatte –, aber letztlich war sie noch ein Teenager.

Nach einer Weile löste sich Sawyer von seiner Schwester

und schaute kurz zu Eve. Er sah ihr direkt in die Augen und sagte nur leise: »Danke, Eve.«

Diesmal musste er sich bei ihrem Namen nicht korrigieren. Das war … gut. Genau was sie wollte. Oder?

»Kein Problem«, antwortete sie mit kratziger Stimme.

»Wir lassen euch mal in Ruhe.« Sawyer legte seiner Schwester einen Arm um die Schulter. Sein Bizeps schien zu groß für die Ärmel, mal ganz objektiv gesehen.

Und … wieder dieses Kribbeln wegen der verdammten Uniform.

»Komm, Clärchen.«

Eve verkniff sich ein Seufzen und brachte die beiden zur Tür. Okay, vielleicht sollte sie auch einen kleinen Exorzismus wegen dieses Kribbelns machen.

• • •

»Wieso reden wir nie über Dad?«

Clara wollte ganz offensichtlich nicht warten, bis sie zu Hause waren. »Wir reden über Dad.«

»Nein, tun wir nicht«, widersprach sie. »Du sagst, ich soll mich von ihm fernhalten. Rastest aus, wenn er sich auch nur auf einen Kilometer nähert. Ich verstehe ja, dass er ein fieser Typ war. Also, ich *denke*, ich verstehe es.«

Er umfasste das Lenkrad noch fester. »Er *war* fies.«

»Sagst du.«

»Clara.« Eine Warnung.

Die sie ignorierte. »Wir reden über Mom. Wir haben ein Foto von ihr auf dem Kaminsims, aber über ihn reden wir nie. Als hätte ich eine tote Mutter und nur Leere, wo mein Vater sein sollte.«

Er wollte nicht zusammenzucken. Jedenfalls nicht so auffällig. Aber das traf ihn.

»Oh, Sawyer, tut mir leid. So meinte ich das nicht.«

Er schaute kurz zu ihr, als er bei einem Stoppschild anhielt. Tränen glitzerten in ihren Augen. »Ist schon okay.« Sie hatte ja recht. Wenn es um ihren Vater ging, blockte er immer direkt ab. Wollte ihn von ihr fernhalten. Und sie hatte auch recht, dass Sawyer verdammt schnell die Fassung verlor, wenn es nicht klappte. Wie als Charles betrunken im Supermarkt aufgetaucht war, in dem sie arbeitete. Wenn er mal versuchte, es nüchtern zu betrachten, seine Wut außen vor ließ, dann wusste er, dass es nicht die optimale Herangehensweise war. Clara war inzwischen fast erwachsen.

Er erinnerte sich noch daran, wie er sie als Baby nachts gefüttert hatte. Pearl, Eiko, Lucille und Carol Dyson hatten es ihm beigebracht, nachdem seine Mutter gestorben war. Irgendwie hatten sie gewusst, dass Sawyer die entscheidende Person für Clara war, nicht Charles, deswegen hatten sie ihm geholfen. Wenn Charles nachts in der Verpackungsfabrik gearbeitet hatte, wechselten sie sich alle mit Clara ab. Damals hatte Charles noch einen Job. Später hatte dann die ganze Stadt geholfen. Von Art Ramsey gab es Fisch, die Nachbarn hatten ihnen alles Mögliche an gebrauchten Sachen gespendet, der Zahnarzt hatte sie kostenlos behandelt.

Aber jetzt war Clara kein Kind mehr.

Sawyer bog nach rechts auf die Sarnia Street ab, in Richtung Brücke. Sie wohnten auf dieser Seite des Flusses, aber da er das Gefühl hatte, das Gespräch würde noch eine Weile dauern, fuhr er weiter.

»Wo fahren wir hin?«

»Über manche Sachen kann man im Auto besser reden.« Er warf ihr ein zögerliches Lächeln zu. »Dann habe ich nebenbei was zu tun.«

Ihr Lächeln zerrte an seinem Herzen.

Sie schlängelten sich durch den Wald auf die Straße zu, die direkt am Ufer des Sees entlangführte. Sawyer atmete tief durch. »Ich glaube, sie wollte sich scheiden lassen. Sie wollte nur noch warten, bis du da bist.« Er hatte den Gedanken noch nie laut ausgesprochen, noch nicht einmal gegenüber Evie. Dabei hatte er über so vieles mit Evie geredet.

»Wieso glaubst du das?«

»Weil ich sie streiten gehört habe. Und sie hat manchmal so mysteriöse Sachen zu mir gesagt. Wenn er rumschrie und Sachen durch die Gegend warf, hat sie so was wie ›Nächster Sommer wird so schön ruhig‹ gesagt. Also, ich war noch klein, aber ich erinnere mich noch daran, und im Nachhinein scheint es ziemlich offensichtlich, dass sie ihn verlassen wollte.«

»Oder ihn umbringen.«

Erschrocken schaute er zu ihr, aber sie zwinkerte ihm zu und er musste lachen. »Wie wäre es sonst mit Mordkommission statt Ingenieurwesen für dich?«

Er wollte sie eigentlich auch zum Lachen bringen, aber das klappte nicht. Sie schaute aus dem Fenster. »Hat er oft rumgeschrien?«

»Ja.«

»Wieso?«

»Alles Mögliche. Das Abendessen, wie sie sich ein zweites Kind leisten sollten.« Sie verzog das Gesicht, und er musterte sie, versuchte herauszufinden, ob er noch mehr sagen sollte oder nicht. Jetzt, wo er schon angefangen hatte, spürte er komischerweise den Drang, ihr alles zu erzählen. Also fuhr er ruhig fort. »Und dann, als Mom gestorben ist, hat er sich irgendwie in den Kopf gesetzt, dass es deine Schuld wäre.«

»Na ja, irgendwie ist es das auch.«

»*Nein*.« So viel zu ›ruhig‹. Aber das konnte er einfach nicht stehen lassen. »Das darfst du niemals denken.«

»Aber wenn sie mich nicht bekommen hätte, würde sie noch leben, das ist halt so.«

»*Nein*.« Er wollte auf das Lenkrad schlagen, aber behielt die Kontrolle. »Sie hat sich so auf dich gefreut. Sie hat dir immer vorgesungen, als du in ihrem Bauch warst. ›Sweet Caroline‹, nur dass sie stattdessen ›Claralein‹ gesungen hat.«

»Das hast *du* mir immer vorgesungen.«

»Nur, weil sie damit angefangen hat.«

Das verblüffte sie. Sie hatte anscheinend immer gedacht, dass er sich das Lied ausgedacht hatte.

»Jedenfalls«, fuhr sie fort, »sage ich ja nicht, dass sie mich nicht wollte. Aber wenn eine Frau bei der Geburt stirbt, ist es unlogisch zu behaupten, dass es *nicht* die Schuld des Kindes war.«

»Niemand ist schuld. So was passiert. Schlimme Sachen passieren. Menschen sterben.«

»Hat er sie geschlagen?«, fragte sie dann ganz leise.

Er holte Luft. Zu der Schuldfrage würden sie später noch zurückkommen, aber jetzt wollte er ihre Fragen so ehrlich wie möglich beantworten. »Nicht dass ich wüsste. Aber man kann Menschen, auch ohne sie zu schlagen, ziemlich verletzen.«

»Hat er dich geschlagen?«

Er zögerte. »Ja. Nach ihrem Tod hat er mich öfter mal geschlagen, aber es war nie richtig schlimm, bis ...« Oh Gott. Seine Kehle schnürte sich zu.

»Bis es einmal doch richtig schlimm wurde?«

Er räusperte sich. »Ja. Er hat mich quasi verprügelt. Er wurde aggressiver, hat mehr getrunken, seine Ausraster wurden länger und fieser.«

»Also sind wir ausgezogen.«

»Also sind wir ausgezogen.« Aus ihrem Mund klang es so einfach, aber er erinnerte sich noch gut an die ständige Panik, als er nach Wohnungen gesucht und heimlich ihre Sachen gepackt hatte.

»Inzwischen wirkt er auf mich eher jämmerlich als gefährlich, aber das liegt vielleicht einfach daran, dass ich älter bin.«

Er dachte kurz darüber nach. Es stimmte, dass es seit einem Jahr keinen Vorfall mehr gegeben hatte. Charles hatte sie nicht mehr belästigt, und er war auch sonst nicht auffällig geworden, das hätte Sawyer mitbekommen. Außerdem hatte vorhin nicht mal das Alkoholmessgerät angeschlagen. Seine Story, dass er einfach zur falschen Zeit am falschen Ort war und in die Schlägerei mit reingezogen wurde, bestätigten sogar die Zeugen.

Dennoch. »Ich kann nicht riskieren, dass etwas passiert, Clärchen. Vielleicht war es falsch, nie über ihn zu reden, und wenn du willst, rede ich ab jetzt auch über ihn. Nur ... ich traue ihm nicht.« Er fuhr rechts ran, stellte den Motor aus und drehte sich zu Clara. »Also, in einem Film wäre das der Punkt, an dem mir klar wird, dass du nicht wie ich bist. An dem ich dir sage, dass dich nichts davon abhält, eine Beziehung zu ihm aufzubauen, wenn du das möchtest. Vielleicht merkst du ja, dass er sich wirklich geändert hat.«

»Aber ...«, fing sie an.

»Ich kann das nicht.«

»Ist okay. Ich will das auch nicht. Ich will nur ...«

»Was?«

»Ich will, dass wir manchmal darüber reden. Über sie. Über die Vergangenheit. Nicht mehr so tun, als wäre das alles nie passiert.«

Er nickte. »Ja, okay. Das schaffe ich.«

Sie beugte sich über die Mittelkonsole und umarmte ihn. Er umarmte sie zurück, und Tränen schossen in seine Augen. Sie würde ihm nächstes Jahr so sehr fehlen.

Kapitel 8

Eine Woche später war Sawyer gerade in der Bar für das übliche Freitagabendtreffen mit Jake und Law. Die Woche lief bisher erstaunlich ruhig. Besonders nach dem langen Wochenende mit den Meerjungfrauen, den Twirlerinnen, Verkehrskontrollen, dem Zusammentreffen mit Charles Collins und den schmerzhaft ehrlichen Gesprächen. Clara hatte jetzt ihr letztes Jahr auf der Highschool angefangen, und abgesehen von der »erdrückenden Menge an Mathehausaufgaben« schien es gut zu laufen.

Normalerweise konnte er freitagabends endlich entspannen, aber heute nervten ihn seine Freunde wegen des Kanus. Sawyer hatte inzwischen genug YouTube-Videos geguckt und das Kanu tatsächlich nach Jahren aus dem Schuppen geholt und in die Garage verfrachtet – und Jake gefragt, ob er ihm dabei helfen könnte.

»Aber wieso denn jetzt plötzlich?«, wollte Law wissen.

»Einfach so«, log er. Na ja, es war nicht komplett gelogen. Natürlich hatte es mit Evie zu tun, das Boot war immerhin ursprünglich für sie gedacht, aber er konnte tatsächlich nicht genau sagen, wieso ihre Rückkehr so ein starkes Bedürfnis in ihm ausgelöst hatte, das Kanu fertigzustellen.

Da Law in der Schule ein paar Stufen über Sawyer gewesen war, hatte er vielleicht nicht mitbekommen, wie eng die Beziehung zwischen Sawyer und Evie damals war.

»Wegen Eve Abbott, oder?«, hakte er nach.

Verdammt.

»Wieso hast du das Teil die ganzen Jahre mit dir rumgeschleppt? Dein Leben war doch zwischendurch komplettes Chaos. Und als du ausgezogen bist und mit Clara in der Wohnung gewohnt hast, wo hast du es da überhaupt gelagert?«

»Er hat es bei meinen Eltern untergebracht«, erklärte Jake.

»Mein Gott, Sawyer, du …«, Law schaute plötzlich zu irgendetwas hinter Sawyer und fing an zu grinsen. »Vielleicht sollten wir *sie* mal fragen.«

Sawyers Herz fing sofort an zu rasen, und er drehte sich um.

Sie kam in einem Strandkleid an die Bar, die Haare hatte sie wieder zu diesem losen hohen Dutt zusammengebunden, der ihn verrückt machte. Nur, dass sie diesmal feucht waren und sich durch die Hitze am Haaransatz leicht kräuselten.

Sie sah aus wie aus einer Werbung für Sonnencreme. Wenn es in Sonnencremewerbung Engel gäbe, die auf die Erde kommen, um all die dreckigen, biertrinkenden Sterblichen zu blenden.

An der Bar angekommen, warf sie ein desinteressiertes

»Hi« in die Runde, ohne Sawyer dabei besonders zu beachten. Was hatte er erwartet?

Sie roch sogar auch wie eine Werbung für Sonnencreme – nach Meer und Kokos. Er versuchte, nicht allzu auffällig zu schnuppern, aber das schien ihm nicht zu gelingen, denn Law sah ihn stirnrunzelnd an.

Sie streckte Law ihre Kreditkarte entgegen. Er zog sie durch das Gerät und reichte ihr dann eine Pizza. »Normalerweise machen wir nichts zum Mitnehmen, aber ich habe noch ein paar dieser Boxen gefunden. Die sind allerdings zu groß für die Pizza, also pass auf, dass sie nicht zu sehr hin und her rutscht.«

Der Anblick verblüffte Sawyer. In *Lawson's Lager House* gab es hauptsächlich Bier. Auch wenn Law inzwischen eine ziemlich beeindruckende Liste an Cocktails und Wein auf die Karte gesetzt hatte, seit er das Lokal von seinem Dad übernommen hat. Essen gab es allerdings eigentlich nicht zum Mitnehmen, allein schon, weil niemand eine aufgewärmte Tiefkühlpizza kaufen wollte, wenn man sie auch einfach zu Hause zum halben Preis machen konnte.

Es waren die gleichen Pizzen wie die, die Laws Vater früher für Sawyer in Andersens Laden gebracht hat, damit er was zu essen hatte. Wahrscheinlich hatte John Lawson die Boxen sogar extra dafür gekauft. Zusammen mit dem Fisch von Jakes Vater hatten die Pizzen Sawyer und Clara durch schwere Zeiten geholfen. Sawyer räusperte sich.

»Versteh das nicht falsch, Eve«, fing Jenna Riley an, die ein paar Hocker weiter saß. »Aber es gibt wirklich Besseres als die schlechte Pizza hier. Sorry, Law.«

»Schon in Ordnung.«

Evie lächelte. »Na ja, ich hatte Lust auf Pizza und wollte eigentlich nach Grand View, aber meine Schrottkarre hatte da wohl andere Pläne.«

»Hast du das Auto mal zu meinem Bruder gebracht?«, fragte Jenna. »Er kriegt das bestimmt wieder hin.«

»Ja, bring es bloß nicht zu PartsPro nach Bluewater«, stimmte Law zu. »Die nehmen dich nur aus.«

»Merke ich mir«, antwortete Evie. »Aber ich brauche keine richtige Reparatur. Die Batterie ist bloß leer, weil ich mit meinem grenzenlosen Autowissen die Innenbeleuchtung drei Tage lang angelassen habe. Ich brauche also nur Starthilfe, macht er so was?«

»Ich habe ein Starthilfekabel«, kam sofort von Law, bevor Sawyer genau das Gleiche anbieten konnte. »Ich hole meinen Truck, und wir treffen uns in zehn Minuten auf dem Parkplatz.«

»Wow, Pizza *und* eine Autorettung. Das ist wirklich lieb, danke.« Dann drehte sie sich zu Jake. »Und dir auch noch mal danke.«

»Wofür bedankt sie sich denn bei *dir*?«, wollte Sawyer sofort wissen, als Evie in einer Wolke aus Kokosduft verschwunden war. »Und wieso hat sie überhaupt nasse Haare?«

»Sie war in der Bucht schwimmen«, antwortete Jake.

Was? Er stieß aus Schock sein Bier um. »Sie war in der Bucht schwimmen?«

»Jap.«

Law kam mit einem Lappen an, den Sawyer ihm abnahm. Er versuchte, etwas gelassener zu klingen, während er das verschüttete Bier aufwischte. »Seit wann?«

»Weiß ich nicht genau. Ich habe sie vor etwa einer Woche da getroffen und meinte, sie kann die Bucht ruhig nutzen. Seitdem habe ich sie noch ein paarmal da gesehen.«

»Du wusstest das die ganze Zeit?« Sawyers Stimme sprang sofort ein paar Oktaven nach oben, was gar nicht gut klang. Er hielt kurz inne und räusperte sich. »Wieso hast du nichts davon erzählt?«

»Wieso sollte ich? Was geht dich das an?«

»Sie kann gar nicht schwimmen!«

»Das ist offensichtlich.« Jake lachte leise, als wäre die ganze Sache lustig. »Ich glaube, sie will es lernen.«

Law stellte Sawyer ein neues Bier hin und sah ihn belustigt an.

»Was?«, fragte Sawyer.

»Nichts.«

»*Was?*« Keine Antwort, Law griff nur nach seinen Schlüsseln, also drehte Sawyer sich wieder zu Jake. »Kannst du mich anrufen, wenn du sie das nächste Mal da siehst?«

»Wieso sollte ich? Ich will wirklich nicht in dein Beziehungsdrama mit reingezogen werden.«

»Mein *was?*« Er sah allerdings ein, wie verrückt es wahrscheinlich klang, Jake zu bitten, ihn anzurufen. Jake hatte nicht mal ein Handy, und das Festnetztelefon im Cottage benutzte er so gut wie nie.

Jake schüttelte grinsend den Kopf. »Vergiss es. Ja, ich rufe dich an.«

»Könnt ihr kurz hier aufpassen?«, fragte Law. »Dann

lasse ich Eve mal eben kommen.« Er fing an zu lachen, und Jake stimmte auch sofort ein. »Also, wenn das in Ordnung für dich ist, Sawyer.«

Verdammt. Das war der Nachteil einer Bromance. Die Arschlöcher kannten ihn zu gut.

• • •

Eve schaute von ihrer Rechnung hoch, als jemand an die Tür vom *Mermaid* klopfte. Sie hatte extra ein Schild aufgestellt, dass das Inn geschlossen war, und es klang auch nicht nach Maya. Mayas Klopfen war viel energischer als das eben. Dass sie Maya inzwischen schon am Klopfen erkannte, ließ Eve lächeln.

Aber wenn es nicht Maya war, die da klopfte, dann sollte sie vorsichtig sein. Die letzte Woche nach der Parade hatte sie damit verbracht, alles für die Renovierung zu organisieren und zu planen. Sie hatte einen Kredit bekommen, wollte aber so viel wie möglich selbst machen.

Sie öffnete die Tür. »Clara?«

»Hi, Eve. Störe ich?«

»Nein, nein, komm rein. Wie geht's dir?« Nach dem Vorfall mit ihrem Vater hatte sich Eve schon Sorgen um sie gemacht.

»Ach, gut.« Clara musste ihre Sorge rausgehört haben, denn sie schob direkt hinterher: »Wirklich. Sawyer und ich hatten danach noch ein langes Gespräch und haben über vieles geredet.«

Eve hätte sie am liebsten sofort ausgefragt, aber da das

Ganze vermutlich überhaupt nichts mit ihr zu tun hatte, ging es sie nichts an. »Willst du ein Glas Limonade?«

»Von *Legg's*?«

»Jap.«

»Oh ja!«

Legg's Lemonade gab es schon seit den Zwanzigern am Strand. Sie servierten Burger, Pommes und ihre berühmte Limonade. Schon früher waren Clara und Eve verrückt danach gewesen. Damals war es eher etwas Besonderes, was man sich nur selten gönnte, aber seit sie wieder hier war, holte Eve alle paar Tage eine ganze Kanne Limonade.

In der Küche ließ Clara erst mal einen Batzen Papier auf die Kücheninsel fallen, während Eve Gläser rausholte.

»Was ist das alles?«

»Broschüren von Unis.«

»U of T, Ingenieurwesen, oder?«

»Na ja, ja ...«

Sie klang unsicher. »Aber?«, bohrte Eve nach.

»Ich kriege kalte Füße.«

»Weshalb? Wegen des Studiums allgemein?« Irgendwie hatte die Situation etwas seltsam Vertrautes. Ob sich Sawyer ähnlich gefühlt hatte, als sie selbst mit ihm darüber geredet hatte?

»Nein, aber alles andere. Das Fach, die Uni. Selbst wenn ich bei Ingenieurwesen bleibe, könnte ich das auch am Mississauga Suburban Campus machen. Vielleicht wäre das besser? Also, nicht so krass, wie von hier« – sie wedelte mit den Armen durch die Luft – »in eine riesige Stadt zu ziehen. Aber auch wegen des Fachs. Ich *dachte*, dass ich das machen will.« Sie wurde langsam lauter und redete immer schneller. »Aber dann habe ich vor Kurzem so einen Essay Contest gewonnen, bei dem es um Bundespolitik ging, und jetzt denke ich, dass mir Politikwissenschaften auch echt Spaß machen würde. Und dann denke ich wieder an Maya, die so einen coolen kreativen Job hat. Und das sind nur die Sachen, die ich kenne! Ich meine, was ist, wenn ich irgendetwas ganz anderes eigentlich viel lieber machen würde? Dinosaurierknochen ausgraben zum Beispiel. Irgendwas, woran ich noch gar nicht gedacht habe? Ich bin doch erst siebzehn Jahre alt! Wie soll ich wissen, was ich den Rest meines Lebens machen will?«

Eve schob ihr ein Glas Limonade zu. »Hol erst mal Luft und trink.«

Clara lächelte zögerlich und tat beides. »Tut mir leid. Ich sollte dich damit nicht nerven. Ich dachte nur ... du warst auf der U of T, oder? Und du bist klüger als so ziemlich alle anderen hier in der Stadt – ohne das jetzt böse zu meinen, den anderen gegenüber.«

»Lass uns rüber in den Salon gehen.« Auf dem kleinen Tisch zwischen den beiden Sesseln stand eine Meerjungfrauenfigur. Eve packte sie am Kopf und riss sie runter, um Platz für die Gläser zu machen. Sie hatte inzwischen festgestellt, dass auch der Kleber alt und bröckelig war, genau wie der ganze Rest. Die Puppe warf sie auf das kleine Sofa, das schon voll ähnlichem Kram war. »Jedenfalls, was die Uni angeht. Du *musst* noch nicht wissen, was du den Rest deines Lebens machen willst. Dafür ist die Uni da. Zum Teil jedenfalls.«

»Aber ich muss mich doch für einen bestimmten Studiengang bewerben. Und eine bestimmte Uni.«

»Dann bewirb dich bei allen. Schieb die Entscheidung auf.«

»Kann man das einfach machen?«

»Wieso sollte das nicht gehen? Aber ich will eigentlich sagen, dass du dich umentscheiden kannst, für was auch immer du dich entscheidest. Es klingt, als hättest du super Noten. Was ist das Schlimmste, das passieren kann? Du bewirbst dich für eine Sache und wechselst dann doch?«

»Schon, aber es wird auch finanziell eng und ich kann nicht so viel Zeit verschwenden.«

»Das verstehe ich. Das Inn« – sie zeigte um sich – »wird meinen Studienkredit abbezahlen.« *Sofern ich vorher nicht daran pleitegehe.* »Aber es ist ja auch nicht so, als würdest du nach zwei Jahren Ingenieurwesen plötzlich alles hinschmeißen, um dich einem Wanderzirkus anzuschließen.«

Clara wirkte nachdenklich. »Du meintest eben, dass die Uni auch zum Teil dafür da ist, herauszufinden, was man machen will. Aber was ist der andere Teil?«

»Das Soziale. Und ich meine nicht die Partys und den Kram, sondern eher, dass man seinen Horizont erweitert – ich weiß, das klingt super klischeehaft.«

»Neue, andere Leute kennenlernen.«

Clara klang seltsam vehement. Eve musterte sie. »Ja.«

»Ich will die Leute kennenlernen.«

»Und das wirst du. Also was das angeht, ist es egal, wo du hingehst.«

»Aber wenn man eine bestimmte Art von Leuten kennenlernen will, muss man auch dahin, wo sie sind.«

Hmm. Wovon redete sie? Eve wollte gerade nachfragen, aber Clara seufzte laut. »Danke für die Tipps, es geht mir echt schon besser.«

»Kein Problem, du kannst jederzeit zum Reden vorbeikommen.«

»Das werde ich machen!« Sie holte ihr Handy raus und fing an zu tippen. »Aber ich muss gleich wieder los, ich treffe mich mit meinem Bruder.«

»Hm ...« Sie sollte den Mund halten. Clara schaute sie fragend an. »Wie war es eigentlich, hier aufzuwachsen ... mit deinem Bruder?«

Sie zuckte mit den Schultern. »Weiß nicht. Also, ich weiß, dass es nicht normal ist, dass Sawyer mich großgezogen hat, obwohl er selbst quasi noch ein Kind war, aber für mich ist es normal.«

So viele Fragen schwirrten in Eves Kopf, sie wollte mehr über ihre erste Wohnung wissen. Wie konnte Sawyer sich das leisten? Wann hatte er bei der Polizei angefangen? Wie hatte er das alles geschafft? Sie hatte nicht direkt erwartet, dass die beiden es schlecht hatten, aber auch nicht, dass es so gut funktioniert hatte. Aber das konnte sie schlecht sagen, also entschied sie sich für: »Ich war etwas überrascht, dass er in seinem Alter schon Chief of Police ist. Wie hat er das geschafft?«

Es klopfte plötzlich an der Tür, und Clara sprang auf. »Das kannst du ihn selbst fragen. Ich habe gesagt, er soll mich hier abholen.«

Mist.

»Hi!« Clara riss die Tür auf, hinter der Sawyer stand. Ganz offensichtlich war er nicht mehr im Dienst, denn er trug wieder diese perfekte Jeans und ein schwarzes T-Shirt.

Eve hatte dagegen ihre ausgeleierte Yoga-Hose an und ein Shirt auf dem stand: »Bibliothekarin: die älteste Suchmaschine der Welt.«

»Sawyer, Eve will wissen, wie du so jung zum Chief geworden bist.«

Überraschung huschte über sein Gesicht, aber er fasste sich schnell wieder und setzte ein schiefes Lächeln auf. »Will sie das also?«

Eve verdrehte die Augen, leugnete es aber nicht. Das wäre viel lächerlicher, als einfach dazu zu stehen, dass es sie nun mal interessierte.

»Die Antwort lautet Beziehungen.«

»Was?« Widerwillig musste sie lachen.

»Erinnerst du dich noch an den alten Chief?«

»Nein. Ich hatte nie besonders viele Begegnungen mit der Polizei.« Warte. Neckte sie ihn etwa?

»Weißt du nicht mehr, als er uns im Leuchtturm erwischt hat?«

Ohh. »Stimmt.« Neckte *er* sie etwa?

»Jedenfalls, *ich* hatte durchaus viele Begegnungen mit der Polizei.« Unsicher schaute er kurz zu Clara rüber. »Wir.«

»Echt?«, staunte Clara.

»Na ja, Dad schon. Maurice Allen hieß der alte Chief, und er hat Dad öfter mal eine Verwarnung gegeben, als wir noch bei ihm gelebt haben.«

»Echt?« Claras Augenbrauen wanderten noch weiter hoch.

»Wir wollten doch ab jetzt über diesen ganzen Kram reden, oder?« Er schaute wieder zu Eve. »Sorry, ich arbeite an meinen«, er machte Anführungszeichen in der Luft, »Kommunikationsfähigkeiten.«

Clara bedeutete ihm, dass er weiterreden sollte.

»Also war Maurice immer mal bei uns. Hat mir gut zugeredet. Er hat auch vorgeschlagen, dass ich bei der Polizei anfange. Nach der Academy hat er mich dann direkt eingestellt. Als er ein paar Jahre später in Rente gegangen ist, stand ich plötzlich vor dem Stadtrat und mir wurde der Job als Chief angeboten.«

»Das liegt nicht an den Beziehungen«, meinte Clara energisch. »Du bist einfach *gut* in deinem Job.«

Sawyer wuschelte ihr durch die Haare und sah wieder zu Eve. »Was machst du überhaupt hier, Clärchen?«

»Eve hilft mir wegen der Uni.«

»Aha, danke.« Er schaute sich im Chaos des Wohnzimmers um. »Hey, brauchst du Empfehlungen für gute Handwerker?«

»Wahrscheinlich, aber erst mal will ich versuchen, ein paar Sachen selbst zu machen.« Sie zögerte kurz, aber Sawyer verstand es bestimmt gut, was es hieß, knapp bei Kasse zu sein. »Bis ich das Inn verkaufe, bin ich pleite. Ich habe einen Kredit bekommen, aber mehr Schulden sind wirklich das Letzte, was ich will.«

Er legte seinen Kopf schräg. »*Mehr* Schulden?«

»Studienkredit. Den zahle ich immer noch ab.«

»Ich dachte, du hattest ein Stipendium.«

»Schon, aber nur für den Bachelor, und das galt auch nur für die Studiengebühren, nicht für die Bücher oder die ganzen anderen Kosten zum Leben. Und dann habe ich noch den Master gemacht.«

Er grübelte kurz. Nach einer Pause sagte er: »Ich kann dir helfen.« Sie wollte gerade widersprechen, aber er fuhr schon fort, »Jake und ich haben gerade einen Tischlereibetrieb aufgemacht.«

»*Echt?*« Langsam klang Clara wie eine kaputte Schallplatte.

Sawyer ignorierte sie. »Wir fangen gerade erst an, also brauchen wir Empfehlungen. Wir arbeiten kostenlos, wenn das Material bezahlt wird.«

Ein komisches Angebot. Noch komischer war, dass sie nicht sofort ablehnen wollte. Oder ihn beschimpfen. Die Wut, die so plötzlich in ihr entflammt war, fing langsam an zu erlöschen.

Sie verglühte allerdings nicht komplett. »Ich brauche keinen Tischler. Jedenfalls noch nicht. Ich will erst mal die Teppiche und die Tapeten und so rausreißen.«

»Das kann ich machen.«

Wahrscheinlich konnte er das, aber sie würde ihn nicht lassen. Nur wollte sie vor Clara keinen Streit anfangen, also lächelte sie nur. »Mal sehen.«

• • •

Ihr Schwimmtraining lief gut. Ein paarmal die Woche kam

Eve inzwischen nach Paradise Cove, und sie war sogar schon so weit, dass sie sich bis zur Brust ins Wasser traute. Sie konnte ihre Arme ausbreiten und sich zurücklehnen, nur ihre Füße wollten sich noch nicht so ganz vom Boden heben lassen. Laut *Schwimmen Lernen In Fünf Einfachen Schritten* war das die erste große Hürde.

Die tatsächlichen Erfolge hielten sich also vielleicht noch in Grenzen, aber langsam fing sie an, die Zeit im Wasser zu genießen. Es hatte etwas, unter dem großen blauen Himmel in dem großen blauen See zu versinken, es tat ihrer Seele gut. Gedanklich hatte Eve Moonflower Bay verbannt, als ihr Herz gebrochen wurde und sie abgehauen war. Nur waren hier auch viele schöne Dinge passiert, und sie fand langsam heraus, dass diese Dinge immer noch in ihrem Kopf vergraben lagen, tief unter dem ganzen Herzschmerz, den sie darüber aufgestapelt hatte.

Auf einmal hörte sie, wie noch jemand in das Wasser kam, und zuckte zusammen.

Wahrscheinlich nur Jake, aber dennoch wollte sie wirklich kein Publikum für ihre erbärmlichen Schwimmversuche. Sie drehte sich um, wollte zurück an den Strand gehen.

Und stand direkt vor Sawyer.

Er sah ziemlich wütend aus.

»Evie Abbott, was zur Hölle machst du hier?«

Was sie machte, war, ihn anzustarren, wie er in seiner Uniform ins Wasser marschierte.

Als er ihre Aufmerksamkeit hatte, blieb er stehen. Das Wasser reichte ihm erst bis zu den Knien. Ihr Blick wanderte langsam nach oben. Er hatte eines dieser kurzärmligen Polizeihemden an, die sie immer schon lächerlich fand – denn das waren kurzärmlige Hemden nun mal. An Sawyer allerdings ... nicht ganz so lächerlich. Es saß beinahe perfekt, nur an den Oberarmen war es etwas zu eng, wie ihr schon neulich aufgefallen war. Er war immer schon stark gewesen, aber früher hatte er nie so definierte Muskeln gehabt.

Er ging wieder weiter, wahrscheinlich weil sie einfach nur dumm dastand. »Evie, was machst du?«

Ich gaffe dich an, aber nur aus rein exorzistischen Gründen, so von wegen Erkenne-deinen-Feind.

Da keine Antwort von ihr kam, stieß er ein unzufriedenes Raunen aus und kam noch schneller näher.

»Ich schwimme!«, rief sie hastig.

»Du kannst nicht schwimmen.« Er klang nicht gerade begeistert.

»Woher willst du wissen, dass ich es nicht gelernt habe?«

Er watete weiter auf sie zu.

»Okay, okay!« Sie hielt ihre Hände hoch. »Stopp. Dein Outfit wird ganz nass.«

Er zog seine Augenbrauen zusammen, blieb aber stehen. Er war etwa drei Meter von ihr entfernt, und durch das ganze hochgespritzte Wasser klebte der Stoff an seiner Haut und es zeichnete sich ... *einiges* ab.

»Uniform«, korrigierte er sie.

»Was?«

»Das ist eine Uniform, kein ›Outfit‹.« Er machte Anführungszeichen in der Luft.

»Wo ist der Unterschied?«

»Würde.«

Erfolglos versuchte Eve sich ein Kichern zu verkneifen.

Auf seinem Gesicht tauchte auch ein schiefes Lächeln auf. »Du hast also schwimmen gelernt? Wenn ja, lasse ich dich in Ruhe und verschwinde.«

Sie musste definitiv lügen. »Ich habe *nicht* schwimmen gelernt.« Sie seufzte frustriert. »Verdammt.«

Er runzelte die Stirn.

»Ich kann dich nicht anlügen, selbst wenn ich will.«

Er ging wieder auf sie zu.

»Ich komme raus!« Jetzt ging sie auch los. »Es hat sowieso gut geklappt. Ich komme schon echt weit rein und ...« Das war so peinlich. Welche Erwachsene konnte denn bitte nicht schwimmen? Welche Erwachsene, die *zehn Sommer direkt am Lake Huron verbracht hatte*, konnte denn bitte nicht schwimmen?

Na gut, es schönzureden war zwecklos, er wusste es sowieso schon. Also redete sie weiter. »Ich komme schon weit rein, ohne Panik zu kriegen.«

»Es ist trotzdem ein schlechter Plan, allein hier draußen zu sein.« Er drehte sich kurz um und zeigte auf ein Schild am Strand, auf dem stand, dass es ein unbewachter Strandabschnitt war.

»Ich schwimme auf eigene Gefahr.« Oder, besser gesagt, *stehe* auf eigene Gefahr im Wasser.

»Also das ist einfach nur dumm.«

»Ich tue nichts Verbotenes, oder? Oder bist du nur aus privaten, patriarchischen Gründen hier?« Sie versuchte, die Wut neu zu entfachen.

Er seufzte. »Ich weiß, dass du mich hasst, aber ...«

Sie seufzte auch. »Ich hasse dich nicht.« Oh, das war neu. Aber es stimmte.

»Dann verstehe ich nicht, wieso nicht. Du hast allen Grund, mich zu hassen.«

Sie blinzelte schockiert.

»Ich mache mir nur Sorgen um dich allein hier draußen«, sagte er ruhig.

Sein liebevoller Ton kratzte an etwas Verletzlichem tief in ihr drin. »Ich hasse es einfach, dass ich immer noch nicht schwimmen kann. Ich wollte es immer lernen, als ich zurück in Toronto war, aber ich habe immer eine Ausrede gefunden. Und jetzt bin ich wieder hier, starre jeden Tag auf diesen riesigen See, und …«

»Plötzlich bist du direkt mit deinem Versagen konfrontiert und kannst es nicht länger ignorieren?«

Und … *wow*. »Genau. Dann dachte ich, hey, wenn ich sowieso ein Jahr hier festsitze, kann ich wenigstens irgendetwas schaffen.«

Auch seine Gesichtszüge wurden weicher, genau wie seine Stimme. »Und wie läuft es?«

Wieder wollte sie erst lügen, aber wieder wollte ihr Mund nicht gehorchen. »Ähm, nicht supergut?«

»Na ja, wie lernt man auch ohne Lehrer schwimmen?«

»Mit einem Buch mit dem Titel *Schwimmen Lernen In Fünf Einfachen Schritten*?«

Er legte seinen Kopf in den Nacken, als würde er um göttlichen Beistand bitten. Zu ihrer Verteidigung: Sie wusste, wie dämlich das klang. »Ich bin nicht blöd, ich komme nur zum Üben raus, wenn es ruhig ist. Ich will nur zu dem Punkt kommen, dass ich meine Füße heben und mich treiben lassen kann.«

»In Ordnung. Komm.«

Er hatte recht. Es war naiv, allein im See zu sein, wenn sie nicht schwimmen konnte. Sie wollte raus, aber er stapfte an ihr vorbei. »Gehst du nicht in die falsche Richtung?«

»Komm mit und lass dich treiben. Ich halte dich.« Sie hatten die Positionen gewechselt, er stand jetzt tiefer im Wasser als sie und hatte sich zu ihr umgedreht. Als sie sich nicht rührte, meinte er: »Komm schon, mein *Outfit* ist eh schon ganz nass.«

Sie überlegte angestrengt.

Mögliche Antworten auf Sawyer Collins' Angebot, sie festzuhalten, während sie sich im Wasser treiben ließ

1. Nein.
2. Auf keinen Fall.
3. Lieber würde ich ertrinken und meinen Körper von tollwütigen Meerjungfrauen wegtragen lassen, die mich auseinanderreißen und meine Haare anzünden, auch wenn ich keine Ahnung habe, wie das funktionieren soll, aber wenn irgendjemand unter Wasser ein Feuer anzünden könnte, dann Meerjungfrauen.

Ihr verräterischer Mund öffnete sich, und es kam ein »Okay« heraus.

Es sollte sich doch komisch anfühlen, aber das tat es

nicht. Vor allem, weil er direkt anfing zu reden, während er sie tiefer ins Wasser führte.

»Ich konnte mich noch gar nicht für deine Hilfe mit Clara bedanken. Auch wegen der Tipps für die Uni, aber vor allem dafür, dass du dich am Abend der Parade um sie gekümmert hast. Ich hätte sie einfach nach Hause schicken sollen, aber wenn es um sie und meinen Vater geht, bin ich immer etwas übervorsichtig.«

Sie hatte zwei Möglichkeiten. Sie könnte es abtun und das Thema beenden, *oder* sie könnte Mitgefühl zeigen. Aus irgendeinem unerfindlichen Grund entschied sie sich für die zweite Option. Jetzt, wo sie anscheinend nicht mehr wütend auf Sawyer war, wusste sie nicht mehr, was sie stattdessen fühlen sollte. »Ich weiß natürlich nicht, wie die letzten zehn Jahre für euch waren, aber es wirkt so, als hättest du deine Gründe, übervorsichtig zu sein.«

In seinen Augen blitzte etwas auf, das sie nicht ganz deuten konnte. Fast wie die Vorstufe zu dem Funkeln von neulich. Sofort wurde sie nervös. Das hatte viele Gründe, vor allem aber, weil sie nicht ertrinken wollte, nur weil er sie mit seinem Blick ablenkte. Sicherheitshalber ging sie doch zu Option eins über. »Jedenfalls war es wirklich kein Problem, Clara ist so lieb.« Sie klatschte in die Hände. »Okay, wenn wir das wirklich machen wollen, dann los.«

• • •

Der Plan kam ihm auf einmal nicht gut durchdacht vor. Die Sache war, Sawyer hatte Evie das erste Mal seit Jahren in den

Armen. Und sie lag nicht nur in seinen Armen, sie war auch noch klitschnass. Und hatte einen Badeanzug an.

Und sie tat genau das, was er ihr sagte.

Und, dummerweise, sagte er: »Lehn dich zurück auf meine Arme, und versuch, dich treiben zu lassen.« Idiot.

Sie physisch und spürbar in seinen Armen zu haben, traf ihn wie ein Schock. Aber gleichzeitig fühlte es sich auch irgendwie vertraut an.

Auf eine tiefe, verinnerlichte Art und Weise wusste er, wie er sie halten musste. Allgemein musste man sie sanft genug halten, dass sie nicht das Gefühl bekam, man hielt sie zurück. Aber je nach Umstand musste man sie auch, vorübergehend, fester halten. Eine Stütze sein, ein Anker.

Das hatte er mit der Zeit durch Erfahrung gelernt. Durch Ausprobieren. Als sie das letzte Mal so zusammen im Wasser standen, hatte er sie etwas zu sanft festgehalten. Wie alt waren sie da gewesen? Fünfzehn? Auf jeden Fall noch nicht zusammen, offiziell nur Freunde, die aber verdächtig viel Zeit miteinander verbrachten. Natürlich war er damals schon in sie verliebt gewesen.

Andererseits, war er jemals *nicht* in sie verliebt gewesen?

Damals hatte er nicht verstanden, wie tief liegend ihre Angst vor dem Wasser war. Er hatte sie nicht fest genug gehalten. Aber er hatte aus seinem Fehler gelernt. Auch wenn sie danach nie wieder versuchen wollte zu schwimmen, gab es diverse Gelegenheiten, um Evie Abbott zu halten. Er wurde eine Art Experte darin.

So sehr, dass er genau wusste, was er tun musste, damit sie nicht mehr an ihm festhielt.

Aber das hatte nichts mit Schwimmen zu tun, also dachte er lieber an das letzte Mal im Wasser. An einem perfekten Sommertag waren sie am Sandcastle Beach durch das Wasser spaziert. Es war sonnig und heiß gewesen. So heiß, dass man anfing zu schwitzen, wenn man zu lange am Strand saß. Er wusste, dass sie nicht schwimmen konnte. Was das anging, war sie immer selbstironisch da rangegangen, machte sich über sich selbst als Stadtmädchen lustig, das es eben nie gelernt hatte. An dem Tag lockte er sie weiter raus als sonst, versprach, sie festzuhalten. Sein Ziel war, ihr im Wasser ein sicheres Gefühl zu geben, und erst machte es auch den Eindruck, als ob es funktionierte. Natürlich war sie nervös – das konnte er am schnellen Puls an ihrem Hals erkennen –, aber sie war auch entschlossen gewesen.

Dann machte er den Fehler. Dachte, dass sie schon so weit wäre. Er hielt sie so leicht fest, dass sie sich selbst oben halten musste. Er ließ sie los. Und sie flippte aus. Es war, als hätte sie sich sofort in Stein verwandelt und angefangen zu sinken. Er packte sie natürlich sofort, sie war nie wirklich in Gefahr, aber instinktiv fing sie an, zu strampeln und zu schreien. Nur ein paar Sekunden, dann hatte er sie zum Strand getragen, aber er würde die Szene nie vergessen.

Der Rettungsschwimmer kam angelaufen, um nach ihr zu sehen. Überall standen Leute um sie, und ihre Haut war so pink angelaufen wie der Bikini, den sie damals anhatte. Er versuchte später noch, mit ihr darüber zu reden, aber sie sagte immer nur, dass es ihr zu peinlich war. Dass sie zwar im See sein wollte, aber sich nicht traute. Bei jedem weiteren Gespräch darüber hatte sie einfach abgeblockt. Je länger sie nicht darüber geredet hatten, desto schwieriger wurde es, das Thema anzusprechen.

Daher hatte er das Kanu angefangen. Er hatte das wenige Wissen – dass sie im See sein wollte, aber Angst hatte – genommen und versucht, sich eine Lösung einfallen zu lassen. Natürlich hätte er auch einfach ein Ruderboot leihen können, oder sie hätten mit Jake rausfahren können, aber aus irgendeinem verdammten Grund war er darauf versessen, ihr selbst ein Boot zu bauen. Andere Typen schenkten ihren Freundinnen ihre Mixed Tapes oder Ringe, aber er wollte Evie ein Boot schenken. Es sollte alles ausdrücken, was er nicht sagen konnte: Dass es egal war, dass sie nicht schwimmen konnte. Dass ihre Ängste keinen Einfluss darauf hatten, wie sehr er sie liebte. Dass er ihr immer den Weg ebnen wollte.

»Nicht loslassen«, sagte sie.

Ihre Stimme riss ihn aus seinen Gedanken. »Mache ich nicht«, versprach er. Wow, er klang viel zu ernsthaft. Als wäre er immer noch der Teenager, der all seine Emotionen in ein dummes Boot steckte. Er räusperte sich und versuchte, weniger gruselig zu klingen. »Ich lasse nur los, wenn du es mir sagst.«

»Das ist doch dumm. Ich bin eine erwachsene Frau, ich sollte keine Angst vor Wasser haben.«

»Ängste sind nie rational.«

»Manche schon.«

Am liebsten hätte er nachgefragt, es zerrte an ihm, aber wenn er früher nicht fragen konnte, dann erst recht nicht jetzt. »Schließ die Augen und denk an was Schönes.«

»Klingt fast wie ›Schließ die Augen und denk an England‹.«

Er lachte. Evie war immer schon lustig gewesen. Nur nicht jeder sah es, weil ihr trockener Humor erst rauskam, wenn sie sich bei jemandem auch wohlfühlte.

Er war seltsam stolz, dass er es mitbekommen durfte – früher wie jetzt.

»Ja, schließ die Augen und denk an was Schönes«, wiederholte er und atmete dabei wieder den gleichen Kokos-Sonnencreme-Duft wie neulich in der Bar ein. »Das sage ich zu allen Frauen.«

Er zwinkerte ihr zu, um zu signalisieren, dass es ein Scherz war, und sie lächelte zu ihm hoch. In seiner Brust rührte sich etwas. Wie ein Lockern und Zusammenziehen zur gleichen Zeit, was unmöglich schien.

Aber es schien genauso unmöglich, dass Evie Abbott hier war. In Moonflower Bay, im See, in seinen Armen.

Sein ganzes Leben lang hatte Sawyer nur eine einzige Frau in seinen Armen gewollt. Und jetzt war sie hier.

Wenn er ihr doch nur alles sagen konnte, was er ihr sagen wollte. Aber das Recht dazu hatte er nicht mehr.

Kapitel 9

»Also das hier ist Schrott.« Law schlenderte pfeifend in Sawyers Garage.

Es war Samstagmorgen, und Sawyer hatte den Fehler gemacht, Jake zur Beratung wegen des Kanus einzuladen. Und ihm zu erzählen, dass sie einen Tischlereibetrieb gründeten, ob es ihm nun gefiel oder nicht.

Und dass er ihre Dienste bereits Evie für das Inn angeboten hatte.

Jedenfalls hatte er einiges mit Jake zu besprechen, um vor Evie nicht wie ein Vollidiot dazustehen, sollte sie mit Jake über irgendetwas davon reden. Er wollte Evie wirklich keinen Grund bieten, wütend auf ihn zu sein, jetzt, wo er gerade erst das Gefühl bekam, dass sie langsam auftaute.

Law hatte er allerdings *nicht* eingeladen. Natürlich war er trotzdem gekommen, ließ sich auf einen der Gartenstühle fallen und trank Kaffee, während Jake und Sawyer das Kanu begutachteten. »Was ist denn mit dem armen Teil passiert?«

»Mein Vater ist mit einer Schaufel darauf losgegangen.«

Law pfiff. »Vor Kurzem?«

»Nein, vor zehn Jahren.«

»Also, wenn du ein Kanu willst, wäre es einfacher, von vorn anzufangen, als zu versuchen, das hier zu retten.«

Er hatte recht. Die Schaufel hatte mehrere Löcher mit rauen, scharfkantigen Rändern hinterlassen, die inzwischen natürlich langsam gammelten, nach der langen Lagerung.

Nur wollte er kein neues Kanu anfangen. Er wollte dieses fertigstellen. Er wusste nur nicht, wie er das erklären sollte – anderen oder sich selbst.

Allerdings übernahm Jake das sowieso für ihn. »Sawyer hat das Boot vor zehn Jahren für Eve angefangen. Als sie dann abgehauen ist, hat er es aufgehoben. Ich schätze, das Boot ist eine Art Metapher.«

Wäre Sawyer nicht so gereizt gewesen, hätte er Jake verdutzt angestarrt. Jake war wirklich nicht der Typ, der über Metaphern redete. Jake war nicht der Typ, der *überhaupt* redete.

»Ah«, antwortete Law, als würde es ihn kein bisschen überraschen, Jake über Metaphern sprechen zu hören. »Ich habe mal eine Frage. Eves letzter Sommer hier, da wart ihr *das* Vorzeigepaar. Ihr wart unzertrennlich. Und dann hast du plötzlich bei der Mermaid Parade mit dieser anderen rumgemacht.«

»Jeannie Wilkerson«, ergänzte Jake.

»Psst!« Sawyer schaute zum Garten. Die drei waren zwar in der Garage, aber die Tür stand offen und er hatte gerade noch Clara gehört, die zum Strand wollte.

Sie warteten einen Moment, bis nichts mehr von Clara zu hören war.

»Also«, fuhr Law fort. »Jeannie Wilkerson. Was war da los?«

»Ein dummer Fehler«, antwortete Sawyer angespannt. »Ich habe nicht nachgedacht.«

»Aber du *hast* nachgedacht«, entgegnete Law. »Ich glaube, dass du es absichtlich gemacht hast. Vorher hast du Jeannie überhaupt nicht beachtet, du warst verrückt nach Eve.« Sawyer wollte gerade widersprechen, aber Law ließ ihn nicht. »Ach, halt den Mund. Du warst verrückt nach Eve, das wusste die ganze Stadt. Die Frage ist nur, wenn du es extra gemacht hast, wieso?«

Plötzlich kam ihm die Wahrheit so leicht über die Lippen, dass er sich fragte, ob ein Teil von ihm die beiden vielleicht eingeladen hatte, um über den ganzen Scheiß zu reden. »Weil Evie die Uni hinschmeißen wollte.«

»Ha!«, triumphierte Law, aber danach sagte der Idiot nichts mehr, sondern starrte Sawyer erwartungsvoll an.

Er versuchte es zu erklären, auch wenn er keine Ahnung hatte, wieso. Vielleicht war er es einfach leid. »Bibliothekarin zu werden war ihr Traum, und dafür musste sie zur Uni. Außerdem war es eine riesige Sache, sie war die Erste aus ihrer Familie, die studiert hat.«

»Okay. Ich verstehe nur nicht, wieso du deswegen mit Jeannie Wilkerson rummachen musstest. Hätte Eve nicht auf eine Uni in der Nähe gehen können? Western University ist nur eine Stunde weg, da wäre sie bestimmt reingekommen.«

»Aber sie hat davon geredet, *gar nicht* zur Uni zu gehen und stattdessen herzuziehen.« Jetzt, als er erst mal angefangen hatte, wollte Sawyer auf einmal, dass sie ihn verstanden. »Sie hatte ein Stipendium für die U of T, und es gab ein paar Austauschprogramme, an denen sie teilnehmen wollte. Das wollte sie alles aufgeben und hat schon nach Vollzeitjobs hier gesucht. Sie wusste, dass Lucille strikt dagegen wäre, dass sie die Uni schmeißt, also hat sie mit Barbara Northridge geredet – wisst ihr noch, der gehörte das Diner vor Sadie? Als es noch dieses Loch war, das keine Inspektion bestand?« Law nickte. »Da wollte sie als Kellnerin anfangen.«

»Und du konntest sie nicht einfach ihre eigenen Fehler machen lassen?«, bohrte Law weiter. »Dann serviert sie ein paar Jahre ekligen Kaffee, wäre das das Ende der Welt?«

»Ich konnte sie nicht alles hinschmeißen lassen, nur für mich.«

»Ganz schön eingebildet«, kommentierte Jake. »Vielleicht mochte sie es hier einfach.«

Sie verstanden es nicht. Sawyer schüttelte den Kopf. »Nein. Sie hat sich Sorgen um Clara und mich gemacht. In dem letzten Sommer war der ... Vorfall mit meinem Dad. Ich wollte sie von ihm fernhalten, genau wie Clara, aber dann habe ich einen Tag nicht aufgepasst, und wir waren bei mir, als ich dachte, mein Dad wäre bei der Arbeit.« Sie hatten an genau diesem Boot gearbeitet, aber das wollte er aus irgendeinem Grund nicht zugeben. »Dann ist mein Vater plötzlich betrunken aufgetaucht. Ich sollte irgendetwas im Haus erledigen, was ich noch nicht gemacht hatte.«

»Na ja, du warst auch etwas beschäftigt damit, dich um seine Tochter zu kümmern«, sagte Law. Auch wenn die Unterhaltung langsam echt an ihm zerrte, wusste Sawyer die Loyalität zu schätzen.

»Was ist passiert?«, wollte Jake wissen.

»Er ist ausgetickt. Hat den ganzen üblichen Scheiß gebrüllt, dass Clara schuld am Tod ihrer Mutter wäre, und dann ist er auf mich los. Ich musste Eve zurufen, dass sie mit Clara reingehen soll, was sie dann auch gemacht hat.«

Law pfiff.

»Ja, es war heftig.«

»Also hat Eve entschieden, hierzubleiben und dich zu retten«, schlussfolgerte Law.

»Und du hast entschieden, sie dazu zu bringen, wegzugehen, um sie zu retten«, fügte Jake hinzu.

Auf einmal schepperte etwas im Garten, und Sawyer sprang auf. Er dachte, Clara wäre schon längst weg. Aber na gut, sie wollten sowieso über den ganzen Kram reden. Nicht unbedingt über Evie, aber Clara war erwachsener, als man dachte. Er könnte es ihr erklären.

Er steckte seinen Kopf durch die offene Tür zum Garten. »Clara, ich ...«

Es war nicht Clara.

Evie.

»Hi!« Ihre Stimme klang fast schon hysterisch.

Hektisch zeigte er nach hinten auf das Kanu, und seine Idioten von Freunden deckten es zum Glück schnell wieder mit der Plane ab, unter der es die letzten zehn Jahre verbracht hatte.

»Hi!«, sagte Eve noch mal. Sie klang ein bisschen, als hätte sie Helium eingeatmet. »Wir ...« Sie schaute sich um, als versuche sie sich daran zu erinnern, wo sie überhaupt war. Dann fiel ihr Blick auf die Edelstahlwasserflasche, die ihr runtergefallen war – daher der Krach.

»Seit wann stehst du hier?«

Sie antwortete nicht, weil Clara und Maya in dem Moment aus dem Haus kamen und gemeinsam eine Kühlbox trugen.

»Ich dachte, du wolltest an den Strand«, sagte er zu Clara. *Ich dachte, du wärst längst weg.*

»Wollen wir auch«, erklärte Clara. »Wir kümmern uns um meine Uni-Bewerbungen.«

»Und wir essen«, ergänzte Maya. »Für mich geht es hauptsächlich ums Essen. Die beiden Nerds kümmern sich um den Schulkram.«

Er konnte keinen klaren Gedanken fassen. Wie viel hatte Evie gehört?

Sie starrte ihn weiter mit offenem Mund an. Irgendetwas *musste* sie gehört haben.

Scheiße. Er könnte es noch schlimmer machen, oder er könnte versuchen, es zu retten.

• • •

»Steig ins Auto«, sagte Sawyer.

Ein Teil von ihr registrierte den ruhigen, aber bestimmten Ton, auch wenn der andere Teil kaum verstand, was er sagte. Sie nahm alles wie durch einen dichten Nebel wahr.

»Was ist hier los?« Maya ließ ihr Ende der Kühlbox fallen,

stellte sich zwischen Sawyer und Eve, und stemmte ihre Hände in die Hüften.

Sawyer ignorierte sie. Er zeigte auf den Subaru in der Kieseinfahrt am Ende des Gartens, als hätte er sie überhaupt nicht gehört. »Steig ins Auto, Eve.«

Wieder nannte er sie Eve, ohne sich korrigieren zu müssen. Es war immer noch ... komisch.

»Warte mal kurz, Sawyer.« Die wunderbare Maya ging einen Schritt auf ihn zu. »Du kannst nicht einfa-«

Er beachtete sie immer noch nicht. Oder vielleicht doch, denn seine Stimme wurde sanfter und er versuchte es noch mal. »Eve. Steigst du bitte in das Auto? Es wird nicht lange dauern, versprochen.« Dann drehte er sich zu seiner Schwester, die vor Erstaunen den Mund weit aufgerissen hatte. »Ich bringe sie dann zum Strand.«

Eve fühlte sich genau wie an dem Tag der Parade. Auch wenn sie nicht richtig verarbeiten konnte, was gerade passierte, wusste sie genau, dass ihr Leben eine drastische Wendung machen würde – sofern sie es zuließ.

Sie stieg ins Auto. Sawyer ebenso.

Mayas Schwall an Fragen winkte sie einfach ab – war alles in Ordnung? Sollte sie mitkommen? – auch wenn sie es zu schätzen wusste. »Ruf mich an, wenn du was brauchst!«, rief Maya ihnen hinterher, während Sawyer schon den Motor startete.

Ein paar Minuten sagte keiner mehr ein Wort. Sawyer fuhr, und Eve versuchte zu verstehen, dass Sawyer sie *nicht* für Jeannie Wilkerson verlassen hatte.

War es falsch, darüber erleichtert zu sein? Denn das war

sie. Gleichzeitig war sie allerdings auch angepisst. Sie war wegen einer Lüge weggegangen?

Er fuhr auf den Parkplatz der Grundschule.

Noch mehr Erinnerungen, die plötzlich hochkamen. Früher waren sie oft hergekommen, erst als Kinder mit Lucille und Sawyers Mutter und später dann zusammen mit Clara.

Sawyer ging um das Auto herum und öffnete ihr die Tür. Vielleicht einfach aus Höflichkeit oder weil sie keinerlei Anstalten machte, von allein auszusteigen.

Einen Moment lang saß sie einfach da, während er neben der geöffneten Autotür stand. Sie sollte wahrscheinlich aussteigen, bis hier hatte sie es immerhin schon geschafft.

»Komm, du hast es schon bis hier geschafft.«

Fast lachte sie laut los – er hatte immer schon gewusst, was sie dachte –, obwohl Angst sie lähmte.

Er führte sie zum Klettergerüst. Natürlich.

Ihr blieb nicht einmal Zeit, sich vorzubereiten. Trotz der schmerzhaften Erinnerung einen einigermaßen normalen Gesichtsausdruck aufzusetzen, bis er sagte, »Es tut mir leid«.

Sie wusste nicht, was sie dazu sagen sollte. Ein einfaches *Tut mir leid* war doch zu wenig, oder?

Aber sie musste auch überhaupt nichts sagen, denn er fuhr fort. »Glaube ich.«

»Was?«

Ich glaube, es tut mir leid war definitiv zu wenig.

»Du hast Bibliothekarin studiert, oder wie man das

nennt«, sagte er dann. »Das heißt was? Noch mehr Uni nach dem Grundstudium?«

Was passierte hier gerade eigentlich?

»Also insgesamt fünf Jahre Studium?« Als keine Antwort von ihr kam, schob er noch hinterher: »Sag, bitte.«

»Sechs«, antwortete sie unsicher. »Vier Jahre Grundstudium und zwei Jahre Master in Informatik beziehungsweise Bibliotheks- und Informationswesen.« Sie war nicht sicher, wieso sie den letzten Teil noch hinzufügte, offiziell hatte sie einen Master in Informatik.

»Deswegen hast du Schulden.«

»Ja.«

»Und dann hast du einen Job als Bibliothekarin bekommen?«

»Genau. Ich hatte sogar mehrere Angebote. Fast hätte ich was mit IT-Management gemacht, weil ich zufällig ein Angebot hatte, aber …« Wieso redete sie so viel? Vielleicht damit er wusste, wie gefragt sie war? Das war doch lächerlich, sie wollte sich von ihm freimachen, und man sollte sich ziemlich sicher keine Gedanken darüber machen, was der persönliche Dämon von einem hielt.

Aber ihr dummer Mund redete einfach weiter. »Zugegeben, das Gehalt war verlockend, aber ich bin dennoch beim öffentlichen Bibliothekswesen geblieben. Dem, was ich immer schon machen wollte.«

»Das weiß ich noch.«

Ja, sie hatten darüber geredet. Sie hatten über *alles* geredet.

Nur stimmte das nicht, oder? Sie hatten über die kleinen

Dinge geredet, *nicht* über die großen. Wie Liebe und Betrug. Danach hatten sie einfach überhaupt nicht mehr geredet.

»Sawyer, sag mal ...«

»Du wolltest auch immer ein Auslandssemester machen, hat das geklappt?«

Langsam wusste sie nicht mehr, was das Ganze sollte, wieso sie ihre ganze Lebensgeschichte auspacken sollte. »Ich gehe jetzt.« Sie drehte sich um und ging los.

»Letzt Frage!«, rief er ihr hinterher. »Versprochen.« Dann war er neben ihr.

Sie seufzte. »Ja. Ich war ein Jahr in Frankreich.«

Er lächelte. »Dann tut es mir nicht leid.«

»*Was?*« Jetzt fragte sie sich, wie sie am Strand noch denken konnte, ihre Wut auf ihn wäre verschwunden. Ganz offensichtlich hatte sie davon noch genügend. Hier hergeschleppt zu werden, damit er sich entschuldigen konnte, war eine Sache, aber hier hergeschleppt zu werden, damit er sich ausdrücklich *nicht* entschuldigen konnte, etwas ganz anderes.

»Es tut mir leid, dass ich dich verletzt habe, aber nicht, dass du gegangen bist. Du hättest das alles nie gemacht, wenn du hiergeblieben wärst.«

Heiße Wut kochte in ihr hoch. Ihr erster Impuls war, sich zurückzuhalten. Aber was, wenn sie einfach aussprach, was sie sagen wollte? »Fick dich, Sawyer. Das war nicht deine Entscheidung! Du hast mich *gebrochen*!«

Verdammt. Das Letzte hätte sie vielleicht weglassen können, so viel musste er dann auch nicht wissen.

Er machte einen Schritt nach hinten und stolperte dabei

beinahe über seine eigenen Füße. »Ich konnte es nicht dir überlassen, du hättest die falsche Entscheidung getroffen.«

Nicht nur die Wut war zurück, auch purer, intensiver Zorn. »Du. Eingebildetes. Arschloch.« Sie war fertig. Sie drehte sich wieder weg und marschierte los.

Er joggte ihr hinterher. »Ich hätte mir mehr Mühe geben sollen, damit du es einsiehst.«

»Damit ich es *einsehe*?« Sie wurde schneller, aber er passte sich nur an. »Als wärst du der allwissende Erwachsene und ich nur ein Kind, das nichts einsehen will?«

»Du hast schon mal nicht gesehe-«

Er brüllte beinahe, bevor er mitten im Satz verstummte. Das erste Mal, dass er in dem Gespräch laut wurde. Das erste Mal, dass er *überhaupt* laut wurde. Vor zehn Jahren hatten sie auch angespannte Diskussionen, vor allem über ihre Zukunftspläne, aber er hatte sie nie angebrüllt. Und dann hatte er irgendwann ... aufgegeben. Sie dachte, sie hätte ihn überzeugt.

Eve blieb stehen, wirbelte herum und schaute ihm ins Gesicht. »*Was*, Sawyer? Was habe ich nicht gesehen?«

»Dass ich das alles nicht wert war«, beendete er leise den Satz.

Es traf sie wie ein Schlag ins Gesicht. Sie schnappte nach Luft. Tränen schossen in ihre Augen. Sie wusste nicht, was sie sagen sollte. Ihr erster Instinkt war, ihm zu widersprechen. Zu sagen, dass er es wert war. Ihr zweiter Instinkt war, ihm zuzustimmen. Beides fühlte sich wahr an, weil beide Versionen von Sawyer sich in ihrem Kopf miteinander vermischten. Dann entschied sie sich für die Wahrheit. »Ich dachte, du wärst es. Damals.« Die Tränen drohten überzuquellen. Sie wollte nicht, dass er es mitbekam, also ging sie wieder los.

»Nicht weinen«, sagte er ruhig, als er neben sie kam. »Das bin ich ganz sicher nicht wert.«

Das stimmte. Sie wurde langsamer.

Nur dass es eben nicht stimmte. Obwohl sie so wütend auf ihn war, hasste sie den Gedanken, dass er so über sich dachte – damals wie heute. Dass er die Tränen anderer nicht wert war, die Loyalität.

»Hey.« Er klang müde, kaputt. »Es tut mir leid, dass ich dir wehgetan habe. Aber du sollst wissen, dass ich es getan habe, weil ich …«, seine Stimme brach weg, »… weil ich dich geliebt habe. Wenn ich einen Fehler gemacht habe, dann weil ich dich geliebt habe.«

Sie war am Rand des Spielplatzes angekommen und blieb stehen. Sie konnte nicht weitergehen. Nicht zusammenzubrechen war schon schwer genug. Alles, was sie geglaubt hatte, war falsch.

»Ich bin zehn Jahre lang nicht wieder hergekommen deswegen. Ich habe so viel von Lucilles Leben verpasst.«

»Das tut mir leid. Ich habe nicht … alle Konsequenzen durchdacht.«

Aber war das überhaupt seine Schuld? Oder ihre?

Oder eine Kombination aus beidem?

Sie seufzte. »Wir hätten …«

»Darüber reden sollen. Statt dass ich entscheide, dich zum Weggehen zu drängen. Wir hätten darüber reden sollen.«

»Haben wir doch irgendwie auch.«

»Aber so richtig?«

Er hatte recht. Sie hatten darüber gestritten, aber eigentlich hatten nur beide auf ihren Positionen beharrt. Über ihre Gefühle hatten sie nicht wirklich gesprochen. Über Angst, das Gefühl von Wertlosigkeit, Reue. »Ich weiß, das ist alles viel«, sagte er. »Und du brauchst noch Zeit, aber ich hatte gehofft, jetzt wo du ein Jahr lang hier bist ...« Seine Stimme drohte wieder wegzubrechen, aber er räusperte sich. »Ich hoffe, dass wir Freunde sein können.«

»Freunde?«, wiederholte sie dumpf. Was hatte sie erwartet? Liebe war in der Vergangenheit.

»Na ja, zumindest nicht keine Freunde.«

»Nicht keine Freunde?« War sie ein Papagei?

Aber, viel wichtiger, war das hier ihre Chance auf einen Exorzismus? Sie dachte daran, wie Maya gesagt hatte, dass Sawyer in ihrem Kopf wieder Normalgröße annehmen sollte. Nur hatte sie es sich eher so vorgestellt, dass sie ihn ein Jahr beobachtete und ihr dabei klar wurde, dass sie nichts verpasst hatte.

Aber vielleicht ging es weniger darum, sich von ihm freizumachen, als darum, ihm zu vergeben. Vielleicht auch, sich selbst zu vergeben? Dafür, dass sie sich seinetwegen so lange von ihrer Tante und der Kleinstadt am See, die sie so liebte, ferngehalten hatte?

Sie starrte ihn an. Er sah so anders aus mit dem Bart. So erwachsen. Aber sie erkannte immer noch den jungen Sawyer. Das Kind, das immer versuchte, das Richtige zu tun, egal wie viel es ihn kostete.

In ihr löste sich etwas. Es fühlte sich an wie ... Erleichterung?

Exorzismus abgeschlossen?

Anscheinend. Sie spürte nichts der früheren Angst und Scham und auch nichts der erneuerten Wut von eben.

Es war definitiv anders als die Hollywoodversion eines Exorzismus. Niemandes Kopf hatte sich um 360 Grad gedreht. Keine Beschwörungsformeln wurden gemurmelt. Kein Weihwasser war nötig – außer man zählte den See dazu. Was für sie gar nicht so abwegig war. Sie sah ihn mit leicht zusammengekniffenen Augen weiter an. »Also willst du, dass wir Freunde sind. Oder nicht keine Freunde.«

Für einen langen Augenblick schaute er sie nur an. Sie erschrak, als er sich plötzlich umdrehte und zurück auf den Spielplatz lief, sich unter das Klettergerüst stellte und eine Stange festhielt. Er war so groß, dass er seine Beine extra hochziehen musste, um sich dranzuhängen. »Lust rumzuhängen?«, rief er ihr zu.

Sie musste lachen.

Und ging zu ihm. Nichts sprach dagegen.

Da sie kleiner war, musste sie nur ihre Knie leicht anwinkeln, um sich baumeln zu lassen. »Okay. Nicht keine Freunde.«

»Wirklich?« Er strahlte. Um seine Augen kamen feine Linien zum Vorschein, die früher nicht da waren.

Sie lächelte. »Mal sehen, wie es läuft.«

Kapitel 10

Als der September sich langsam dem Ende neigte, lief die Renovierung schon in vollen Zügen. Und es klappte besser als erwartet.

Hauptsächlich dank Pearl, die Sawyer ständig zum »Helfen« vorbeischickte. Von ihrer Konditorei aus hatte sie den perfekten Blick auf das Projekt. Eve hatte eine Weile gebraucht, um herauszufinden, weshalb Sawyer zum Beispiel plötzlich mit einer Schleifmaschine auftauchte, genau wenn sie eine brauchte.

»Mach einfach mit«, hatte er gesagt, als sie anfangs protestiert hatte. »Pearl und die anderen mischen sich überall ein, aber das kannst du doch ausnutzen.«

»Maya hat erzählt, dass ihr die Stadt inzwischen Matchmaker Bay nennt? Schickt Pearl dich hier rüber, weil sie versucht, uns wieder zu verkuppeln?«

»Ja, wahrscheinlich. Aber ich bin immun gegen ihre Verkupplungsversuche.«

Sie natürlich auch, hatte sie ihm hastig versichert. Was auch stimmte, größtenteils.

Aber es war schön, ihn wieder im Inn zu sehen. Er war

dabei gewesen, als sie Lucilles alte Meerjungfrauen-Kleiderhaken in einer Schublade im Salon gefunden hatte, und hatte ihr ein High Five gegeben, weil er sich genauso über den Fund freute wie sie. Eve hatte ganz vergessen, wie sehr sie Sawyer immer schon mochte.

Die andere Sache, die erstaunlich gut lief? Die Schwimmstunden. Ebenfalls mit Sawyer.

Mit einem Stapel Farbmustern in der Hand verließ Eve den Baumarkt und holte ihr Handy raus, um ihm zu schreiben:

Ich gehe in einer halben Stunde zur Bucht.

Er hatte sie gebeten, ihm Bescheid zu sagen, wenn sie schwimmen wollte. Er hatte ihr zwar auch erklärt, dass er sie nicht zwingen konnte – sie hatte ihn darauf hingewiesen, dass sie auf eigene Gefahr schwimmen ging –, aber er fand, dass zumindest jemand wissen sollte, wenn sie dort war. »Ich erzähle es auch niemandem«, hatte er vorausschauend versprochen. »Aber wenn du hingehst, checke ich später kurz, ob alles gut ist und du noch nicht tot bist. Kannst du das für mich tun? Ich bin immerhin Chief, es ist quasi mein Job.«

Sie hatte eingewilligt. Vor allem, um ihn loszuwerden.

Also schrieb sie ihm, und er kam kurz vorbei. Meist blieb er am Ufer stehen, während sie versuchte, sich treiben zu lassen. Wenn er losmusste, bevor sie fertig war – meist war er im Dienst –, dann musste sie ihm versprechen, ihm zu schreiben, sobald sie fertig war. Sie gab nur ungern zu, dass es durchaus sinnvoll schien.

Heute wartete er bereits auf sie, als sie zur Bucht kam. Und da er in Badehose auf einem Handtuch saß, war er offensichtlich auch nicht im Dienst.

Oh nein. Darauf war sie nicht vorbereitet. Seit dem einen Mal war er nicht mehr mit ihr im Wasser gewesen.

Er sprang auf, als er sie entdeckte. »Okay, fangen wir an.«

»Womit?«

»Versteh das bitte nicht falsch, aber im Wasser zu stehen und sich zu wünschen, sich treiben lassen zu können, bringt dich nicht weiter. Es ist fast Oktober, und bald ist es zu kalt zum Schwimmen.«

»Also was? *Du* willst mich halten, während ich mich treiben lasse?«

»Vergiss treiben lassen.« Er ging zum Rand des Wassers und wies sie an, ihm zu folgen.

»Autsch.« Vorsichtig stakste sie über den Kiesstreifen des Strandes. Sie wollte sich schon längst Badeschuhe besorgt haben. »Meine Stadtfüße sind noch nicht bereit dafür.«

Wortlos hob er sie hoch und ging weiter. Sie öffnete den Mund, um sich zu wehren, brachte aber keinen Ton heraus. Ihr war schon aufgefallen, dass ihr Mund gegenüber Sawyer oft Dinge aussprach, die ihr Kopf nicht sagen wollte, aber gerade schien sie genau das gegenteilige Problem zu haben.

Es war nur ... seine Arme fühlten sich so *gut* an. Vertraut. Gemütlich.

Statt sie wieder abzusetzen, als sie über den Kiesstreifen hinweg waren, ging er einfach weiter.

Stopp. Lass mich runter, sagte ihr Kopf.

Kein Ton kam über ihre Lippen.

Erst als sie so tief im Wasser standen, dass es ihr bis zum Bauchnabel reichte, ließ er sie runter.

»Okay«, meinte er etwas schroff. Er war ganz ernst bei der Sache. »Mach das hier.« Er streckte seine Arme aus und machte die Bewegung vom Brustschwimmen nach, nur sehr schnell. Er sah aus, wie ein Zeichentrickcharakter, der versuchte zu fliegen.

Lachend machte sie ihn nach.

»Schneller«, spornte er sie an. »Genauigkeit spielt keine Rolle, halte nur deine Finger zusammen und bewege deine Arme so schnell du kannst.«

Sie wurde schneller und musste noch mehr lachen.

»Gut. Jetzt dreh das Ganze um neunzig Grad und trete dazu kräftig.« Er legte seine Hand auf ihren Rücken, nur ganz sanft, um ihr zu verdeutlichen, dass sie sich vorbeugen sollte. »Nicht nachdenken, mach einfach. Los!«

Sie beugte sich vor.

Und sank.

Aber wenigstens bekam sie keine Panik.

Er war direkt neben ihr, als sie sich wieder aufrichtete. »Okay, noch mal.«

Sie versuchte es wieder, mit dem gleichen Ergebnis.

»Noch mal.«

»Gibt es nicht so ein Sprichwort darüber, dass Wahnsinn

ist, immer das Gleiche zu tun und ein anderes Ergebnis zu erwarten?«

»Komm schon, für mich«, meinte er.

Sie seufzte und ließ ihre Arme wieder kreisen, und ...

Sie schwamm! Zwar extrem ungelenk, und sie spritzte dabei literweise Wasser um sich, aber dennoch! Sie bewegte ihren Körper durchs Wasser, und in ihrem Kopf explodierte eine Mischung aus Konzentration und Aufregung.

»Ja!«, jubelte er. »Weiter!«

Sie schaffte etwa drei Meter, bevor sie so erschöpft war, dass sie aufhören musste – vielleicht lag es aber auch mehr an der Freude als an purer Erschöpfung.

Sawyer selbst freute sich mindestens genauso, so wie er jubelnd auf sie zu kam und mit geballter Faust eine Siegergeste machte.

»Ich habe es geschafft!«, schrie sie.

»Und wie du das hast!« Er kam weiter durch das Wasser auf sie zugelaufen und breitete seine Arme aus. Ohne nachzudenken, umarmte sie ihn. Erst in letzter Sekunde wurde ihr klar, dass er eigentlich zu einem Doppel-High-Five ausgeholt hatte, aber da war es schon zu spät.

Er reagierte sofort und umarmte sie, als wäre es von Anfang an sein Plan gewesen. Er hob sie sogar hoch und wirbelte sie herum, als wären sie ein Paar in irgendeinem Film. Oh, und wieder: diese Arme. Kräftig und sicher ... und gefährlich.

Und dann war da noch sein Bart, der an ihrer Wange rieb. Er fühlte sich so weich an, wie er aussah. Sie hatte bisher wenige Berührungen mit Bärten gehabt, ihre Ex-

Freunde waren alle rasiert gewesen, deswegen hatte sie immer gedacht, dass Bärte rau wären. Kratzig. Aber sie könnte für den Rest ihres Lebens jeden Tag eine intensive Haarkur machen, und ihre Haare wären dennoch nicht so weich wie Sawyers Bart.

Dann wurde die Situation unangenehm. Es war völlig unangemessen, dass sie im See standen und sich umarmten, und genau das schien beiden gleichzeitig bewusst zu werden. Sie zog sich zurück, wollte sich von ihm lösen, aber da er sie fester hielt als gedacht, stolperte er nach vorn, als sie sich zurückbeugte, weshalb er sich kurz nur *noch* fester an sie klammern musste.

»Haha!«, spielte sie ein Lachen vor. Es klang falsch. Mist.

»Ja, ähm ...« Er schaffte es schließlich, sie abzusetzen, und klopfte ihr auf den Arm. Sein Gesicht wirkte seltsam ernst. »Siehst du.«

• • •

Mit einem Schrecken wurde Sawyer klar, dass er Evie nie wieder berühren würde.

Er spürte richtig, wie das Lächeln aus seinem Gesicht wich, als er sie wieder absetzte. Vielleicht würde es noch die eine oder andere beiläufige Berührung geben, ein kurzes Streifen am Arm, so was. Aber das gerade war das letzte Mal, dass er Evie Abbott in seinen Armen halten würde. Er hätte es sich besser einprägen sollen.

Sawyer ermahnte sich, dass alles okay war. Sie hatte

Schwimmen gelernt, und sie hatten sich angenähert. Sie waren nicht keine Freunde.

Aber wieso fühlte er sich dann so leer?

Schweigend stapften sie aus dem Wasser. Mehr als alles andere wollte er sie wieder hochnehmen und über den Kiesstreifen tragen. Vielleicht hätte er das sogar, hätte sie ihm irgendein Zeichen gegeben, ein kleines Jammern, aber sie blieb stumm, also ließ er sie leiden. Ließ *sich selbst* leiden.

»Wie weit ist Garretson mit den neuen Bädern?«, fragte er, während sie sich abtrockneten, um sich irgendwie auf andere Gedanken zu bringen.

»Woher weißt du, dass ich Marco Garretson engagiert habe?«

Ups. Sollte er ihr die Wahrheit sagen? Dass er seine Stellung und seinen Ruf in der Stadt ausnutzte, um dafür zu sorgen, dass sie die besten Leute für all die Sachen bekam, die er nicht selbst machen konnte? Nein. Er konnte nicht sagen, wieso, aber irgendwie hatte er das Gefühl, dass sie etwas dagegen hätte, und er wollte die Nicht-keine-Freunde-Regelung bewahren. »Ich habe gestern seinen Truck vor dem Inn gesehen. Er hat vor ein paar Jahren mal was bei mir gemacht.«

So. Das ergab Sinn, oder? Außerdem stimmte es zum Teil. Eine Nicht-Lüge, vielleicht, für eine Nicht-keine-Freundin.

Sie akzeptierte die Erklärung. »Es wundert mich, wie einfach es ist, all die Leute zu bekommen. Ich dachte, ich müsste sie alle weit im Voraus buchen, aber irgendwie ist es fast, als würden sie wie durch Magie genau dann auftauchen, wenn ich sie brauche. Ich war gedanklich noch beim Klempner, als ich schon eine Karte vom Fliesenleger im Briefkasten hatte, der wohl gehört hat, dass ich die Bäder neu mache, und mir ein Angebot machen wollte. Da habe ich natürlich direkt zugesagt. Wahrscheinlich hätte ich es hinbekommen, selbst die Fliesen zu legen, aber das Ergebnis wäre grauenvoll geworden.«

Sawyer trocknete sich absichtlich das Gesicht ab, damit sie sein Grinsen nicht mitbekam. Er war um nichts besser als Pearl. Aber damit konnte er leben.

»Dann los.« Sie hievte ihre Strandtasche hoch, aber er ging dazwischen. Er nahm sie ihr ab und legte sie über seine Schulter. »Oh, ist das Taschetragen bei dem Nicht-keine-Freunde-Paket inklusive?«, neckte sie ihn, als sie losgingen. Für sie lohnte das Nicht-keine-Freunde-Ding sich ziemlich. Daraus war schon eine Art Running Gag geworden, je mehr er sich in die Renovierung einmischte.

»Aber natürlich.«

Er war nicht mal sicher, wieso er sich so sehr an der Renovierung beteiligte, außer dass es sich wie eine Art Buße anfühlte. Er hatte ernst gemeint, was er auf dem Spielplatz gesagt hatte. Dass es ihm nicht leidtat, sie aus der Stadt vertrieben zu haben – auch wenn es ihn zum Arschloch machte. Aber es tat ihm wirklich leid, dass er ihr wehgetan hatte. Sie gebrochen hatte. *Gebrochen*. Gott, bei dem Wort wurde ihm immer noch eiskalt.

Also ja, wenn er ihr jetzt helfen konnte, dann würde er das tun. Selbst wenn sie danach wieder wegging. Aber es wäre nicht wie letztes Mal. Kein Brechen. Sie würde einfach zurück in ihr Leben nach Toronto gehen und ihre Schulden abbezahlen. Verdammt, er wusste ja noch nicht mal, wie er die Hypothek *und* Claras Studiengebühren zahlen sollte, also konnte er gut verstehen, was für ein Geschenk das Erbe von Lucille für Evie war.

»Fehlt dir dein Job in Toronto?«, fragte er plötzlich.

»Ich denke schon.« Sie sah über ihre Schulter zu ihm.

»Du denkst?«

»Also, mir gefällt mein Job.« Sie wirkte auf einmal nachdenklich. »Aber ich sitze auch nicht hier rum und trauere ihm hinterher.«

»Ich habe mir immer vorgestellt, dass du Lesekreise und Märchenstunden machst und den Leuten Bücher empfiehlst.«

»Das mache ich auch viel, also plus die ganze Arbeit im Hintergrund. Aber ich würde gern in den Bestandsaufbau wechseln.«

»Bestandsaufbau?«

»Entscheiden, was wir einkaufen. Es klingt nach glorifiziertem Shoppen, aber es steckt viel mehr dahinter. Es geht darum, das Angebot an die Wünsche der Community anzupassen, und es geht nicht nur um Bücher. Man kann nicht einfach ...« Sie verstummte. »Sorry, das interessiert dich bestimmt nicht.«

Doch, aber das würde irgendwie zu neugierig rüberkommen.

»Jedenfalls passt das. Ich habe unbezahlten Urlaub und irgendwann im kommenden Frühling oder Sommer müssten ein paar Stellen im Bestandsaufbau frei werden, und eine davon gehört *mir*, auch wenn das angeberisch klingt.«

»Ach ja?« Irgendwie mochte er die Angeber-Evie.

»Ja. Sie wollen ein bisschen umstrukturieren, und eine alte Mentorin von mir – sie war Dozentin – schafft neue Stellen für Leute, die in bestimmten Genres die Einkäufe planen.«

»Und davon gehört eine dir.«

Sie grinste. »So ziemlich. Siehst du? Du bist nicht der Einzige, der seinen Job aufgrund von Beziehungen bekommt.«

Er lachte, während sie weiter Richtung Stadt gingen. Er berührte sie sogar noch mal, als er ihr seine Hand hinstreckte, um ihr über die bewachsene Düne am Rand der Bucht zu helfen. Und sie nahm seine Hand an. Er schaute auf ihre Hand, auf die blassrosa lackierten Nägel, die aus seiner größeren Faust rausragten, und prägte sich das Gefühl ein – sanft und weich.

Dieses Mal, das wirklich letzte Mal, prägte er sich alles ein.

• • •

Clara klopfte an die Tür. Inzwischen konnte Eve schon drei unterschiedliche Klopfgeräusche unterscheiden: Mayas, Sawyers und Claras. Mayas klang wie ein schnelles Stakkato, Sawyers waren ein paar dumpfe Klopfer, und Claras waren vier leise, aber feste Klopfer.

Sie legte den Pinsel zur Seite und ging zur Tür.

»Ich habe mich für Ingenieurwesen in Toronto entschieden!«, schrie sie beinahe.

»Dir auch Hallo«, meinte Eve.

»Sorry. Hi, Eve! Ich habe mich für Ingenieurwesen in Toronto entschieden!«

»Das ist toll!«

»Außerdem: Ich bin lesbisch.«

»Was?« *Was?*

»Ich habe darüber nachgedacht, was du gesagt hast, und ich denke, es ist am sinnvollsten, sich für das Schwierigste zu bewerben. Das ist Ingenieurwesen.« Sie wirkte komplett aufgedreht, redete unheimlich schnell. »Dann kann ich immer noch die Fakultät wechseln, wenn ich doch Politikwissenschaften machen will.«

»Warte mal kurz, eins nach dem anderen.« Sie standen immer noch im Eingang. »Komm erst mal rein.« Sie brachte Clara in die Küche und schenkte ihr eine Limonade ein.

Clara vergrub erst mal ihren Kopf in ihren Händen. »Oh mein Gott. Ich wollte damit nicht einfach rausplatzen. Ich hatte einen langen Vortrag vorbereitet.«

Eve lächelte. »Möchtest du ihn jetzt halten?«

»Nein«, jammerte Clara.

»Clara.« Eve legte ihr tröstend eine Hand auf den Arm. »Das sind gute Neuigkeiten.«

»Wieso gute Neuigkeiten?«

»Na ja, ich habe das Gefühl, dass es ein Geheimnis ist, das du schon länger mit dir rumträgst?« Clara nickte, aber sie sah immer noch niedergeschlagen aus. »Es ist kein Geheimnis mehr, das ist gut!«

»Aber du erzählst es doch keinem, oder?«, fragte Clara sofort nach.

»Natürlich nicht. Nicht, wenn du es nicht möchtest.«

»Ich möchte es nicht«, versicherte Clara schnell.

»Hast du es Sawyer schon erzählt?«

»*Nein.*«

Eve musste über das heftige »Nein« lachen. »Ich glaube, das könntest du aber.«

»Noch nicht. Ich ... ich wollte es niemandem erzählen. Also, es ist sowieso eher theoretisch.«

»Theoretisch?«, fragte Eve.

Clara verzog das Gesicht. »Hier habe ich ja nicht gerade viel Auswahl.«

»Ah, verstehe.«

»Ich wollte weg zur Uni und dann ... Na ja, Leute treffen.«

»Meintest du das, als du von bestimmten Leuten geredet hast?« Jetzt ergab die Unterhaltung neulich plötzlich viel mehr Sinn.

»Ja.« Sie senkte den Kopf, als wäre es ihr unangenehm. »Deswegen denke ich auch, Toronto wäre am besten.«

»Da hast du wahrscheinlich recht.«

Claras Kopf schoss wieder hoch. »Du findest mich nicht komisch? Oder eklig?«

»Natürlich nicht! Du bist einfach du, und das ist ein Teil von dir.« Sie zögerte. »Und ich bin ziemlich sicher, dass dein Bruder es genauso sieht.«

»Ich kann es ihm noch nicht erzählen.«

»Okay.« Das respektierte Eve. Sie hatte mal einen

LGBTQ-Buchclub für Jugendliche in der Bibliothek veranstaltet, und eines, was sie dabei gelernt hatte – beim Job und während der Vorbereitung –, war, dass jeder selbst den richtigen Zeitpunkt für sein Coming-out entschied und man das respektieren sollte. »Nur aus Neugierde, wieso erzählst du es mir schon?«

»Also, ich wollte warten, weil es ja sowieso eher theoretisch ist …«

»Aber es ist nicht mehr rein theoretisch!« Eve grinste.

»Doch, ist es! Nur … vielleicht gibt es eine Aussicht auf etwas.« Sie schaute sich um, als würde sie nach versteckten Kameras suchen, und fuhr dann flüsternd fort: »Wir haben eine Neue auf der Schule.«

Eve klatschte in die Hände. »Das ist super!«

Clara sah wieder elendig aus. »Nicht super. Was soll ich denn machen?«

»Sie ansprechen?«, schlug Eve vor. »Trau dich und frag sie nach einem Treffen!«

»Wie lief das bei dir und meinem Bruder?«

Gute Frage. »Ich weiß nicht. Er war einfach immer da. Er war … unausweichlich.«

Bis er es nicht mehr war.

»Eve.« Clara faltete ihre Hände unter ihrem Kinn, als würde sie beten. »Ich hatte nur plötzlich diesen Drang, es irgendjemandem zu erzählen, als könnte ich es nicht länger für mich behalten, und ich dachte an dich. Aber erzähl es *bitte* nicht Sawyer. Noch nicht.«

Eve war ganz gerührt. »Mache ich nicht, Süße. Versprochen.«

Claras Vertrauen schmeichelte ihr, und Claras Selbstsicherheit erstaunte sie. Sie traf intelligente, logische Entscheidungen wegen des Colleges und würde dort sicherlich aufblühen. Eve war stolz, selbst eine winzige Rolle in Claras Entwicklung gespielt zu haben.

Aber eigentlich war es natürlich hauptsächlich Sawyers Verdienst. Der Mann, der alles für andere tat, selbst schwierige Dinge.

Kapitel 11

»Was ist eigentlich aus Jeannie Wilkerson geworden?«, fragte Eve, während Maya gerade auf den Parkplatz des Jachthafens flussaufwärts von Moonflower Bay bog.

»Wieso?«, wollte Maya wissen.

»Nur so, ich habe mich das einfach gefragt.«

»Du bist so eine Lügnerin! Du fragst das nicht« – Maya machte mit einer Hand Anführungszeichen in der Luft, während die andere am Lenkrad blieb – »nur so.«

Erwischt. »Na ja, der Exorzismus ist vollbracht, oder? Wir sind jetzt Freunde. Irgendwie.« Sie wollte gar nicht erst versuchen, das Ganze mit Nicht-keine-Freunde zu erklären. »Aber *ihn* kann ich wohl schlecht fragen.«

Maya parkte und stellte den Motor ab. »Jeannie war schon auf dem College, als das große Kussdebakel war, oder? Sie war nur über den Sommer hier. Ich glaube, sie ist einfach zurück zum College, und das war's.«

»Und wo ist sie jetzt?«

»Zurück in der Stadt, und sie kommt mit auf die Bootstour.«

Vor Schreck schoss Eve nach vorn und wurde von ihrem Gurt zurückgerissen.

»Ha! War doch nur ein Scherz!« Maya griff über die Mittelkonsole und löste Eves Gurt. »Ich weiß nicht, was sie jetzt macht. Sie war auf der Dalhousie University, also ist sie vielleicht noch im Osten? Ich habe nichts mehr von ihr gehört. Ihre Eltern haben sich scheiden lassen und den Laden verkauft, das ist jetzt wahrscheinlich so sieben oder acht Jahre her. Ihre Mutter ist nach Windsor gezogen, aber ihr Vater ist noch hier. Ich habe sie aber seit Jahren nicht gesehen oder irgendetwas über sie gehört.«

Eve versuchte, sich nichts anmerken zu lassen, aber sie war extrem erleichtert. Es war zwar nie mehr zwischen Jeannie und Sawyer gelaufen, aber das Gefühl, ihr jeden Moment über den Weg laufen zu können, gefiel ihr trotzdem nicht. »Danke.«

»Aber … kennst du Sadie Saunders?«

»Ich glaube nicht. Wieso?«

»Ihr gehört das Diner an der Oak Road.«

Eve zuckte zusammen.

Maya sah sie fragend an. »Was?«

»Das Diner gehörte mal einer anderen Frau, Barbara.«

»Stimmt«, meinte Maya. »Nette Frau, aber es war damals echt ein Drecksloch.«

»Am Ende meines letzten Sommers hier, damals, habe ich mir dort einen Vollzeitjob besorgt. Ich wollte hierbleiben. Langfristig.«

»Was?«, kreischte Maya.

»Ja, ich hatte entschieden hierzubleiben.« Aus irgendeinem Grund hatte sie mit Maya nie darüber geredet. Nach ihrem großen Streit mit Sawyer am Spielplatz hatte sie nur erzählt, dass sie sich versöhnt hatten.

»Was ist passiert?«

»Jeannie Wilkerson ist passiert.«

Maya überlegte kurz. »Oh. Mein. Gott. Alles ergibt plötzlich Sinn! Lass mich raten: Sawyer war nicht gerade begeistert von deinem Plan?«

»Anfangs nicht. Er meinte, ich sollte wie geplant zur Uni. Aber er hat sich ziemlich schnell damit abgefunden. Na ja, anscheinend weil er die ganze Sache mit Jeannie Wilkerson geplant hatte, um mich zu vertreiben.«

»Dieses Beschützerische, Aufopfernde ist echt sein Ding, oder?«

»Jap.« Eve seufzte. »Auf einer Seite macht es einen verrückt. Er hat einfach allein entschieden, was das Beste für mich wäre. Aber ich war kein Kind mehr. Also, doch, schon ... du weißt, was ich meine.«

Maya lachte. »Ja. Aber auf der anderen Seite hatte er auch irgendwie recht, oder? Als Kellnerin hättest du sicher keine tolle Karriere hingelegt.«

Darüber wollte Eve gar nicht nachdenken. »Also, was ist mit Sadie? Das Diner gehört jetzt ihr? Wie kommst du überhaupt auf sie?«

»Denn wenn du schon eifersüchtig wegen Sawyer bist, dann ist *sie* diejenige, um die du dir Sorgen machen solltest. Sie steht total auf ihn.«

Was? Bis vor ein paar Minuten hatte sie doch noch nie etwas von dieser Sadie gehört. »Also, erst mal: ich bin nicht eifersüchtig. Außerdem hat er das Diner immer gehasst. Es war wirklich widerlich.«

»Nicht mehr!«, trällerte Maya. »Jetzt ist alles sauber, und es ist ein supersüßer Laden. Und das Essen ist echt lecker.«

Scheiße. »Ich weiß trotzdem nicht, was du meinst.«

Ein Auto fuhr auf den Parkplatz neben ihnen und hupte kurz.

»Guck mal, Benjamin und dein Freund«, neckte Maya.

»Schh! Er ist nicht mein ›Freund‹! Wir sind bloß Freunde.« Oder Nicht-keine-Freunde. Wie auch immer.

Maya schnaubte. »Okay, dann ist Zeit für eine rein freundschaftliche Bootstour.«

• • •

Es lief tatsächlich gut. Wie sich herausstellte, konnte eine Bootstour den Miskwimin River runter an einem wunderschönen Freitagnachmittag zusammen mit einem Nicht-kein-Freund unheimlich viel Spaß machen.

Es gab in Moonflower Bay eine kleine Gruppe Endzwanzigern oder Anfangdreißigern, die miteinander rumhingen, und Maya war eine Art Anführerin. Heute hatte sie alle überredet, den Nachmittag freizumachen, um mit Laws Boot rauszufahren.

Dabei waren noch Olivia, Deputy Chief sowie Jenna und Jordan Riley, Geschwister, denen jeweils Jennas Gemischtwarenladen und *Moonflower Motors* gehörten.

Und Sawyer. Sawyer war auch dabei.

Was auch in Ordnung war, denn sie waren Nicht-keine-Freunde.

Nur Jake fehlte. Da er im Job sowieso den ganzen Tag auf einem Boot hockte, wollte er nicht auch noch seine Freizeit auf einem verbringen, hatte er sich rausgeredet.

»Aber ich weiß nicht, ob das stimmt«, sagte Maya – sie hatten gerade darüber geredet, dass sie Jake nicht dazu bringen konnten, mitzukommen. »Er fischt gar nicht mehr wirklich, und außerdem ist er mit Kerrie ständig Kajak gefahren, als er wirklich noch immer fischen war.«

»Aber das war vorher«, entgegnete Law.

»Vor was?«, hakte Eve nach. »Ich habe mich schon gewundert, was aus Kerrie geworden ist.«

»Sie ist nach Guelph gezogen«, erklärte Maya nach einer kurzen, unangenehmen Stille. »Die letzten Jahre ihrer Ehe mit Jake ist sie immer dahin gependelt, also war es wahrscheinlich nur logisch, da hinzuziehen, als ... sie nichts mehr hatte, wofür sie hierbleiben sollte.«

»Also haben sie sich scheiden lassen?«, bohrte Eve weiter nach, worauf aber erst mal nur Schweigen folgte. »Sorry, das geht mich nichts an.«

»Du musst dich nicht entschuldigen«, sagte Sawyer dann. »Es ist kein Geheimnis oder so.«

»Es ist nur so traurig«, meinte Jenna. »Es ist fast, als gäbe es in der Stadt eine unausgesprochene Abmachung, dass man nicht darüber redet, selbst wenn Jake nicht dabei ist.«

»Jake und Kerrie hatten ein Baby, einen Jungen«, fing Jordan an.

»Das ist jetzt vier Jahre her«, fuhr Jenna fort, als Jordan

verstummte. »Er ist gestorben, kurz bevor er ein Jahr alt war. Die Grippe. Einer dieser seltenen Fälle, von denen man sonst nur in der Zeitung liest.«

Tränen schossen in Eves Augen. »Das ist ja schrecklich.«

»Jakes und Kerries Ehe hat es nicht überlebt«, übernahm Maya sanft. »Und Jenna hat recht. Niemand redet darüber.«

»Jake ist nie darüber hinweggekommen«, meinte Law noch. »Nicht wirklich.«

»Wie soll man das auch?«, sagte Eve. »Ist er deswegen immer so still?« Sie schaute zu Sawyer. »Wir haben früher nie viel mit ihm gemacht, aber ihr wart Freunde, oder?«

Ihr fiel auf, wie beiläufig sie ihre gemeinsame Vergangenheit mit Sawyer erwähnte. Was ihr auch auffiel: das unauffällige Lächeln, das er ihr zuwarf, das nur für sie bestimmt war. »Er war immer schon ruhig. Nicht schüchtern, aber einfach nicht sehr gesprächig. Das ist allerdings noch stärker geworden.«

»Er ist erdrückend ruhig, inzwischen«, meinte Maya.

Eine melancholische Stille breitete sich aus. Es passte gar nicht zu der Schönheit um sie herum. Auf beiden Seiten des Miskwimin Rivers erstreckten sich Wälder. Die meisten Blätter waren noch grün, aber hier und da gab es besonders ehrgeizige Bäume, deren rote und gelbe Blätter vor dem grünen Hintergrund wie Edelsteine herausstachen. Sie waren zu einem Hafen flussaufwärts gefahren und lenkten das Boot jetzt wieder Richtung Stadt und See. Als sie sich der Bucht näherten, mussten sie langsamer werden, denn die Hebebrücke war unten. Mit dem Motorboot wäre das an sich kein Problem, aber vor ihnen fuhr ein großes Segelboot.

Die Brücke wurde von einem kleinen Turm auf einer Seite aus gesteuert. Der Turm war verglast, sodass der Operateur – normalerweise Dennis Bates, aber Jake übernahm auch ab und zu eine Schicht für ihn – in alle Richtungen sehen konnte, um die Brücke je nach Bedarf zu heben oder zu senken.

Da Eve auf der Stadtseite der Brücke wohnte, auf der auch Paradise Cove lag, spielte die Brücke in ihrem Alltag keine große Rolle. Sie konnte sich allerdings vorstellen, dass es für die Leute auf der anderen Seite nervig sein konnte. Und Sandcastle Beach, der große Strand, lag auf der anderen Seite, weshalb es im Sommer öfter Stau gab.

Heute gab es allerdings keinen offensichtlichen Grund, weshalb die Brücke sich nicht für das Segelboot hob.

Außer vielleicht, dass Dennis abgelenkt war.

»Ist das Pearl da oben bei Dennis?«, rief Eve.

»Ist es!« Maya stand auf, um eine bessere Sicht zu haben. »Die blauen Haare erkenne ich sofort!«

»Vorsicht«, warnte Law. »Sonst fällst du noch ins Wasser.«

»Ach, halt den Mund, Benjamin.« Maya starrte weiter auf den Turm und fing an zu grinsen. »Das ist definitiv Pearl. Ha! Die Dame, wie mich dünkt, gelobt zu viel.«

»Wusstet ihr, dass Dennis dieses Jahr bei der Junggesellenauktion dabei ist?«, fragte Jenna. »Vielleicht ist es Zeit, dass *unsere* Generation sich auch mal einmischt.«

»Da bin ich auf jeden Fall dafür«, stimmte Law ein. »Ich weiß nicht mal mehr, wie, aber Karl hat mich überredet, selbst teilzunehmen.«

»Bist du auch dabei?«, fragte Eve Sawyer, was sie aber sofort bereute. Wieso interessierte es sie? Vielleicht würde die supersüße Sadie ja ein Angebot für ihn machen, Eve wäre das jedenfalls egal.

Zum Glück ignorierte er ihre Frage und drehte sich stattdessen zu Law. »Wir können nicht zu weit raus, mit mir und Olivia an Bord. Joel hat Dienst, aber Dom ist nicht in der Stadt, also muss noch jemand in der Nähe sein, falls Joel Back-up braucht.«

»Joel macht das schon«, sagte Olivia.

»Fahr einfach da vorn an den Steg, und ich gehe runter. Dann mache ich euch nicht alles kaputt, und ihr könnt so weit raus, wie ihr wollt.«

»Wir werden nicht so weit raus, dass du keinen Empfang mehr hast«, redete Law auf ihn ein.

»Danke, aber ich denke, ich haue lieber ab. Clara wird auch in einer Stunde von der Arbeit kommen, und ich sollte mit ihr essen. Sie ist so beschäftigt mit Schule und Arbeit.«

»Mann, Sawyer. Wenn es nicht die Stadt ist, ist es Clara«, meckerte Maya. »Was würden wir nur ohne dich tun?«

Law navigierte das Boot zum Steg, der vom kleinen Strand herausragte. Obwohl es nicht Wochenende war und schon fast Ende September, standen zwei Frauen, die Eve nicht erkannte, am Steg und hielten Blumen in der Hand. Und es waren keine Amaryllen – Fake-Mondblumen – wie die, die Mayas Vater verkaufte.

»Oh, oh«, sagte Eve, wieder voll in der ausgelassenen Nicht-keine-Freunde-Stimmung. »Gut, dass du hier runtergehst, Sawyer. Sieht aus, als müsstest du ein paar Strafzettel verteilen.«

Sie bemerkte, dass sie nur einen kurzen Blick brauchte, um zwischen den echten Mondblumen und den Fake-Amaryllen zu unterscheiden. Ob man das als Zeichen dafür sehen konnte, dass sie sich wieder in Moonflower Bay einlebte? Ein beunruhigender Gedanke.

Mit einem Fuß auf dem Boot und dem anderen auf dem Steg hielt Sawyer inne und warf ihr einen intensiven Blick zu – da war wieder dieses komische Funkeln, was war das nur?

Bevor sie es herausfinden konnte, stand er auf dem Steg und lächelte den kriminellen Touristen zu. Er gab ihnen aber keine Strafzettel, sondern tat im Vorbeigehen so, als würde er seinen imaginären Hut ziehen. »Herzlich willkommen in Moonflower Bay, Ladys, ich wünsche einen schönen Aufenthalt.«

Dann war er weg.

• • •

Er hätte einfach auf dem Boot bleiben sollen.

Sawyer musste sich keine Sorgen um Joel machen, und er hatte auch kein Abendessen mit Clara geplant. Sie traf sich mit ihrer Mathe-Lerngruppe bei ihnen zu Hause. Aber er musste einfach runter vom Boot.

Denn für einen kurzen, absurden Augenblick hatte er geglaubt, einen Funken Eifersucht in Evies Frage nach der Auktion zu entdecken.

Aber das war verrückt. Da sprach bloß die tiefe Sehnsucht aus der Teenagerzeit aus ihm.

Seit sie wieder zurück war, hatte Sawyer Evie genau beobachtet und dabei festgestellt, dass sie zwar physisch – geografisch – hier war, sie aber in zwei komplett unterschiedlichen Welten lebten. Sie hatte die Bildung bekommen, die sie verdiente. War Bibliothekarin geworden, genau wie es sein sollte. Neulich hatte er eine angeregte Diskussion zwischen Maya und ihr über die Stücke von Tony Kushner mitbekommen. Sawyer machte sich nichts vor, er hatte keine Ahnung, wer Tony Kushner war.

Aber selbst *das* – das mit den zwei Welten – spielte keine Rolle. Selbst wenn, rein hypothetisch, er auf einem Level mit ihr reden könnte, was dann? Dann würde sie ihn daten? Mit ihm schlafen? Das Problem war, dass es absolut unmöglich war, Evie Abbott noch mal loszulassen. Das würde er nicht überleben. Das war keine Übertreibung, er hatte es einmal getan, er konnte es nicht noch mal. Wenn er irgendetwas mit Sicherheit wusste, dann das. Evie Abbott war die einzige Person, der er sein ganzes, wahres Ich gezeigt hatte. Seine eine Chance. Es gab nur sie.

Deswegen musste er sich immer wieder ins Gedächtnis rufen, dass sie weggehen würde, wenn das Jahr um war.

Er konnte sich ihr nicht noch mal öffnen, nur damit sie wieder wegging.

Er konnte es einfach nicht.

Kapitel 12

Langsam bekam Eve das Gefühl, dass in Moonflower Bay tatsächlich magische Kräfte herrschten. Das würde jedenfalls erklären, weshalb die Renovierung weiter so unglaublich gut lief – *irgendjemand* musste da doch seine Finger im Spiel haben, damit sie so günstig und so viel schneller als geplant vorankam.

»Wow.« Am Morgen des Anti-Festivals drehte Maya sich im frisch gestrichenen Speiseraum im Kreis. »Sie haben sogar die Stuckleisten gestrichen.«

»Sieht so aus.« Das war ihr ehrlich gesagt nicht einmal aufgefallen. »Sie« waren in diesem Fall Sawyer und Jake, die immer öfter einfach da waren und die Hilfe von ihrem Tischlereibetrieb anboten. Den Empfangsbereich hatte sie noch selbst gestrichen, aber dann hatten sie ihr die Farbbürste praktisch aus der Hand gerissen und den Rest des Erdgeschosses übernommen. Von den Stuckleisten hatten sie nichts erzählt, aber so, wie die strahlten – besonders im Kontrast zu dem blassen Blauton, den sie für die Wände ausgesucht hatte –, sah es wirklich nach einer neuen Schicht weißer Farbe aus.

»Hallöchen! Ich bringe Kuchen!« Pearl kam aus der Küche und wedelte mit ihrem Handy durch die Luft. »Seht mal, was ich gefunden habe! Diese bezaubernde Meerjungfrauen-Bettwäsche hier. Überhaupt nicht kitschig, sehr stilvoll.«

Eve und Maya stellten sich um Pearls Handy, aber noch bevor Eve irgendetwas erkennen konnte, ploppte eine Benachrichtigung auf und Maya riss Pearl das Handy aus der Hand. »Pearl Brunetta, du hast *Tinder*?«

Eve lachte. Beeindruckend. Ihren letzten Freund hatte sie vor ein paar Jahren in der Bibliothek kennengelernt und den davor durch ein Blind Date, das Freunde arrangiert hatten. Also wer war jetzt hier die alte Frau?

»Hast *du* Tinder?«, fragte Pearl zurück. »Oder Bumble, Hinge oder eine von den neuen Apps?«

»Ja«, antwortete Maya, »aber ...«

»Dann hör auf mit deiner Doppelmoral und deinen dummen Vorurteilen gegenüber Alten.«

Maya gab ihr das Handy zurück. »Du hast recht, tut mir leid.«

»Wieso sollte Art der Einzige in meinem Alter sein, der Sex hat?«

»Du hast recht«, wiederholte Maya. »Die meisten aus einer gewissen Generation sind nur technisch nicht ganz so weit. Das ist aber bei dir offensichtlich anders.«

Pearl war nicht nur die kleine alte Frau, die Kuchen backte, sondern auch eine leidenschaftliche Gamerin. Sie hatte sogar die Champion's Road bei Super Mario 3D World geschafft. Eve hatte zwar keine Ahnung, was das bedeutete, aber angeblich war das beeindruckend.

»Und was ist mit Dennis Bates?«, bohrte Maya nach und zwinkerte Eve zu.

Pearl seufzte frustriert und genervt. »Können alle endlich mit Dennis Bates aufhören?«

»Ich weiß nicht«, fing Eve an. »Aus sicherer Quelle weiß ich, dass du bei ihm im Brückenhäuschen warst.«

»Und ich habe gehört, dass er heute bei der Auktion mitmacht«, fügte Maya noch hinzu.

»Das freut mich für ihn«, antwortete Pearl. »Ich hoffe, jemand, der Langeweile und Stille mag, bietet für ihn.« Eve fiel auf, dass Pearl nichts zu der Sache im Brückenhäuschen sagte. Stattdessen drehte sie sich zu Eve und sagte: »Und was ist mit dir?«

»Was soll mit mir sein?«

»Wirst du auf jemanden bieten?«

»Nein.« *Auf absolut gar keinen Fall.* »Das wäre sowieso sinnlos, jetzt mit jemandem was anzufangen. Ich bin nur für ein Jahr hier.«

»Und so gut wie die Renovierung läuft, vielleicht nicht mal so lange«, gab Maya dazu. »Du könntest früher zurück nach Toronto und den Rest des Jahres dort absitzen.«

Was? Daran hatte Eve noch überhaupt nicht gedacht. Aber es stimmte. Sobald die Renovierung durch war, gab es keinen Grund mehr hierzubleiben.

Wow. Das musste sie kurz sacken lassen.

Pearl ließ ihr jedoch keine Zeit dazu. Grüblerisch schaute sie sich um. »Hm. Die Renovierung läuft erstaunlich gut, oder?« Dann schien sie allerdings plötzlich über etwas anderes reden zu wollen und sagte: »Habe ich schon erzählt, dass ich Kuchen mitgebracht habe?«

»Du meintest doch, ich muss niemanden verköstigen«, protestierte Eve, als sie in die Küche kamen, wo sich die Boxen von Pearls Eigenkreation für das Inn auf der Kücheninsel stapelten.

Die super laufende Renovierung hatte nur ein Problem: aus der Sache mit der Übernachtungsparty beim Anti-Festival kam sie nicht mehr raus. Das Erdgeschoss war so gut wie fertig, und da sie sowieso alle Möbel umgestellt hatte, um den Boden neu zu lackieren, wurde ihr »vorgeschlagen« – eindringlich und sehr oft –, dass sie doch mit dem Zurückstellen der Möbel etwas warten könnte. Die große freie Fläche wäre nämlich perfekt für die Pyjamaparty. Sie hatte noch versucht, sich irgendwie herauszuwinden, aber jeglicher Widerstand war zwecklos, wenn man es mit Pearl, Karl, Art und Eiko zu tun hatte.

»Du musst niemanden *verköstigen*«, stellte Pearl richtig. »Du bietest ihnen nur einen kleinen Snack an. Was wäre denn eine Pyjamaparty ohne einen Mitternachtssnack!«

»Und/oder Mitternachtsdrink«, fügte Maya noch hinzu. »Später werden noch zwölf Flaschen Wein geliefert.«

»Leute, ich habe im Moment nur ein funktionierendes Bad. Die Gäste sollten *gar nichts* trinken dürfen.«

»Wein und Lemon Pie?«, fragte Pearl und ignorierte Eve schamlos.

»Irgendeine Riesling Spätlese«, erklärte Maya. »Benjamin hat ihn für mich bei seinem Weinhändler bestellt und meinte, der passt gut zu Zitrusfrüchten.« Sie verdrehte die Augen. »Aber wer weiß. Vielleicht will er mich auch ärgern, und es wird grausam zusammen schmecken.«

»Er macht auch bei der Auktion mit«, bemerkte Pearl.

»Okay, schön für ihn«, entgegnete Maya. »Da du ja zu haben bist, wieso bietest *du* nicht für ihn?« Pearl wollte gerade widersprechen, aber Maya drehte sich zu Eve und sagte betont laut: »Lass uns das Ganze mal anschauen.«

Hinten war das Festival schon in vollem Gange. Es war eine Bühne aufgebaut, auf der eine Band aus der Gegend spielte. Es gab einen Schminkstand, Dosenwerfen mit noch mehr Kuchen von *Pearls* als Preis und diverse andere Jahrmarktsspiele.

Es war ein wunderschöner Tag. Die Blätter des Zuckerahorns färbten sich langsam rosa, und bis zum Ende des Monats würden sie rot leuchten. Eine angenehm frische Brise wehte, und Laws Angestellte Amber verkaufte am Stand hinter der Bar schon heißen Cidre und Glühwein, was anscheinend ziemlich gut lief.

Sie gingen um die Bühne herum, und dann stand plötzlich Sawyer vor ihnen. Natürlich. Er redete gerade mit Eiko.

»Das geht nicht«, meinte er zu ihr. »Ich bin im Dienst, ich trage Uniform.«

»Ach, pff. Das interessiert doch niemanden. Die Uniform steigert wahrscheinlich noch deinen Preis.«

»*Mich* interessiert es. Ich arbeite, Eiko.«

»Armer Sawyer«, flüsterte Maya. »Eiko versucht die ganze Zeit, noch vor der Auktion die Leute zu verkuppeln.«

Eve fragte sich, wen Eiko wohl für Sawyer ausgesucht

hatte. Vielleicht Sadie mit dem süßen Diner und dem leckeren Essen? »Und ich dachte schon, sie wäre nicht so schlimm wie die anderen.«

»Oh doch, ist sie. Wenn es anders wirkt, dann nur, weil sie im Gegensatz zu den anderen noch nicht in Rente ist. Ihr gehört die Lokalzeitung, und sie schreibt quasi alles selbst. Das bedeutet aber auch, dass sie schon *beruflich* ihre Nase in alles reinsteckt. Dann berichtet sie Pearl, Karl und Art alles, und die fangen dann mit dem Verkuppeln an.«

Genau in dem Moment drehte Eiko sich zu ihnen. Man konnte praktisch sehen, wie ihre Gedanken rasten, während ihr Blick von Maya zu Eve wanderte.

»Muss los!«, trällerte Maya. »Hab dich lieb!« Dann war sie weg.

Eiko starrte ihr nachdenklich hinterher.

Eve nutzte die Ablenkung, um zu versuchen, Sawyer aus Eikos Fängen zu befreien. »Sawyer, komm schnell mit!«

Er hatte sie noch nicht bemerkt, aber beim Klang ihrer Stimme schoss sein Kopf sofort in ihre Richtung. Oh, er wirkte alarmiert. Da Eiko immer noch Maya hinterhersah, zwinkerte Eve Sawyer kurz zu, und er entspannte sich sofort wieder.

»Es gibt einen …« Was? Krampfhaft suchte sie nach einer guten Ausrede. »… Meerjungfrauen-Notfall«, meinte sie wenig originell.

»Entschuldige mich bitte.« Er nickte Eiko kurz zu. »Viel Spaß auf dem Festival.«

Dann kam er zu Eve und musste sich ganz offensichtlich ein Lachen verkneifen. Ihr Herz fing seltsam an zu flattern.

Zügig und zielstrebig führte er sie durch die Menge, wobei Schritttempo und Haltung genau richtig waren, um zwar alle zurückzugrüßen, ohne sich dabei aber in ein Gespräch verwickeln zu lassen. Es war beeindruckend, wie er die Menschen um sich steuern konnte.

In der Küche vom Inn angekommen, klingelte sein Handy.

»Joel«, sagte er. »Was gibt's?« Dann schwieg er einen Moment und hörte zu. »Ich bin im *Mermaid Inn.*« Noch eine Pause. »Wieso? Was Ernstes oder nur irgendein Trick, um mich zur Auktion zu locken?« Er kratzte sich abwesend am Bart. Wieso war dieser Bart bloß so anziehend? Es waren doch nur Haare. In einem Gesicht. Es war bloß ...

Er sah kurz zu ihr, und sie bemerkte, dass sie ihn mit offenem Mund anstarrte. Schnell wendete sie sich ab und rückte ein paar Kuchenboxen gerade, die es wirklich nicht nötig hatten.

»Ja, na gut«, fing er wieder an, »wenn das von Karl kommt, bezweifle ich, dass es ernst ist.« Wieder eine Pause. »Ich bin beschäftigt.« Pause. »Ein Meerjungfrauen-Notfall«, antwortete er. Es brachte sie sofort zum Lachen, wie trocken er das sagte. Sie drehte sich zurück zu ihm, und er zwinkerte ihr zu. »Es wird eine Weile dauern. Kümmer dich um Karl, okay?« Pause. »Ja, ja. Okay.« Er legte sein Handy auf die Kücheninsel und atmete laut aus.

»Es muss hart sein, als gefragter Gentleman mit geregeltem Einkommen, oder?«

Er lachte leise. »Du weißt ja, dass Maya die Stadt inzwischen Matchmaker Bay nennt?« Sie nickte. »Heute ist wie

Weihnachten für die ganzen Kuppler. Ihr größter Tag im Jahr.« Er schaute sich um. »Danke noch mal, dass du mich gerettet hast.«

»Kein Problem. Dafür sind Nicht-keine-Freunde da.«

Er warf ihr ein Grinsen zu. »Keine Chance auf ein Upgrade zu Freunden?«

»Nö«, ärgerte sie ihn, obwohl sie tatsächlich schon diese Stufe erreicht hatten. Sie musste an die letzten Wochen denken. Daran, wie er nach seinen langen Schichten noch zu ihr kam, um den Speisesaal zu streichen. An das Coming-out seiner Schwester. Daran, wie Eve, ohne es zu beabsichtigen, wieder ein Teil des Lebens der Collins-Geschwister geworden war.

Es war komisch. Aber schön. Und ein kleines bisschen unangenehm, manchmal.

Okay, *sehr* unangenehm.

Früher hatte es nie unangenehme Situationen gegeben, aber jetzt … immer, wenn sie mit Sawyer allein war, fühlte sie sich am Ende … komisch.

Wieso eine Freundschaft mit Sawyer super unangenehm war

1. Freunde ertappten Freunde nicht dabei, wie sie mit offenem Mund auf ihren Bart starrten und dabei ein Kribbeln spürten.
2. Das war's eigentlich. Erst mal. Ihr würde bestimmt nächstes Mal noch mehr einfallen.

Er strich sich über den Bart und schaute weg, trat von einem

Fuß auf den anderen. Ihm fiel die peinliche Stimmung zwischen ihnen auch auf, da war sie ziemlich sicher. »Ich wusste gar nicht, dass du auch in der Küche was machen lässt.«

»Wollte ich auch erst nicht, weil es nicht zum öffentlichen Teil des Inns gehört, aber der Fliesenleger, der die Bäder gemacht hat, hatte noch Fliesen für einen Fliesenspiegel, die er loswerden wollte. Deshalb hat er mir einen echt guten Preis geboten.«

Bildete sie sich das nur ein, oder unterdrückte Sawyer gerade ein Lächeln? »Und was ist mit dem ganzen Kuchen?«

»Pearl. Sie will unbedingt eine Eigenkreation für das Inn entwickeln, auch wenn ich ihr immer sage, dass es sinnlos ist. Ich bin sowieso nicht mehr hier, wenn es wieder öffnet.«

»Stimmt. Du gehst zurück nach Toronto und machst Bestandsaufbau.«

Sie war nicht ganz sicher, ob er es als Frage oder als Aussage meinte. Sie entschied, es wie eine Frage zu sehen und zu antworten, auch wenn es eher für sie selbst war. »Ja. Ich gehe zurück nach Toronto.« Sie zeigte auf den Kalender, den sie am ersten Tag gekauft hatte. Der hing inzwischen an der Wand neben der Tür, und sie strich immer noch jeden vergangenen Tag durch.

Für einen langen Augenblick sah er den Kalender schweigend an, bevor er sich wieder zu ihr drehte. »Magst du Toronto? Also abgesehen von deinem Job.«

Tat sie das? Sie mochte es jedenfalls nicht nicht.

So wie sie und Sawyer nicht keine Freunde waren, vielleicht?

»Ich wollte meinen Vermieter dazu bringen, dass ich unten in der Lobby vom Haus eine Little Free Library einrichten kann.« Ihr war bewusst, dass es seine Frage ungefähr zu null Prozent beantwortete. »Kennst du die?«

»Die kleinen Kisten, wo Leute Bücher rausnehmen und neue reinstellen?« Sie nickte. »Ja, bei mir in der Nähe steht so eine.«

»Aber hier im Stadtzentrum gibt es keine.«

»Ich glaube nicht.«

»Ich glaube, ein paar mehr davon sind genau, was die Stadt braucht. Weil die Hauptstraße mit den Mondblumen und den niedlichen kleinen Läden noch nicht hübsch genug ist.«

Sie hatte versucht, die Stimmung etwas aufzulockern, aber er musterte sie so eindringlich, dass ihr langsam ganz heiß wurde.

Aah. Sie musste ihn dringend loswerden. »Also, willst du durch die Eingangstür fliehen?«

Er schüttelte kurz den Kopf, als versuche er, sich selbst aus seinen Gedanken zu reißen. »Gute Idee.«

Sie folgte ihm durch den Speisesaal, in dem überall Schlafsäcke und Isomatten rumlagen, die diverse Leute schon vorbeigebracht hatten. Es wäre wirklich klug gewesen, sie alle auf einen Haufen zu leg– »Mist!« Sie stolperte. Sofort griff Sawyer nach ihrem Arm. Als sie sich wieder aufrichtete, ließ er seine Hand an ihrem Unterarm runtergleiten und hinterließ dabei eine Gänsehautspur. Seine Hand kam an ihrem Handgelenk an, er drehte sie so, dass sich ihre Handinnenflächen berührten, und ... ließ einfach nicht los.

Alles an seiner Hand schien das genaue Gegenteil von

ihrer zu sein. Ihre war kalt, was ihr erst jetzt auffiel, da seine sich dagegen warm anfühlte. Seine Hand war außerdem groß, ihre klein. Seine fühlte sich rau an. Als sie jung waren, hatte er noch nicht so raue Hände. Das wusste sie, da sie früher stundenlang seine Hand gehalten hatte. Sie fragte sich, wieso der erwachsene Sawyer so viele Schwielen an den Händen hatte. Vielleicht von seinem Nebenjob als Tischler?

Der Kontrast zwischen seinen von der Arbeit rauen Händen und dem weichen, fast seidigen Bart, wie neulich bei der Bucht, hatte etwas. Unter gewissen Umständen könnten die unterschiedlichen Strukturen zusammen definitiv ... interessant sein.

»Eve! Eve, bist du hier drinnen?«

Maya.

Sie ließ Sawyers Hand fallen, als hätte sie sich daran verbrannt.

»Oh mein Gott! Du musst mich verstecken!« Maya kam durch die Küche reingeplatzt. »Die Auktion hat angefangen, und als Law dran war, hat Pearl immer wieder versucht, meine Hand zu heben, richtig mit Kraft! Die Frau ist echt stärker, als sie aussieht, das sage ich dir.«

Eve prustete los.

»Ha, ha. Ich weiß, alle denken, es wäre *soo* lustig, uns zu verkuppeln, weil wir uns hassen, aber das ist es nicht, weil wir uns nämlich *wirklich* hassen.«

Eve war sich da nicht so sicher, jedenfalls was die Gefühle auf Laws Seite anging.

»Dann«, Mayas Leidensgeschichte nahm langsam Fahrt auf, »habe ich versucht sie abzulenken und davon angefangen, dass allein das Konzept einer Junggesellenauktion sexistisch ist. Ich meine, die Frauen sollen Picknickkörbe vorbereiten, um die dann mit den Männern zu teilen? Wo sind wir hier? Im neunzehnten Jahrhundert? *Anne of Green Gables*? Aber sie hat mir einfach nur zugestimmt und meinte, dass es nächstes Jahr Junggesellen *und* Junggesellinnen geben wird, dann sollte ich auch noch Vorsitzende des Komitees werden!«

Eve klopfte Maya auf den Arm. »Wie wäre es, wenn wir uns einen von Pearls Kuchen nehmen und uns damit oben verstecken, bis alles vorbei ist?«

»Ja, das wäre gut. Ich wollte sowieso noch über eine Idee für ein Kindertheater mit dir reden. Vielleicht auch ein Sommercamp.«

Perfekt. Ein bisschen Kuchen und ein Gespräch über das Leben von *jemand anderem*. Sie drehte sich zu Sawyer. Ihr war bewusst, dass sie etwas sagen sollte, aber plötzlich fiel ihr kein einziges Wort mehr ein. Noch ein Punkt für ihre Liste.

1. Weil er sie vergessen ließ, wie Wörter funktionierten.

»Wir, ähm, bis später«, sagte er schließlich.

»Stimmt. Ja. Bis später.«

Wie, später? Wann genau?

Es spielt keine Rolle, ermahnte sie sich selbst. Es war ja nicht so, als hätte sie einen Sawyer-Kalender. Sie zählte nicht die Tage, bis sie ihn wiedersehen würde. Sie sah ihn »später«.

Wann auch immer das sein sollte.

Am Abend, als die Übernachtungsparty schon seit ein paar Stunden lief, vibrierte Eves Handy. Eine Nachricht von Sawyer:

Hey, ist meine Schwester bei dir?

Eve: Jap.

Sawyer: Ist sie allein?

Eve: Was meinst du mit »allein«? Ca. 30% der Stadt sind hier.

Sawyer: Ist sie ... besonders kuschelig mit jemandem? Sie antwortet nicht auf meine Nachrichten.

Eve hob den Kopf und sah sich um. Clara saß in einer Ecke des Speiseraums. Sie schaute gerade zusammen mit einem Mädchen, das Eve nicht kannte, einen Film. Ha! Ob das Miss *Nicht-Mehr-Rein-Theoretisch* war? Clara hatte ihren Kopf auf die Schulter der anderen gelegt. Es könnte auch rein platonisch sein, aber wenn man Bescheid wusste ... Eve musste so sehr grinsen, dass ihre Wangen wehtaten.

Eve: Sie sieht einen Film mit jemand anderem. Beide haben Kopfhörer drin und sind über das Handy gebeugt. Wahrscheinlich nicht ihr's, also hat sie die Nachrichten bestimmt nicht mitbekommen.

Sawyer: Ist dieser jemand männlich oder weiblich?

Ob er etwas ahnte? Soweit Eve das wusste, hatte Clara ihm noch nichts erzählt, aber Sawyer war ziemlich aufmerksam. Vielleicht dachte er sich schon so was.

Eve: Mir ist nicht mehr wohl dabei, deine Schwester weiter für dich auszuspionieren.

Sawyer: Danke für gar nichts.

Er hatte aber noch ein Emoji drangehängt, den mit der rausgestreckten Zunge. Eve steckte ihr Handy zurück in ihre Tasche und schaute sich noch mal in ihrem Inn um. Maya, die gerade mit Jenna Karten spielte und dabei an ihrem extra von Law für sie bestellten Wein nippte, winkte Eve zu.

»Tut mir echt leid«, fing sie an, als Eve bei ihr war. »Aber Art und Jamila sind vor ein paar Minuten nach oben gegangen.«

»Ernsthaft?« Eve hatte die Treppe unten extra mit einem Band abgesperrt. Oben musste noch viel gemacht werden, und sie hatte der Übernachtungsfeier nur unter der Bedingung zugestimmt, dass ausschließlich das Erdgeschoss genutzt wurde.

Aber hatte sie wirklich erwartet, dass die beiden sich von

einem Band aufhalten ließen? »Hmpf. Danke.« Sie ging zur Treppe, blieb dann aber unsicher stehen. Der Gedanke, die beiden bei irgendetwas zu erwischen, war äußerst verstörend. Aber der Gedanke, verklagt zu werden, weil ein Kabel sich löste und die beiden in flagranti elektrifizierte, genauso.

Aber es gäbe jemanden, den sie um Hilfe bitten könnte. Sie zog ihr Handy wieder raus.

Eve: Ich glaube, Art und Jamila sind oben zugange. Die Bauarbeiter machen gerade die Wände neu und meinten, dass niemand da oben rumlaufen soll. Was soll ich tun?

Es war eigentlich auch ganz praktisch, den Chief als Nicht-kein-Freund zu haben.

Seine Antwort kam sofort.

Sawyer: Ich komme vorbei.

Eve: Das musst du nicht. Gib mir einfach ein paar … Tipps.

Sawyer: Tipps, wie man Sex in der Öffentlichkeit verhindert?

Eve: Okay, ja, komm lieber her.

Er hatte sowieso nur auf eine Ausrede gewartet, um rüberzukommen, damit er seine Schwester selbst ausspionieren konnte. Apropos ... Eve bahnte sich den Weg zwischen den Leuten hindurch und klopfte Clara auf die Schulter. Clara erschrak und rückte sofort von ihrer Freundin ab. Dem Schock in ihrem Gesicht nach hatte sie selbst gar nicht bemerkt, wie nah sie sich gekommen waren.

Eve beugte sich runter und flüsterte ihr zu: »Ich wollte dir nur kurz sagen, dass dein Bruder auf dem Weg hierher ist.«

Clara rutschte von ihrer Freundin weg und warf Eve einen ernsten Blick zu. »Du erzähl-«

Eve tat so, als würde sie ihre Lippen versiegeln, zwinkerte und ging zurück zur Treppe, wo schon Sawyer stand. »Das ging aber schnell.«

»Ich hatte um acht Feierabend – draußen ist inzwischen alles ruhig – und war drüben bei *Law's*.«

Er hatte tatsächlich nicht mehr sein Polizeioutfit an. Uniform. Wie auch immer.

Er hatte ein schlichtes weißes T-Shirt an und wieder diese verdammten Jeans. Woran lag es bloß, dass Sawyer so viele gegensätzliche Dinge anzuziehen schien? Locker und perfekt passend. Heiß und kalt. Weich und rau. Hass und ... kein Hass.

Er sah die Treppe hoch. »Also, womit haben wir es hier zu tun?«

»Maya hat gesehen, wie die beiden vor einer Weile nach oben gegangen sind. Bisher ist es also nur ein Verdacht.«

»Oh, bei denen ist es immer ziemlich eindeutig.« Er stieg die Treppe hoch und wies sie an, ihm zu folgen.

Auf dem ersten Absatz blieb sie stehen und zeigte auf die Schutzhelme, die auf einer Fensterbank lagen. »Oben sollen alle Schutzhelme und Sicherheitsschuhe tragen.«

Er nahm einen der Helme. »Das mit den Schuhen übergehen wir mal ausnahmsweise.« Dann drehte er sich zu ihr und setzte ihr den Helm auf. Er legte den Kopf schräg und sah sie nur einen Moment zu lange an. »Sogar ein Schutzhelm steht dir, wie geht das?«

Ihre Wangen wurden sofort rot. Als hätte jemand wie über ein Thermostat ihre Körpertemperatur steigen lassen, nur dass sie keine Ahnung hatte, wie sie das Thermostat kontrollieren konnte. Vielleicht konnte nur Sawyer das.

Sie schauten sich kurz um, aber im ersten Stock bemerkten sie nichts. Sie zeigte auf die Treppe, die weiter hoch führte. Oben angekommen, fing er mit einem übertrieben gespielten Staunen laut zu reden an: »Oh, wow, hier oben hat sich wirklich viel getan!«

Beide hielten wie auf Kommando inne und lauschten. Sawyer zeigte auf den vorderen Teil des Inns. Jap. Art und Jamila waren definitiv in einem der beiden vorderen Zimmer. Wahrscheinlich dachten sie, sie wären leise.

Sie waren nicht leise.

»Ich muss dir das neue Badezimmer zeigen!«, rief Eve und übernahm seine Strategie, möglichst laut zu reden, um die Liebenden auf sie aufmerksam zu machen. Sie öffnete die Tür zum zweiten Badezimmer, in dem Toilette und Spiegel fertig waren, aber der Boden noch nicht. Wie die Assistentin bei einer Gameshow zeigte sie in den Raum, was genauso übertrieben ausgesehen haben musste, wie es sich angefühlt hatte, denn Sawyer hatte Mühe, sich das Lachen zu verkneifen. Sie ging weiter rein und schenkte ihm noch ein paar Armwedler im *Der Preis ist heiß*-Stil.

Seine Augen funkelten. Diese Augen. Das Lachen darin war ansteckend. »Zwei Badezimmer direkt nebeneinander? Was für ein interessantes Arrangement.«

»Ja!«, schrie sie beinahe. »Am liebsten würde ich in jedes Zimmer ein Bad bauen, das will ich auch im ersten Stock, aber hier geht das nicht – komplizierte Rohrleitungsgründe, die sinnvoll schienen, als es mir erklärt wurde, die ich aber jetzt unmöglich wiedergeben kann. Aber wir haben einen Weg gefunden, hier noch ein zweites Bad reinzuquetschen.«

»Ein guter Kompromiss.« Sawyer zwinkerte ihr zu und sprach weiter übertrieben laut. »Ein zusätzliches Bad hier oben wird den Gästen sicherlich vieles erleichtern.« Er stand in der Tür, die Hände in den Rahmen gestützt, dann lehnte er sich zurück und spähte in den Flur. Als er wieder zu ihr sah, rollte er mit den Augen und schüttelte den Kopf. Die Liebenden waren noch nicht aus ihrem Versteck herausgekommen.

Eve unterdrückte ein Kichern. »Ganz genau. Die Erwartungen der Gäste bezüglich der Sanitäranlagen haben sich seit den Anfängen des Inns durchaus verändert.« Maya hätte die beiden sehen sollen, für ihre Schauspielkünste verdienten sie definitiv Oscars.

»Ja, Kundenzufriedenheit ist sehr wichtig.« Er verzog das Gesicht.

Sie zitterte schon, weil sie so sehr lachen musste, riss

sich aber zusammen und winkte ab. »Okay, sie verstehen es offensichtlich nicht«, flüsterte sie. »Wir müssen reingehen.«

Sie wollte gerade aus dem Bad rauskommen, als Sawyer ihr mit dem Arm den Weg blockierte. »Halt. Sie schleichen sich weg«, flüsterte er und kam selbst ins kleine Badezimmer und drückte sich dabei fast an sie, mit seiner dummen Brust und seiner dummen Jeans und dem dummen Bart. Er strich über das Waschbecken. »Hm. Marco hat echt einen guten Job gemacht. Ich wusste, dass die Fliesen perfekt hier reinpassen würden, weil …«

Auf einmal wurde ihr klar, was hier ablief. Plötzlich schien alles so klar und eindeutig, dass sie sich wie ein Idiot vorkam, weil sie es nicht schon längst bemerkt hatte. Er war der Grund, weshalb alles so reibungslos lief. Er hatte Marco Garretsons Truck nicht draußen gesehen, sondern Marco selbst hergeschickt. Und die »übrig gebliebenen« Fliesen, die wie auf magische Weise perfekt in ihre Küche passten? Sie könnte wetten, dass er auch damit zu tun hatte. »Sawyer.«

Er hielt sich einen Finger vor den Mund und zeigte mit der anderen Hand hinter sich. Tatsächlich hörte sie dann ein Tuscheln, gefolgt vom Geräusch von Schritten auf dem freiliegenden Boden im Flur. Das Rendezvous war vorbei.

»Glaubst du, sie haben uns gehört?«, flüsterte Jamila.

»Nein, nein«, versicherte Art seiner Frau.

Eve musste sich eine Hand vor den Mund halten, um nicht laut loszulachen, während Sawyer mit bebenden Schultern seine Augen schloss und den Kopf senkte.

Sie warteten noch einen Moment, bis keine Schritte

mehr zu hören waren. Ihr tat schon der Bauch weh, vom ganzen unterdrückten Lachen, aber sie musste dennoch wissen, was Sawyers Plan war. Als die Luft also rein war, legte sie ihm eine Hand auf die Brust und drückte ihn zurück in den Flur. »Sawyer, mischst du dich in meine Renovierung ein?«

»Nein!« Es war genauso übertrieben laut und gespielt wie ihr Dialog eben.

»Deswegen tauchen immer genau die Leute, die ich brauche, plötzlich auf, oder? Du bist genauso schlimm wie Pearl!« Eve wusste nicht, ob sie genervt sein sollte – schon wieder machte er einfach, was er für das Beste für sie hielt – oder gerührt. Irgendwie war es ja auch ziemlich cool, dass alles so reibungslos ablief.

»Ich sehe mir lieber mal den Tatort an«, sagte er, noch bevor sie entscheiden konnte, was sie fühlte.

Die vorderen Zimmer des Inns waren die größten. Weil sie auch noch Balkone hatten, von wo aus man über die Hauptstraße blickte, waren sie früher bei den Gästen immer am beliebtesten gewesen. Auch Eve liebte die Zimmer, und wenn ausnahmsweise mal eines frei blieb, hatte sie sich oft auf einen der Balkone gesetzt und gelesen oder auch einfach das Treiben unten beobachtet.

Meist war sie dabei nicht allein gewesen.

Als sie Sawyer in den Raum folgte, trafen sie zwei unterschiedliche Emotionen auf einmal. Da war die Erleichterung, nicht mehr zusammengedrängt in dem kleinen Badezimmer zu stehen, aber da waren eben auch die ganzen

Erinnerungen. Erinnerungen, die wie Mäusefallen überall lauerten und jeden weiteren Schritt gefährlich machten.

Sawyer holte tief Luft. Ob es ihm genauso ging?

Um ihre Nervosität zu verbergen, ging sie absichtlich schnell an ihm vorbei nach drinnen und blieb vor den Flügeltüren zum Balkon stehen. Natürlich half das kein bisschen, denn jetzt stand sie direkt vor dem Balkon, auf dem die beiden früher rumgemacht hatten.

»Ich bin gleich wieder da«, sagte er.

Was? Während sie dastand und angestrengt versuchte, die Kontrolle zu behalten, machte er erst mal kurz eine Toilettenpause?

Sie ging auf den Balkon und hielt sich an dem Geländer fest. Sie spürte richtig, wie sie langsam an den Punkt kam – den Punkt, an den die Stadt sie drängte –, wo sie in einem verwirrenden Strudel voll Nostalgie und Schmerz gesogen wurde. Von hier oben hatten Sawyer und sie immer den perfekten Blick über die Stadt gehabt und waren gleichzeitig wie abgeschirmt. Es hatte sich angefühlt, als gäbe es nur sie beide gegen den Rest der Welt.

»Ich dachte, wir sollten anstoßen.«

Sie zuckte zusammen. Er war zurück. So schnell.

»Sorry, ich wollte dich nicht erschrecken.« Er hielt einen von Mayas Weinen und zwei Plastikbecher.

Wieso nicht? Nach dem langen, seltsamen Tag. Sie machte einen Schritt zur Seite, damit er Platz auf dem kleinen Balkon hatte. Er nahm inzwischen so viel mehr Raum ein als früher.

Er schenkte beiden ein und reichte ihr einen der Becher,

dann hob er seinen Becher hoch. »Auf das Ende der Festivalsaison!«

»Na ja, du musst immer noch morgen deine Schwester in *Medea* bewundern.«

»Ja. Von dem, was ich bisher mitbekommen habe, wenn sie ihren Text lernt, verflucht sie eigentlich nur die ganze Zeit alle Männer. Ich will ja nicht wie der altmodische große Bruder rüberkommen, aber ich weiß nicht, ob ich das so gut finde.«

So viel zu ihrer Theorie, dass er vielleicht was von Claras Geheimnis ahnte. »Also, großer Bruder, ich glaube, um Clara musst du dir keine Sorgen machen. Sie wirkt sehr verantwortungsvoll.«

»Ist sie auch. Und bisher hat sie auch nie großes Interesse an Jungs gezeigt.«

Überraschend.

»Obwohl … neulich hat sie sich bei uns mit ihrer Mathelerngruppe getroffen, und wie sich herausstellte, als ich nach Hause gekommen bin, waren das nur sie und ein Junge. Irgendein Typ, den ich nicht kenne.« Er rümpfte die Nase.

Eve biss sich auf die Lippe, um nicht zu lachen. »Na gut, Mathe ist hart. Die wenigsten machen das als Leistungskurs, wahrscheinlich ist es schwer, da Leute zum Lernen zu finden.«

»Ich weiß, ich weiß. Und es ist auch nicht so, dass sie sich nicht mit Jungs treffen darf. Bisher wollte sie es nur nie.«

Nicht lachen, nicht lachen, nicht lachen.

»Und in weniger als einem Jahr wird sie sowieso nicht mehr bei mir leben. Es ist nur …«

»Schwer, loszulassen?« Er war ein guter Bruder, auch wenn er nichts ahnte.

Er wirkte etwas verlegen. »Irgendwie so.«

Sie standen immer noch mit dem Wein in der Hand da. Sie hob jetzt auch ihr Glas. »Auf kleine Schwestern. Auf *Medea*.« Sie stießen mit den Plastikbechern an.

»Wow«, staunte sie danach. »Ich kenne mich zwar nicht mit Wein aus, aber der ist echt lecker.«

»Ja, was Wein und Craft Beer angeht, kennt Law sich aus. In der Bar ist die Auswahl an beidem auch erschreckend gut.«

»Aber der hier ist nicht auf der Karte. Den hat er extra für Maya bestellt.«

Sawyer schwenkte seinen Wein hin und her. »Hmm … weißt du, manchmal denke ich, er mag sie. Auch wenn sie sich immer streiten.«

»Ist das nicht immer so? Der Junge zieht dem Mädchen an den Haaren, weil er sie mag?«

Er zuckte mit den Schultern. »Das war nie mein Ding.«

»Stimmt.« Bei ihnen war es auch ein nahtloser Übergang vom Rumhängen am Klettergerüst zu Sandburgenwettbewerben zu festem Paar gewesen. Seine Gefühle waren nie ein Rätsel für sie gewesen. »Aber ich glaube nicht, dass Maya Law mag. Ihre Abneigung wirkt ziemlich echt.«

»Da könntest du recht haben. Jedenfalls wenn man bedenkt, dass sie ihn nie für eines ihrer Stücke will, wie sonst jeden.«

»Genau.«

»Warst du nicht auch in *Medea?*«, fragte er.

»Ich sollte eine phönizische Frau spielen, konnte mich aber wegen der Übernachtungsfeier rausreden.«

»Ein Wunder, dass sie so schnell aufgegeben hat. Ich kann mich immer nur damit rausreden, dass meine Schichten mit den Proben kollidieren.« Er grinste. »Schlimmer Zufall.«

»*Vielleicht* habe ich ihr auch erlaubt, das *Mermaid* für ein Murder Mystery Theater zu nutzen, um da rauszukommen.«

Er pfiff. »Das ist mutig.«

»Na ja, wie es aussieht, wird die Renovierung früher durch sein.« Sie warf ihm einen vielsagenden Blick zu. Natürlich war sie hauptsächlich dankbar für all seine Hilfe, aber es war dennoch seltsam. »Also steht es danach sowieso leer.«

»Öffnest du es nicht, für den Rest der Frist?«

»Ich denke nicht. Also, zugegeben, die Renovierung mache ich ja, um am Ende mehr Gewinn zu machen. Demnach wäre es schon sinnvoll, es zu öffnen, wenn alles früher fertig ist. Aber ich weiß nicht, ob ich das wirklich für die paar Monate machen will.« Sie hatte allerdings ein schlechtes Gewissen, denn Lucille hat sicherlich gewollt, dass sie das Inn tatsächlich führte. Aber Lucille musste sich wohl mit einer Renovierung zufriedengeben. Pearl hatte Eve schon mehrfach gesagt, dass Lucille die ganzen Arbeiten gefallen würden, das half zumindest ein bisschen.

»Ja, das ist klug. Ein paar Bauunternehmer schnüffeln gerade auf dieser Seite vom See herum, auf der Suche nach historischen Gebäuden. Die meisten Käufer wollen natürlich eine Strandlage, aber in Grand View hat gerade ein Wohnungsprojekt gestartet. Da hat irgendein Idiot die alte Post gekauft und abgerissen.«

»Abgerissen? Also könnte jemand das Inn kaufen, nur um es abzureißen?« Daran hatte sie noch überhaupt nicht gedacht. »Wieso mache ich mir dann die ganze Mühe mit der Renovierung?«

Sie kam sich so dumm vor, dass ihr selbst noch gar nicht der Gedanke gekommen war, dass der zukünftige Besitzer das *Mermaid* vielleicht überhaupt nicht als Inn weiterführen würde. Oder es sogar abreißen könnte. Aber natürlich konnte sie es nicht verkaufen und gleichzeitig bestimmen, was danach damit passierte. Oder? Sie sollte Jason mal fragen. Vielleicht sollte sie doch die Balkone entfernen lassen, um es auf die Liste der historischen Gebäude zu setzen.

Sawyer räusperte sich, was sie aus ihren Gedanken riss. Okay, heute würde sie das Problem nicht lösen können.

Kurz genossen beide schweigend den Ausblick. Die Hauptstraße war leer – natürlich, da alle beim Anti-Festival waren –, aber es war ein traumhafter Abend. Die Sonne über dem See färbte den Himmel orange, es wehte eine kühle Brise, und es lag dieser frische Herbstduft in der Luft.

»Sawyer, hast du Handwerker hergeschickt?« Sie war sich ziemlich sicher, was die Antwort anging, wollte es aber aus seinem Mund hören.

Er verzog das Gesicht. »Vielleicht habe ich den einen oder anderen geschickt.«

»Wieso?« Vielleicht, weil er ein schlechtes Gewissen

hatte? Um zu entscheiden, wie sie es fand, dass er sich derart einmischte, musste sie seine Antwort hören.

Er ließ seinen Nacken knacken, als wäre das Thema ihm unangenehm. »Gute Leute sind hier schwer zu finden. Die ganzen Projekte in Grand View machen es nur schlimmer. Und ein Typ hier im Umkreis ist auch ziemlich zwielichtig – ich glaube, dieser Bauunternehmer hat den engagiert. Ich wollte nicht, dass du an solche Typen gerätst.«

»Aber wieso? Und es geht nicht nur um das Inn.« Sie zeigte auf den See. »Auch das Schwimmen. Ich meine, ich weiß, dass wir jetzt Nicht-keine-Freunde sind, aber wieso bist du so nett zu mir?«

Er schwieg. Stand einfach da und starrte runter in die Stadt, während er sich an das Geländer klammerte, als würde sein Leben davon abhängen.

Gerade als sie aufgeben und vorschlagen wollte, wieder reinzugehen, ließ er das Geländer los und packte sie an den Schultern. Er beugte sich vor und – oh mein Gott, wollte er sie etwa *küssen?*

Klonk.

Ihre Schutzhelme stießen gegeneinander.

Kapitel 13

Am nächsten Tag, als er es sich im Publikum für *Medea* in einem Gartenstuhl gemütlich machte, glühte Sawyers Gesicht immer noch. Er redete zwar mit Law, aber innerlich drehte er durch.

Verdammt, was stimmte eigentlich nicht mit ihm? Was hatte er sich dabei bloß gedacht?

Offensichtlich hatte er gar nicht nachgedacht.

Gott sei Dank für die Schutzhelme. Die sollten einen zwar eigentlich nur vor herunterfallendem Schutt oder anderen physischen Gefahren schützen, aber wie sich herausstellte, schützten sie genauso gut willensschwache Männer davor, monumentale Fehler zu begehen.

Er schaute sich nervös um, unsicher, ob er sie im Publikum sehen wollte oder nicht. Er kam sich vor wie ein unbeholfener Teenager.

»Hallo?« Law wedelte mit einer Hand vor Sawyers Gesicht herum.

»Sorry. Was?« Er lehnte sich in seinem Stuhl zurück und machte sich kleiner.

»Versteckst du dich?«

Er richtete sich wieder auf. »Nein.«

»Sie hilft mit den Kostümen, sie ist also gar nicht hier.«

»Wer ist nicht hier?«

Law schnaubte.

Sawyer schaute sich kurz um, um sicherzugehen, dass niemand ihre Unterhaltung mitbekam. Auf der anderen Seite neben ihm saß Karl, daneben dann noch Eiko und ihr Mann Kensi, aber die wirkten in ihr eigenes Gespräch vertieft.

»Hey«, begrüßte Law Jake, der gerade von der anderen Seite dazukam. »Sawyer dreht durch wegen Eve.«

Sawyer warf ihm einen wütenden Blick zu. »Halt die Fresse.«

Jake musste lachen.

»Test. Test.« Maya stand auf der provisorischen Bühne, die Jake für das Stück gebaut hatte. Die Auktion am Tag zuvor hatte auch schon darauf stattgefunden, aber jetzt war sie zusätzlich noch mit Säulen dekoriert, um das antike Griechenland darzustellen.

»Hören mich alle?«, rief Maya.

Law verdrehte die Augen, beugte sich aber nach vorn, sodass er auf der Stuhlkante saß.

»Danke, dass ihr alle gekommen seid. Wie ihr wisst, liegt mir das Herbsttheater immer besonders am Herzen.«

Sawyer schaltete ab und richtete seine Aufmerksamkeit wieder auf die Menge. Wenn Evie bei den Kostümen half, ob sie dann die ganze Zeit über im Backstagebereich blieb, der durch Vorhänge vom Rest abgetrennt war?

Wie gerufen – nicht, dass er sie gerufen hätte – öffneten

sich die Vorhänge einen Spalt und sie huschte durch. Er befahl sich, ruhig zu bleiben, allerdings war sie direkt auf dem Weg hierher. Wieder schaute er sich um, aber jetzt waren die Plätze neben ihm frei. Karl, Eiko und Kensi waren nirgends zu sehen. Und Pearl, als selbst ernannte Platzanweiserin, brachte Evie direkt zu ihm rüber.

Evie setzte sich neben ihn und lehnte sich sofort zu ihm rüber, um ihm ins Ohr zu flüstern. »Ich habe Pearl gebeten, mir einen Platz neben dir zu geben.«

Oh Gott. Sollte er sich für seinen Kussversuch gestern entschuldigen? Er war danach sofort abgehauen, weil es ihm nur noch unangenehm gewesen war.

Oder saß sie neben ihm, weil sie gar nichts dagegen hatte, dass er sie beinahe geküsst hätte? In dem Fall hätte er wieder ganz andere Probleme. Er durfte *nichts* mit ihr anfangen. Sie würde wieder weggehen, das sollte er *nie* vergessen.

»Wusstest du«, fing sie wieder an zu flüstern, »dass es in dem Stück um ein verlogenes Arschloch geht, das seine Frau betrügt?« Sie lachte los. »Und dann übt Medea blutige Rache.«

»Ach ja?« Er hatte Clara beim Proben zugehört und sich gedacht, dass diese Medea kein großer Fan von Männern allgemein war, aber von der blutigen Rache hatte er nichts geahnt.

»Weißt du, das hat mich zum Nachdenken gebracht. Ich glaube, ich habe es dir zu leicht gemacht. Du hast dich einfach entschuldigt, und ich war zufrieden. Du hattest es echt leicht.« Wieder lachte sie, aber es hatte etwas Finsteres.

Sie machte nur Spaß, aber irgendwo hatte sie auch recht.

Nicht in seinen kühnsten Träumen hätte er sich jemals vorstellen können, neben Evie in einer Aufführung zu sitzen, weil sie wieder Freunde waren. »Eve, ich …«

Dann kam Carol Dyson hinter einer der Säulen hervor und fing an, über ein Schiff und ein goldenes Vlies zu reden.

Also konzentrierte Sawyer sich darauf, seine Schwester als Medea zu beobachten. Die betrogene Frau, die auf Rache an ihrem verlogenen Mann sinnt – mit Evie Abbott neben sich.

Als seine Schwester laut klagte: »Von allem, was auf Erden Seel und Leben hat, die allerärmsten Wesen sind wir Frauen doch«, fühlte er sich langsam etwas unwohl. Er rutschte etwas von Evie weg.

Sie kam jedoch direkt hinterher. Er spürte richtig, dass sie ihn ansah. Spürte ihr selbstgefälliges Grinsen. Sie verspottete ihn.

Als Clara rief: »O schlechter Mann! Ach, leider kann ich Schlimmres nicht dir mit der Zung entgegnen als ein schwaches Weib!«, rutschte er noch ein Stück weg.

Evie kam hinterher.

Vielleicht sollte Clara/Medea, statt ihre Kinder umzubringen, um sich an ihrem Mann zu rächen, ins Publikum kommen und *ihn* von seinem Leid erlösen.

»Kannst du das lassen?«, flüsterte Law nicht gerade unauffällig, wobei er Sawyer wegschubste. »Ich mag dich ja, Mann, aber ich will nicht kuscheln.«

Scheiße. Er schaute zu Evie, die ihn anstarrte und der das Ganze sichtlich Spaß machte. Aber sie schien auch irgendwie Mitleid mit ihm zu haben, denn sie flüsterte: »Entspann dich. Ich werde niemanden umbringen. Wahrscheinlich.«

Er rollte mit den Augen, machte sich aber gleichzeitig so klein wie möglich und blieb genau in der Mitte seines Stuhles, sodass kein Teil von ihm Evie berührte. Dann sah er zu, wie seine Schwester im Namen der Frauen blutige Rache übte.

• • •

Eve war die Erste, die für die Standing Ovations aufsprang.

Wow. Maya wurde oft für ihr Engagement belächelt, manchmal machte sie sich auch selbst darüber lustig – sie konnte selbst über ihre unbeirrbare Hingabe zu ihren Theaterambitionen lachen. Aber die Aufführung war wirklich beeindruckend. Natürlich hatte das Ganze eine gewisse Amateurhaftigkeit, mit den Togen aus Bettlaken und der Kulisse aus Spanplatten, aber alles andere – alles Wichtige, wie das Skript, die Regie, die Schauspieler – war hervorragend.

Eve selbst hatte für *ihre* Schauspielkünste allerdings auch Standing Ovations verdient.

Nach dem unangenehmen Vorfall gestern – nach dem Bart-Anschmachten und dem Vielleicht-fast-Kuss – hatte sie entschieden, dass ihr diese neue unangenehme Stimmung zwischen Sawyer und ihr *gar nicht* gefiel. Deswegen hatte sie kurzerhand beschlossen, es einfach zu ignorieren. Ihre Rolle als normale Freundin so enthusiastisch wie möglich zu spielen. Und von dem, was sie so zwischen Sawyer, Law und Jake beobachtet hatte, bedeutete das, ihn ein bisschen zu verladen.

Und es funktionierte. Jedenfalls für sie. Anfangs hatte sie vielleicht noch gespielt, aber ihn während der Aufführung zu nerven hatte ihr bald richtig Spaß gemacht. Er schien es allerdings nicht ganz so lustig zu finden. Ha.

Sie achtete wieder auf die Bühne, wo die Schauspieler nach mehreren Hervorrufen auch Maya auf die Bühne zerrten. Eve erhaschte dabei einen Blick auf Law und war ziemlich sicher, dass er von allen am lautesten klatschte.

Als der Applaus langsam abebbte, kam Medea zu ihnen herübergelaufen.

»Du warst großartig!« Sawyer zog Clara in seine Arme, trotz des ganzen Blutes auf ihrem Kostüm. »Auf eine extrem angsteinflößende Art und Weise.«

Über Claras Schulter hinweg schaute er zu Eve und grinste. Sein Stolz war so ansteckend, dass sie auch lächeln musste.

»Du warst super, Clara«, stimmte sie zu, als Sawyer seine Schwester losließ.

»Hey, Eve! Danke! Wir haben uns in letzter Zeit so wenig gesehen, ich musste so viel arbeiten, aber ich wollte noch mal mit dir reden. Denkst du, ich sollte mich für ein Wohnheim direkt auf dem Campus in Toronto bewerben oder lieber nach einer eigenen Wohnung gucken? Es ist alles so teuer, und ich weiß nicht, was besser ist. Wo hast du gewohnt, als du da warst?«

Hinter seiner Schwester fuchtelte Sawyer durch die Luft, aber Eve hatte keine Ahnung, was er meinte.

»Ich habe zu Hause gewohnt, um Geld zu sparen, also kann ich dir damit leider nicht helfen«, antwortete sie, wobei sie Sawyer halb im Blick behielt. »Aber wieso schaust du dich nicht etwas um? Früher gab es Seiten, auf denen Wohnungsgesuche für Studenten gepostet wurden.« Sawyer fing an, wie wild seine Hand quer vor seinem Hals hin und her zu bewegen. Offensichtlich gefiel ihm die Idee ganz und gar nicht, dass sie nicht außerhalb des Campus wohnte. »Oder ...«, er nickte energisch. »Du siehst dir die Wohnheime mal an, das geht doch, oder? Das solltest du machen.« Jetzt lächelte Sawyer wieder, nickte weiter und bedeutete ihr, dass sie weiterreden sollte. Sie musste ihre Lippen zusammenpressen, um nicht zu lachen. »Ich glaube, direkt auf dem Campus zu wohnen könnte cool sein.« Damit hatte sie sich ein übertriebenes Daumen-hoch von ihm verdient.

»Vielleicht können wir hin und uns ein paar angucken, Sawyer?«, fragte Clara ihren Bruder und drehte sich dann zurück zu Eve. »Wir sind nächstes Wochenende in Toronto.«

»Sie sind in Toronto, weil die kleine Miss Clara einen nationalen Essay Contest gewonnen hat und jetzt bei einer ganz schlauen Talkshow zu Gast ist, um darüber zu reden«, erklärte Law.

Es war süß, dass Law genauso stolz auf Claras Leistungen schien wie Sawyer. In Moonflower Bay mischte sich wirklich jeder überall ein, aber sie hielten auch alle zusammen.

»Das ist ja toll«, sagte Eve und meinte es ernst.

»Können wir dann einen Tag früher los, Sawyer? Ich bin

in allen Kursen etwas voraus, und einen Freitag für etwas Wichtiges zu schwänzen ist doch nicht so schlimm.«

»Ich wünschte, das ginge, aber Olivia ist nicht da, und ich habe Freitag Dienst. Vielleicht ein anderes Mal?«

»Ich könnte mit dir hin«, platzte es aus Eve heraus. Ihr Kopf schien erst etwas verspätet zu reagieren, und sie wollte es gerade zurücknehmen, als sie das Leuchten in Claras Augen sah. Sie schaute kurz zu Sawyer, als würde er ihr immer noch Hinweise geben, aber er schaute nur skeptisch zurück.

»Ich wollte sowieso mal wieder hin«, überlegte sie laut. »Ich habe meine Eltern ewig nicht gesehen, und die drängeln schon lange, dass ich sie besuchen soll.« Was auch stimmte.

»*Wirklich?*«, schrie Clara. »Das wäre so toll! Und du bist von da, du kannst mir alle möglichen Insiderinfos geben.« Sie drehte sich zu ihrem Bruder. Genau wie Eve musste sie gemerkt haben, dass er nicht so ganz überzeugt von dem Plan war. »Oh, komm, Sawyer, *bitte?*«

Eve warf ihm einen entschuldigenden Blick zu. Sie wollte ihm eigentlich helfen, aber letztlich hatte sie ihn irgendwie in eine Ecke gedrängt.

»Ich schätze, ich könnte eine weitere Nacht im Hotel buchen und komme dann Samstag dazu.« Er sah noch mal zu Eve. »Dir macht es sicher nichts aus?«

»Überhaupt nicht.« Sie freute sich sogar auf die Zeit mit Clara – vielleicht gab es ja was Neues an der Liebesfront. »Und du brauchst die Reservierung nicht ändern, Clara und ich können bei meinen Eltern schlafen. Wir fahren Freitag früh los, schauen uns ein paar Wohnheime an und machen dann noch irgendwas Lustiges.«

»Oh! Oh!« Clara vibrierte praktisch vor Vorfreude. »Können wir ins Science Center gehen?«

»Klar.« Sawyer und Eve teilten einen belustigten Blick. Ihre Kleine war so ein süßer Nerd.

Halt, warte. *Seine* Kleine. Nicht *ihre* Kleine.

Whoa, wo kam *das* denn plötzlich her?

• • •

Später am Abend hockte Sawyer gerade mit Jake in seiner Garage und arbeitete am Kanu, als Law dazukam. Law hielt eine Flasche in der Hand, die er mit einem Korkenzieher aus seiner Hosentasche öffnete.

»Wein?«, fragte Sawyer. Das war ungewöhnlich.

»Cidre. Französisch, aber lokal hergestellt. Ich überlege, den mit auf die Karte zu nehmen, also sollt ihr mal testen.«

»Oho, ganz schön fancy«, kommentierte Sawyer.

Law zuckte mit den Schultern. »Ich versuche nur, mich der Zeit anzupassen.« Als alle vom Cidre probiert hatten, musterte er das Kanu. »Ist das rosa Farbe?«

Es war tatsächlich Rosa. Sie wollten einen rosa Streifen einmal um das gesamte Kanu herum ziehen. Das war immer schon der Plan gewesen, und Sawyer wusste nicht, wieso er den ändern sollte.

»Eves Lieblingsfarbe«, erklärte Jake, als klar wurde, dass von Sawyer nichts kommen würde.

»Was zur Hölle ist eigentlich zwischen dir und Eve?«, wollte Law wissen. »Und sag nicht ›gar nichts‹.«

Sawyer seufzte. »Ich habe versucht, sie zu küssen ... und jetzt ist alles komisch.«

Law lachte laut los.

»Sehr hilfreich.«

»Was meinst du damit, du hast es versucht?«

»Ich war kurz davor, aber es kam nicht dazu.«

»Das musst du jetzt bitte noch etwas genauer erklären.«

Also erzählte Sawyer seinen Freunden von dem Kuss, der nicht stattgefunden hatte, und dass seitdem die Stimmung seltsam war. »Was stimmt nicht mit mir? Es war, als wäre das jemand anderes gewesen, jemand, der meinen Körper kontrolliert. Gott sei Dank für die Schutzhelme. Das wäre ein Riesenfehler gewesen.«

»Bist du dir da so sicher?«, hakte Law nach. »Wirkt eher so, als wenn der einzige Riesenfehler der Kuss mit Jeannie Wilkerson damals war.«

Nope, nicht wieder das Thema.

Allerdings könnte er etwas Rat gebrauchen. Er fragte sich nämlich, wieso sich Evie bei der Aufführung so merkwürdig verhalten hatte und ob sie wütend wegen des Kussversuches war. »Und was soll ich machen? Mich entschuldigen? Ich bin nicht mal ganz sicher, ob ich sie wirklich küssen wollte. Was soll ich ihr sagen, ›Falls du dachtest, ich wollte dich küssen, tut es mir leid‹? ›Aber falls nicht, vergessen wir diese Unterhaltung einfach‹?«

»Na ja, wenn du dich dann nicht mehr wie ein Idiot verhältst, sobald du sie siehst, solltest du dich vielleicht entschuldigen.«

»Oder …« Sawyer und Law drehten sich beide abrupt zu Jake. Weil er so selten sprach, hörten ihm alle sofort zu, wenn er dann mal etwas zu sagen hatte. »Du vergisst das mit dem Reden und küsst sie.«

Ja, so viel dazu. »Bist du verrückt? Das kann ich nicht machen. Wenn ich irgendwas mache, obwohl ich nicht weiß, ob …«

»Halt den Mund.« Law hielt eine Hand hoch. »Lass den Mann ausreden.«

Jake zuckte mit den Schultern. »Gibt nicht mehr zu sagen. Ich denke nur, wenn du sie fast küsst und es komisch ist, solltest du vielleicht schauen, was passiert, wenn du sie *richtig* küsst.«

»Weißt du«, Law grinste, »ich glaube, er hat recht.«

»Sie haut in zehn Monaten wieder ab.« Er hatte die Kreuze in ihrem Kalender gesehen, der eindeutige Beweis, dass sie die Tage zählte.

»Und?«, sagte Law. »Zehn Monate sind eine lange Zeit, und du musst sie ja nicht gleich heiraten.«

»Wir sind nicht mehr die gleichen Menschen wie früher.«

»Was soll *das* denn heißen?«

Dass Evie im Bestandsaufbau arbeiten wollte statt im IT-Management und er nicht mal genau wusste, was das hieß.

Als wieder keine Antwort von ihm kam, meinte Law: »Mann, du musst sie ja nicht gleich daten, wenn du weißt, was ich meine. Aber du musst auch nicht länger leiden.«

Was sie nur nicht verstanden, war, dass er es nicht noch mal konnte – ›es‹ war in diesem Fall, Evie wieder aufgeben, wenn er sie einmal hatte. Mit ihr zusammen sein und dann nicht mehr. Ein bisschen wie Jakes Logik zu Klimaanlagen. Die hasste er. Selbst wenn es draußen brühend heiß war, stellte er die in seinem Auto nie ein, und im Cottage hatte er gar keine. Er meinte immer, der Wechsel zwischen kalt und warm sei viel schlimmer, als die ganze Zeit in der Hitze zu bleiben.

Evie Abbott zu verlieren war etwas, das er nur einmal durchmachen konnte.

Er wollte gerade versuchen, das zu erklären, ohne wie ein Idiot zu klingen, als Jake seine Hand hochhielt, genau wie Law es vorher gemacht hatte. Sawyer verstummte sofort. Das passierte immer, wenn Jake etwas sagen wollte.

»*Sawyer.*« Jake sprach nicht nur, er gab sich nicht einmal Mühe, den genervten Ton in seiner Stimme zu verbergen. »Küss sie einfach.«

Kapitel 14

Als Sawyer bei Evies Eltern ankam, um Clara abzuholen, war sie total aufgedreht, weil sie sich in eines der Wohnheime der Universität verliebt hatte.

»Oh mein Gott, Sawyer! Du musst es dir angucken. Es ist so ein altes, gotisches Gebäude. Es ist so toll! Das Wohnheim gehört zum Trinity College, also muss ich da angenommen werden, aber ich liebe es einfach!«

»Die nehmen dich bestimmt.« Soweit er das wusste, gehörte das Trinity zu den schwersten Colleges der University of Toronto, aber sie wären Idioten, wenn die Clara nicht nehmen würden. Neben ihrem überragenden Notendurchschnitt war sie immerhin noch der beste Teenager der Welt.

»Wir waren auch beim Wohnungsamt«, erzählte Evie. »Wir haben uns ein paar Ausschreibungen angesehen, aber Wohnungen sind *ziemlich* teuer – und weit weg vom Campus.« Sie zwinkerte ihm zu, was Clara nicht mitbekam, da sie immer noch vor Sawyer rumhüpfte. Das Zwinkern signalisierte ihm, dass sie Clara in Richtung Wohnheim auf dem Campus gelenkt hatte.

Allein dafür wollte er sie küssen.

Weshalb er an Jakes Worte denken musste.

An die musste er oft denken.

»Und ich habe direkt ein anderes Mädchen auf der Tour getroffen, Lynn«, sprudelte es weiter aus Clara heraus. »Sie kommt aus Nova Scotia und war mit ihren Eltern da. Wir haben uns sofort verstanden. Sie will Biologie studieren, und ich dachte, ich frage mal, ob sie sich ein Zimmer teilen will, wenn wir beide angenommen werden.«

»Sie wirkte echt cool«, bestätigte Evie. »Und ihre Eltern waren auch nett.«

Sawyer war überhaupt nicht bewusst, dass die Tour so eine formelle Angelegenheit war, er hätte wahrscheinlich dabei sein sollen. Allerdings störte ihn auch nicht, dass Evie quasi die Elternrolle übernommen hatte. Er vertraute ihr.

»Und nach dem ganzen Unikram, ist Eve mit mir ins Science Center gegangen!« Clara war noch lange nicht fertig. »Da haben wir eine Ausstellung über schwarze Löcher gesehen, die war *so cool*. Und danach waren haben wir im *Ladybug*, so einem süßen kleinen Restaurant, was gegessen, das war auch *so cool*.«

»*So cool*«, antwortete er trocken. Clara schien den Scherz nicht zu bemerken, aber Evie schon. Ein Lachen umspielte ihre Augen. »Wollen wir los, Clärchen?«

»Jap.«

»Willst du deiner Gastgeberin noch was sagen?«

Clara schlang ihre Arme um Evie. »Danke! Es war so toll, ich freue mich schon, nächstes Jahr hier herzuziehen.«

»Mir hat es auch Spaß gemacht.« Evie umarmte Clara genauso fest zurück. »Und Hals- und Beinbruch für die Aufnahme!«

Danach brachte Sawyer seine Schwester zu den TV Ontario Studios und sah zu, wie sie gebrieft wurde, kurz zurechtgemacht und dann in dasselbe Set geführt wurde, das er schon aus dem Fernsehen kannte.

Er sah zu, wie sie leidenschaftlich und reflektiert über ein Impfgesetz redete. Und ihm wurde wieder klar, dass alles, was er getan hatte, aus gutem Grund gewesen war.

Evie war Bibliothekarin geworden, und aus Clara war ein brillantes Mädchen mit einer vielversprechenden Zukunft geworden.

Alles lief genauso wie es laufen sollte.

Eve: Wie war die Aufnahme? Was macht ihr so?

Sawyer griff nach seinem Handy auf dem Nachttisch. Sein Herz machte sofort einen Hüpfer, als er sah, dass die Nachricht von Evie kam.

Sawyer: Die Aufnahme lief super. Und Clara hat mich sitzen lassen, deswegen hocke ich im Hotel und zappe durch die Fernsehsender.

Sein Handy klingelte. Er schaltete schnell zur Senderübersicht, legte die Fernbedienung zur Seite und nahm ab. »Hey.«

»Von einem Teenager sitzen gelassen!«, rief sie schadenfroh.

»Ja, sie wollte mit Lynn essen gehen. Ich habe kurz mit Lynns Eltern telefoniert, aber die hatten auch kein Problem damit. Nächstes Jahr können die beiden sowieso machen, was sie wollen.«

»Aww, und du machst dir Sorgen, oder?«

»Ne«, log er. »Ich sitze hier rum und versuche mich zu entscheiden, zwischen« – er ging die Sendungsvorschau auf dem Bildschirm durch – »*Keeping Up With The Kardashians* und ... *House Hunters International*. Genau deswegen ... Oh, warte mal.«

»Was?«

Er brauchte einen Moment, um es auszusprechen, denn allein den Titel zu lesen löste einen stechenden Schmerz in ihm aus. »*Die kleine Meerjungfrau* läuft. Um acht, auf dem Disney Channel.«

»Oh, meine Eltern haben den nicht.«

»Komm rüber und wir gucken ihn zusammen.«

Stille.

Ja, da war ein riesiger Unterschied zwischen Nicht-keine-Freunde sein und *Die kleine Meerjungfrau* zusammen zu gucken. Manche Dinge sollten vermutlich besser in der Vergangenheit bleiben.

Aber dann öffnete er wieder seinen verdammten Mund. »Komm schon. Du liebst den Film. Ich gehe schnell los und besorge Snacks.«

Mehr Stille.

Na schön. Er würde ihr die Wahrheit sagen. Aber nur zum Teil, die ganze Wahrheit würde sie verschrecken. Würde *ihn* verschrecken. Und, viel wichtiger, die ganze

Wahrheit wäre nutzlos. Denn, wie er sich zum tausendsten Mal erinnerte, war ihr Leben hier. In Toronto. Wo sie sich zwischen Bestandsaufbau und IT-Management entscheiden musste. Wo sie keine Kreuze auf dem Kalender machte. »Ich bekomme gerade einen kleinen unangenehmen Vorgeschmack davon, wie es ab nächstem Jahr wird. Ich würde mich über etwas Gesellschaft freuen.«

Sie seufzte. Jetzt hatte er sie. »Hat das Hotel einen Pool, wo ich meine neuen Schwimm-Moves üben kann?«

»Hat es.«

Sie seufzte noch mal, aber diesmal ein gespielt dramatisches Seufzen. »Da wir immerhin Nicht-keine-Freunde sind, muss ich wohl kommen.«

»Genau. Du hast keine Wahl. Das steht im Kleingedruckten: wenn dein Nicht-kein-Freund einen kleinen Empty-Nest-Nervenzusammenbruch hat und *Die kleine Meerjungfrau* läuft, bist du vertraglich dazu verpflichtet zu kommen.«

»Du bist wirklich einer von den Guten, oder?«

Er war nicht sicher, was er darauf antworten sollte. Vielleicht war er das, vielleicht auch nicht. Er gab sich Mühe.

Das Schweigen daraufhin hätte unangenehm sein sollen, wie so viele der letzten Begegnungen zwischen ihnen, aber seltsamerweise war es das diesmal nicht.

Als sie es schließlich brach, klang ihre Stimme ganz sanft. »Du hast das mit Clara wirklich gut gemacht, Sawyer. Sie ist ein bemerkenswertes Mädchen.«

Er war nicht sicher, ob er ein Wort rausbringen konnte. »Danke«, schaffte er, nach einem Schweigen, das gefühlt eine Sekunde zu lange anhielt. »Ich habe mir wirklich Mühe gegeben.«

Sie räusperte sich. »Weißt du was, Sawyer?«

»Hm?«

»Du bist gerade upgegradet worden.«

»Was?«

»Wir sind nicht Nicht-keine-Freunde mehr.« Sie schnaubte. »Das war wahrscheinlich der dümmste Satz, den ich je gesagt habe. Aber was ich meine: Wir sind Freunde.«

»Freunde«, wiederholte er. Nur fragte er sich, weshalb das Wort, das eigentlich Fortschritt bedeutete, für ihn so irritierend und unstimmig klang.

»Freunde«, sagte sie noch mal entschlossen. »Ich bin in einer halben Stunde da.«

Kapitel 15

Vor Sawyers Hotelzimmer angekommen, zwang Eve sich, freundschaftliche Dinge zu fühlen. *Keine* kribbelnden Dinge. Und wenn sie noch ein paar Minuten vor seiner Tür stehen musste, um sich zu fassen und alle Gedanken wieder zu ordnen, dann war das eben so.

»Ah!« Die Tür schwang plötzlich auf, und sie erschrak. Sie war doch noch nicht bereit. Die kribbelnden Dinge waren noch nicht verschwunden.

Sein raues »Hey« half auch nicht gerade.

Oder das dunkle Zimmer. Oder, dass er nur eine Badeshorts anhatte, sonst nichts.

»Was sagst du?« Er drehte sich um und wackelte mit dem Hintern – das half auch nicht. Aber sie musste lachen, als sie das riesige rote Ahornblatt auf seinem Hintern entdeckte. »Ich hatte meine Badehose nicht dabei, also bin ich kurz zum Souvenirladen gegangen, als du meintest, dass du schwimmen willst. Die hatten gerade einen großen Ausverkauf der ganzen Canada-Day-Sachen.«

»Okay, ich habe meinen Badeanzug hier drunter, also ich bin bereit, wenn du es bist.«

Kurz darauf stand sie auf den Stufen im flachen Ende des Pools und klammerte sich an das Geländer.

»Das erste Mal in einem Pool?«, fragte Sawyer verständnisvoll und kam neben sie.

Sie schüttelte den Kopf. »Ich weiß nicht, was mein Problem ist. Der Pool ist winzig, man sieht sogar den Boden. Der gigantische See ist doch viel gruseliger.«

»Soll ich dich festhalten?«

Ja. Ja, bitte. Und nicht nur wegen der Angst vor dem Wasser. »Nein, ich schaffe das.«

Um sich nicht ganz so sehr wie eine Lügnerin vorzukommen, ließ sie das Geländer los und ging los. Am Rand des niedrigen Bereichs streckte sie ihre Arme aus, genau wie sie es im See gemacht hatte, während sie sich gedanklich dazu bringen wollte, sich treiben zu lassen.

»Oh nein, so nicht. Es nur zu wollen bringt nichts.«

Verdammt. Er kannte sie zu gut.

Er kam zu ihr, aber so sehr sie wollte, dass er sie berührte, es durfte nicht passieren. Also gab sie ein kurzes, kreischendes Kriegsgeheul von sich und hob ihre Füße vom Boden. Gleichzeitig beugte sie sich vor und fing an zu strampeln.

»Sehr gut!« Er schwamm gelassen neben ihr, während sie japsend um sich schlug – extrem unelegant.

Aber sie starrte entschlossen zum anderen Ende des Pools und blieb in Bewegung, das Ziel fest im Blick.

Und dann war sie da.

»Sehr gut!«, meinte er noch mal. Er hob seine Hand für ein High Five, und sie schlug ein.

Dann das Gleiche noch mal zurück zur flachen Seite.

Und zurück zur tiefen Seite. Ihre Belohnung war das Strahlen auf Sawyers Gesicht nach jeder Bahn.

Hätte sie sich das jemals vorstellen können, als sie auf dem Dach vom *Mermaid* stand? Dass sie *schwamm*? Mit *Sawyer*?

Ihr Leben schien verdammt verworren in letzter Zeit.

• • •

Als Eve eine halbe Stunde später aus Sawyers Badezimmer kam, war sie so kaputt, als hätte sie den Ärmelkanal durchquert. Und sie war am Verhungern.

Als ob er ihre Gedanken lesen konnte, warf Sawyer ihr eine Tüte scharfer Cheetos zu.

»Du weißt es noch.«

»Natürlich.« Er zwinkerte ihr zu. »Ich bin gleich wieder da, ich ziehe mich nur eben um.«

Damit verschwand er im Bad, und Eve überlegte, wo sie sich hinsetzen sollte. In einer Ecke des Zimmers stand ein kleiner Tisch mit zwei Stühlen, sonst gab es noch zwei Doppelbetten. Vom Tisch aus würde man allerdings den Fernseher nicht gut sehen, und außerdem würde es dann so rüberkommen, als würde sie ihn meiden, oder? Es ging hier nur um einen freundschaftlichen Filmabend, sie musste sich nicht gleich ans andere Ende der Welt setzen.

Sie machte es sich auf einem der Betten gemütlich.

Als er zurückkam, setzte er sich auf das andere.

So. Kein Problem. Alles locker zwischen ihnen.

Er schaltete den Fernseher ein. »Wir haben die ersten zehn Minuten verpasst.«

»Ist okay«, gab sie zurück. »Ich habe den Film schon ein, zwei Mal gesehen.«

»Wirklich?« Sein Blick war weiter auf den Bildschirm gerichtet, aber sie erkannte ein Lächeln auf seinen Lippen.

Direkt zogen sich ihre Mundwinkel auch hoch, als wären sie durch irgendeine unsichtbare Kraft verbunden. Irgendwie hatte es schon etwas Lustiges: das Stadtmädchen, das nicht schwimmen kann, aber total besessen von Arielle ist. Nur, dass es nicht wirklich ums Schwimmen ging. Es ging um die Idee, in einer Welt zu leben, aber sich in eine andere zu wünschen. Darum, was man dafür aufgeben würde. Und darum, ob die Opfer es am Ende wert waren, wenn man seinen Wunsch hatte.

Eve musste daran denken, was er vorhin am Telefon gesagt hatte. Er hatte viel aufgegeben, um zu dem Punkt zu kommen, an dem er mit ansah, wie seine kleine Schwester zur Uni ging. »Du hast also Angst vor dem leeren Nest, nächstes Jahr?«

»Ja, zum einen das, aber ich mache mir auch Gedanken ums Geld. Ich versuche zwar schon, seit sie klein ist, dafür zu sparen, aber es stresst mich schon.«

»Aber …« Sie sollte den Mund halten, es ging sie nichts an.

»Was?«

»Also, theoretisch, wenn sie sich für Stipendien oder Finanzierung bewirbt, dann zählt doch die finanzielle Situation ihres Vaters.« Und sie würde wetten, dass Charles Collins' finanzielle Situation um einiges weniger rosig war als die von Sawyer. »Wäre das nicht sogar gut?«

»Ich habe das Sorgerecht für sie.«

Wow. Sie war irgendwie davon ausgegangen, dass Sawyer einfach mit Clara abgehauen war. »Beeindruckend.«

»Margaret Thompson hat mir geholfen. Sie war die Anwältin in der Stadt, bevor Jason Sims kam. Wir haben Klage eingereicht, und Charles hat nichts angefochten. Der Richter war auf meiner Seite. Es war sogar erstaunlich einfach.«

»Ich bleibe dennoch beeindruckt.«

»Na ja, wir müssen nicht darüber reden, wir verpassen den ganzen Film.«

Sie machte eine abweisende Geste Richtung Fernseher.

»Aber wie erfahren wir dann, ob Arielle ihre Stimme zurückbekommt?«, fragte er.

»Spoiler: Sie leben glücklich bis an ihr Lebensende und alle können sprechen.«

»Na gut. Jedenfalls, Clara ist jetzt achtzehn – sie hatte letzte Woche Geburtstag –, also hat sie theoretisch selbst das Sorgerecht.«

»Hast du Charles erlaubt, ihr das Geschenk zu geben?«

»Nein.«

»Sorry«, sagte sie schnell, »das geht mich nichts an.«

»Ne, tut mir leid, das sollte nicht so hart klingen. Nur ...« Sein Handy auf dem Nachttisch vibrierte und er lächelte, als er es hochnahm.

Sie wollte fragen, wer es war, aber das ging sie natürlich erst recht nichts an. Innerlich freute sie sich, als er rüberkam, um ihr ein Foto zu zeigen. Darauf waren Clara und

Lynn, mit einem Filter, der beide wie Katzen aussehen ließ. Sie hatten die Arme umeinander gelegt, und »Roomies« stand fett über das Foto geschrieben.

»Aww«, kommentierte Eve. Clara hatte ihrem Bruder offensichtlich auch noch nicht die *anderen* großen Neuigkeiten erzählt, sonst würde er sicher …

Sawyer ließ sich auf ihr Bett plumpsen.

Was hatte er vor? Er starrte immer noch auf sein Handy, also hatte er es vielleicht gar nicht bemerkt?

»Aber was soll dieser Katzenkram? Sie soll sich wie die kluge junge Frau präsentieren, die sie ist, nicht wie eine Katze.« Er schaute hoch und sah sie entschuldigend an. »Nichts gegen irgendwelche Katzenliebhaber hier.«

»Schon gut. Also, ich liebe Katzen, auch wenn sie mich nicht lieben, aber ich will auch nicht wie eine aussehen. Die mysteriösen Trends der Jugend, schätze ich.«

»Lynn und ihre Eltern wirken anständig, oder?«

Sie verstand, dass er ihre Bestätigung wollte. »Ja, auf jeden Fall. Was Mitbewohner angeht, könnte Clara es bestimmt nicht besser treffen.«

Er atmete laut aus und drehte sich zu ihr. »Gott, Evie, ich bin so ein Wrack, was soll ich jetzt nur machen?«

Sie wusste, dass er die Frage auf eine bedeutende, existenzielle Art und Weise meinte, aber sie wusste nicht, wie sie darauf antworten sollte. Also zeigte sie nur auf den Fernseher. »Jetzt guckst du erst mal zum achtmillionsten Mal *Die kleine Meerjungfrau*.«

• • •

Er küsste sie.

Wie konnte er auch nicht? Ein ganzer Chor an animierten Meeresbewohnern feuerte ihn an.

Er war nur nicht sicher, wieso er gerade auf die hörte, während er denselben Rat von seinen besten Freunden neulich ignoriert hatte.

Vermutlich hatte es auch damit zu tun, dass sich diesmal die Chance bot, während er neben Evie Abbott auf einem Bett lag und sie keinen Schutzhelm trug.

Dank des Gesprächs über das leere Nest waren auch noch all seine Schutzschilde unten. Er war nackt. Als Evie also dasaß, ohne Schuhe und mit überkreuzten Beinen, sich dabei die noch feuchten Haare flocht? Genau wie früher als kleines Mädchen, nur, dass sie jetzt ganz offensichtlich kein kleines Mädchen mehr war?

Da war es zu spät. Er war erledigt.

»Sha-la-la-la-la«, sangen die Figuren im Fernsehen.

»Oh!«, stieß sie beim Einatmen aus. Dann hielt sie die Luft an.

Er hatte sie erschreckt. In den Film vertieft, hatte sie seine Annäherung nicht mitbekommen, bis sich ihre Nasen fast berührten. Dann hatte er kurz innegehalten, wollte ihr nicht einfach einen Kuss aufdrücken. Na gut, er wollte nichts *mehr* als das, aber es bestand immer noch die Möglichkeit, dass der Kuss nicht willkommen wäre. Also hatte er kurz gewartet, die Situation bewertet.

Vielleicht hatte er noch die Zeichentrickfiguren in seinem Kopf, aber ihr Gesicht hatte wie personifiziertes Verlangen ausgesehen, mit den geröteten Wangen und weiten

Pupillen, den Mund zu einem kleinen, schockierten O geformt.

Sie hatte nicht ausgeatmet. Er kam ihr noch näher, aber drehte den Kopf, sodass seine Lippen an ihrer Wange schwebten. »Atmen«, flüsterte er.

Er spürte ihren heißen Atem an seiner Wange. Roch Cheetos und sie. Eigentlich sollte das unangenehm sein, aber stattdessen fand er es sehr, sehr sexy.

»Das ist keine gute Idee«, sagte sie dann, aber hob ihre Hand, sodass sie fast auf seiner Wange lag.

»Ich weiß.« Wo sie schon bei Katzen waren – er kam sich wie eine vor. Er wollte seine Wange, sein Kinn, sein ganzes Gesicht in ihre Hand drücken und schaffte es nur gerade so, sich zurückzuhalten.

»Ich bin nur noch zehn Monate in Moonflower Bay«, hauchte sie.

»Ich weiß.« Sein Gesicht glühte. Er spürte jedes einzelne Haar in seinem Bart. Wie elektrisiert, zogen sie ihn in ihre Richtung.

»Wir sind Freunde. Gerade erst upgegradet.« Sie ließ ihre Hand sinken.

»Ich weiß«, raunte er, und *verdammt*. Elektrisiert traf es genau – nur ein Hauch einer Berührung ihrer Fingerspitzen an seinem Bart und sie hätte ihm genauso gut direkt an den Schwanz packen können.

Aber sie hatte recht. Mit allem. Er konnte Evie Abbott nicht haben. Nicht einmal für zehn Monate. Denn wenn sie das hier taten und sie wieder wegging, würde er es nicht überleben. Das klang übertrieben, aber …

Sie küsste ihn.

Gerade, als er zurückweichen wollte, legte sie ihre Hände auf seine Wangen und drückte ihre Lippen auf seine. *Öffnete* ihren Mund.

Darauf war er nicht vorbereitet.

Wie so vieles, seit sie wieder da war – mit ihr schwimmen, zusehen, wie sie ihre Haare flocht –, war es vertraut, aber gleichzeitig neu. Genau wie früher hielt sie sein Gesicht zwischen ihren Händen. Fast als würde sie sich festhalten, sich vergewissern, dass er nicht wegging. Spoiler-Alarm: So dumm das auch war, er ging nirgendwo hin. Und er liebte es immer noch genauso wie damals. Nur sein Bart unter ihren Fingern erinnerte ihn daran, dass er älter war. Dass *sie* älter waren.

Manche Dinge blieben gleich, andere veränderten sich.

Gleich: die Lippen. Süß und weich. Anders: der Druck. So viel mehr. Mit ihrer Zunge erkundete sie ihn, ließ sie über seine gleiten, was ihn sofort zum Stöhnen brachte. Es lag so viel Selbstsicherheit darin, wie sie die Kontrolle übernahm, das war neu.

Außerdem war da ein neues Geräusch: eine Mischung aus Ausatmen und einem leisen Stöhnen. Erst da fiel ihm auf, dass sie früher immer ganz still gewesen war, wenn sie intim wurden. Ab und zu war sie vielleicht etwas außer Atem gewesen, aber das war alles.

Ihm gefiel das Geräusch. Die erwachsene Variante davon, Evie Abbott zu küssen. Zwischendurch küsste und biss er sie sanft am Hals, ihren flatternden Puls unter seinen Lippen. Er versuchte, sie dazu zu bringen, wieder das Geräusch zu machen, diesmal lauter.

Dann ein anderes Geräusch: das unverkennbare Einstecken der Schlüsselkarte an der Tür.

Das unverkennbare Geräusch, wie die Realität wieder auf sie einkrachte.

Irgendwie hatte auch Evie es mitbekommen, obwohl ihr Stöhnen es übertönt haben müsste.

Sie riss sich so hastig von ihm los, dass er sie festhalten musste, damit sie nicht vom Bett fiel oder gegen den Nachttisch stürzte. Sie wand sich dramatisch aus seinem Griff und hüpfte auf das andere Bett.

Clara hatte Probleme mit der Tür. Die Schlüsselkarten waren etwas stur, wofür er gerade sehr dankbar war.

»Das war aber nicht *freundschaftlich*«, flüsterte Evie, während sie wild versuchte, ihre Klamotten zu richten.

Er nahm die Fernbedienung und stellte die Lautstärke höher, als ob die singenden Meeresbewohner auf magische Weise etwas daran ändern würden, dass man Evie sofort ansah, dass sie gerade rumgemacht hatte. Ihre Haut war gerötet und leicht fleckig, die Haare zerwühlt und ihre Lippen angeschwollen. Auch ihr Zopf war nur zur Hälfte durchgeflochten.

Er nahm sich ein Kissen und legte es sich auf den Schoß. »Nicht schlimm, nur ein kleiner Fehler in der Kalibrierung.«

»Kalibrierung?«

»Ja, bei der Freundschaftssache. Du hast mich upgegradet, und da war aber ein Fehler in der Kalibrierung. Kein großes Ding. Das normalisiert sich wieder.« *Hoffentlich tut es das.*

Sie warf ihm noch einen Blick zu, als Clara ins Zimmer geplatzt kam. »Hi! Oh! Eve, hi!«

Sawyer räusperte sich. »Hey, Kleine.«

»*Arielle, die kleine Meerjungfrau!*« Clara ließ ihre Tasche fallen und setzte sich ans Fußende seines Bettes, die Augen starr auf den Fernseher gerichtet. »Ich liebe den Film!«

Kapitel 16

Es normalisierte sich *nicht* alles wieder.

Sawyer hatte gehofft, in Toronto war nur deswegen etwas gelaufen, weil sie in *Toronto* gewesen waren. Weit weg von seinem Leben in Moonflower Bay, in einem Hotelzimmer abgeschnitten von allen Pflichten.

Doch einen Monat später, wieder fest in seinem Alltag, hatte sich immer noch nichts normalisiert.

»Jake«, seufzte Maya theatralisch. »Wieso sind deine Haare so wunderschön?«

Es war ein Freitag im November, und Sawyer hing mit Jake und Law in der Bar rum. Ein paar der anderen waren auch dabei, Maya, Jenna und Jordan.

Jake – der, ganz objektiv gesehen, wunderschöne Haare hatte – zuckte mit den Schultern.

»Ich finde, du solltest Anerkennung dafür kriegen, dass du den ganzen Man-Bun-Trend ausgelöst hast, immerhin hattest du den schon lange, bevor ihn alle hatten. Hey!«, dann riss sie aufgeregt ihre Arme hoch. »Nächstes Jahr beim Anti-Festival will ich *Richard III* inszenieren, und du wärst ein toller Richard! Du bist so grüblerisch, und deine Haare sind *perfekt* für die Rolle. Was meinst du?«

Jake zog eine Augenbraue hoch. »Was denkst du denn?«

Die immer optimistische Maya klopfte ihm auf die Schulter. »Na ja, wir proben erst ab August, ich habe also noch mehr als genug Zeit, an dir zu arbeiten.«

»Dann bleibst du also beim Thema Kindermord?«, scherzte Law. »Bringt Richard nicht seine Neffen um?«

»Er bringt *alle* um«, antwortete Maya fröhlich.

Sawyer blendete sie alle aus und nippte an seinem Bier.

Noch bevor er sie sah, fühlte er, dass Evie kam. Seit der Sache im Hotelzimmer hatte er dieses seltsame, fast wie übernatürliche Gespür dafür, wenn sie in der Nähe war. Ein Kribbeln in seinem Nacken. Statt Schmetterlinge im Bauch hatte er sie anscheinend im Nacken. Das ergab keinen Sinn, aber so fühlte es sich an.

»Oh Gott, was für ein Sturm!«

Obwohl sie nur von zwei Türen weiter kam, war sie durchnässt. Und fror, so wie sie zitterte, als sie sich hinsetzte – direkt neben ihn, da Jake sich wortlos einen Platz weiter gesetzt hatte, als sie reingekommen war. *Was sollte das?* Dem würde er später noch auf den Grund gehen. Jetzt wollte er erst mal eine Antwort auf eine andere Frage. »Wieso hast du keine Jacke angezogen?«

Sie runzelte die Stirn. »Vom *Mermaid* braucht man nur zehn Sekunden her.«

»Und ein Regenschirm ist da wohl übertrieben?«

Sie sah ihn verwirrt an. »Vom *Mermaid* braucht man nur zehn Sekunden her«, wiederholte sie, diesmal langsamer, als würde sie mit einem Kind sprechen. Das störte ihn, aber auf der anderen Seite beruhigten sich die Schmetterlinge in seinem Nacken.

»Es fängt an.« Law zielte mit der Fernbedienung auf den Fernseher über der Bar und stellte die Lautstärke hoch.

Sawyer nahm seine Jacke und legte sie Evie über die Schultern, auch wenn er genau wusste, dass seine ›Freunde‹ ihn deswegen bei der nächsten Bro-Intervention nerven würden.

»Ben! Stellst du den hier auch an?«

Das kam von Eiko. Sie saß mit ihrem Mann, Pearl, Karl, Art, Jamila und Carol Dyson an einem Tisch. Sie hatten sich um einen der anderen Fernseher in der Bar versammelt. Tatsächlich waren alle wegen des großen Events da.

Sawyer lächelte in sein Bier. Manchmal machten die Stadt und all die Leute ihn vielleicht wahnsinnig, aber wenn es drauf ankam, hielten sie zusammen.

»Wo ist der Star der Stunde?«, rief Karl durch den Raum.

»Sie guckt es mit ihren Freunden«, rief Sawyer zurück. »Ich war nicht eingeladen.«

»Ahh! Gute Vorbereitung auf nächstes Jahr!«, neckte Pearl ihn.

Bald schon kam Weihnachten. Was hieß, dass bald Claras letztes Semester auf der Highschool anbrach. Was hieß, dass bald der Abschluss kam. Was hieß, dass sie bald wegzog. Sie schrieb sich praktisch permanent mit Lynn, oder sie schickten sich Bilder über Snapchat oder was auch immer das war, wo man sich in eine Katze verwandeln konnte.

Sie planten schon ihre Einrichtung und die Vorlesungen, die beide besuchen würden.

Evie legte ihm eine Hand auf den Unterarm.

Das hatte den Effekt, dass die Schmetterlinge in seinem Nacken sich gleichzeitig beruhigten und wieder aufflattern, was theoretisch unmöglich sein sollte.

Theoretisch unmöglich, wenn es um *Schmetterlinge im Nacken* ging, was supernormal war?

Er sah zu ihr. Sie sah allerdings nicht zu ihm, sondern lächelte den Fernseher an, auf dem der Vorspann lief. Aber sie wusste es. Sie wusste, was er fühlte.

Dass sie ihn so gut kannte, war zugleich beunruhigend und erleichternd. Es fühlte sich gut an, verstanden zu werden, aber es war eben auch verwirrend. Er kannte es nicht.

Sie löste so widersprüchliche Gefühle in ihm aus. So wie er ihr Freund war, aber irgendwie auch nicht ihr Freund. Dann fing der ganze Raum an zu jubeln, als der Moderator von *The Agenda* Clara vorstellte. Es war so laut, dass er nichts über die anderen beiden Jugendlichen in der Show mitbekam.

Evie machte schnell ein »*Schhh!*« nach hinten.

Und dann schaute er zu, wie seine kleine Schwester im Fernsehen über Impfpolitik redete. Er platzte beinahe vor Stolz. Er widmete sich abwechselnd dem Fernseher und, wenn es zu überwältigend wurde, seinem Bier.

Als Evie dann wieder ihre Hand auf seinen Arm legte, ging er fast in Flammen auf. Es war alles zu viel. Diese Frauen. Seine Schwester und seine ... Freundin.

»Kann ich dich was fragen?«, fing er an, während einer

der anderen – nicht Clara – gerade redete. Evie war schlau, vielleicht konnte sie ihm helfen zu verstehen, was mit ihm los war. Jedenfalls wenn es um Clara ging. »Weißt du noch in *Medea*?«

»Ja.«

»Da war ich auch stolz auf sie, aber nicht so. Das hier ist wie …«

»*Medea* hoch zehn?«

»Ja.« Genau. »Was denkst du, wieso?«

»Wahrscheinlich, weil Medea bloß eine Rolle war. Clara ist eine tolle Schauspielerin, aber das war nicht *sie*. Du warst stolz auf ihre Performance. Aber das hier ist *sie*, wie sie über ihre eigenen Ideen spricht. Es kommt von ihr selbst.«

Das erklärte es perfekt. »Wieso bist du so klug, Evie Abbott?«

Sie winkte bloß ab, aber er kannte die Antwort. Sie war so klug, weil sie studiert hatte. Weil sie sich ihren Traum erfüllt hatte.

Ob er dafür wohl ein winziges Stück an Verantwortung übernehmen konnte? Allein bei dem Gedanken stieg wieder diese überwältigende Mischung aus Freude, Melancholie und Stolz in ihm hoch. Er atmete tief durch. Es war fast nicht auszuhalten, dieser Ansturm unterschiedlicher Emotionen.

Genau wie es nicht auszuhalten wäre, wenn er das tun würde, was er mehr als alles andere wollte – Evie wieder küssen –, und sie danach wegging. Das würde ihn tatsächlich umbringen.

»Hinter dir«, murmelte Law, der sich zu Sawyer vorbeugte. Sawyer drehte sich auf seinem Stuhl.

Verdammt. Warum durfte er nicht einmal kurz durchatmen?

Am Eingang stand Charles. Die ganze Bar schwieg plötzlich, als wären sie in irgendeinem klischeehaften Western, kurz vor der Schießerei.

»Das hier ist ein öffentlicher Ort«, sagte Jake leise. »Und du bist nicht im Dienst.«

Und Charles wirkte nüchtern.

Auch wenn das alles stimmte, änderte sich nichts daran, dass Sawyers sowieso schon blank liegenden Nerven alle losschrien.

Charles sah Sawyer an, zeigte dann auf den Fernseher, der ihm an nächsten stand, und drehte sich dahin.

Er war also nicht hier, um Ärger zu machen. Er war hier, um Clara zu bewundern, genau wie der Rest der Stadt. Seine aktuelle Adresse war ein Zimmer in einer dubiosen Pension, und von der letzten Festnahme – nach der Prügelei auf der Hauptstraße – wusste Sawyer, dass er kein Telefon besaß. Wahrscheinlich hatte er von der Sendung gehört, konnte sie aber nicht angucken.

So weit die rationale Erklärung.

Die weniger rationale Realität war, dass Charles hier war und Sawyer innerlich durchdrehte.

»Genau genommen ist das kein öffentlicher Ort«, korrigierte Law, aber so leise, dass nur Sawyer, Jake und Evie ihn hören konnten. »Es ist mein Grundstück. Also ein Wort, und er ist hier raus.«

Sawyer schüttelte den Kopf. Er konnte nichts sagen, aber

er schaute wieder hoch zum Fernseher, um zu signalisieren, dass alles in Ordnung war.

Natürlich war nicht alles in Ordnung.

Und natürlich wusste Evie das.

Sie wartete noch ein paar Minuten ab, und als die Sendung vorbei war, sagte sie sofort: »Oh, Sawyer! Das habe ich ganz vergessen! Ich will, dass du mir im Inn noch ein paar Bücherregale einbaust. Kannst du dir das kurz ansehen?«

Er warf ihr einen skeptischen Blick zu. Rettete sie ihn etwa schon wieder?

»Ich habe mit Jake schon darüber geredet, aber er meinte, du regelst alle Kundengespräche.« Sie sah an ihm vorbei. »Oder, Jake?«

Sie hatte recht, Jake war definitiv der Falsche für Kundenkontakt. Aber dennoch log sie wie gedruckt. Niemals hatte sie mit Jake schon über Bücherregale gesprochen.

Von Jake kam allerdings nur eine gemurmelte Zustimmung.

Sie sprang von ihrem Hocker und wollte ihm seine Jacke wiedergeben.

Er lehnte ab, stand aber ebenfalls auf. »Dann los.«

• • •

Eve wollte wirklich Bücherregale.

Ihr Zimmer hatte eine große leere Wand, die praktisch nach Bücherregalen schrie.

Berichtigung: Das *Eigentümerzimmer im Erdgeschoss* hatte eine große leere Wand. Jedenfalls dachte sie, dass der zukünftige Besitzer oder Manager wahrscheinlich das Zimmer als Schlafzimmer nehmen würde, da es groß war und im Erdgeschoss lag.

»Hallo?«, rief sie und steckte ihren Kopf heraus, da Sawyer ihr nicht nach drinnen gefolgt war.

»Sorry.« Er kam hinter einer unfertigen halbhohen Wand hervor, die den Empfangstresen umgeben sollte. »Wieso ist die Wand hier nicht fertig?«

»Ich vertraue nicht so recht auf meine eigenen Trockenbaukünste, und die Leute, die ich engagiert habe, mussten plötzlich weg.«

»Für die kleine Wand braucht man höchstens eine Stunde.«

Sie zuckte mit den Schultern. »Anscheinend gab es woanders einen großen Trockenbaunotfall.«

Er grübelte und musterte die Ecke. Es wirkte alles unorganisierter als sonst. Gerade schien eine komische Phase zu sein, in der viele Arbeiten gleichzeitig liefen.

Als er schließlich ins Schlafzimmer kam, deutete sie mit den Armen Richtung Wand. »Also, die Regale sollen über die gesamte Wand da reichen, dachte ich mir.«

»Dachtest du nicht.«

»Was?«

»Du willst keine Regale. Du wolltest mich nur wieder retten.« Er schaute sie nicht einmal an. Sein Blick war auf eines von Lucilles Bildern gerichtet, auf dem eine Meerjungfrau einen bewusstlosen Prinz durch das Wasser zog. »Genau so. Immer wieder ertrinke ich beinahe, und du rettest mich.« Er sah sich das Bild noch genauer an. »Hm.«

»Wovon redest du? Ich will Bücherregale hier drinnen.«

Er setzte sich auf ihr Bett und runzelte die Stirn. »Für all deine Bücher?«

»Für all die Bücher, von wer auch immer hier wohnen wird.«

»Weil jeder normale Mensch Platz für Hunderte Bücher braucht.«

»Normale Menschen haben Krimskrams, den sie sich hinstellen.«

Er schnaubte. »Genau. Was das Inn braucht, sind wirklich noch mehr Flächen, um Krimskrams abzustellen.«

Langsam wurde sie etwas genervt, aber sie musste dennoch lachen. »Du bist ein wirklich schlechter Geretteter, Sawyer.«

Eigentlich wollte sie damit die Stimmung wieder auflockern, aber er seufzte und vergrub sein Gesicht in seinen Händen.

Daraufhin setzte sie sich auch auf das Bett, aber rutschte nach hinten, sodass sie gegen das Kopfteil lehnte. Erst im Nachhinein fiel ihr wieder ein, dass letztes Mal, als sie zusammen auf einem Bett saßen, schlechte Dinge passiert waren. Schöne schlechte Dinge.

Sie war noch so verwirrt wegen des Kusses. Es sollte doch inzwischen besser sein, immerhin war es schon einen Monat her, und Sawyer schien es überhaupt nichts auszumachen. Er schien die ganze ›Fehler in der Kalibrierung‹-Sache wirklich zu glauben. Na ja, bei ihr hatte sich noch nichts wieder nachkalibriert. Je mehr Zeit verging, desto *mehr* Raum nahm der Kuss sogar ein. Sie dachte jedenfalls oft genug dran – ›oft genug‹ war in diesem Fall die ganze Zeit. Aber sie hatte gelernt, damit zu leben. Damit, dass der Kuss immer knapp unter der Oberfläche ihrer Gedanken schlummerte. »Sawyer, kann ich dir einen freundschaftlichen Rat geben?«

»Okay. Freundschaftlicher Rat. Schieß los.« Während er das sagte, richtete er sich erst wieder auf und legte sich dann flach auf den Rücken. Die Bewegung war so plötzlich, dass es fast war, als hätte er »schieß los« wörtlich gemeint und jemand hätte sich daran gehalten.

Aber seine Augen blieben geschlossen, weshalb sie ihn unbehelligt ansehen konnte, während sie sprach. Inzwischen hatte sie sich an sein Gesicht gewöhnt. Das Gefühl, dass es irgendein Zwischending zwischen früher und jetzt war – halb Junge, halb Mann –, war verschwunden. Mittlerweile wirkte es eher vertraut als ungewohnt.

»Manchmal ...«, fing sie langsam an und überlegte dabei, wie sie es formulieren sollte. »Haben Menschen mehr Kontrolle über einen, als sie verdient haben. Aber das Interessante ist, wenn man sich die Situation wirklich vor Augen hält, dann merkt man, dass sie die Kontrolle nur haben, weil man sie ihnen selbst gibt. Man gibt ihnen mehr Macht, als man sollte.«

Er schlug abrupt seine Augen auf, und sie zuckte etwas zusammen. Sonst rührte er sich nicht. »Reden wir hier über meinen Vater und mich, oder uns?«

»Über deinen Vater und dich«, antwortete sie nachdrücklich. Allerdings sie hatte genau das Gleiche getan. Sawyer mehr Kontrolle über sich gegeben, als er verdiente, aber das war vorbei. »Ich will nicht sagen, dass er kein Problem ist oder dass du nicht das Recht hast, auf ihn zu reagieren. Ich will nur sagen, ganz objektiv gesehen, dass er keine Macht mehr über dich hat. Du bist erwachsen, du hast etwas aus dir gemacht.«

»Meine Schwester vielleicht, aber ...«

»*Nein*.« Er blinzelte ein paarmal. Wahrscheinlich, weil sie so hart klang, aber es machte sie einfach wütend. »*Du* hast etwas aus dir gemacht. Klar, Clara auch, oder ist zumindest auf dem Weg dahin, aber du eben genauso.« Er wollte widersprechen, aber sie ließ ihn nicht zu Wort kommen. »Aus dir ist ein großer, kompetenter Typ geworden. Du bist verdammt noch mal Chief of Police. Du hast *wirklich* die ganze Macht. Aber darum geht es nicht mal, das ist nur ein hübsches kleines symbolisches Extra.«

»Worum geht es dann?«

»Es geht *darum* ... du hast dich toll entwickelt, Sawyer.« Sollte sie den Rest auch noch sagen? Na gut, wieso nicht? »Ich bin stolz auf dich.« Sie hatte den Eindruck, dass er wieder protestieren wollte, aber sie sprach einfach weiter. »Du nutzt deine Macht nicht aus. Du bist fair. Jeder mag dich. Du bist ein verantwortungsvoller Erwachsener. Du hast *gewonnen*. Du bist einer von den Guten.«

Wie er einfach weiter auf dem Rücken dalag, war ein wenig irritierend.

Wie sich langsam ein selbstzufriedenes Lächeln auf seinem Gesicht ausbreitete, war *sehr* irritierend.

»Du findest wirklich, dass ich ein großer, kompetenter Typ bin?«

Sie schüttelte den Kopf und versteckte ihr Lächeln,

wechselte das Thema. »Du hast mir schon mal Regale gebaut, weißt du noch?«

»Ja.« Plötzlich setzte er sich wieder auf, das Lächeln war wieder aus seinem jetzt ernsten Gesicht verschwunden. »Oben.«

Sie zeigte auf die leere Wand. »Dann hör auf zu reden und mach das noch mal.«

Kapitel 17

Sawyer baute Evie also Regale. Er war überrascht, wie viel Spaß ihm das machte. Auch das Kanu, mit dem er ziemlich gut vorankam. Bei der Polizeiarbeit ging es so viel um Präsenz. Um Reden, Überzeugen, Organisieren. Er hatte ganz vergessen, wie erholsam ruhiges, stetiges Arbeiten mit den Händen sein konnte. Wie erfüllend es war, etwas zu bauen.

Natürlich wäre es ihm noch lieber, würde Evie währenddessen auf dem Bett sitzen und lesen, wie früher.

Aber man konnte nicht alles haben. Und, hey, er hatte eine Nebenbeschäftigung für sich entdeckt, die das leere Nest nächstes Jahr füllen könnte – der Tischlereibetrieb, den er sich einfach so ausgedacht hatte, lief erstaunlich gut.

Als er mit Evies Regalen fertig war, baute er ihr noch einen neuen Empfangstresen.

Die ganzen Sachen machte er für Evie, weil es Evie war. Mehr Gründe brauchte es gar nicht.

Aber vielleicht auch ein bisschen, weil er so dankbar für die Unterhaltung neulich war, nachdem sein Vater in der Bar aufgetaucht war.

Lustig, wie nur ein paar Worte von der richtigen Person

zum richtigen Zeitpunkt einem halfen, die Dinge ganz anders zu sehen. Er hatte darüber nachgedacht, was sie gesagt hatte. Und darüber, was Clara am Wochenende der Parade gemeint hatte, dass Charles mittlerweile eher jämmerlich als gefährlich wirkte.

Und dann, nach all den Gedanken, hatte Sawyer ihn zufällig getroffen. Ein simples zufälliges Überschneiden ihrer Wege. Charles war gerade aus dem Waschsalon in der Einkaufsmeile an der Oak Road gekommen und Sawyer aus dem Diner daneben.

Sie hatten sich zugenickt.

Das war alles.

Sie hatten sich zugenickt.

Nicht weiter bemerkenswert, aber gleichzeitig eine Offenbarung.

Beim ersten Blick auf seinen Vater hatte er sich sofort darauf eingestellt, dass sein Körper oder sein Hirn, oder beides, die altbekannte Panik in ihm auslöste.

Aber dann hatte er an Evies Worte gedacht und sich gefragt, was gerade *wirklich* passierte.

Was passierte, war nämlich, dass Sawyer Collins, Chief of Police, lachend aus Sadies Diner kam, dabei mit Sadie diskutierte, weil sie darauf bestand, ihm gratis Zimtschnecken mitzugeben, da er sein Essen immer zahlte, obwohl sie es ihm jedes Mal ausgeben wollte.

Charles dagegen war aus dem Waschsalon gekommen, da es in der runtergekommenen Pension keinen Waschraum gab, und wollte in eine der wartenden Taxen steigen, da er keinen gültigen Führerschein hatte.

Sawyer und Clara planten schon, Weihnachten mit Jake, Art und Jamila zu feiern, nachdem sie ein paar andere Einladungen ablehnen mussten. Mit wem würde wohl Charles die Feiertage verbringen?

Es war nicht so, dass Sawyer ihm Unglück wünschte – für eine Sekunde hatte er sogar überlegt, ob er ihm anbieten sollte, ihn zurückzufahren, aber das ging zu weit. Ein Durchbruch nach dem anderen. Aber plötzlich sah er es wie Evie.

Seine normale Reaktion, wenn er seinen Vater sah, war eine Gewohnheit. Irgendwo in seiner Psyche war eine Kerbe, in die sein Vater immer wieder rutschte, wie ein Kind, das auf dem Spielplatz, ohne nachzudenken, direkt zu seiner Lieblingsrutsche läuft. In der Vergangenheit war seine Flucht-oder-Kampf-Reaktion oft den Umständen entsprechend gewesen. Als er ein Kind war und sein Vater ein gewalttätiges Arschloch. Man wusste nie, ob man – oder die kleine Schwester – in Sicherheit war.

Man wusste nie, ob die vom Jugendamt beim nächsten Besuch die eigenen Lügen durchschauen würde. Mit dem Vater war alles gut, und nein, es machte ihm nichts aus, mit der kleinen Schwester ›auszuhelfen‹.

Aber jetzt war alles anders. Vielleicht nicht gut, aber das war wahrscheinlich auch unerreichbar mit Charles. Evie hatte gesagt: »Du hast gewonnen.« Das klang allerdings auch nicht ganz richtig. Es war eher so, als hätte er überhaupt nicht mitbekommen, dass der Krieg vorbei war. Er musste seinen Vater nicht mehr in diese Kerbe rutschen lassen.

Ein erstaunlicher Gedanke.

So erstaunlich, dass Sadie es geschafft hatte, eine Tüte Zimtschnecken auf das Dach seines Dienstwagens zu legen und nach drinnen zu fliehen, während Sawyer noch gedankenversunken dem Taxi hinterhergestarrt hatte.

Also, ja, keine Bücherregale der Welt würden Dank genug für Evie sein, dass sie ihn aus diesem Gedankengefängnis befreit hatte. Dass sie ihn schon wieder gerettet hatte. Und da er nicht wusste, wie er sich tatsächlich bei ihr bedanken sollte, baute er ihr einfach weiter Sachen.

Na ja, nicht *ihr*, ermahnte er sich. Das alles war nicht für sie selbst – wie sie nicht müde wurde zu betonen –, sondern für das Inn. Das Inn, das bald jemand anderem gehören würde. Vielleicht half es beim Verkauf, aber es war nicht für *sie*.

Als sie über Weihnachten zurück nach Toronto reiste, fehlte sie ihm. Aber es war auch ein guter Weckruf, wo sie wirklich lebte. Sie fuhr über Weihnachten *nach Hause*. Das hatte sie gesagt.

Noch ein guter Weckruf? Als sie ihm an Silvester schrieb, während er noch mit dem Empfangstresen beschäftigt war.

Es fing mit ihrem typischen trockenen Humor an. Sie schickte ihm ein Foto einer Party, anscheinend mit Kollegen, denn es waren ein paar Frauen zu sehen, die in einer Bibliothek an ihren Drinks nippten. Dazu die Überschrift »Bibliothekarinnen feiern hart«.

Eine Stunde später kam die nächste Nachricht, diesmal ein Foto von ihr, grinsend, neben einem Banner, auf dem

»Happy New Year« stand. Dazu schrieb sie »New Year's EVE! Verstehst du?«, und direkt hinterher »Was machst du gerade?«.

Er legte den Pinsel zur Seite.

Sawyer: Die letzte Schicht Lack beim Tresen auftragen.

Eve: Du bist beim in?

Eve: In.

Eve: INN.

Eve: Es ist Sikvested! Da solltez du nihct beim Inn sein.

Ihre nächste Nachricht bestand nur aus einer Reihe Weinglas-Emojis. Er lachte leise und schaute auf die Uhr. Den ganzen Tippfehlern nach zu urteilen, war sie ein bisschen angetrunken.

Sawyer: Ja, es ist Silvester, aber es ist erst sechs Uhr.

Eve: Oh, stimmt. Weiß ich, wie man feiert, oder WAS? Aber bleib nicht da, such dir jemanden zum Reinstoßen.

Sawyer: Hmm … Jemand zum Reinstoßen.
Vorschläge?

Eve: ANSTOSSEN.

Eve: Oder, auch Reinstoßen, wenn das dein
Ding ist. Paul hat bestimmt jemanden für dich.

Eve: PEARL

Sawyer: Ich habe ab sieben Dienst. Polizisten
haben Silvester nicht frei.

Danach starrte er für eine peinlich lange Zeit noch auf sein Handy. Sie antwortete nicht.

Schließlich seufzte er und ging in die Küche, um den Pinsel auszuspülen. Das Problem war, und da war er ziemlich sicher, dass es so gut wie unmöglich war, den Dschinn wieder zurück in die Flasche zu zwängen, wenn man Evie Abbott erst mal geküsst hatte. Oder die Büchse der Pandora zu schließen. Oder welche Metapher man auch immer bemühen wollte.

Denn er machte sich etwas vor, wenn er dachte, dass es sich wieder normalisieren würde. Das war unmöglich. Evie Abbott war die beste Frau, die er je kennengelernt hatte, und er wollte sie so sehr, dass es wehtat.

•••

Eve brauchte drei Versuche, um das Ladekabel in ihr Handy zu stecken.

Eventuell hatte sie es mit dem Feiern etwas übertrieben.

Aber ha! Aller guten Dinge sind drei! Yay!

Allerdings leuchtete erst mal nur der Ladebildschirm auf. Das Teil war tot. Sie hatte es auf lautlos gestellt und war zurück zur Party gegangen, als plötzlich das Thema Sex in den Nachrichten mit Sawyer aufgekommen war. Nicht, dass er mit jemandem schlafen würde.

Könnte er aber.

Würde er wahrscheinlich nicht.

Weil er arbeiten musste.

Ein entscheidender Unterschied zu: Weil er nicht möchte.

Ihre Gedanken wanderten zu Sadie vom Diner, die angeblich auf Sawyer stand. Wer war diese Sadie? Dass sie anscheinend die besten selbst gemachten scharfen Beef-Sandwiches im Südwesten Ontarios machte, hieß gar nichts. Dass ihre Zimtschnecken legendär sein sollten, interessierte Eve nicht. Auch wenn Sawyer die vermutlich liebte.

Sadie liebte Sawyer. Sawyer liebte Sadies Zimtschnecken. Wie hieß noch mal dieses Diagrammding mit den überlappenden Kreisen?

Hastig schwankte sie rüber in die Ecke des Zimmers, wollte Stift und Papier von ihrem Schreibtisch holen, um das Diagramm, dessen Namen sie nicht wusste, aufzumalen. Erst zu spät bemerkte sie, dass in dem Zimmer kein Schreibtisch stand, denn das war nicht mehr ihr Zimmer, seit sie vor Jahren bei ihren Eltern ausgezogen war.

Sie stieß gegen ein Bücherregal.

Autsch. Okay. Jedenfalls, ihr fiel sowieso etwas viel Besseres ein. Wenn sie ein Bild von Sadie neben ein Bild von Sawyer legen würde, dann würde man sofort sehen, wie schlecht sie zusammenpassten. Ja! Viel besser als das Venus-Diagramm, oder wie auch immer das hieß.

Nur ihr dummes Handy war immer noch tot, deswegen holte sie ihren Laptop raus. Auf der Website vom Diner war ein Foto von Sadie, und da Eve nur ungefähr achthundert Millionen Mal auf der Seite gewesen war, seit Maya Sadie beiläufig erwähnt hatte, konnte Google ihr betrunkenes Tippen sofort entziffern und leitete sie direkt zu der Seite weiter.

Als Nächstes suchte sie in der Bildersuche nach Sayer Conlins.

Saywee Xolins.

Verdammt!

Sie legte ihr Gesicht direkt neben die Tastatur und tippte langsam: S A W Y E R C O L L I N S M O O N F L O W E R B A Y.

Ein paar Ergebnisse ploppten auf, aber das müssten ältere Fotos sein, denn auf keinem davon hatte er einen Bart.

Na gut. Da ihre Finger sowieso nicht richtig funktionierten, würde sie ihn einfach nach einem fragen.

Oh! Ihr Handy war wieder von den Toten zurück! Ein Neujahrswunder! Da Tippen gerade zu kompliziert für sie schien, ging sie direkt zu ihren Kontakten und rief ihn an.

Er nahm sofort an. »Evie. Endlich. Ist alles in Ordnung?«

»Du musst mir ei-«

»Was ist los? Ich kann in zehn Minuten los. Soll ich dich abholen?«

Er klang so angespannt. Eve wusste nur nicht, wieso. »Es ist alles gut. Warte mal kurz.«

Sie klickte kurz auf ihre Nachrichten. Oh-oh. Da waren einige von ihm, die immer dringlicher wurden. Angefangen bei »Hi, ich hoffe, du hast Spaß, aber sag Bescheid, wenn du heil nach Hause gekommen bist.« Bis hin zu »Evie, du wirktest um sechs schon betrunken, es ist jetzt halb eins. GEHT ES DIR GUT?«.

»Hiii«, meldete sie sich wieder bei ihm. »Mein Akku war leer. Sorry. Deine ganzen Nachrichten habe ich gerade erst gesehen. Frohes neues Jahr?«

Sie machte sich schon auf eine Standpauke von Mr Verantwortungsvoll gefasst, aber die kam nicht. Er atmete nur erleichtert aus und fragte sanft: »Bist du zu Hause?«

»Ja.« Nicht, dass das Haus ihrer Eltern ihr Zuhause war. Aber da sie ihre Wohnung aufgegeben hatte, kam es einem Zuhause in Toronto wahrscheinlich am nächsten. Und Toronto war ihr Zuhause.

Oder?

Vielleicht sollte sie dafür auch mal ein Diagramm erstellen.

»Hattest du Spaß?«, wollte er wissen.

»Hatte ich. Und du?«

»Ich arbeite. Silvester ist normalerweise nicht so schlimm wie die Parade, aber immer noch eine der schlimmsten Nächte.«

»Stimmt. Das ist scheiße. Warst du bei Sadies?«

»Dem Diner?«

»Ja.«

»Nein. Sollte ich dahin?«

Sie lächelte. »Nein.«

»Also, was kann ich für dich tun?«

Das war ... eine große Frage. Wie lange hatte er Zeit? Sie könnte eine ganze Liste aufzählen.

»Du hast doch eben gesagt, dass ich irgendetwas für dich machen muss«, half er ihr aus.

»Ah! Ja! Du musst mir ein Selfie von dir schicken.«

»Wieso?«

»Weil ich ein Foto von dir mit Bart brauche.«

»Wofür?«

»Für ein Diagramm.«

Er lachte. »Jetzt?«

Er arbeitete gerade, und sie brauchte ein Selfie, damit sie es neben ein Bild von Sadie halten konnte, um zu beweisen, dass sie überhaupt nicht zusammenpassten – war das etwa unangemessen? Darüber grübelte sie noch, als er sagte: »Okay, warte kurz.«

Dann kam etwas Rascheln, gefolgt von einem Piepen wegen einer neuen Nachricht.

Und da war er.

Oh, er sah so gut aus. Das war unfair. Er saß in seinem Dienstwagen, der anscheinend am kleinen Strand parkte. Die Innenbeleuchtung des Autos war auch eingestellt, vielleicht für das Foto? So rücksichtsvoll! Sein Gesicht war in das schwache, gelbliche Licht getaucht. Von irgendwo anders kam ein Spalt helleres Licht, das an einer Stelle einen weißen Streifen auf seinem Bart hinterließ. Sie fragte sich, ob er den Bart wohl auch noch hatte, wenn er alt war.

Die viel wichtigere Frage war allerdings, ob sie sich noch kannten, wenn er alt war.

Der Gedanke, ihn nicht mehr zu kennen, machte sie auf einmal traurig – vielleicht sprachen da allerdings auch die sechs Gläser Wein aus ihr. Ganz realistisch gesehen, würde sie mit ihm in Kontakt bleiben, nachdem sie das *Mermaid* verkauft hatte und wieder zurück in Toronto war? Sie hatten es von Nicht-keine-Freunden zu Freunden geschafft, aber waren sie die Art von Freunden, die in Kontakt blieben, wenn sie nicht in derselben Stadt wohnten? Vermutlich nicht.

Sie räusperte sich, um den plötzlichen Kloß im Hals loszuwerden. »Du bist am See?«

»Ja. Manchmal, wenn es in einer hektischen Schicht gerade kurz ruhig ist, komme ich her und schaue aufs Wasser.« Er schwieg kurz. »Das klingt so dämlich.«

»Nein. Ich mache das auch.« Wie sonst sollte man die vielen Male beschreiben, die sie letzten Sommer über den See in den Horizont gestarrt hatte? Mit Maya hatte sie auch noch ein paarmal Mondblumen ins Wasser geworfen, und das hatten sie sogar für morgen wieder geplant. »Ich komme morgen zurück, und Maya will Blumen in den See werfen. Auch wenn kein Vollmond ist, spricht doch nichts dagegen, das neue Jahr mit einem Wunsch zu beginnen, meinte sie. Der See hat wirklich etwas unheimlich Beruhigendes.«

Und damit hatte sie offiziell die gefühlsduselige Phase vom Betrunkensein erreicht. Genug davon. Zeit, damit aufzuhören. Sie stellte ihr Handy auf Lautsprecher und öffnete wieder sein Foto. Wem wollte sie eigentlich etwas vormachen? Er würde neben Sadie Zimtschnecke gut aussehen. Er würde neben *jeder* gut aussehen.

»Und was wünschst du dir?«, fragte er nach.

»Weiß ich nicht. Das ist erst morgen. Wer weiß, was ich mir morgen wünsche?«

»Wahrscheinlich, dass dein Kater verschwindet.«

»Touché. Aber ernsthaft, wer weiß? Die Wünsche von morgen sind für morgen.« Sie wiederholte das noch mal im Kopf. »Wow, das klang irgendwie fast schon tiefgründig. Im Moment wünschen. Jeder Moment ist ein Wunsch?« Gott, sie sollte einen eigenen Etsy Store gründen und inspirierende T-Shirts und Becher verkaufen.

»Und was wünschst du dir in *diesem* Moment?«

»Im Moment wünsche ich mir ...« Sie legte ihr Handy schräg und versuchte herauszufinden, woher das komische Licht auf seinem Bart kam. Sie spürte einen warmen Druck zwischen ihren Beinen. »... dass du und dein Bart mich lecken.«

Sofort schlug sie sich die Hand vor den Mund. Scheiße, *was* hatte sie gesagt? Wo kam das denn plötzlich her? Na gut, sie wusste, wo das herkam, nämlich aus dieser kleinen Kategorie mit Namen »Die Wahrheit«. Aber wie war es aus ihrem Mund rausgekommen?

Vermutlich lag das an den sechs Gläsern Wein in Verbindung mit ihrem Mund, der ihr sowieso nie gehorchte, wenn es um Sawyer ging. Sie tauchte ihre Finger kurz in das Wasserglas, das sie mit ins Zimmer genommen hatte, und spritzte sich damit ins Gesicht. *Pass auf, Abbott. Du musst irgendwie retten, was du da verdammt noch mal gerade gesagt hast.*

Aber sie war zu langsam. Er brach das Schweigen zuerst. »Wieso haben wir das nie gemacht, als wir noch die Chance hatten?«

• • •

Verdammt, wenn sie so was Schmutziges sagen konnte, dann durfte er das auch. Und seine Frage war noch viel weniger schmutzig als ihr krasser Wunsch. Wahrscheinlich erinnerte sie sich morgen sowieso an nichts mehr.

Er dagegen würde es nie vergessen. Er löste seinen Gurt, der auf einmal unangenehm drückte.

»Na ja ...«, fing sie langsam an. Oh Gott, kam jetzt noch mehr Doppeldeutiges? Nicht, dass das, was sie vorher gesagt hatte, doppeldeutig gewesen wäre. Nein, das war verdammt eindeutig.

Ich wünsche mir, dass du und dein Bart mich lecken.

Er rutschte auf dem Sitz hin und her und ermahnte sich, dass sie betrunken war. Nicht klar im Kopf.

»Du hattest nie einen Bart«, sagte sie schließlich. »Also, sorry, aber ich weiß nicht, ob damals schon ein Bart für dich drin war, Hormone und so.«

Er lachte leise. So viel zu mehr Andeutungen. Aber die Antwort auf seine Frage interessierte ihn dennoch. »Nein. Ich meine, wieso habe ich dich nie geleckt? Du hast mir auch einen geblasen, wieso habe ich mich nie revanchiert?«

»Das Patriarchat?«, schlug sie vor.

Er lachte los. So hätte er es vielleicht nicht formuliert, aber sie lag nicht ganz falsch. »Das ist es, oder?«

»Zu deiner Verteidigung: Ich weiß aber auch nicht, wie viele Teenager direkt damit anfangen.«

Das stimmte. Evie war seine erste Liebe gewesen. In dem letzten Sommer – der Sommer, in dem sie anfingen, miteinander zu schlafen – hatte er immer versucht, sie zu befriedigen. Und sie hatte auch so gewirkt, als hätte sie Spaß, aber rückblickend, mit etwas mehr Erfahrung, fiel ihm auf, wie mechanisch alles abgelaufen war. Auch wenn der Sexualkundekurs an der Highschool hier eigentlich ziemlich gut war, lief auch das eher mechanisch ab. Wie und wieso man ein Kondom benutzt oder Skizzen von Geschlechtsorganen, die man beschriften sollte – nur falls man sich plötzlich vor einem Eileiter wiederfinden sollte.

Aber es ging nie um das Vergnügen. Im Speziellen der weibliche Orgasmus wurde nie behandelt.

Ob sie mit ihm jemals einen hatte?

Gott, allein die Vorstellung, dass sie mit ihm vielleicht nie einen gehabt hatte, war qualvoll. Aber wie sie schon meinte, Teenager hatten letztlich keine Ahnung, was sie taten.

Shit. Aber immerhin war jetzt der Ständer wieder verschwunden, den ihr Wunsch direkt ausgelöst hatte.

Er war wieder mit reden dran. »Also, der Bart?«

»Ich weiß nicht …« Sie wirkte nachdenklich. Dann gähnte sie. »Eigentlich fand ich Bärte immer eklig.«

»Eklig!«, tat er empört.

»Also, schon. Aber ich habe es bisher nur rein optisch

betrachtet. Nicht …«, noch ein Gähnen, »mit meinen anderen Sinnen gedacht.«

»Du sagst also, dass du meinen Bart hässlich findest, aber dass er vielleicht andere Vorzüge hat?«

»Na ja, nicht hässlich, aber vielleicht zu mehr gut als nur zum Angucken?« Sie gähnte schon wieder. »Würdest du es machen, wenn du hier wärst?«

»Was machen?« Dafür kam er sicher in die Hölle. Er wusste genau, was sie meinte, er wollte es nur noch mal von ihr hören.

»Würdest du mich lecken?«

Er seufzte. »Nein. Du bist betrunken.«

»Ja, aber du nicht.«

»Aber du.«

»Und?«

»Man kann keine Einwilligung geben, wenn man betrunken ist.«

»Lass dein Cop-Ding mal eine Sekunde außen vor.«

»Das ist kein Cop-Ding, das ist ein Anstands-Ding.«

Sie lachte. »Ich glaube, das ist ein Sawyer-Ding. Du bist sehr anständig, weißt du.«

Wieso diskutierten sie überhaupt darüber? Selbst wenn sie nüchtern neben ihm sitzen würde, würde nichts zwischen ihnen passieren. »Geh ins Bett, Evie.« Er wollte nicht auflegen, aber sie war betrunken und müde und er sollte eigentlich arbeiten.

»Okay.« Sie seufzte, aber es war eher ein Hauchen und wirkte leicht frustriert. Es erinnerte ihn an ihr leises Stöhnen in Toronto, als sie rumgemacht hatten. »Sawyer?«

»Ja, Süße?« Er erlaubte sich das kleine Kosewort, denn er war ziemlich sicher, dass sie sich morgen an nichts mehr erinnern wird.

»Frohes neues Jahr.«

Er lächelte den schwarzen, kalten See an. »Frohes neues Jahr, Evie.«

Kapitel 18

»Okay, ich bin bereit!«

Maya kam aus ihrem Schlafzimmer, genau als Eve die Notiz auf ihrem Handy entdeckte – und kreischte.

»Was?« Maya lief zu ihr. »Was ist los?«

Die gesamte Unterhaltung von Silvester krachte wieder auf sie ein, und Eve bekam keine Luft mehr.

Sie drehte ihr Handy und zeigte Maya die Notiz: »Liebe Ebe, du hasz dir von Sayer gewünscht, dass er dich leckt (nur damit dui Bescheid weißt, frohes neuws Jahr – Eve lol.«

Daher kam das komische – komisch, aber heiße – Selfie von Sawyer von Silvester. Sie hatte sich schon gewundert, wieso er ihr an dem Abend ein Foto geschickt hatte.

Maya wedelte mit dem Handy vor ihr rum. »Was. Ist. Das?«

»Ich war Silvester betrunken und habe Sawyer angerufen und ihm gesagt, dass ich will, dass er mich leckt. Und anscheinend dachte ich, ich würde es wieder vergessen – was ich bis jetzt auch hatte –, deswegen habe ich mir selbst offensichtlich eine Notiz hinterlassen, wieso auch immer. Vielleicht, damit ich noch versuchen kann, es irgendwie zu retten. Und als ich gerade eine neue Liste machen wollte, habe ich die Notiz gefunden, und jetzt muss ich mich umbringen.«

Maya schien allerdings nicht ganz so geschockt, wie sie sein sollte. Die Sorge auf ihrem Gesicht verschwand innerhalb einer Sekunde, und Maya brach in Gelächter aus. »Das ist das Beste, was ich je gehört habe.«

»Das ist nicht lustig!« Eve hielt sich die Hände vor das Gesicht. »Silvester ist jetzt schon sechs Wochen her! Ich habe ihn seitdem schon so oft gesehen, und er hat nie was gesagt!«

»Weil Sawyer Collins ein Gentleman ist.«

»Oh mein Gott!« Eve erstarrte, als eine weitere Erinnerung hochkam. »Letzte Woche war ich zum Haareschneiden bei *Curl Up and Dye*, und dann ist Sawyer reingekommen, um sich bei CJ nach ihrer Mutter zu erkundigen. Carol Senior hatte noch eine Hüft-OP im Januar, weißt du noch?« Maya nickte. »Sawyer und CJ hatten eine Art Insider-Gag ...«

»Ich glaube, das ist es, was Sawyer zu so einem guten Cop macht«, unterbrach Maya sie. »Er hat immer diese kleinen Witze mit den Leuten. Er weiß über jeden etwas – ich meine, allein dass er extra zu Carol geht und nachfragt, weißt du? Es ist nicht so ...«

»Kann ich bitte meine beschämende Geschichte der Erniedrigung zu Ende erzählen?«

Maya klatschte aufgeregt in die Hände. »Ja! Ja, natürlich.«

»Okay, also sie hat ihn wegen des Barts geneckt, und er

hat darauf bestanden, ihn zu behalten. Er hat mit ihr geredet, aber hat mich angeguckt – *merkwürdig* angeguckt.«

»Wie, merkwürdig?«

»Ich weiß nicht. Merkwürdig intensiv?«

»Ja, manchmal hat er diesen ernsten, grüblerischen Blick.« Maya fing an, den Blick nachzumachen.

»Willst du das jetzt hören oder nicht?«

Daraufhin machte Maya eine Schließgeste vor ihren Lippen.

»Also er wirft mir diesen komischen Blick zu, also guckt CJ auch zu mir, und dann hat sie mich gefragt, was ich denke, und noch bevor ich antworten konnte, meinte Sawyer ›Oh, du magst Bärte, oder, Evie?‹«

»Ist dir schon mal aufgefallen, dass er dich als Einziger immer Evie nennt?«

Sie winkte schnell ab. »So hat er mich einfach immer schon genannt.«

»Ja, aber wieso jetzt noch?«

Eve ignorierte die Frage, sie wollte ihre Geschichte loswerden. »Also, er meinte ›Du magst Bärte, oder?‹, und ich antworte …« Oh Gott, das tut so weh. »›Früher nicht.‹«

Auf Mayas Gesicht war eine Mischung aus Sympathie und Belustigung. »Was total impliziert, dass du sie jetzt magst.«

»Ja, oder?« Sie hatte gehofft, dass man es auch anders interpretieren könnte.

»Ich glaube schon.« Maya lachte wieder los.

Eve dagegen ließ sich in einen Stuhl fallen und stöhnte.

»Okay.« Maya klopfte ihr auf die Schulter. »Los geht's.

Vielleicht kannst du es mit einem Wunsch wiedergutmachen.«

Eve ließ sich nach unten ziehen. Ein Teil von ihr wollte nach Hause – na ja, zum Inn – und sich da für immer verstecken. Aber sie hatte Sawyer seitdem schon so oft gesehen, was würde das jetzt noch bringen?

Bei *A Rose by Any Other Name* quatschten sie noch kurz mit Mayas Eltern und holten die Fake-Mondblumen für ihren Wunsch.

»Ich wusste gar nicht, dass deine Mutter auch im Laden arbeitet«, sagte Eve.

»Mom ist Nukleartechnikerin im Bruce-Kernkraftwerk, also hat sie einen langen Arbeitsweg, aber am Wochenende hilft sie auch mal im Laden aus.«

»Also dein Vater ist Florist und deine Mutter Nukleartechnikerin?«, fragte Eve nach. »Das hört man auch nicht oft.«

»Ich weiß. Man kann sagen, dass der ganze Gender-Rollen-Bullshit in meiner Kindheit angenehm abwesend war.«

»Wieso hilfst du nie im Laden?«

Maya seufzte. »Weil ich mein eigenes Ding machen will. Ich will Theater machen. Wieso soll ich Floristin werden, nur weil mein Dad Florist ist?«

»Sollten wir mal darüber reden? Ich habe das Gefühl, dass wir in letzter Zeit viel zu viel über mich gesprochen haben.« Sie war eine schlechte Freundin.

Maya sah sie verlegen an. »Na ja, es gibt oft Streit deswegen. Lasse ich das Vermächtnis meines Vaters einfach verfallen, wenn er nicht mehr da ist, um sehr schlecht damit zu verdienen, Verkleiden zu spielen? Lass es uns einfach abwarten und es herausfinden!«

»Nein«, antwortete Eve. »Weil du klug bist und die unterschiedlichen Sachen planst, um das machen zu können, was du liebst. Wie zum Beispiel das Sommercamp!«

Sie redeten über Mayas Pläne für das Camp, während sie runter zum See liefen, was inzwischen schon zu einem monatlichen Ritual geworden war.

Maya ging vor bis zum Ende des Stegs. »Also, was wünschst du dir?« Sie zwinkerte extrem übertrieben.

»Nicht *das*.«

»Bist du sicher?«

»Ja!« Ihr würde schon noch was anderes einfallen. Sie schloss ihre Augen, um sich zu konzentrieren.

Potenzielle Wünsche, die nichts mit Sawyers dummem Bart zu tun hatten

1.

Sie stand ewig lange einfach nur da. *Komm schon. Konzentrier dich.*

»Und, was wünscht ihr Ladys euch diesmal?«

»Ahh!«, schrie Eve.

Maya prustete los. »Ich glaube, es ist vielleicht gerade in Erfüllung gegangen.«

»Ach ja?«, fragte Sawyer Maya, den Blick aber weiter auf Eve gerichtet. Ob er wusste, was sie dachte? Er schmunzelte, und dann … strich er sich … über den Bart.

»Wir müssen los ... die Sache erledigen.« Eve funkelte Maya an, bis Maya verstand.

»Jap, wir müssen los! Sachen erledigen!« Maya warf ihre Blume ins Wasser und salutierte vor Sawyer. »Bis zum nächsten Mal, Chief.«

Während Eve ihre Blume über das Geländer warf, versuchte sie *sehr* angestrengt, ihren Kopf frei zu machen, sich gar nichts zu wünschen.

Das gelang ihr nicht.

...

»Wieso machst du es nicht einfach?«, hakte Maya nach, als sie sich in die Bar gesetzt hatten.

»Was?«

»Sawyer.«

Eve verschluckte sich prompt an der Cola Light, die sie sich bestellt hatte, weil sie *nie wieder* Alkohol trinken wollte. »Was?«

»Du.« Maya zeigte auf Eve. »Sawyer.« Sie zeigte auf den leeren Hocker neben Eve. »Eine leidenschaftliche Nacht.« Sie wedelte mit dem Finger zwischen Eve und dem imaginären Sawyer herum.

»Okay, zwei Sachen.« Eve sprang vom Barhocker und nahm Mayas Weinglas. »Erstens reden wir nicht hier darüber.« Ernsthaft, Law war gerade mal zwei Meter weit weg. Sie brachte Maya rüber zu einer der Sitzecken im hinteren Teil. Genau dahin hatten sie sich auch an Eves erstem Abend in der Bar zurückgezogen, was sich wie vor einer Ewigkeit anfühlte.

»Und zweitens?«, bohrte Maya sofort nach, als sie saßen.

»Zweitens, hast du nicht mitbekommen, wie er vor der ganzen Stadt Jeannie Wilkerson die Zunge in den Mund gesteckt hat?«

»Das habe ich durchaus mitbekommen. Vor *zehn* Jahren. Als wir *Kinder* waren.«

»Es geht darum, dass er mir das Herz gebrochen hat«, sagte Eve leise. »Das kann ich nicht noch mal zulassen.« Es laut auszusprechen, auch schon Maya gegenüber, war zu viel. Sie vergrub ihr Gesicht in ihren Händen.

»Wer redet hier von deinem Herz?«

Huch? Eve spreizte ihre Finger und spähte hindurch.

»Ich glaube, du hast mich nicht verstanden. Ich meinte: du«, sie zeigte wieder auf Eve, »und Sawyer«, sie zeigte auf den imaginären Sawyer, der ihnen anscheinend vom Tresen gefolgt war, »und eine leidenschaftliche Nacht. *Eine* Nacht.«

Eve spreizte ihre Finger noch weiter. »Du meinst, um ihn aus meinem System zu kriegen?«

Maya zuckte mit den Schultern. »Sich einfach von dem Typen freimachen. Oder, besser gesagt, den Schritt von seinen Barthaaren freimachen lassen – ha!«

»Ich glaube nicht, dass dieses Wir-machen-es-einmal-und-dann-bin-ich-auf-magische-Weise-über-dich-hinweg-Ding wirklich funktioniert, außer in Liebesromanen.«

»Funktioniert es denn in Liebesromanen?«

Eve stöhnte. »Nein.«

»Na ja, du musst es wissen, aber es wirkt so, als würdest

du dich quälen. Wieso sich nicht quälen *und* Spaß haben? Das ist alles, was ich sage.«

Hmm. Ob Maya da nicht vielleicht recht hatte? »Du denkst wirklich, ich könnte ... was mit ihm machen, ohne wieder mit gebrochenem Herzen dazustehen?«

Maya schaute kurz zur Bar und dann wieder zu Eve. »Ehrliche Antwort? Ich weiß es nicht.«

»Hmpf ... ich denke darüber nach.«

• • •

Und Eve dachte darüber nach.

Die ganze Woche dachte sie darüber nach – wenn sie nicht gerade mit Handwerkern diskutierte, sofern die sich die Mühe machten, aufzutauchen.

Sie dachte darüber nach, als sie Sawyer schrieb.

> Eve: Hey! Also, nicht dass ich diese Sonderbehandlung verdient hätte, aber hast du aufgehört, dich in die Renovierung einzumischen?

Er antwortete nicht, stattdessen stand er nach dreißig Sekunden vor ihrer Tür. Er kam direkt von Law rüber.

»Hey«, begrüßte er sie. »Was ist passiert?«

Sie ging einen Schritt zur Seite, um ihn reinzulassen. »Nichts. Das ist ja das Problem. Ich dachte, du nutzt deine Beziehungen, damit hier alles läuft. Hast du damit aufgehört?«

»Nein.« Er joggte die Treppe hoch, die immer noch nicht fertig war. Im Erdgeschoss hatte sie selbst die Böden abgeschliffen und neu gemacht, aber in den oberen Stockwerken wollte sie neues Holz verlegen lassen. Bis sie den Flur vom ersten Stock betrat, kam er schon aus einem der Zimmer. »Seit Silvester hat sich hier in dem Stockwerk nichts getan.«

»Ja. Und was die Fliesen und die Leitungen in den Badezimmern im zweiten Stock angeht, steht auch alles still.«

»Was sagen die Leute denn?«, er zog seine Augenbrauen zusammen. »Was sagt Dave Pearson?«

»Sie haben immer gute Gründe, wenn ich mit ihnen rede. Lieferverzögerung bei den Fliesen oder ein Rohrbruchnotfall irgendwo anders.«

Er presste seine Lippen zusammen und nickte. »Ich kümmere mich darum.«

• • •

Murder Mystery im *Mermaid*.

Es hatte was, das musste Sawyer zugeben. Maya hatte überall für schummrige Beleuchtung gesorgt, und die Schauspieler, die aussahen, als kämen sie direkt aus dem Brettspiel Cluedo, mischten sich unter die Gäste – in diesem Fall nur Leute aus der Stadt, da es die Kostümprobe war und Maya dafür ein nettes Publikum wollte. Alle standen in kleinen Grüppchen herum und sollten anscheinend für unterschiedliche Szenen durch ein paar der Räume gehen.

Die Hauptattraktion des Ganzen war der Speisesaal, der mit Absperrband abgesperrt war und von Schauspielern in

Polizeikostümen bewacht wurde. Darunter sogar ein richtiger Cop. Olivia zuckte nur mit den Schultern, als er sie entdeckte. Er verstand es, Maya konnte ziemlich überzeugend sein. Hinter dem Absperrband lag eine Leiche unter einem Laken.

»Ich bin überrascht, dass du mitmachst«, flüsterte er Eve zu, kurz bevor es losging.

»Sie will was für die Wintersaison haben. Ich glaube, viele sehen nicht, wie unternehmerisch Maya denkt.«

Er wusste, was sie meinte. Maya hatte immer eine neue Idee.

»Ich musste nur ein bisschen Kram wegräumen, damit nichts wirklich Gefährliches rumliegt. Ich dachte mir, wenn die Renovierung sowieso stillsteht, kann sie den Platz auch nutzen.«

Ja. Das nervte ihn gewaltig. Er hatte mit den nachlässigen Handwerkern gesprochen, und sie hatten ihm versichert, wieder mehr zu machen.

»Maya meinte, das Unfertige trägt zu dem mörderischen Ambiente bei«, flüsterte Eve, kurz bevor das Licht ausging. Alles Licht. So schlagartig, dass er vermutete, Maya hatte einfach die Sicherung umgeschaltet. Ein Murmeln ging durch die Menge, und als der Strom wieder lief, beleuchtete ein Scheinwerfer den ›Tatort‹. Das Laken war verschwunden und man sah die Leiche – eine Meerjungfrau.

Na ja, genau genommen Jenna in ihrem Kostüm als Meerkönigin von der Parade.

Das Event lief super. Es machte Spaß, und es kam ein Twist nach dem anderen. Es gab sogar einen richtig gruseligen Moment, als das zweite ›Opfer‹ – Karl Andersen – plötzlich mit einer blutigen Wunde in der Brust aus der Küche gestolpert kam.

Eve hatte gekreischt und war instinktiv zurückgewichen und gegen Sawyers Brust gestoßen. Bevor sie sich wieder von ihm gelöst hatte, hatte er seine Arme um sie gelegt. Er verstand ihre Reaktion. Zwar wussten alle, dass es kein echtes Blut war, aber es wirkte so plastisch und so *nah*.

Was er nicht verstand, war, wieso er sie danach nicht wieder losgelassen hatte.

Er hatte sie dann allerdings losgelassen, als sein Instinkt ihm verriet, dass sie beobachtet wurden. Er schaute hoch. Art Ramsey, der oben auf einem Gerüst stand und den Scheinwerfer steuerte, schaute nicht das Stück an, sondern die beiden.

Und dann schnell wieder weg, aber statt sich wieder auf die Schauspieler zu konzentrieren, sah er kurz hinter Sawyer und zwinkerte. Sawyer streckte seinen Hals, um zu sehen, wem Art zugezwinkert hatte: Pearl.

Plötzlich wurde ihm klar, was hier los war. Wieso die Renovierung stillstand, abgesehen von den paar Arbeiten, die er persönlich übernahm.

Zur Hölle mit ihnen.

Zur Hölle mit *ihm*. Er hätte früher darauf kommen sollen.

Nach dem Event drängte er Art und Pearl in eine Ecke. Da er nicht im Dienst war, hatte Sawyer seine Uniform nicht an, aber er nutzte seine beste Cop-Stimme und zeigte in eine leere Ecke – zufälligerweise lag da auch das Holz für den Boden oben aufgestapelt. »Ich muss mit euch beiden reden. *Sofort.*« Er funkelte sie noch einen Moment lang wütend an, bevor er weitersprach. »Sabotiert ihr die Renovierung hier?«

Dass Pearl sofort die Augen und den Mund aufriss, die Karikatur eines schockierten Gesichtsausdrucks aufsetzte, bestätigte seine Vermutung.

»*Natürlich* nicht«, widersprach Art. »Ich bin ehrlich gesagt entsetzt, dass du so was denkst.«

»Ich *helfe* bei der Renovierung«, sagte Pearl dann, die immer noch empört tat. »Wie oft habe ich Eve zu dir rübergeschickt?«

Er schloss für einen Augenblick die Augen. Als er sie wieder öffnete, war seine Stimme ganz kalt. Eisig. »Ihr habt ihr geholfen, als ihr dachtet, ihr könntet sie so zum Bleiben bringen. Jetzt, wo euch klar geworden ist, dass es nicht funktioniert, sabotiert ihr stattdessen alles.«

Diesmal wirkte ihr Schock authentisch. Gut. Er war angepisst, und das versteckte er auch nicht. Das hatte nichts mehr mit niedlichem, aber letztlich harmlosem Einmischen von den Alten zu tun, sondern sie griffen in die Leben von anderen ein. Kosteten sie Zeit und Geld. Hintergingen sie.

»So sprichst du nicht mit mir, Sawyer.« Pearl fuchtelte mit ihrem Finger vor ihm rum.

»Dann misch dich nicht in Eves Angelegenheiten ein, Pearl.«

»Die viel wichtigere Frage ist, Sawyer«, jetzt berührte ihr Finger seine Brust, »wieso *du* dich nicht in ihre Angelegenheiten einmischst.«

»Wovon zur Hölle redest du?«

»Willst du, dass sie verkauft? Willst du, dass sie weggeht?«

Er war so frustriert, er wollte schreien. Sie verstand einfach nicht, dass es nicht darum ging, was *er* wollte. Pearl verstand nicht, dass man jemanden so sehr lieben konnte, dass man die Person aufgab.

»Hör auf, so verdammt ehrenhaft zu sein, Sawyer.«

Genau. Sie verstand es nicht. Dazu war sie nicht in der Lage.

»Ist gut, Pearl.« Art, der ihnen schweigend zugesehen hatte, legte seinen Arm um Pearl und drückte sie. »Er hat dich gehört.«

Art führte Pearl weg, warf Sawyer aber noch einen Blick zu. Sawyer hätte mit einem entschuldigenden, verlegenen Blick gerechnet. Das war es aber nicht. Art schüttelte leicht den Kopf und wirkte beinahe … enttäuscht?

Wie auch immer. Sawyer war nicht für die Gefühle dieser Leute verantwortlich. Dafür hatte er keine Zeit – er musste Handwerker anschreien. Schon wieder.

Kapitel 19

So einen Sturm hatte Eve noch nie erlebt. Weder in Moonflower Bay noch sonst irgendwo. Es hatte schon den ganzen Tag geregnet, obwohl »Regen« dem, was da draußen passierte, wirklich nicht gerecht wurde. Es goss aus dem Himmel, aber wegen des Windes kam das Wasser von allen Seiten. Alle paar Minuten leuchteten helle Blitze auf, gefolgt von so lautem Donnergrollen, dass ihr Herz jedes Mal stehen blieb. Dabei war es Ende Februar, es sollte *schneien*, nicht regnen.

Als gegen vier Uhr nachmittags dann der Strom ausfiel, wollte sie nach Pearl sehen. Der Gedanke, wie sie allein im Dunkeln in ihrer Küche hockte, machte Eve nervös.

Ihre Sorgen um die kleine alte Dame, die Angst vor dem Sturm hatte, stellten sich allerdings als unbegründet heraus. Pearl versteckte sich nicht in der Küche, sondern stand in einem Ganzkörper-Neoprenanzug da.

»Eve! Genau dich brauche ich! Können wir mit deinem Auto runter zum See? Ein Rettungsteam ist auf dem Weg dorthin.« Sie packte Gebäck in eine Vorratsdose.

»Und du willst ihnen Küchlein vorbeibringen?«, neckte

Eve. Doch als Pearl nicht einmal lächelte, wusste sie, dass es ernst war.

»Ich weiß nicht, ob es hilft oder ob sie überhaupt Zeit haben, zwischendurch was zu essen, aber ich will ihnen Kaffee bringen – den habe ich direkt vor dem Stromausfall noch gemacht, und es ist eiskalt da draußen.«

»Okay, natürlich. Mein Auto steht hinten.«

Während sie langsam im Auto die Hauptstraße runterschlichen, bekam Eve langsam Angst. Um sie – man sah fast gar nichts mit dem Regen, der so schnell und heftig auf die Scheibe prasselte, dass die Scheibenwischer nutzlos waren –, aber auch um die Leute unten am See.

»Was für eine Rettungsaktion ist es denn?« Sie musste fast schreien, um den Regen zu übertönen.

»Ein Boot ist auf dem See, und anscheinend ist der Motor ausgefallen.«

»Wer fährt denn bei dem Wetter raus?«

»Die Welt ist voller Leute mit fragwürdiger Intelligenz.«

Beim kleinen Strand angekommen, wurde Eve dann wirklich nervös. Gigantische Wellen, die sie sonst nur von *National Geographic* kannte, brachen auf die Küste ein, und der Regen gefror immer mehr. Zwei Krankenwagen standen bereit, und mehrere Wagen der OPP, Ontario Provincial Police, parkten auf der Straße. Die Scheinwerfer tauchten den unerbittlichen Regen stellenweise in ein unheimliches Licht.

»Sieht aus, als wären Leute der OPP Marine da draußen.« Pearl zeigte auf den See, wo man gerade so ein großes Boot mit blinkender Beleuchtung erkannte, das anscheinend vor

Anker lag, sowie ein kleines Speedboot, das auf die Küste zufuhr. »Und Jake«, fügte Pearl hinzu, als sich dann hinter dem Speedboot auch noch Jakes Boot dem Strand näherte.

»Ist da Sawyer mit auf Jakes Boot?« Oder, nein, er sprang gerade vom Boot ins Wasser.

Pearl schaute nicht mehr hin. Sie holte gerade den Kaffee vom Rücksitz. »Wahrscheinlich. Die OPP ist zwar auf dem Wasser zuständig, aber Sawyer ist bestimmt hier irgendwo.«

Eve half Pearl, eine Kaffeestation im Kofferraum einzurichten, und hielt ihren Regenschirm über sie, während sie sich nebenbei nach Sawyer umschaute. Einer der Notfallsanitäter kam direkt zu ihnen, sehr dankbar für die Aufwärmung.

»Was ist los?«, fragte Eve.

»Ein kleines Kreuzfahrtschiff steckt etwa anderthalb Kilometer weit draußen fest.« Er schüttelte den Kopf. »Die OPP und der da«, er zeigte mit dem Daumen auf Jakes Boot, »holen die Leute runter.«

»Gibt es Verletzte?«

»Bisher nicht. Ein paar mit leichter Unterkühlung und eine übel ausgekugelte Schulter waren unter den Ersten dabei. Wir warten jetzt auf den zweiten Schwung.«

»Aber was ist mit den Blitzen?« Eve wurde immer angespannter. »Das kann doch nicht sicher sein, für die Leute auf dem Wasser. Sie riskieren ihr eigenes Leben.«

Der Sanitäter zuckte mit den Schultern. »Teil des Jobs. Irgendjemand muss die Idioten vor sich selbst retten.«

»Todd! Die letzte Gruppe ist gleich da!«

Ein Blitz erhellte alles, und sie entdeckte Sawyer, der jemanden auf dem Arm trug. Es sah nach einem Jungen aus, und einer seiner Arme hing in einem unnatürlichen Winkel runter. Todd drückte Pearl seinen Becher in die Hand und lief los.

»Oh mein Gott!« Ohne nachzudenken, eilte Eve den Sanitätern nach.

Schon auf dem kurzen Stück von der Bäckerei zu ihrem Auto war sie ziemlich nass geworden und dann noch mehr, als sie mit dem Sanitäter gesprochen hatte. Bis unten am Strand war sie also komplett durchnässt. Die Haare klebten an ihrem Kopf, und ihre Klamotten waren bis zur Unterwäsche durch, in ihren Schuhen schwappte das Wasser hin und her.

Erst bemerkte Sawyer sie nicht. Er legte den Jungen auf der Trage der Sanitäter ab. »Er war schon bewusstlos, als wir angekommen sind«, rief er. »Das Boot ist gekentert, vielleicht hat er sich den Kopf gestoßen.«

Der Sanitäter sagte irgendetwas, was sie nicht hören konnte, und Sawyer drehte sich wieder um. Ihren ersten Instinkt, seinen Namen zu rufen, unterdrückte sie. Er brauchte wirklich keine Ablenkung.

Aber es war, als hätte er den stummen Ruf in ihren Gedanken dennoch gehört, denn er drehte sich wieder zu ihr, und sofort trafen sich ihre Blicke.

Mit großen Schritten kam er durch den nassen Sand auf sie zu. Er sah wütend aus.

»Evie! Was machst du hier?« Er *klang* wütend.

»Ich bin mit Pearl gekommen, sie wollte Kaffee bringen.« Sie schaute über ihre Schulter, wo Pearl neben Olivia am Moonflower-Bay-Einsatzwagen stand.

»Pearl, steig ins Auto!«, befahl Olivia. »Hier dürfen keine Zivilisten sein. Es wurde offiziell eine Sturzflutwarnung rausgegeben.«

Eve hatte damit gerechnet, dass Pearl widersprach, aber sie stieg ohne Widerrede in das Auto, was Eve Angst machte. Wenn Pearl schon nicht protestierte, war es hier ganz bestimmt nicht sicher.

»Du fährst mit.« Sawyer packte sie am Arm. »Olivia!«, brüllte er, aber die saß schon im Auto und hörte nichts. »Scheiße.«

»Ist schon gut! Mein Auto steht da drüben!« Sie zeigte darauf, und ohne ihren Arm loszulassen, änderte er die Richtung.

Eve stieg ein und wollte den Motor anlassen, aber das Mistding wollte nicht.

Wütend schlug Sawyer auf das Dach, als wieder ein Blitz den Himmel spaltete, gefolgt vom Donner.

»Ich gehe zu Fuß!« Sie kletterte aus dem Auto.

»Hast du Strom?«

»Nein.«

»Geh zu mir. Das ist näher, und vom Wasser aus habe ich gesehen, dass in der Gegend noch Strom ist.«

Sie nickte. Es war dumm gewesen von Pearl und ihr, herzukommen. Aus dem Weg zu gehen wäre das Beste.

Er gab ihr die Schlüssel, seine Hände fühlten sich eisig an. Ihre auch, dabei hatte sie die Kälte bisher nicht wahrgenommen, wahrscheinlich weil ihre Angst sie abgelenkt hatte. Jetzt, beinahe auf dem Weg in ein warmes, trockenes Haus, fing das heftige Zittern an. Aber Sawyers Hände waren *so* kalt. Sie nahm eine und versuchte sie durch Reiben aufzuwärmen, aber das brachte nichts.

»Wenn du bei mir bist, geh unter die Dusche und wärm dich auf, sonst riskierst du eine Unterkühlung.«

»Und du nicht?«, wollte sie schreien, er war immerhin im See gewesen.

Er schaute wieder zum Wasser. »Ich muss zurück.«

»Du gehst wieder raus?« Der Sanitäter hatte gesagt, dass die Leute, die gerade vom Polizeiboot und Jakes Boot an Land stiegen, die letzten waren.

»Ein paar sind noch da draußen.«

»Du kannst nicht ins Wasser! Was ist, wenn ein Blitz in den See einschlägt?«

»Da draußen sind Menschen, Evie.«

Er riss sich los. Sie wollte sich an ihn klammern, ihn daran hindern, wieder ins Wasser zu gehen, aber sie wusste, dass er sie nur abschütteln würde. Er hatte recht, irgendjemand musste noch mal raus, und er sah es als seinen Job. Seine Stadt, seine Verantwortung.

Er ging rückwärts von ihr weg, sodass er sie immer noch ansah. »Clara ist nicht da, geh einfach rein. Wärm dich auf und nimm dir neue Klamotten.«

Sie hatte solche Angst, dass sie völlig durcheinander war. »Sawyer!«, rief sie, gerade als er sich umdrehen wollte. Er blieb stehen, sah sie an.

Sie wollte etwas rufen wie »Sei vorsichtig«, aber was aus ihrem Mund kam, war: »Komm zurück!«

Er legte sich eine Hand über sein Herz, nickte, drehte sich um und marschierte zurück zum See.

• • •

So was hatte Sawyer noch nie erlebt. Ein Notfalleinsatz, der einfach nicht enden wollte. Es ging immer weiter und weiter. Letztlich war er nur ein halbes Dutzend Mal raus ins Wasser gegangen, um die Leute von den Booten zu den Sanitätern zu bringen, aber er war komplett erschöpft.

Die Nachwirkungen des Adrenalins. Der Zusammenbruch.

Eigentlich hatte er alles gut weggesteckt, war mechanisch hin und her getrottet, bis er Evie entdeckt hatte. Die Angst auf ihrem Gesicht hatte Panik in ihm ausgelöst. Da wollte er sie nur noch in Sicherheit bringen.

Nachdem dann der letzte Krankenwagen abgefahren war und Sawyer noch mit der Marineeinheit den Plan für den gemeinsamen Bericht abgesprochen hatte, stapfte er den Strand Richtung Hauptstraße hoch. In dem ganzen Chaos hatte er sein Handy verloren, und er musste eins finden, um Evie Bescheid zu sagen, dass alles in Ordnung war. Er sah immer noch ihren panischen Gesichtsausdruck vor sich.

Er wollte gerade kurz im Baumarkt reinschauen – neben einem Telefon hatte Karl bestimmt auch einen ganz guten Überblick darüber, was in der Stadt los war –, als er beinahe mit Olivia zusammenstieß, die aus dem Laden kam.

Noch bevor er etwas sagen konnte, meinte sie, »Geh nach Hause, Chief«.

»Ich habe noch bis sieben Dienst.«

»Geh nach Hause«, wiederholte sie. »Wobei, steig ins Auto, ich fahre dich.«

»Aber …«

»Ich habe alles im Griff. Der Sturm ist am Abflauen, und die Nordseite der Hauptstraße hat wieder Strom. Um den Rest wird sich schon gekümmert – Dom regelt alles. Das Schlimmste sind ein paar kaputte Scheiben und überflutete Keller.«

Er folgte ihr zum Auto. »Aber wir sollten bei den Leuten auf der Südseite vorbeischauen. Carol Dyson wird Hilfe brauchen. Sie kommt die Treppe nicht mehr hoch und runter.« Carol hatte einen dieser elektrischen Treppenlifts, um in ihre Wohnung im ersten Stock zu kommen.

»Schon passiert, Joel fährt sie gerade zu ihrer Tochter.«

»Aber …«

»*Sawyer*. Du hast für heute genug Heldentaten vollbracht. Geh nach Hause. Wärm dich auf. Wir rufen dich, wenn was ist, versprochen. Steig ins Auto.«

Er gehorchte. Auf der kurzen Fahrt fing sein Körper an zusammenzusacken. Bis Olivia bei ihm vorfuhr, war das Schlimmste vom Sturm bereits vorbei, aber es regnete immer noch heftig. Olivia hatte gesagt, dass der Strom auf der Nordseite der Hauptstraße wieder lief, also sollte er sie bitten, Evie nach Hause zu bringen. »Kannst du …«

Sie schaute ihn fragend an, als die Worte nicht über seine Lippen kommen wollten. Er *wollte* nicht, dass Olivia Evie nach Hause fuhr. Er wusste, dass er zusammenbrechen würde, bald, aber erst wollte er zu Evie. Mit eignen Augen sehen, dass es ihr gut ging.

Oder vielleicht könnte er sie sogar dazu überreden, die Nacht zu bleiben. Clara war bei einer Freundin. Als die Sturmwarnungen anfingen, hatte sie ihm noch geschrieben, dass sie dort übernachten würde. Also könnte Evie in ihrem Zimmer schlafen. So lächerlich das klang, der Gedanke, dass Evie im Zimmer nebenan schlief, hatte etwas unheimlich Beruhigendes.

Also ja, auch wenn er sonst gut darin war, seine Impulse zu unterdrücken, wenn es um Evie ging, war er gerade einfach so verdammt müde. Würde sie nach Hause wollen, würde er sich zusammenreißen und sie fahren. Dann hätte er zumindest ein paar Minuten mit ihr.

Er war hoffnungslos. Er musste sich bald mal zusammenreißen. Er würde ihr in die Augen sehen und die ganzen Scheißgefühle dann wieder runterzwängen, wo sie hingehörte.

Mit dem versteckten Ersatzschlüssel ging er ins Haus und schüttelte, so gut es ging, das Wasser von sich. Dann schaute er sich erst mal um. Die Häuser in dieser Ecke waren winzig, die meisten wurden ursprünglich einmal als kleine Ferienhäuser genutzt. Von der Eingangstür aus konnte man deswegen fast alles einsehen, abgesehen von den zwei Schlafzimmern hinten. Auf einer Seite lag die Küche mit der kleinen Essecke, die allerdings hauptsächlich von Clara zum Hausaufgabenmachen benutzt wurde, weil es der einzige größere Tisch war.

Sie aßen meist im kleinen Wohnzimmer auf der anderen

Seite, wo ein Couchtisch, ein abgenutzter Sessel und ein altes Sofa standen.

Ein Sofa, auf dem Evie Abbott schlief.

Sie trug auch noch eines seiner T-Shirts. Kein besonderes, ein *London Knights*-Shirt, das schon komplett ausgeblichen war. Er hörte auch den Trockner aus der kleinen Waschnische bei der Küche, also musste sie ihre nassen Klamotten da reingepackt haben und in sein Zimmer gegangen sein, um sich trockene Sachen anzuziehen. Eigentlich hatte er an Klamotten von Clara gedacht, als er meinte, sie solle sich was nehmen. Dass sie aber stattdessen an seinen Schrank gegangen war, löste ... *etwas* in ihm aus. Auf einmal war er gar nicht mehr so müde.

Sie hatte eine Wolldecke über ihre Beine gelegt, aber die war recht dünn, deshalb schlich er zum Schrank mit der Bettwäsche, um eine dickere Decke rauszuholen. Er war etwas traurig, dass er heute nicht mehr mit ihr reden würde, aber das Richtige war ganz offensichtlich, sie zuzudecken und schlafen zu lassen. Immerhin schlief sie nur ein Zimmer weiter. Genau, was er gewollt hatte.

Allerdings wollte *er* jetzt nicht mehr schlafen, das war das Problem.

Aber er war geübt darin, seine eigenen Bedürfnisse anzupassen. Er stand am Sofa, wollte sie gerade zudecken, als sie seine Anwesenheit gespürt haben musste. Langsam öffnete sie ihre Augen. Er konnte nicht behaupten, dass er enttäuscht war.

»Schlaf weiter«, flüsterte er, weil es das war, was man sagen musste.

Dann erinnerte er sich an das eine Mal am See, als sie ihm erzählt hatte, dass ihr Mund ihn nicht anlügen konnte. Anscheinend war das ansteckend, nur dass es bei ihm andersrum funktionierte: Sein Mund war viel zu verdammt anständig.

Und dennoch schlief sie nicht weiter. Sie gähnte und blinzelte ein paarmal, und tief in seiner Brust tat sich etwas. Wie eine seltsame Vorahnung, dass gleich etwas passieren würde. Wie wenn man spürt, dass der Bauch jeden Moment grummelt, nur dass es stattdessen in seiner Brust war.

Als sie sich aufsetzte und »Sawyer« sagte, ihre Stimme so voller Erleichterung, erfüllte es sein Herz. All die Jahre hatte er sein gebrochenes Herz als leer gesehen. Als würde irgendeine essenzielle Lebenskraft daraus entweichen.

An die Chance des Gegenteils hatte er überhaupt nicht mehr gedacht. Die Möglichkeit, dass es sich wieder auffüllte.

Und wenn, hätte er es sich ruhiger und gleichmäßiger vorgestellt, wie das Befüllen einer Wasserflasche am Hahn.

Aber so fühlte es sich ganz und gar nicht an. Es war wie der Sturm. Gewaltige, mächtige Wellen voller Trümmer und Steine brachen über sein Inneres ein, erschütterten ihn mit ihrer angsteinflößenden, rohen Kraft. Er rang nach Luft, sah plötzlich nur noch verschwommen, als das Blut aus seinem Kopf nach unten strömte. Anscheinend war sein Schwanz genauso voll wie sein Herz. Kein sehr anständiger Gedanke, aber nichts an dem, was gerade mit ihm passierte, war anständig. Eine Naturkatastrophe breitete sich in seinem Körper aus. Der Notfall war doch noch nicht vorbei, wie es aussah. Er hatte sich nur *in* ihn verlegt.

»Sawyer«, sagte sie noch mal, diesmal leiser, aber eindringlicher. »Ist alles in Ordnung?«

Es war nichts in Ordnung. Nicht einmal annähernd. Er wusste aber natürlich, dass sie etwas anderes meinte. Dass sie von der Rettungsaktion sprach. Also nickte er.

Er hatte sich schon über sie gebeugt, um sie zuzudecken, aber der Tsunami in ihm hatte ihn dazu gebracht, sich instinktiv schützend zu krümmen.

Das brachte ihn in greifbare Nähe zu ihr.

Und sie griff nach ihm.

• • •

Eve Abbotts drei letzten halbwegs zusammenhängenden Gedanken, als sie sich in Sawyer Collins' Arme warf

1. Sie war erschöpft. Wahrscheinlich sah sie wie im Halbschlaf aus. Das war ihre Ausrede, wenn das alles vorbei war: Schlafwandeln. Schlafgreifen.
2. Nur … wenn sie wach genug war, um sich eine Ausrede auszudenken, konnte man ihr durchaus Vorsatz unterstellen.
3. Na ja, wie auch immer. Egal.

Und dann dachte sie nur noch an eine Sache: Wie sie bekam, was sie wollte. Sie streckte ihre Hände nach seiner Brust aus, erst flach, dann griff sie in seine durchnässte Uniform und zog sich daran hoch, bis sie auf dem Sofa kniete. Weil er sich über sie gebeugt hatte, war er plötzlich ganz nah. Sie waren auf einer Höhe, und er hatte seine blauen Augen weit aufgerissen, wie im Schock. Ja, es war schockierend, das hier war *schockierend.*

Sie küsste ihn. Seine Lippen waren kalt, das war falsch. Sie musste sie aufwärmen, womit sie auch direkt anfing. Erst ganz sanft, weil es sich anfühlte, wie einen Stein zu küssen. Er war immer noch wie betäubt. Regungslos. Aber gerade als sie dachte, dass es ein Fehler war, dass sie aufhören und ihre Schlafwandeln-Ausrede nutzen sollte, bewegte er sich doch. Er schlang seine Arme um sie und schnappte nach Luft, als wäre er am Ertrinken und sie wäre seine Rettung.

Er öffnete seinen Mund und sie seufzte. Auf einmal wurde ihr Kopf ganz schwer und fiel zurück, aber dann war auch schon eine seiner Hände an ihrem Hinterkopf, sie spürte seine Fingerspitzen, während er sie stützte – und sie auskostete. Anders konnte man es nicht beschreiben. Ihre Lippen und Zungen verschmolzen miteinander. Vor und zurück ließ er seine Zunge über ihre gleiten, tauchte tief in sie ein. Etwas wie ein Summen kam von ihm, als sie ihren Kopf zurücklehnte und ihren Mund noch weiter öffnete. Es war, als wollte er in sie hineinklettern. Gott, so hatte sie noch *nie* jemand geküsst, nicht mal Sawyer früher. Es war so ... versaut. So wundervoll, perfekt, unerwartet *versaut.*

Und es war nicht genug.

Zusammen mit dem Rest ihrer nassen Klamotten hatte sie ihren BH ausgezogen, und ihre Brüste fühlten sich schwer an, geschwollen, sie schmerzten beinahe. Er drückte sie schon an sich, aber sie hatte sich immer noch an seine Uniform geklammert, deswegen waren ihre Arme im Weg. Was für eine verschwendete Chance. Sie versuchte langsam, sich zu befreien, um ihre Brust an ihn zu drücken, um endlich Erleichterung von diesem *Gefühl* zu bekommen.

Er musste allerdings gedacht haben, dass sie von ihm wegwollte, denn er ließ sie sofort los. Der Verlust traf sie umgehend. Der Verlust seiner Arme um ihren Körper, seiner Hand an ihrem Hinterkopf, seiner Lippen auf ihren. Das alles war … weg. Aus ihrem Mund kam etwas, das wie ein Jammern klang. Es wäre ihr peinlich, wäre nicht ihr einziger Gedanke, wie sie ihre pochenden Brüste an ihn pressen könnte. Sie drückte ihn runter auf das Sofa und kletterte auf ihn.

Er stöhnte, als sie auf ihm landete – sie hatte sich ziemlich energisch auf ihn geschmissen –, während sie erleichtert seufzte, als sie endlich ganz auf ihm lag. Die Erleichterung hielt aber nur kurz, denn es reichte noch nicht. Frustriert grummelte sie und wand sich auf ihm, in der Hoffnung, Reibung würde helfen.

Er holte tief Luft. »Was passiert hier, Evie?«

»Ich bespringe dich.« *Falls das nicht offensichtlich war.*

»Nein, was passiert *hier*?« Er klopfte gegen ihre Schläfe. »Irgendeine Art Adrenalinrausch, so ein Gott-sei-Dank-sind-wir-nicht-tot-Ding? Denn so schlimm der Sturm auch war, wir waren nie wirklich in Gefahr.«

Ihr Ausweg. Und sie müsste es nicht einmal selbst aussprechen. Sie müsste nur nicken, ihren Kopf ein paar Zentimeter hoch und runter bewegen und sie wäre entschuldigt. Sie könnte sich von ihm lösen, und alles zwischen ihnen wäre wie vorher: Freundschaft mit dem einen oder anderen unangenehmen Moment.

»Nein«, kam aus ihrem Mund.

Er runzelte die Stirn. »Du trägst keine Unterwäsche.«

Stimmt. Sie hatte sich bisher nur auf ihre Brüste konzentriert, aber sofort, als er ›Unterwäsche‹ aussprach, war es, als würde in ihren Gedanken ein großer blinkender Neonpfeil auftauchen, der auf das Ziehen zwischen ihren Beinen zeigte.

Etwas zittrig atmete sie ein. »Meine Klamotten sind im Trockner.«

»Also lagst du ohne Unterwäsche auf meinem Sofa.«

Sie war nicht sicher, ob er es als Vorwurf meinte oder einfach als Beobachtung. Sein T-Shirt war lang, es reichte bis über ihren Hintern. Sie sagte allerdings nichts davon, sondern entschied, dass er einfach eine Feststellung gemacht hatte. »Ich hatte nicht vor, einzuschlafen. Ich wollte mich wieder anziehen, bevor du zurückkommst.«

Er grinste. Also kein Vorwurf. »Auch mit dem besten Plan …«

»Landet man manchmal auf dem Rücken?«, beendete sie hoffnungsvoll.

»›Das ist eine schlechte Idee‹, weißt du noch? Wer hat das gesagt?«

»Ich nehme übervorsichtige Bibliothekarin, die in ihren Gedanken lebt, für 100.« Sie rutschte etwas hin und her, damit die Region, wo der Leuchtpfeil draufzeigte, direkt über seinem … Leuchtpfeil lag.

»Du hattest wahrscheinlich nicht unrecht damit.« Er stöhnte dabei allerdings, als würde sie ihn quälen, aber auf eine angenehme Art.

Deswegen machte sie weiter. »Und trotzdem stecken wir schon so tief in der schlechten Idee drin.«

Sie sah das Lachen in seinen Augen, auch wenn er sich dabei auf die Lippe biss. »Wenn wir jetzt aufhören, würde es überhaupt einen Unterschied machen?«

»Eben. Wir sind schon zu weit gekommen, jetzt können wir es auch genießen.« Ihre Wangen taten schon vom Grinsen weh, sie liebte dieses Rumalbern mit ihm.

Er schloss seine Augen, »*Gott*, Evie«.

Dann musste sie daran denken, was Maya gesagt hatte. »Es aus unserem System kriegen.«

»Es?«

»Es«, wiederholte sie entschlossen. »Du weißt, was ›es‹ ist.«

»Also wir machen das hier und kriegen dann ›es‹ aus dem System.«

Sie war nicht sicher, ob es als Frage oder Aussage gemeint war – er hatte immer noch seine Augen zu, und sie konnte es nicht in seinem Gesicht ablesen –, aber sie antwortete, um auf Nummer sicher zu gehen. »Ja. Wie … Friends with Benefits.« Sagte man das so im echten Leben überhaupt?

Egal. Rumalbern machte Spaß und so, aber nicht reden eben auch. Er hatte die Augen geschlossen und den Kopf nach hinten gelegt, also die perfekte Gelegenheit für ein bisschen weniger Gerede.

Bevor sie zu viel nachdenken konnte, leckte sie ihm über den Hals.

Das schien etwas in ihm auszulösen. Er riss seine Augen auf. Für einen kurzen Augenblick stand alles still und sie starrten sich an. Dann lag er mit einem Mal auf ihr. Sie wollte etwas sagen, aber dafür fehlte ihr die Luft.

Er hielt inne, erstarrte. Wie konnte sie das ändern? »Sawyer«, meinte sie sanft. »Es ist nur Sex.«

Jeglicher Funken Zweifel wurde direkt zerstört, denn es funktionierte sofort.

»Okay, aber diesmal läuft es so: Du sagst mir, was du magst, und genau das mache ich, bis du kommst.«

Oh. Jemand hatte gerade die kleinen Feuer unter ihren Wangen entfacht. Sie atmete aus. »Ich glaube, wenn du weiter so redest, reicht das schon.«

Er beugte sich runter und leckte ihr über den Hals, genau wie sie es bei ihm gemacht hatte. Nur, dass er immer tiefer wanderte, ihr T-Shirt runterzog und sie seine Zähne an ihrem Schlüsselbein spürte. »Ach, du stehst auf ein bisschen Dirty Talk?«

Ach ja? Da sie sich plötzlich wegen der Abwesenheit ihrer Unterwäsche Sorgen um das Sofa machen musste, war sie ziemlich sicher, dass die Antwort ›Ja‹ lautete. Also sprach sie es aus. »Ja.« So einfach. Ein Wort. Die Wahrheit.

Vielleicht lag es auch daran, dass es neu war. Wenn sie vor zehn Jahren Sex hatten, dann lief das immer ziemlich leise ab. Nicht, dass daran irgendetwas schlimm wäre, aber das hier – reden – war besser.

»Warte.« Sein Kopf kam hoch, und ein schmutziges Grinsen tauchte in seinem Gesicht auf. »Ich glaube, wir beide wissen, was du willst, oder?«

Ihre Wangen wurden noch heißer, auch wenn das eigentlich unmöglich sein sollte. »Ich weiß nicht, was du meinst.«

»Ich denke schon. Aber vielleicht kann ich dich daran erinnern.« Wieder bewegte er sich so schnell, dass ihr kaum Zeit blieb, es zu verarbeiten, bis er auf dem Boden vor ihr kniete.

Oh Gott, er kniete auf dem Boden.

Es würde tatsächlich passieren.

»Setz dich auf«, befahl er.

Wenn sie es zuließ.

Sie zögerte. Wieso? Weil sie dumm war? Weil sie klug war? Wer wusste das schon?

Er beugte sich runter und küsste ihren Oberschenkel, nur ganz kurz, dann rieb er seinen Bart über ihre Haut, fast schon energisch, wie aus Prinzip. Wie als Vorschau auf das Kommende – Doppeldeutigkeit mal außen vor.

Sie setzte sich auf. »Damit habe ich nicht gerechnet.«

Er gab nur ein Knurren von sich und öffnete ihre Beine. Er kniete vor ihr, und von da aus konnte er *alles* sehen. Die Position ließ nichts unverdeckt.

Sie lachte nervös – Nervosität drohte plötzlich ihr Verlangen zu überschatten. »Das ist alles nicht … super vorbereitet.«

Sie hatte das bisher erst mit einem Typen, einem Ex, gemacht, und das lief nie gut. Mit ihm hatte sie immer so lange gebraucht, um zu kommen – falls es überhaupt passierte –, dass sie am Ende nur gestresst war und sich Sorgen um seinen Kiefer machen musste, und dann war sie sowieso viel zu abgelenkt.

Sawyer beachtete sie gar nicht. Na ja, ihr Gesicht jedenfalls nicht. Er starrte ihr direkt zwischen die Beine und ... oh Gott, *er leckte sich die Lippen.*

Sie war wie gelähmt. Vor sechs Monaten, als sie im Kühlraum vom Blumenladen eingeschlossen war und Sawyer auf der anderen Seite vom Glas vor ihr gekniet hatte, wer hätte da gedacht, dass sie hier enden würden – dieses Mal nur mit ihrer eignen Angst zwischen sich.

Na ja, ihr Verlangen war stärker als die Angst, entschied sie. Mit einem lauten Seufzen wich alle Anspannung aus ihr. Sie ließ sich sacken, und ihre Beine fielen weiter auseinander.

Er brummte zufrieden und sah zu ihr hoch. »Wie rasiert du bist, interessiert mich nicht. Es interessiert mich auch nicht, ob das eine schlechte Idee ist. Ehrlich gesagt interessiert mich gerade nur, was ich mit meinem Mund machen kann. Aber wenn du das hier wirklich nicht möchtest, dann machen wir es natürlich nicht.«

Bei seinen schroffen und deutlichen Worten löste sich all die Entspannung, die sie gerade erreicht hatte, wieder in Luft auf. Sie holte Luft und ihre Beine schlossen sich instinktiv wieder. Der vergebliche Versuch, das stechende Verlangen zu mildern, das er in ihr ausgelöst hatte.

Er musste es als Zeichen interpretiert haben, dass sie es nicht wollte. Er wich zurück und seufzte leise, wie enttäuscht.

Wenn sie nicht wollte, dass er aufhörte, dann musste sie jetzt was sagen. Auszusprechen, was sie wollte, war so beängstigend, aber auch so aufregend. Zu erklären, was in ihrem Kopf vorging. Konnte sie einfach so deutlich werden wie er? Mehr als das kleine ›Ja‹ von eben?

»Ich will das hier.« Sie öffnete ihre Beine wieder. »Das sollte kein Rückzieher sein. Das war bloß ein komischer Instinkt, das Pochen zwischen meinen Beinen zu beruhigen.«

Ha! Sie hatte es geschafft. Und es war nicht einmal so schwierig.

Und, vor allem, es *funktionierte*. Sofort. Er senkte seinen Kopf wieder und schlang seine Arme um ihre Beine, um sie festzuhalten. Er zog sie an sich, bis sein Bart sie genau *da* berührte. An ihrer feuchten Haut blieben die Haare leicht hängen, während sie über die empfindlichen Stellen glitten. Eine Weile blieb er so, küsste ihren einen Oberschenkel, drehte seinen Kopf langsam zum anderen Bein, sodass sein Bart leicht ihre Mitte streifte. Bei jedem Mal musste sie stöhnen. Wieso sollte sie das auch unterdrücken? Es schien plötzlich sinnlos, sich Gedanken darüber zu machen, wie man klang, während man das Gesicht eines Mannes zwischen den Beinen hatte.

Langsam drang er weiter vor. Immer länger blieb er in der Mitte hängen, fuhr mit der Zunge um ihre Öffnung, bevor er wieder zu ihren Oberschenkeln zurückkehrte.

Es fühlte sich so gut an. So, so gut, dass sie inzwischen

fast durchgehend stöhnte. Alle Nervenenden in ihrem Körper standen unter Spannung, zogen in Richtung Mittelpunkt, zu *ihm*. Sie wollte nicht, dass er wieder zu ihren Beinen überging. Sie wollte, dass er …

»Bleib da.«

Wieder war es so einfach! Ihr Mund und ihr Kopf arbeiteten endlich zusammen. Ihre Beine schlossen sich um seinen Kopf, um ihn dazu zu bringen weiterzumachen.

Wieder kam ein tiefes Brummen von ihm, und sie musste wegen des puren Genusses darin lachen. Auch wegen des Gefühls. Weil sie kurz davor war zu kommen, aber auch weil sie einfach *ausgesprochen* hatte, was sie wollte.

Er bewegte sich etwas hin und her und knurrte wieder. Aber war das vielleicht gar kein sexy männliches Knurren, sondern stimmte etwas nicht? Sie schaute runter. Er kniete jetzt schon eine Weile auf dem harten Parkett, das konnte nicht angenehm sein.

»Rutsch da rüber.« Er nickte zum Ende des Sofas.

Und … da war wieder die Nervosität. »Wir müssen nic-«

»Los. Beweg deinen Hintern. Da.« Sanft klatschte er ihr an die Hüfte, was ihrem Hintern von ihm aus am nächsten kam.

Sie rutschte nach hinten, und er drehte sie so, dass sie an der Armlehne des Sofas lehnte, die Beine ausgestreckt. Kurz strich er mit den Händen über die weiche Haut innen an ihren Oberschenkeln. Die rauen Hände fühlten sich genauso gut an, wie sie es sich vorgestellt hatte.

Zu schnell – sie wollte seine rauen Hände noch nicht aufgeben – legte er sich auf den Bauch, den Kopf wieder zwischen ihren Beinen.

Sie spürte das Pulsieren zwischen ihren Beinen, aber sie war nicht mehr so kurz davor.

»Es dauert bei mir meistens ein bisschen«, warnte sie ihn.

Er durchbohrte sie mit seinen blauen Augen. Da war auch wieder dieses Funkeln, nur … intensiver. Viel intensiver. »Musst du noch weg? Ich ganz sicher nicht.«

In der Position wurde er dann von der Lampe auf dem Beistelltisch angeleuchtet, und jetzt konnte sie sehen, dass sein Bart feucht war. Von *ihr*.

Es sah *genauso* aus, wie sie es sich vorgestellt hatte, als sie die Leiter vom Dach des Inns runtergestiegen war und das Bild plötzlich in ihrem Kopf aufgetaucht war.

»Nein«, flüsterte sie.

Wieder leckte er sich die Lippen.

Dann senkte er den Kopf und leckte über *ihre* Lippen. Nur ein paarmal brauchte es, dann war sie wieder voll da, kämpfte gegen die gegensätzlichen Bedürfnisse an, sich unter ihm zu winden und ihre Hüften hochzudrücken, um ihn etwas weiter nach oben zu locken.

Aber Moment. So kompliziert war es nicht, oder? Sie hatte doch diese neu entdeckte Kraft. »Höher«, keuchte sie, und er ging höher. *Unglaublich*.

Er musste allerdings gedacht haben, dass sie ihn direkt zum Hauptteil leiten wollte, denn er fing an, ihren Kitzler zu lecken.

So funktionierte das nicht. »Nicht so viel direkter Druck. Du musst ein bisschen außen rum, daneben.«

Und verdammt, er gehorchte sofort. Als er anfing, seine Zunge mit genau richtigem Druck kreisen zu lassen, stieg die Anspannung in ihr höher und höher. Sie wollte gerade etwas sagen wie »Genau da, so ist gut«, aber es war schon zu spät. Aus ihrem Mund kam nur ein kurzer Schrei. Wie eben klammerten sich ihre Beine um seinen Kopf, und er machte einfach weiter, während sie um ihn geschlungen erzitterte.

Als sie sich schließlich wieder nach hinten fallen ließ und ihn befreite, richtete er sich auf. »Also das hat überhaupt nicht lange gedauert«, sagte er mit dem selbstgefälligsten Grinsen, das sie je gesehen hatte.

Sie schnappte sich eines der Sofakissen von hinter sich und warf ihn damit ab. Er fing es auf und zwinkerte ihr zu. »Gib mir nur ... zwei Minuten.« Sie zeigte zwischen ihnen hin und her. »Bis ich meine Beine wieder spüren kann.« Aber irgendetwas stimmte an seinem Anblick nicht. »Moment, du hast ja noch alle Klamotten an.« Und sie waren komplett nass.

Na ja, natürlich waren sie nass, und natürlich hatte er sie noch an. Zwischen dem Moment, als sie sich in seine Uniform gekrallt hatte, bis er angefangen hatte, sie zu lecken, hatten sie keine Pause gemacht, damit er sich ausziehen konnte.

»Zum Glück hast du deine scharfe Beobachtungsgabe nicht zusammen mit der Kontrolle über deine Beine verloren«, neckte er sie.

»Du solltest dich ausziehen.«

»Okay.«

Und das tat er. Noch ein Beispiel dafür, wie viel Macht ihre Stimme hatte.

»Du dich aber auch«, sagte er noch, während er sich aus seiner nassen Hose schälte.

Sie hatte immer noch sein T-Shirt an. Wow. Wie war es eigentlich möglich, dass sie während des wahrscheinlich heißesten Moments ihres Lebens noch halb angezogen war und er sogar vollständig?

»Okay«, antwortete sie.

Dann waren beide nackt. Sie schauten sich an.

In genau der Situation waren sie schon mal, vor zehn Jahren. Sie fragte sich, ob er das gleiche Gefühl hatte – wieder gleichzeitig vertraut und neu. Er war derselbe Sawyer, aber noch mehr. Jetzt hatte er diese großen männlichen Muskeln. Außerdem war er gebräunt, hatte aber einen ziemlichen Abdruck von seinem T-Shirt, wofür sie sehr dankbar war, denn dadurch wirkte er als *Mr großer muskulöser Chief* etwas weniger einschüchternd.

Sie fragte sich nur, ob sie seinen Erinnerungen gerecht wurde. Es war alles nicht mehr so ... straff wie früher.

Fast als ob er ihre Unsicherheit gespürt hätte, pfiff er anerkennend und fing an, auffällig ihre Brüste anzustarren. Ihre Brüste waren wirklich schön. Nicht riesig, aber irgendwie prall.

Was auch prall war? Sein Penis. Er wippte hoch und runter, als ob er auf sich aufmerksam machen wollte.

Sie richtete sich auf. »Hallo.«

»Hi. Beine funktionieren wieder?«

Als Antwort wackelte sie ein bisschen damit herum. *Alles* funktionierte wieder. »Hast du Kondome?«

»Ich glaube nicht.«

»Echt nicht?«

»Falls doch, sind sie wahrscheinlich abgelaufen.«

Oh ... wow. So viel zum *Mr großer muskulöser Chief*.

Er zuckte mit den Schultern. »Ich hatte andere Sachen zu tun.«

Insgeheim war sie sehr froh darüber. Sie versuchte nur herauszufinden, wieso auf alles in der Welt ein Mann wie Sawyer Collins abgelaufene Kondome hatte. Sie merkte schon, wie sich die Liste formte, aber sie unterdrückte den Impuls. Keine Zeit für Listen. Jetzt musste sie umdenken. Na gut, sie hatte gerade noch seinen Penis bewundert, oder nicht?

Sie zeigte auf das andere Ende vom Sofa, und er setzte sich, ohne dass sie was sagen musste. Mit dem Haargummi von ihrem Handgelenk band sie ihre Haare zurück. »Ich bin aber, glaube ich, nur mittelmäßig darin.«

»Du warst immer gut darin.«

»Das bezweifle ich. Aber wenn überhaupt, bin ich besser geworden.« Er schüttelte den Kopf. Sie war ziemlich sicher, dass es ein glückliches Kopfschütteln war, aber um sicherzugehen, fragte sie noch mal nach: »Bereit?«

Er grinste. »Ja, Ma'am.«

• • •

Er sollte die Decke über sie legen. Er wollte nicht, dass sie fror. Das würde allerdings bedeuten, dass er aufstehen müsste. Und *das* würde bedeuten, dass Evie nicht mehr auf ihm liegen würde. Sie hatte sich auf ihm ausgestreckt und sah ziemlich zufrieden mit sich aus.

Mit gutem Recht. Er war aber nicht sicher, ob sie »besser« in Blowjobs war als früher, er hatte es eigentlich in guter Erinnerung. Auf der anderen Seite war er damals achtzehn, und abgesehen von ihm selbst war sie die erste Person, die seinen Schwanz berührte und dann sogar in den Mund nahm. Am liebsten hätte er ihr jedes Mal eine Medaille überreicht.

Aber damals hatte er nie gesagt, dass es ihm gefallen hatte, jedenfalls nicht deutlich. Sie hatten gekuschelt und so was, und er war ziemlich sicher, dass sie damals wusste, dass sie ihn anmachte, aber wieso hatte er nie irgendetwas gesagt?

Zehn Jahre später und Evie war immer noch verdammt gut, wenn es um Blowjobs ging.

Im Reden war sie auch besser.

Das gefiel ihm.

Vielleicht sollte er sich ein Beispiel nehmen. »Das hat Spaß gemacht.«

Eine maßlose Untertreibung. Die Wahrheit wäre eher so was wie: »Du hast mich für immer für alle anderen Frauen ruiniert.« Aber Reden hieß nicht, dass man sie gleich verschrecken sollte.

»Mmm«, murmelte sie zustimmend gegen seine Brust. Sie war ganz schlapp, das gefiel ihm. Er würde später noch genug Zeit haben, darüber nachzudenken, was für ein Riesenfehler das hier war. Damit hatte er es nicht eilig. Stattdessen legte er seine Arme um sie.

Eine Weile lagen sie einfach so da, bis sie ihren Kopf hob. Ihre Augen, nur wenige Zentimeter von seinen entfernt, waren weit aufgerissen, als wäre ihr gerade ein Gedanke gekommen. »Wir meinten doch vorhin, Friends with Benefits, weißt du noch?«

Er wusste noch, dass *sie* Friends with Benefits gesagt hatte. Aber ... »Ja?«

»Kann einer dieser Benefits sein, dass du meine Renovierung wieder vorantreibst? Ich weiß, ich war am Anfang nicht so begeistert, aber, Gott, ich brauche deine Hilfe. Alles steht einfach still.«

Er seufzte. »Ja, was das angeht ...«

Sie befreite sich aus seiner Umarmung, wobei er seine Arme zwingen musste, lockerzulassen. Er wollte sie eigentlich noch nicht loslassen. Aber sie wickelte schon die Wolldecke um sich und ging zum Trockner, der lange fertig war. Vor der offenen Trocknertür blieb sie stehen und schaute über ihre Schulter zu ihm, wartete, dass er weiterredete. Er war zu lange in Gedanken versunken. Das war wirklich gefährlich, wenn er die Welt in seinem Kopf – die Welt, die er wollte – mit der verwechselte, die vor ihm lag.

»Ich dachte, ich würde die Renovierung vorantreiben, und das klappte auch, aber wie sich herausstellte, haben sich auch die Alten eingemischt. Nur eben mit einem anderen Ziel.«

Ihr Mund stand offen. »Also haben Karl und Pearl und die alle meine Renovierung sabotiert?«

»Ich habe es gerade erst herausgefunden, nach dem Murder Mystery. Ich bin dabei, mich darum zu kümmern.«

»Aber wieso sollten sie das machen? Ich dachte, sie haben dich ständig zu mir geschickt, um zu helfen.«

»Sie haben wohl ihre Taktik geändert. Ich glaube, sie wollen wirklich nicht, dass du die Stadt wieder verlässt.«

Kurz legte sie ihren Kopf schräg, als müsste sie überlegen. »Ist das jetzt süß oder total dreist?«

»Vielleicht ein bisschen von beidem?«

Sie seufzte und zog ihre Jeans über.

»Ich kümmere mich drum.« So wenig er das auch wollte. Plötzlich verstand er, was Pearl damit meinte, dass er Evie nicht helfen sollte, so schnell wie möglich hier fertig zu sein.

»Danke, Sawyer.« Sie schlüpfte in ihr T-Shirt. »Du bist ein guter Freund.«

Ein guter *Freund*.

Genau.

Kapitel 20

Eve: Hallo, Friend, ich brauche ein paar Benefits.

Eve musste selbst über ihre Nachricht lachen. Aber ihr gefiel diese neue Art an ihr, einfach danach zu fragen, was sie wollte.

Seine Antwort kam sofort: *Sextest du mir?*

Oh! Jetzt musste sie erst recht lachen – *so* hatte sie es nicht gemeint. Aber natürlich klang es nach einem Booty Call.

Nein! Jedenfalls nicht absichtlich. Ich muss mit dir über den Fußboden reden.

Sie war nicht einmal sicher, ob sie noch mal mit ihm schlafen würde oder ob ihre Abmachung nur für gestern Abend galt. Wollte sie es überhaupt? Ja, natürlich wollte sie es. Der Mann war wie ein Sexgott. Aber wäre das klug? Nein, natürlich nicht. Vielleicht gab es irgendeinen Mittelweg.

Sowieso war es nicht allein ihre Entscheidung. Als er sie abends nach Hause gefahren hatte, kam eine mögliche

Wiederholung nicht zur Sprache. Ob er überhaupt Interesse hatte?

Sawyer: Schade ...

Ach ja? Sie lächelte.

Sawyer: Ich habe schon überlegt, dir zu sexten.

Eve: Echt?

Sawyer: Darf ich?

Eve: Sawyer, bittest du um Erlaubnis, mir zu sexten?

Sawyer: Ich glaube schon. So macht man das eigentlich nicht, oder?

Hmpf, er war einfach so niedlich. Und anständig und charmant. Und jetzt wollte sie unbedingt herausfinden, was er schreiben würde.

Eve: Na dann schieß los.

Eve: Also, nicht wörtlich. Sexte mir.

Sawyer: Ich glaube, wir sind beide ziemlich schlecht bei so was, aber na gut. Bereit?

Eve: Bereit.

So bereit, dass schon wieder dieses Kribbeln anfing.

Als er ihr dann ein Foto schickte, musste sie sofort wieder loslachen. Ein Foto von einer Packung Kondome. Bevor sie antworten konnte, kam direkt das nächste Foto. Die Nahaufnahme vom Ablaufdatum in ein paar Jahren.

Sawyer: Ich bin nach Grand View gefahren, um die zu holen.

Eve: Wieso das?

Sawyer: Als Chief in einer Kleinstadt spricht sich so was rum. Ich kann nichts machen, ohne dass darüber geredet wird. Die Leute kommentieren ständig, was ich kaufe. Ich sollte nicht mein ganzes Geld für teure Bioprodukte verschwenden, ich wechsle das Öl in meinem Auto nicht oft genug ... Ich muss also aufpassen, wenn ich ein Geheimnis für mich behalten will.

Ein Geheimnis. Das zwischen ihnen sollte geheim bleiben. Das verpasste ihrer Aufregung direkt einen kleinen Dämpfer.

Aber er hatte recht. Sollte irgendjemand in der Stadt auch nur eine leise Vermutung haben, dass sie sich näherkommen, würden die Alten durchdrehen.

Sawyer: Also, ich will ja nicht zu pragmatisch klingen, aber meine Schicht ist gerade vorbei, und ich habe eine Stunde, bevor ich zu einem Kunden muss, für den Jake und ich was machen.

Also wollte er für einen Quickie vorbeikommen. Na ja, was hatte sie erwartet? Romantik? Nein, ganz bestimmt nicht. Vor allem *wollte* sie das auch überhaupt nicht. Wenn sie also weiter Sex haben würden – und so wirkte es –, dann musste es dabei bleiben. Nur Sex.

Eve: Dann beeilst du dich besser.

Sawyer: Es bleibt bestimmt noch Zeit, über den Boden zu reden.

Eve: Wow, du bist WIRKLICH nicht gut im Sexten.

• • •

Das war alles so falsch. Als Sawyer hinter dem *Mermaid* parkte, überlegte er noch, die Kondome im Kofferraum zu verstecken und zu behaupten, er hätte sie vergessen.

Nachdem er sie gestern nach Hause gebracht hatte – halt, nachdem er sie zurück zum Inn gebracht hatte, was *nicht* ihr Zuhause war –, hatte er sich selbst dazu überredet, nach Grand View zu fahren und Kondome zu kaufen, mit der Ausrede, dass es nur Sex war.

Wenn sie so dachte, dann konnte er das auch, nahm er sich vor. Wenn es nur um Sex ging, dann konnte er sie jederzeit loslassen. Wollte er etwa nie wieder mit ihr schlafen, oder wollte er seine Gefühle abstellen und es genießen, solange sie hier war? Jetzt wo er einen Vorgeschmack auf Sex mit der erwachsenen Evie hatte, fiel ihm die Antwort ziemlich leicht.

Aber wo kam dann dieses komische Gefühl her?

Vielleicht lag es an der Sache mit dem Quickie. Selbst wenn es nur um Sex ging, hatte Evie mehr als nur eine dazwischengeschobene, schnelle Nummer verdient. Als Teenager hatten sie das gezwungenermaßen so gemacht. Ecken zu finden, wo sie Sex haben konnten, war wie eine Herausforderung gewesen. Hauptsächlich warteten sie allerdings, bis Lucille weg war, um sich dann in Evies Zimmer einzuschließen. Die Angst, erwischt zu werden, blieb allerdings.

Na gut, dann redeten sie eben nur über ihr Problem mit dem Boden und machten einen anderen Termin für ungebundenen – aber nicht gehetzten – Sex aus. Problem gelöst. Er klopfte an die Tür.

Maya öffnete ihm. »Hey, Chief!«

»Hi, hi!« Evie tauchte hinter Maya auf und verzog das Gesicht, formte ein stilles »Sorry« mit dem Mund.

»Wie geht's?«, begrüßte Sawyer Maya. Was er eigentlich damit meinte, war: »Wieso bist du hier, und wann verschwindest du wieder?« Auch wenn sie keinen Sex haben würden, wollte er mit Evie allein sein.

»Ich will Evie dazu bringen, für ihr Vorstellungsgespräch nach Toronto zu fahren.«

Moment, was?

»Vorstellungsgespräch?«, hakte er nach.

»Sie will es über *Skype* machen«, schnaubte Maya.

»Die kennen mich schon!«, protestierte Evie. »Alle, die das entscheiden, kennen mich.«

Er versuchte mitzukommen. »Das mit dem Bestandsaufbau?«

»Ja. Der Job wurde letzte Woche ausgeschrieben, und ich habe heute um vier ein Interview.«

»Und ich sage ihr die ganze Zeit«, fing Maya wieder an, »dass es egal ist, ob sie dich kennen. Du machst einen besseren Eindruck, wenn du nicht nur ein zweidimensionales Bild auf einem Bildschirm bist. Du musst ihnen zeigen, dass es dir wichtig ist.«

So sehr er den bedeutungslosen, aber nicht gehetzten Sex auch so schnell wie möglich planen wollte ... »Sie hat schon recht, Evie. Wenn du den Job wirklich willst, solltest du es ihnen auch zeigen.«

Wollte sie den Job denn? Gab es eine klitzekleine Chance, dass sie ihn nicht wollte?

Für einen langen Moment sah sie ihn an. Dann blinzelte sie und drehte sich zu Maya. »Du hast recht.«

Verdammt.

»Und ich habe meine Eltern seit Weihnachten nicht gesehen«, fuhr Evie fort. »Und es ist gerade das Hot Docs.«

»Hot Docs?«, fragte er nach. »Klingt nach Krankenhausporno.«

Ein leichtes Zucken in ihren Mundwinkeln. »Dokumentationen. Das ist ein Filmfestival. Ich bin neulich schon etwas wehmütig die Listen durchgegangen.« Sie nickte entschlossen. »Jap. Ich bleibe das Wochenende in Toronto. Ein paar Tage zu Hause sind gut.«

Zu Hause. Wieder dieses Wort. Sawyer unterdrückte die Widerrede, die schon in ihm hochstieg. Es war besser so. Eine passende Erinnerung daran, dass ihr Leben – ihre Eltern, ihr Traumjob – in Toronto war.

Außerdem hatte Sawyer noch nie in seinem Leben eine Dokumentation angeguckt.

Er klatschte in die Hände. »Gut. Kann ich irgendetwas für dich tun, während du weg bist? Du meintest was vom Boden?«

Wieder sah sie ihn einen Moment zu lange an, bevor sie schließlich seufzte. »Ja. Ich habe den Truck von *Bluewater Flooring*, dem Bodenverleger, vor dem *Curl Up and Dye* gesehen.«

»Carol lässt die Böden in der Wohnung oben ausbessern«, erklärte Maya. »Sie bleibt vorübergehend bei CJ.«

»Gut, aber der Typ von *Bluewater Flooring* meinte zu mir, dass er es frühestens im Juli wieder nach Moonflower Bay schafft. Die Böden liegen hier schon seit Monaten rum, aber mir erzählt er immer nur, er hätte viel zu viel in Grand View zu tun.«

Das machte Sawyer direkt wieder wütend. Auch wenn er sich Evie am liebsten vor die Füße schmeißen würde und sie anflehen, für immer zu bleiben, nervte es ihn gewaltig, dass die Leute sie so hintergingen. Er ließ seine Knöchel knacken. »Ich kümmere mich drum.«

• • •

Es war schön in Toronto. Es fühlte sich wie Urlaub an, was etwas seltsam war, denn Eve hatte ihr gesamtes Leben dort verbracht. Wahrscheinlich fühlte es sich nur so an, weil sie nicht arbeiten musste und sich deswegen nicht zu den Stoßzeiten in die Bahn quetschen musste.

Und sie schrieb viel mit Leuten aus Moonflower Bay. Maya drehte komplett durch wegen des Castings für Richard III.

Maya: Ich habe einen Zuschuss bekommen, also könnte ich einen B-List-Schauspieler aus Toronto für die Hauptrolle engagieren. Das mache ich manchmal. Wie findest du den hier?

Danach kam eine Reihe an Fotos.

Eve: Er scheint gut?

Maya: Aber nur gut, oder? Er haut dich nicht um.

Eve: Na ja, das sind nur Headshots, ich habe keine Ahnung, wie gut er als Schauspieler ist. Aber ja, er ist nicht so düster und grüblerisch wie Jake.

Maya: Jake kriege ich nie ... Wir haben keinen anderen Richard in der Stadt.

Eve: Ich habe eine Idee. Beim Stratford Festival haben sie doch vor einer Weile eine Reihe Shakespearestücke mit getauschten Geschlechtern gemacht, weißt du noch?

Maya und sie hatten nämlich zufälligerweise damals einmal das gleiche Stück gesehen, wie sie herausgefunden hatten.

Eve: Wieso kann Richard nicht eine Frau sein?

Maya: Oh. Mein. Gott. Du bist ein Genie!

Eve: Wie wäre es mit Pearl? Oder Eiko? Es muss schon eine von ihnen sein, was meinst du? Oder du übernimmst es selbst.

Maya: KOMM ZURÜCK, WIR MÜSSEN DAS BESPRECHEN! Willst du mein Assistant Director sein?

Sie liebte Maya, aber sie wollte sich nicht in eine ihrer verrückten Aufführungen verwickeln lassen. Außerdem ...

Eve: Beim nächsten Anti-Festival bin ich gar nicht mehr in Moonflower Bay.

Maya: Mir gefällt die Antwort nicht. Auch wenn ich dich überredet habe, persönlich zu dem dummen Vorstellungsgespräch zu gehen, damit du deinen Traumjob bekommst und mich verlässt.

Eve gefiel ihre Antwort irgendwie auch nicht. Sie hinterließ eine seltsame Leere in ihr. Aber ehrlich gesagt war das völlig übertrieben, sie zog ja nicht direkt nach Timbuktu.

Eve: Ich komme zurück und gucke es mir an! Und ich werde als Erste aufspringen und klatschen!

Maya: Nein. Das Anti-Festival ist nur für Moonflower-Bay-Bewohner.

Okay, das tat weh.

Am nächsten Tag bekam sie eine Nachricht von Pearl.

Pearl: Sawyer sagt, ich soll mich entschuldigen, dass ich die Renovierung sabotiert habe. Also Entschuldigung, anscheinend.

Eve lachte. Sie war zwar genervt, aber Pearl war lustig.

Pearl: Ich habe es nur gemacht, weil ich will, dass du bleibst.

Eve: Danke, Pearl.

Pearl: Lucille wollte es auch, deswegen hat sie dir das Inn vererbt, weißt du.

Eve seufzte. Niemand wusste wirklich, wieso Lucille das gemacht hatte. Hätte sie sich Pearl wirklich anvertraut, dann hätte Pearl ihr schon längst davon erzählt.

Vor allem verstand Pearl die ganze komplizierte Situation nicht. Ihr Leben bestand aus Backen, Pläne schmieden und Fortnite. Das war nicht das wahre Leben.

Und dann kamen Fotos von Sawyer.

Sawyer: Es läuft alles wieder. Ich habe mal ein ernstes Wort mit ein paar Leuten geredet, und jetzt schieben sie Überstunden, um die ›Planungsfehler‹ wieder auszugleichen.

Auf den Fotos sah es aus, als hätte das *Mermaid* quasi einen Zeitsprung hinter sich.

Eve: Sieht aus, als wäre der erste Stock ziemlich fertig?

Sawyer: Jap. Es fehlen nur noch die Fußleisten.

Ein paar weitere Bilder poppten auf.

Sawyer: Im zweiten Stock gibt es noch mehr zu

tun. Die Klempner kommen morgen, aber der Boden dauert noch. Die Bodenleger haben einen anderen Auftrag in Bayshore – den habe ich überprüft. Aber sie versprechen, dass sie in zwei Wochen wiederkommen. Und ich räume hier alles frei, damit alles bereit ist.

Eve: In Zimmer 3C sind noch Möbel.

Sawyer: Dein altes Zimmer. Das ist abgeschlossen. Ist der Schlüssel hier irgendwo? Falls nicht, kann ich einen Schlüsseldienst rufen und das Zimmer leer räumen.

Das Zimmer hatte sie völlig verdrängt. Sein Angebot sollte eigentlich verlockend sein, wieso sollte nicht jemand anderes sich drum kümmern? Sie könnte zurückkommen, und die pinke Folterkammer wäre weg. Na gut, wahrscheinlich wäre das Zimmer immer noch pink, aber der Kram darin wäre weg.

Und tat es überhaupt noch weh? Sawyer und sie waren über dieses Zeug hinweg. Sie lächelte. *Weit* darüber hinweg. Sie hatte nicht mehr das Gefühl, von Erinnerungen angegriffen zu werden, wenn sie durch die Stadt ging – sie konnte sogar problemlos aus dem Trinkbrunnen in Fischform trinken. Wäre es nicht nur logisch, dass auch das Zimmer seine Macht über sie verloren hatte?

Eve: Ich wollte das Zimmer eigentlich in Ruhe

lassen. Ich weiß, das Zimmer sieht aus, als
hätte eine Siebenjährige es in Zuckerwatte
getaucht, aber ...

Hm, wie sollte sie es erklären, wenn sie es selbst nicht einmal verstand?

Sawyer: Vielleicht hat der neue Besitzer ja eine
Siebenjährige, die Zuckerwatte mag?

Sie lächelte.

Eve: Ich glaube, ich hänge einfach daran, und
habe mir eingeredet, dass es ein süßes Zimmer
für die Besitzer wäre. Oder Stauraum – das ist
so klein, es zählt kaum als richtiges
Gästezimmer. Aber das ist dumm. Also, ja,
kümmere dich ruhig drum – danke. Der
Schlüssel ist in der Besteckschublade in der
Küche.

Sawyer: Nein, wenn du es so lassen willst, dann
bleibt es so. Außerdem ist es klein genug, dass
der neue Besitzer es einfach selbst ändern
kann, wenn es ihm oder ihr nicht gefällt.

Der neue Besitzer. So lange war die Vorstellung eines neuen Besitzers eher theoretisch, aber langsam wurde es immer greifbarer.

Sawyer: Wie ist es in Toronto?

Ihre Antwort kam wie automatisch.

Eve: Super.

Sawyer: Wie lief das Vorstellungsgespräch?

Eve: Super.

Oder? Ihre alte Professorin zu sehen war wirklich schön. Eve hatte ihr von Moonflower Bay erzählt, und beide waren sich einig, dass ein Inn zu erben klang wie aus einer romantischen Komödie.

Eve: Ich denke, ich bekomme den Job.

Sawyer: Wann würdest du anfangen?

Eve: Ich weiß nicht. Da es eine ganz neue Stelle ist, sind sie flexibel, meinten sie.

An sich lief alles besser, als sie sich jemals erträumt hätte. Sobald das Jahr um war, würde sie das Inn verkaufen und mit einem Haufen Geld zurück nach Toronto ziehen, wo sie ihren Traumjob anfing. Selbst wenn sie für ihren Traumjob früher zurückmüsste, ginge das. Sawyer würde wahrscheinlich weiter ein Auge auf die Renovierung haben, und sie könnte immer mal am Wochenende vorbeischauen.

Aber verdammt, er würde ihr echt fehlen ...
Der See. Der See würde ihr echt fehlen.

Eve: Ich will schwimmen. Ich wünschte, es wäre Sommer und wir könnten im See schwimmen.

Eine Weile kam keine Antwort. Kein Wunder, bei dem abrupten Themenwechsel. Ihre Finger hatten kurz das Denken übernommen.

Sawyer: Was für Dokus hast du gesehen?

Er war jetzt anscheinend dran mit dem abrupten Themenwechsel.

Eve: Nur eine. Über Dr. Ruth.

Sawyer: Die Sex-Frau?

Eve: Jap.

Sawyer: Und? Irgendwelche Tipps aufgeschnappt?

Eve: Ist das jetzt Sexting?

Sawyer: Nö. Wann kommst du zurück?

Eve: Morgen früh.

Sawyer: Perfekt. Ich habe Nachtdienst, dann kann ich kurz schlafen und wir sehen und gegen Mittag – für die Liveversion.

Sie grinste. Sie freute sich schon auf Sawyer. Aber nicht nur auf ihn, sondern auch auf Maya und sogar die neugierige Pearl.

Sawyer: Natürlich nur, wenn du möchtest.

Das hatte er wahrscheinlich noch hinterhergeschoben, weil sie nicht geantwortet hatte.

Eve: Oh, ich möchte.

Kapitel 21

Evie brachte gerade ihr Gepäck ins *Mermaid*, als Sawyer ihr schrieb.

Sextete, genau genommen. Jedenfalls ihre Version davon, denn es kam ein Foto von ihm, wie er sich lächelnd die Packung Kondome neben das Gesicht hielt.

Sawyer: Bist du schon zurück?

Eve: Ich dachte, du willst schlafen. Es ist erst zehn.

Sawyer: Ich konnte nicht schlafen, wieso wohl …

Sie wurde sofort rot.

Sawyer: Ich bin beim Gemeindezentrum, kommst du her?

Eve: Ist das sonntags nicht zu?

Sawyer: Nicht, wenn man der Chief ist. Bring deinen Badeanzug mit.

Sie schnappte laut nach Luft. Sie hatte beiläufig erwähnt, dass sie schwimmen wollte, und er machte es einfach möglich?

Eve: Ich esse nur schnell was, dann bin ich da.

Sawyer: Ich habe Essen hier. Komm einfach.

Eve: Vielleicht warte ich damit lieber noch und komme erst, wenn ich da bin?

Sie musste selbst lachen.

Sawyer: Ja. Mehrmals.

Eve: Ich glaube, wir werden besser in diesem Sexting.

• • •

Sawyer wartete draußen vor dem Gemeindezentrum auf Evie, und als sie aus ihrem Auto stieg, war er überwältigt. Man konnte es nicht anders beschreiben. Ihm blieb die Luft weg. Auch wenn sie nur ein paar Tage weg gewesen ist, sie hatte ihm gefehlt.

Er wusste nur nicht, wieso. Sein Leben lief genauso wie

immer. Wenn überhaupt, hatte er mehr Ablenkungen als sonst gehabt. Wie die Berge an Papierkram, die nach der Rettungsaktion angefallen waren. Und er war mit Clara nach London in Ontario gefahren, wo sie schon alles Mögliche für das Studentenwohnheim besorgen wollte. Es war zwar erst Februar, aber sie wollte unbedingt ›vorbereitet sein‹.

Aber jetzt war Evie hier, und alle Ablenkungen lösten sich in Luft auf. Er brachte keinen Ton heraus, während er ihr die Tür öffnete.

Sie wirkte allerdings nicht ganz so betroffen. »Hi!«

»Hi«, kam krächzend aus seinem Mund.

»Wie war dein Wochenende?«

Es gab so vieles, wovon er ihr erzählen wollte – Claras fragwürdige Deko für ihr Zimmer zum Beispiel oder dass Joel in der Gasse neben *Lawson's Lager House* ein Paar beim Sex erwischt hatte und es *nicht* Art und Jamila waren –, aber sein Mund wollte nicht.

Aber in seinem Kopf schwirrten sowieso mal wieder haufenweise Meeresbewohner rum, die ihn lauthals daran erinnerten, dass Reden nicht das Einzige war, wofür man einen Mund nutzen konnte.

Er küsste sie.

Und sie küsste ihn.

Beide lächelten, während sie sich küssten, lachten beinahe. Er wusste nicht, wie sie dazu stand, aber er war einfach nur glücklich über den Moment.

»Also, VIP-Schwimmstunden?«, fragte sie, als sie sich voneinander trennten. »Wie cool ist das denn?«

»Erwarte nicht zu viel, es ist immer noch das Gemeindezentrum.« Er führte sie zu den Umkleiden.

»Oh mein Gott! Ich kann ja in die Männerumkleide gehen, jetzt wo geschlossen ist!«

»Das kannst du, aber ich wiederhole mich, erwarte lieber nicht zu viel. Es ist nur die Männerumkleide, nicht das Ritz.«

»Ich bleibe entzückt.« Grinsend schritt sie durch die Tür. »Ahh!« Sie lief an den Spinden vorbei und starrte auf die Pissoire. »Das Verbotene!«

Fröhlich folgte er ihr bis zum Schwimmbecken, wo sie sofort anfing, sich auszuziehen. Statt des blauen Badeanzugs, den sie vor so vielen Monaten für ihre Schwimmübungen angezogen hatte, trug sie jetzt einen Bikini. Das Oberteil war lila mit »Muschelschalen« über den Brüsten und das Unterteil schimmernd grün. Ein Arielle-Bikini. Sie machte ihn echt fertig. Zum einen, weil der Bikini an sich schon unfassbar sexy war, und zum anderen, weil es so zu ihr passte.

Er ging auf sie zu. Eigentlich wollte er sie nur umarmen. Er wollte sie einfach kurz festhalten. Aber sie schien seine Intention anders zu verstehen – vermutlich auch wegen des leisen Stöhnens, das ihm entwich. »Also legen wir direkt los?«, stichelte sie und fuhr mit einer Hand unter sein Shirt.

»Nicht unbedingt.« Sie wollte doch etwas essen, also zeigte er auf das Strandtuch, das er in einer Ecke ausgelegt hatte. Das bedurfte zwar einer enormen Willensstärke, aber er schaffte es. »Mittagessen.« Er hatte Essen bei Sadie abgeholt.

Sie spazierte rüber, ignorierte allerdings das Essen und legte sich auf das Tuch. Ihre Haare lagen um ihren Kopf verteilt, und in ihren Augen blitzte etwas Gefährliches auf. »Schließ die Augen und denk an was Schönes, oder? Das sagst du den Frauen immer?« Sie legte den Kopf schräg und starrte nachdenklich an die Decke. »Schließ die Augen und denk an die Decke vom Gemeindezentrum? Das hast du bestimmt noch *nie* zu anderen Frauen gesagt.«

»Da sind keine anderen Frauen.« *Es gibt nur dich.*

»Im Moment?«

»Genau.«

»Aber ich wette, es gab einige. Also, nach mir.«

Wollten sie jetzt wirklich darüber reden? Es noch etwas hinauszuzögern, weil sie was essen wollte, war ja noch in Ordnung, auf *diese* Unterhaltung konnte er eigentlich verzichten. Und dennoch musste er sie korrigieren. »Es gab zwei.«

»Zwei Beziehungen?«

Er musterte sie. Sie wirkte nicht aufgebracht, und er wollte sie auch ganz sicher nicht anlügen. »Ja.«

»Aber wahrscheinlich mehr, die die Augen schließen und an was Schönes denken sollten.«

Ah, darauf wollte sie also hinaus. »Fragst du etwa nach meiner Zahl?«

»Sieht so aus.«

»Dich inklusive?«

»Ja, insgesamt.«

»Fünf.«

Ihre Augen wurden ganz groß. Ja, wahrscheinlich keine besonders männliche Zahl, aber er hatte trotzdem nicht das

Bedürfnis, deswegen zu lügen. »Also ich plus die zwei Freundinnen. Wer waren Nummer vier und fünf?«

»Touristinnen.« So wie er in der Stadt nichts kaufen konnte, ohne dass alle darüber redeten, konnte er auch keine anderen Dinge erledigen. Manchmal bot sich allerdings eine Chance, und ganz selten war er dann auch nicht mal im Dienst oder wurde von Clara gebraucht. Schon seit Ewigkeiten wollte er sich eine dieser Apps holen, aber irgendwie kam immer etwas dazwischen. Er hatte es nie so eilig. Ganz anders als jetzt gerade, als er das Gefühl bekam, er würde jeden Moment durchdrehen, wenn er nicht *sofort* Evie Abbott spüren würde.

»Also bin ich Nummer sechs«, grübelte sie.

»Nein, du bist Nummer eins.«

Du bist die Einzige.

• • •

Sawyer drehte sich mit ihr, sodass sie auf dem Rücken lag und er auf ihr. Überrascht quietschte sie kurz, und in seinen Augen tauchte eine Mischung aus Lachen und Verlangen auf.

»Wie wäre es, wenn wir später weiter darüber reden, wenn du dann noch willst?«

Das wollte sie nicht. Sie legte ihren Kopf schräg und er küsste sie. Es war ein langsamer Kuss, fast träge. Aber tief, so tief. Sie entspannte am ganzen Körper und seufzte. Als er seine Lippen über ihre Wange wandern ließ, fragte sie:

»Also gibt es keinen Putzdienst am Wochenende, der jeden Moment reinplatzen könnte?«

»Nein.« Seine Lippen kitzelten ihr Ohr, während er sprach.

»Rettungsschwimmer, die ein bisschen üben wollen?«

»Nein.« Sein Bart kratzte über ihren Hals – das machte er doch absichtlich –, während er sich langsam nach unten vorarbeitete. »Aber willst du, dass wir aufhören?«

Als Antwort darauf öffnete sie den Verschluss vorn an ihrem Bikinitop. Der Bikini war lächerlich, sie hatte ihn online in einem Sale kurz nach Weihnachten gekauft und hatte bisher noch keine Gelegenheit gehabt, ihn anzuziehen. Genau wie schon bei ihm zu Hause spannten ihre Brüste, und sie musste ihn dazu bringen, sie anzufassen.

Er verstand sie sofort, wanderte weiter nach unten und nahm ihre beiden Brüste in seine Hände. Das wusste sie zwar zu schätzen, aber sie wollte irgendwie auch bei dem Ding mit dem Aussprechen, was sie mochte, bleiben, was sie letztes Mal für sich entdeckt hatte. Das war so eine Offenbarung und so heiß.

»Küsst du meine Brüste, Sawyer?«

»Ja.« Er beugte sich runter und begann, an ihrem einen Nippel zu saugen, schnell und heftig. Ein Blitz schoss durch ihren Körper, von seinem Mund bis runter zwischen ihre Beine. Dann hörte er kurz auf und sah sie an. »Ich liebe es, wie hart deine Nippel werden.«

»Der andere ist irgendwie noch viel empfindlicher. War schon immer so.«

Die Hand auf ihrer linken Brust bewegte sich, und er strich über ihren Nippel. »Wieso wusste ich das noch nicht?«

»Ich habe es dir nie gesagt«, antwortete sie schnell, damit er es nicht als seinen Fehler sah. »Aber jetzt sage ich es dir.«

Er lächelte. Ein langsames, gieriges Lächeln, in dem irgendwie trotzdem auch die Leichtigkeit der Situation steckte. »Ich frage mich, ob Bärte auch bei empfindlichen linken Nippeln funktionieren.«

Ihre Wangen fingen wieder an zu glühen, automatisch schnappte sie nach Luft. Dann hielt sie kurz die Luft an, und beim Ausatmen sagte sie, »Es gibt nur einen Weg, das herauszufinden«.

Er fing an, sie zu bearbeiten. Er konzentrierte sich völlig auf ihre eine Brust, leckte, saugte, knetete und strich mit seinem Bart über ihre harte Brustwarze. Er machte einfach weiter und weiter, während sich in ihr immer mehr Anspannung staute, bis es fast wehtat. Sie wand sich, aber er blieb hartnäckig. Der Druck in ihrer Brust und zwischen ihren Beinen wurde immer mehr.

»Ich glaube, allein davon könnte ich kommen«, hauchte sie, während er seine Zunge kreisen ließ.

Er hörte gerade lange genug auf, um zu sagen: »Die Herausforderung nehme ich an.«

Er meisterte die Herausforderung.

»Oh mein Gott«, keuchte sie, als sie wieder zu sich kam.

»Bist du früher jemals gekommen, wenn wir so was gemacht haben? Ganz allgemein?«

Oh nein, bitte nicht. Darauf gab es keine schöne Antwort.

Er musste ihr Schweigen schon als Antwort interpretiert haben, denn er legte seinen Kopf an ihren Hals. »Tut mir leid.«

Sie legte ihm eine Hand an die Wange und zwang ihn, sie anzusehen. »Sawyer. Wir waren *Teenager*.«

»Trotzdem. Ich hätte fragen sollen.«

»Ich hätte was sagen sollen.« Damals schaffte sie es nicht einmal selbst besonders gut. »Ich wusste nicht mal selbst richtig, wie ich komme. Ich hätte mich nie getraut, jemand anderem zu zeigen, was ich mag. Ich liebe meine Eltern, aber was die Bienen-und-Blümchen-Gespräche angeht, haben sie ein bisschen was versäumt.«

»Vielleicht hätten wir dann gar keinen Sex haben sollen.«

»Ich hatte gern Sex mit dir. Es hat mich angemacht.«

»Ich konnte es nur nie zu Ende bringen.«

»Nicht nie.« Er runzelte skeptisch die Stirn. »Manchmal habe ich mich irgendwie an deinem Bein ... gerieben und bin dann überraschend gekommen. Wie ein heimlicher Orgasmus.« Sie wollte die Stimmung wieder etwas lockern, aber es klappte nicht. Sie sah ihm an, dass er sich weiter wehren wollte, also schob sie ihn von sich runter, rollte ihn auf den Rücken und setzte sich auf ihn. »Wir waren *Kinder*. Wir wussten beide nicht, was wir tun. Aber sieh uns doch jetzt mal an.«

Da. Jetzt hatte sie ihn. Er verdrehte die Augen, aber sie entdeckte einen Anflug eines Lächelns. Also machte sie weiter und zeigte auf ihre nackte Brust. »Also, wirklich. Wir rocken dieses Friends-with-Benefits-Ding. Ich bin oben ohne und reibe mich an dir, und das halb öffentlich.« Sie rutschte etwas hin und her, um ihre Worte zu untermalen, bis sie direkt auf seiner Erektion saß. »Ich bin gekommen, ohne dass wir überhaupt ein Kondom gebraucht haben.« Jetzt lächelte er richtig. »So ist das Leben, oder? Oder so sollte es zumindest sein. Wir lernen dazu. Wir verbessern uns.«

Er streckte einen Arm aus und legte seine Hand auf ihre Wange. »Ich ...« Er verstummte. Ganz kurz glaubte sie, Tränen in seinen Augen zu sehen, aber das musste an dem harten Neonlicht liegen, das seine Augen glänzend aussehen ließ, denn er fuhr direkt fort: »Vielleicht sollten wir aber mal so ein Kondom benutzen?« Seine Stimme klang ganz tief und sexy.

Jetzt war sie dran mit Lächeln. »Wir wollen ja nicht, dass sie ablaufen.«

»*Zwei* Packungen abgelaufener Kondome wären vermutlich ein herberer Schlag für meine Männlichkeit, als herauszufinden, dass die einzigen Orgasmen, die meine erste Freundin je hatte, eher zufällig waren.«

»Vielleicht sollten wir dann aufhören zu reden.«

»Darüber jedenfalls.« Er klatschte ihr spaßhaft auf den Hintern. »Zieh das aus, Arielle.«

Lachend schlüpfte sie aus dem Slip. »Also ist das wie eine Pornoversion von Arielle die Meerjungfrau? Was würde Walt nur dazu sagen?«

»Ja.« Sein Blick wanderte zu ihren Händen, während sie sich das Unterteil über die Hüften schob. »Außer, weißt du wie die Meeresbewohner im Film singen, dass der Prinz sie küssen soll?«

Sie nickte. »Ich erinnere mich. Wie wir wissen, habe ich den Film ein, zwei Mal gesehen.«

»Stimmt, nur in dieser Version *vögelt* er sie.«

Oh verdammt. Sawyer liebte, dass es Evie so anmachte, wenn er versaut wurde. Die ganzen verpassten Chancen, wenn er Dirty Talk vermieden hatte, fühlten sich fast so falsch an wie die ganzen verpassten Orgasmen.

Er beobachtete sie dabei genau, um sicherzugehen, dass er nicht übertrieben hatte. Wie ihre Pupillen sich weiteten, selbst in dem hellen Licht, und sie beinahe zusammensackte, als würde ihr Rücken bei den deutlichen Worten weich werden, zeigte ihm, dass er nicht übertrieben hatte. Sie war von ihm gestiegen, um sich das Bikiniunterteil auszuziehen, aber da ihm der Anblick gefallen hatte, wie sie auf ihm saß, griff er nach hinten zu seinem Rucksack, holte ein Kondom raus und nahm dann ihre Hand. »Komm zurück.«

Sie setzte sich wieder hin, auf seine Oberschenkel, und nahm seinen Schwanz in die Hand. Er schauderte kurz, zwang sich aber, nicht die Augen zu schließen. Er wollte keinen Augenblick verpassen. Sie hatte ihre Nägel himmelblau lackiert, und er war wie gefesselt vom Anblick der kleinen blauen Punkte als Kontrast zu seiner geröteten Haut. Ein leises gehauchtes Stöhnen zog seine Aufmerksamkeit wieder zu ihrem Gesicht, um sicherzugehen, dass alles in Ordnung war. Auch sie starrte auf seinen Schwanz und biss sich dabei auf die Lippe, während noch mal dieses Seufzen kam, als würde ihr gefallen, was sie sah.

Er streckte eine Hand nach ihrer linken Brust aus – sie hatte recht damit, dass sie dazulernten, dass sie besser wurden –, und er wurde direkt mit ihrem Stöhnen, das er so liebte, belohnt. Er hatte nur Sorge, dass er nicht besonders lange durchhalten würde, deswegen suchte er mit der anderen Hand nach ihrem Kitzler und massierte sie.

»Sawyer.« Sie schnappte nach Luft und presste sich an ihn.

»Zieh mir das Kondom über, Evie.«

Sie sah wie benommen aus, als sie sich vorbeugte und nach der kleinen Verpackung neben ihm griff. Er versuchte dabei, so gut es ging, an ihr weiterzumachen.

Etwas unbeholfen stülpte sie es über ihn und seufzte dann. »Oh mein Gott, Sawyer, ich halte es nicht mehr aus.« Und sein Herz blieb stehen.

Es war so gut. Er liebte es, wenn er Evie Abbott unbeholfen und schwach machte. »Steig auf mich und reite mich, Evie.«

Dann war er in ihr. In Evie Abbott. Als wäre gar keine Zeit vergangen und gleichzeitig ein ganzes Jahrhundert.

Wir lernen dazu. Wir verbessern uns.

Er machte an ihrem Nippel und an ihrem Kitzler weiter, genau wie er gelernt hatte, dass sie es mochte.

»Genau so, Evie. Ich will spüren, wie du kommst, und dann in dich reinspritzen.«

Und das tat sie.

Und er auch.

Kapitel 22

Wenn der Sex ihn nicht schon völlig bezwungen hätte, dann hätte es spätestens ihr Gespräch danach.

Als er das Kondom los war und Evie es sich mit einem glücklichen Seufzen an seiner Brust gemütlich machte, meinte sie plötzlich: »Weißt du eigentlich, wieso ich immer Angst vor dem Schwimmen hatte?«

»Nein«, antwortete er vorsichtig. »Ich habe es mich auch gefragt, hatte aber nie das Gefühl, dass du darüber reden willst.« In Wahrheit hatte ihn das früher wahnsinnig neugierig gemacht, aber das Thema schien immer verboten. Und wie sie bedauerlicherweise festgestellt hatten, gehörte Kommunikation damals nicht zu ihren Stärken.

»Also, als ich drei war, bin ich bei einer Party in den Pool gefallen.«

Sofort wurde er angespannt. Es war dämlich, denn ihr ging es ganz offensichtlich gut. Sie lag direkt hier, in seinen Armen. Also zwang er seine Arme, sich zu entspannen. Er war auch unsicher, was die Regeln anging. Als Friends with Benefits war Kuscheln wahrscheinlich unangemessen. Da würde er einfach mal ihrem Beispiel folgen.

Sie rutschte von ihm runter – okay, dann so. Aber er hatte keine Zeit, groß deswegen rumzuweinen, denn sie schaute ihm direkt in die Augen und fuhr fort. »Mein Dad musste reinspringen und mich rausholen. Aber sie haben es nicht sofort bemerkt. Anscheinend bin ich einfach lautlos untergegangen. Ich habe wohl nicht mehr geatmet. Sie haben den Krankenwagen gerufen, und einer der Gäste hat mit der Reanimation angefangen.«

Er pfiff. »Na dann, kein Wunder.«

»Ich erinnere mich aber an nichts davon.«

»Wahrscheinlich unterbewusst schon.«

»Muss sein, oder? Wieso sonst sollte ich so lange panische Angst vor Wasser gehabt haben? Meine Eltern wollten auch, dass ich Schwimmunterricht nehme, aber ich habe nur wie am Spieß geschrien. *Daran* erinnere ich mich noch. Wie ich vor dem Schwimmbecken stehe und denke, dass ich wirklich sterbe, wenn ich reingehen muss. Sie wollten mich beruhigen, aber allein beim Anblick von Wasser hatte ich das Gefühl zu ersticken. Irgendwann haben sie dann aufgegeben.«

Der Gedanke an die kleine verängstigte, schreiende Evie brach ihm das Herz. »Wieso hast du mir das nie erzählt?«

»Es war mir peinlich. Wer lässt sich das ganze Leben von etwas versauen, woran er sich nicht mal erinnert?«

»Du konntest nur nicht schwimmen, dein Leben war nicht versaut. So ein großes Ding war das nun auch nicht.«

»In einer Stadt am See irgendwie schon. Aber trotzdem danke.«

»Es war egal«, sagte er noch, um sie weiter zu trösten.

Nur stimmte das nicht, oder? Und sie wollten doch offen miteinander sein – jedenfalls wenn es um Sex ging. Aber sie hatte sich ihm geöffnet, was das Schwimmen anging, konnte er nicht das Gleiche tun? »Weißt du noch, als wir zusammen waren?«

»Nein, Sawyer. Daran kann ich mich überhaupt nicht erinnern.« Sie verdrehte die Augen, aber lachte dabei.

Er strich ihr eine Haarsträhne aus dem Gesicht, weil es aussah, als würde die sie stören. Dann zwang er sich, damit aufzuhören, sie anzufassen. Wieder. Diesmal fiel es ihm noch schwerer. »Wir waren oft am Strand, aber du bist nie ins Wasser gegangen.«

»Und du hast mich nie gedrängt. Du hast immer andere Sachen gefunden, die wir machen können. Beeren pflücken. In Leuchttürme einbrechen. Das wusste ich immer zu schätzen.«

Er nickte. Deswegen wollte er ihr auch damals das Kanu bauen. Er fragte sich, ob sie sich daran auch noch erinnerte. Fast fragte er nach, aber dann dachte er an das Kanu in seiner Garage. Er konnte es nicht erklären – weder ihr noch sich selbst –, wieso er auf einmal beschlossen hatte, es fertigzustellen. *Hey, erinnerst du dich noch an das Kanu, das ich dir als riesigen Liebesbeweis als Teenager bauen wollte? Rate mal, woran ich gerade wieder arbeite!*, fiel sicherlich nicht in die Friends-with-Benefits-Kategorie.

Also hielt er den Mund.

So viel zu ihrer neuen Offenheit.

Sawyer: Was schätzt du, wie oft wir in deinem letzten Sommer hier Sex hatten?

Eve saß am nächsten Tag gerade in der Bibliothek, als Sawyer anfing, ihr zu schreiben. Im Gegensatz zu ihrer Bibliothek in Toronto war es hier tatsächlich leise, weshalb ihr Kichern ihr direkt die Aufmerksamkeit von allen um sie herum einbrachte.

»Tschuldigung«, flüsterte sie und stellte ihr Handy hastig auf lautlos, als direkt die nächste Nachricht kam.

Sawyer: Also, nicht wirklich so oft, oder? Es war schwierig genug, überhaupt mal allein sein zu können.

Worauf wollte er hinaus?

Eve: Kommt drauf an, was du mit Sex meinst. Also, reden wir nur von Penis-in-Vagina?

Sawyer: Hm, jetzt wo du's sagst.

Eve: Falls ja – stimmt, so viele Chancen hatten wir nicht, mit Clara und Lucille in der Nähe.

Er antwortete nicht direkt, deswegen schrieb sie weiter.

Eve: Du bist echt immer noch schlecht im Sexten, Sawyer.

Er ignorierte ihren Scherz komplett.

Sawyer: Es geht mir eigentlich um verpasste Orgasmen. Also zählt nicht nur Penis-in-Vagina. Petting zählt auch.

Eve: Petting? Hallo, sind wir jetzt nach 1956 gereist?

Sawyer: Komm schon, ich will ein paar Daten sammeln.

Eve: Wow, du bist ECHT schlecht im Sexten.

Sawyer: Das ist kein Sexten, das ist eine Datenanalyse, die zufällig zum Thema Sex ist.

Eve: Ich weiß es nicht, Sawyer, ich habe nicht mitgezählt, ich habe keine Tabelle für dich.

Allerdings hatte sie schon darüber in ihr Tagebuch geschrieben, das in der pinken Folterkammer lag, und damit könnte man die Zahl, die er wollte, wahrscheinlich ziemlich genau herausfinden. Oder zumindest eine grobe Schätzung. Aber das würde sie ihm nicht erzählen. Irgendwann musste sie sich dennoch dem Zimmer stellen. Irgendwann.

Sawyer: Hör mal, ich hatte eine Idee. Wie lange bist du noch hier, sechs Monate?

Sie zögerte. Wahrscheinlich nicht der perfekte Zeitpunkt, ihm davon zu erzählen, dass sie den Job im Bestandsaufbau bekommen hatte, wie sie seit heute Morgen wusste. Nichts hielt sie davon ab, direkt zurück nach Toronto zu ziehen und anzufangen. Sie könnte an den Wochenenden herkommen und sich um die Renovierung kümmern.

Während sie darüber nachdachte, wie oder wann sie es ihm erzählen sollte, kam die nächste Nachricht.

Sawyer: Wie auch immer. Mein Plan ist, die restliche Zeit zu nutzen, um all die Orgasmen nachzuholen, die du in dem Sommer verpasst hast. Deswegen brauche ich eine Zahl.

Sie prustete los. »Sorry, sorry«, entschuldigte sie sich bei einer Frau, die ihr einen wütenden Blick zuwarf.

Sie sollte wohl lieber rausgehen. Nicht nur wegen des Lachens, auch weil ihr etwas warm wurde.

Sawyer: Bist du noch da?

Eve: Ja. Ich war in der Bibliothek und musste bei deiner letzten Nachricht so laut lachen, dass ich mich selbst rausgeworfen habe.

Sawyer: Ich weiß nicht, wieso du darüber lachst. Das würde auf eine Menge Orgasmen für dich hinauslaufen.

Er meinte es also ernst.

Eve: Das ist so ein Männerding, sich so auf irgendeine Zahl zu fixieren.

Sawyer: Ich wiederhole es noch mal: Das würde auf eine Menge Orgasmen für dich hinauslaufen.

Eve: Also wäre es dumm von mir, mich darüber lustig zu machen, meinst du?

Sawyer: Das hast du jetzt gesagt.

Okay, sie hatte es ja nicht eilig, oder? Sie könnte noch etwas hierbleiben für die Orgasmus-Party.

Eve: Weißt du, die Auswahl in der Bibliothek hier ist echt scheiße. Ich könnte das so viel besser machen, mit meiner eigenen kleinen Free Library.

Sawyer: Willst du etwa mit mir verhandeln, damit ich dir eine kleine Free Library baue? Das ist nämlich gar nicht nötig, du musst nur fragen.

Das war eigentlich nicht ihre Absicht, aber jetzt, wo er es sagte …

Eve: Sawyer, würdest du mir eine kleine Free Library bauen?

Sawyer: Wird gemacht.

• • •

Zehn Tage später stand der Orgasmus-Zähler bei dreizehn, vor dem *Mermaid* stand eine kleine Free Library, und Eve war kurz davor, etwas unheimlich Dummes zu tun.

Um Punkt zehn klingelte ihr Handy.

»Hallo, Professor Chen.« Sie wollten die Details zu ihrem neuen Job besprechen.

»Linda. Wir sind jetzt Kollegen, du musst mich nicht mehr so nennen.«

»Dann Hallo, Linda.«

»Hast du das offizielle Angebot schon erhalten?«

»Ja, danke. Ich bin sehr zufrieden.«

»Was das Gehalt angeht, haben wir nicht viel Spielraum, die staatlichen Kürzungen lassen uns keine Wahl.«

Eve war mehr als glücklich mit dem angebotenen Gehalt. Es war deutlich höher als ihr jetziges – also das, was sie gerade sowieso nicht bekam. Momentan lebte sie von ihrem Kredit, weshalb auch ihr Schuldenberg immer weiter wuchs.

Aber sobald sie das *Mermaid* verkauft hatte, wären all diese Probleme passé.

Wahrscheinlich sollte sie aber dennoch verhandeln, das machte man in so einem Gespräch, oder? Wenn man selbst seinen Wert nicht kennt, wie sollte der Arbeitgeber ihn dann erkennen? Oder so ähnlich. Sie überlegte. Die Urlaubstage waren fest vorgeschrieben, da hatte sie keinen Einfluss. »Mit dem Gehalt bin ich zufrieden, aber über den Starttermin würde ich gern noch mal reden.« Das stimmte. Selbst wenn sie die Wochenenden immer herkam, würde sie erst mal länger als die vorgesehenen zwei Wochen brauchen, um alles zu regeln. Und sie musste sich auch noch um die pinke Folterkammer kümmern. Sie brauchte mindestens einen Monat.

»Über was für einen Zeitraum reden wir hier?«, wollte Linda wissen.

»Sechs Monate.«

Was zur Hölle? Wo kam das denn her? Sie brauchte keine sechs Monate.

Aber ... wie hoch konnte Sawyers Zahl in sechs Monaten wohl steigen?

Und das Schwimmen. Im See, nicht heimlich im Gemeindezentrum. Und der See war erst ab Juni warm genug.

Schweigen. Linda und die anderen im Komitee wussten, dass sie von ihrem jetzigen Job freigestellt war. Sie hatte ihre Situation immer offen geschildert, und sie hatten gesagt, dass sie für die richtige Kandidatin auch warten würden.

Aber auch sechs Monate? Sollte sie zurückrudern?

Sie sollte zurückrudern. Es ging um ihren Traumjob.

»Okay«, sagte Linda auf einmal.

»Echt?«

»Na ja, das ist ein ganz neuer Bereich. Ich arbeite deine Kollegin ein, und sie kann dir dann helfen. Ich bin über den Sommer sowieso viel unterwegs, also regle deine Angelegenheiten in Ruhe, und wir starten im Herbst durch. Kannst du direkt nach Labor Day anfangen?«

»Ja.«

Okay. Sie traf also eine völlig untypische unüberlegte Entscheidung, indem sie Sex und Schwimmen einem guten Einkommen vorzog.

Aber das war alles. Sie entschied sich für Sex und Schwimmen. Nicht für Sawyer.

Oder?

Kapitel 23

»Ich will keine einzige Himbeere mehr sehen«, verkündete Eve, als sie sich neben Sawyer und Clara auf die Decke am Sandcastle Beach plumpsen ließ.

»Du warst beim Pflücken?«, riet Sawyer. Morgens hatte er eigentlich noch für einen kurzen privaten Besuch bei ihr vorbeischauen wollen, aber sie hatte schon vom Himbeerfeld aus auf seine Nachrichten geantwortet – das Himbeer-Festival war in vollem Gange.

»Jap. Mit Maya. Und ich habe dabei bestimmt einen Eimer voll davon gegessen. Danach hatten wir dann noch Himbeer-Pancakes bei *Sadie's*.« Sie hielt kurz inne und verzog das Gesicht. »Die waren himmlisch.«

»Himmlische Pancakes machen dich wütend?«

»Nein. *Jedenfalls* … dann hat mich Jenna auf dem Weg hierher noch in ihren Laden gelockt, wo ich verschiedene Himbeer-Smoothies durchprobieren musste. Das Gleiche mit Amber und Himbeer-Bier – sie übernimmt die Bar, während Law im Sand spielt.« Sie schaute rüber zum Sandburgenwettbewerb, der gerade lief. »Ich konnte keine zwei Schritte die Hauptstraße entlanggehen, ohne dass mir irgendjemand ein Himbeergetränk in den Mund schütten wollte.«

Sawyer lachte. »Du musst unbedingt die Himbeerlimonade von *Legg's* probieren.« Er zeigte auf den Stand. »Die gibt es nur dieses Wochenende.«

»Nein. Wenn ich noch ein einziges Himbeergetränk trinken muss, treibe ich davon. Wie bei James und der Riesenpfirsich, nur mit einer Himbeere.«

»Also willst du keines von Pearls berühmten Himbeer-Ricotta-Küchlein?« Clara wedelte mit dem perfekten goldbraunen Gebäck vor Eves Nase herum und zog es schnell wieder zurück.

»Moment! Ich glaube, ich kriege gerade wieder Appetit.« Sie schnappte sich das Küchlein, nahm einen großen Bissen und fing an, ihren einen Arm durch ihren Ärmel zu ziehen. »Gehen wir schwimmen?« Sie nahm das Küchlein in die andere Hand und befreite ihren zweiten Arm. »Ich habe meinen Badeanzug drunter.«

Diesmal nicht der Arielle-Bikini, sondern ein schwarzer Einteiler. Sehr enttäuschend, aber Sawyer musste sowieso los. »Ich habe bald Dienst, ich kann nicht.«

Ebenfalls enttäuschend. Aber er tröstete sich damit, dass er Evie den letzten Monat, seit der See warm genug zum Schwimmen war, schon oft in all ihren Badesachen gesehen hatte.

Und ohne die Badesachen.

Die ganze Friends-with-Benefits-Sache gefiel ihm echt gut. Die meiste Zeit jedenfalls.

»Ich komme mit«, antwortete Clara. »Der See wird mir so fehlen.«

Eve sah kurz zu ihm, wahrscheinlich um zu prüfen, wie es ihm ging. Sie wusste genau, dass er immer panischer wurde, je näher Claras Auszug rückte. Aber vielleicht war das auch überhaupt nicht, woran sie dachte. »Mir wird der See auch fehlen«, sagte sie als Nächstes.

»Willst du mich *verarschen?*« Der empörte Ruf kam aus Richtung der Sandburgen. Sawyer war sehr dankbar für diese Ablenkung. Je weniger er an die Abreise der beiden erinnert wurde, desto besser.

Es kam von Maya. Sie baute gerade eine aufwendige Sandburg – oder hatte eine gebaut. Gerade stand sie vor Laws Abschnitt, wo er seine eigene baute, und zeigte auf irgendwelche glänzenden blauen Steinchen, mit denen er die Türme verzierte.

»Die sind vom Strand.«

»Die sind *nicht* vom Strand. Das sind irgendwelche polierten Steine, die du mitgebracht hast, und du weißt, dass das verboten ist. Nur natürliche Materialien, die man am Strand findet.«

»Es steht nirgendwo in den Regeln, dass man die Materialien auch am *selben* Tag am Strand sammeln muss. Ich habe die das ganze Jahr über gesammelt.«

Maya schnappte nach Luft, als hätte er gerade verkündet, die Bar zu schließen und stattdessen Welpenmörder zu werden. Sie winkte Karl zu ihnen rüber, der einer der Preisrichter war.

»Ich glaube, du solltest lieber schnell abhauen«, sagte

Eve. »Außer du willst da mit reingezogen werden. Genieß deine letzten freien Minuten, bevor deine Schicht anfängt.«

»Sehe ich auch so.« Clara stand auf. »Ab ins Wasser, Eve.«

Die beiden schlängelten sich zwischen den Dutzenden Sandburgen hindurch zum Wasser. Clara wusste nichts von Eves Angst vor dem Wasser. Damals war sie noch zu klein, und Sawyer hatte die Schwimmstunden bis jetzt für sich behalten. Er beobachtete sie, wie sie sich vorsichtig durch den steinigen Abschnitt kämpften und gemeinsam lachend ins Wasser gingen.

Es war lustig, die beiden so zusammen zu sehen. Schon früher war Eve immer toll mit seiner Schwester umgegangen. Er hatte irgendwie immer gedacht, dass andere Mädchen vielleicht keinen Freund wollten, der inklusive kleiner Schwester kam, aber Eve war anders. Sie hat immer Platz für Clara gemacht – wörtlich wie metaphorisch. Sie plante zum Beispiel gemeinsames Beerenpflücken und brachte Clara einen extra Kindereimer mit, auf dem Sticker von Claras momentanen Lieblingszeichentrickfiguren klebten. Oder sie ließ Clara danach beim Marmeladekochen helfen, auch wenn Claras ›Hilfe‹ alles andere als hilfreich war.

Sie heute zusammen zu sehen, Clara ganz erwachsen, zerrte an einem zarten Teil tief in ihm, von dem er vorher nicht wusste, dass dieser so verletzlich war. Wären Eve und er zusammengeblieben, hätten sie vielleicht genau hier geendet. Würden sich darauf vorbereiten, Clara aufs College zu schicken.

Aber halt. Unnötige Gedanken. Er rief sich wieder in Erinnerung, wie glücklich es ihn gemacht hatte, zu hören, dass Eve studiert hatte. Dass sie Bibliothekarin geworden war, genau wie sie immer wollte. Das wäre nie passiert, wenn sie nicht gegangen wäre.

Er rief sich auch in Erinnerung, dass sie immer von Friends with Benefits redete. Sie schrieb ihm immer noch den gleichen Satz, den sie das erste Mal benutzt hatte – *Hallo, Friend, ich brauche ein paar Benefits.*

Wenn er also schlecht gelaunt war, weil er sich bald wieder von ihr verabschieden musste, dann war das seine eigene Schuld. Er seufzte.

Der See war ziemlich voll, und Eve und Clara blieben stehen, um mit Eiko und Pearl zu quatschen, die im Wasser standen, obwohl sie eigentlich Karl bei der Bewertung helfen sollten.

Nach ein paar Minuten gingen sie weiter. Bald sah er nur noch hoch und runter wippende Köpfe im Wasser. Sie entfernten sich immer weiter von ihm.

Was Metaphern anging, klang das vergleichsweise plump, aber das machte es nicht weniger passend.

•••

»Du musst mir einen Gefallen tun«, eröffnete Clara nach dem Schwimmen.

»Klar.« Eve faszinierte es immer noch – hier stand sie und trocknete sich nach dem Schwimmen ab, als wäre es das Normalste der Welt.

»Du weißt doch, dass Sawyer mich Ende August nach Toronto fährt, oder?«

»Jap.«

»Er hilft mir beim Umzug und will dann die Nacht im Hotel bleiben. Ich hatte eigentlich gehofft, dass er am selben Tag noch zurückfährt, aber er meint, dass er dann zu müde ist. Das verstehe ich auch, aber ...«

»Du willst nicht, dass er die Nacht dableibt?«

»Es ist nur ... ich glaube, der Abschied wird hart für ihn.«

»Ah.« Ach, Clara. Da hatte sie wohl recht.

»Ich wünschte einfach, wir könnten uns verabschieden, und er könnte sich sofort zurück hierher teleportieren. Also, ich werde natürlich auch traurig sein, aber ich habe dann Lynn und wir werden mit dem Einrichten beschäftigt sein.«

»Aber Sawyer wird allein im Hotelzimmer hocken.«

»Deswegen hatte ich gehofft, dass du mitkommen kannst. Du kennst dich da aus, und ich hatte so viel Spaß, als wir da waren. Du könntest mit ihm in das süße Café gehen, oder ... na ja, ihn einfach ablenken.«

Da würde ihr sicher etwas einfallen. Eve verkniff sich ein Lächeln. Er würde ganz sicher sehr traurig sein, mehr als er wahrscheinlich dachte. »Hast du es ihm schon erzählt?«

Clara seufzte laut.

»Sag es ihm einfach! Es wird ihm egal sein, versprochen. Wahrscheinlich werden im Schock kurz seine Augen ganz riesig, aber dann wird ihm auch auffallen, dass im Nachhinein alles Sinn ergibt.«

»Was willst du damit sagen? Du kommst nur mit, wenn ich es ihm sage?«

»Nein! Nein!« Eve verstand nur nicht, wieso Clara es so hinauszögerte, aber wie sollte sie auch. »Ich komme so oder so mit, wenn das okay für Sawyer ist.«

»Fragst du ihn? Ich glaube, das wäre besser. Ich will seinen sensiblen männlichen Stolz nicht kränken.«

Eve musste lachen. Sie war ziemlich sicher, dass er sofort dafür wäre, dass sie sich in einem Hotel in Toronto noch um andere sensible männliche Teile von ihm kümmerte. Darin war sie inzwischen ziemlich gut, würde sie selbst behaupten. In den fünf Monaten, die sie jetzt schon als Erwachsene miteinander schliefen – ohne sich vor Lucille verstecken zu müssen und mit einem kompletten Inn zur Verfügung –, hatte sie viel üben können.

Nur der Gedanke daran, wie wenig Zeit ihnen noch blieb, war schmerzhaft. Aber es war besser so. Sie hatte ihren Spaß, aber ihr neuer Job und ihre schuldenfreie Zukunft warteten.

»Ich frage ihn. Aber denk darüber nach, es ihm zu erzählen, bevor du gehst, okay? Ich glaube, das wäre eine Erleichterung.«

»Okay.« Noch ein lauter Seufzer. »Ich sage es ihm. Bald.«

• • •

Ein paar Stunden später hatte Eve dann die Chance, Sawyer zu fragen. Er kam gerade am Inn vorbei, während sie draußen saß und mehr Himbeerzeug futterte.

»Probier mal.« Sie reichte ihm ein halbes Sandwich.

»Das ist echt gut. Was ist das und woher hast du das?«

»Ein Himbeer-Brie-Honig-Grilled-Cheese. Law verkauft die beim Stand außen an der Bar. Er hat einen Panini-Grill aufgestellt.«

»Das ist ein ziemlicher Fortschritt, verglichen mit den schlechten Tiefkühlpizzen.«

»Er meinte, dass er überlegt, die Speisekarte der Bar etwas auszubauen.«

»Ach ja?«

»Findest du die Idee nicht gut?«

»Doch, die ist super. Er hat die Bar echt aufgewertet, seit er sie von seinem Vater übernommen hat. Langsam wird er bekannt für guten Wein und gutes Craft Beer, da ist Essen wahrscheinlich der logische nächste Schritt.«

Sawyer ging zwar ziemlich offen damit um, dass er schon Angst vor Claras Auszug hatte, aber sie wollte auch nicht den Eindruck erwecken, dass sie dachte, er würde einen Babysitter brauchen. Letztlich platzte sie aber einfach damit heraus. Das hatte auch in anderen Situationen schon funktioniert. »Also ... Clara hat gefragt, ob ich mit nach Toronto komme, für den großen Umzug.«

»Das wäre perfekt, aber ich werde ziemlich fertig sein. Bist du sicher, dass du das willst?«

Okay, das war einfacher als erwartet. »Klar. Hier ist sowieso so gut wie alles fertig. Ich warte nur noch darauf, dass die Maklerin alles online stellt. Sie hat diese Theorie zum richtigen Zeitpunkt – ich mache einfach, was sie sagt.«

»Na ja, solange sie das hier mit in den Kaufvertrag aufnimmt.« Er ging zur kleinen Free Library und wackelte kurz daran, wie um sicherzugehen, dass alles fest saß.

»Ich habe gesehen, dass vor Jennas Laden auch eine steht.«

Er zog den Kopf ein. »Vielleicht ist das meine Schuld.«

»Wirklich?«

»Ich habe diese Vision für die Hauptstraße.« Er drehte sich zur Straße und hob beide Arme, wie ein Künstler, der sein Werk betrachtet. »Mondblumen und kleine Free Libraries.«

Gott, *wollte* er sie etwa quälen? »Sei lieber vorsichtig, sonst kommen die Leute noch mit den entsetzlich süßen Kleinstadttraditionen durcheinander und werfen Bücher in den See.«

Er drehte sich wieder zu ihrem kleinen Bücherregal und fing an, die Bücher durchzusehen. »Was lassen die Leute so hier?«

»Ich bin tatsächlich ein bisschen am Kuratieren – ich nehme ein paar Bücher raus, die meiner Meinung nach nicht gut passen, und lege andere dazu.«

»Bestandsaufbau«, sagte er.

»Ja! Obwohl es eher wie eine Mischung aus meinem alten und neuen Job ist, weil ich immer noch mit Menschen zu tun habe und sehe, wie sie sich über ein Buch freuen.« Das würde ihr tatsächlich fehlen.

»Weißt du, du könntest das Bücherthema super einfach im Inn umsetzen. Die Meerjungfrauen hast du schon, also Märchen. Du könntest eine Bibliothek für die Gäste einrichten, ein ganzes eigenes Zimmer. Und das mit Mayas Sommercamp-Idee verbinden und Märchenstunden für die Kinder veranstalten …«

Er verstummte. Wahrscheinlich, weil ihm auffiel, dass er das Gleiche tat, wobei sie sich so oft erwischte – er vergaß, dass sie wieder wegging. Das Inn verkaufte. Zurück nach Toronto zog, zu dem Job, auf den sie so lange hingearbeitet hatte.

»Also ist das hier von dir?« Er hielt eins der Bücher hoch. *The Joy of Lesbian Sex*.

Sie grinste. »Das war nicht von mir, aber ich habe lange überlegt. Es ist extrem veraltet. Komischerweise haben sie *The Joy of Sex* 2008 neu aufgelegt, aber die Lesben haben sie in den Siebzigern vergessen.« Sie beobachtete ihn genau. Clara hatte offensichtlich noch nichts erzählt, sonst hätte er sicher etwas gesagt. »Veraltete Infos zur Sexualität können riskant sein«, fuhr sie fort, »aber ich denke trotzdem, dass es das Potenzial hat, Leuten zu helfen.«

Sawyer lächelte sie albern an. »Ich liebe … wie viele Gedanken du dir darüber machst. Du wirst richtig gut in deinem neuen Job sein.« Dann starrte er wieder auf das Buch.

»Leg es zurück. Vielleicht wartet irgendeine junge Frau nur darauf, sich die Augen öffnen zu lassen.« Vielleicht würde Claras nicht ganz theoretische Freundin ja zufällig vorbeikommen. Obwohl Eve sie seit Monaten weder allein noch mit Clara gesehen hatte.

Sawyer legte das Buch nicht zurück, sondern fing stattdessen an, darin zu blättern. »Hmm. Ich glaube, hier sind ein paar Sachen drin, die auch allgemeiner anwendbar sind.« Er sah sie mit hochgezogenen Augenbrauen an, das alberne Lächeln war verschwunden. »Ich muss noch an meiner Zahl arbeiten.«

»Du bist im Dienst!«, flüsterte sie energisch. Wieso sie flüsterte, wusste sie allerdings nicht. Auf der Straße war viel los, aber es war auch recht laut und niemand beachtete sie.

»Wir haben nicht mehr viel Zeit übrig.«

»Du bist im Dienst!«, wiederholte sie, als hätte er sie das erste Mal überhört.

»Ich kann *sehr* schnell sein. Ich müsste nicht mal meine Uniform ausziehen.« Er knackte mit seinen Knöcheln.

Er knackte mit seinen Knöcheln. Na gut. Wer würde so ein Angebot schon ausschlagen? Aber sie wollte ihn dennoch ein bisschen zappeln lassen, also meinte sie: »Aber ich habe mein Sandwich noch nicht aufgegessen.«

»Du kannst weiteressen, während ich dich zum Kommen bringe.«

Wow. Darauf hatte sie keine Antwort. Außerdem würde sie das wirklich gerne sehen. Fühlen. Schmecken?

Wortlos drehte sie sich um und ging vor nach drinnen. Keiner von ihnen sagte etwas, während sie durch das fertige Erdgeschoss zu ihrem Zimmer im hinteren Teil gingen. Er knallte die Tür hinter ihnen zu, schob sie in Richtung Kommode und fing an, ihre Jeans aufzuknöpfen.

So hatte sie allerdings den Blick frei auf die Leiste mit den Bildern von den traurigen Meerjungfrauen und den Kinderfotos. Die hatte sie bei der Renovierung in Ruhe gelassen. Sawyer und sie hatten zwar schon oft in dem Zimmer Sex gehabt, aber nur im Bett. Die Vorstellung, es zu treiben und dabei auf diese Erinnerungsstücke ihrer Vergangenheit zu schauen, war irgendwie verstörend. Ihrer *gemeinsamen* Vergangenheit. Und was sie jetzt taten, war überhaupt nicht mit damals zu vergleichen. Damals war es Liebe. Jetzt waren sie Freunde, die Sex hatten. »Ich kann nicht in die Richtung gucken«, keuchte sie, während er schon seine Hand in ihre Hose schob.

Zum Glück hakte er nicht nach, wieso. Er drehte sie einfach beide um, die Hand weiter in ihrer Hose, zur Kommode gerichtet zog er sie wieder an sich.

»Besser?«, fragte er mit rauer Stimme.

Sie antwortete nicht, jedenfalls nicht mit Worten. Sie schnappte nur nach Luft, denn er legte sofort richtig los. Normalerweise ließ er sich Zeit, aber er hielt sich an sein Versprechen, schnell zu sein, und streichelte mit genau dem richtigen Druck um ihren Kitzler. Gleich würde er anfangen, ihr dreckige Sachen ins Ohr zu flüstern.

Und ... ja, wie aufs Stichwort. »Ich sollte das im Dienst nicht machen, aber bei dem Honig in dem Sandwich musste ich sofort an deinen Honig denken.«

Das war so kitschig, dass sie eigentlich mit den Augen rollen würde, aber der Kontext war entscheidend, wie sie gelernt hatte. Er ließ seine Finger tiefer gleiten, fuhr um die Öffnung, bevor er sie wieder hochwandern ließ. »Ich würde dich gern schmecken, aber das hier muss reichen.«

Sie war schon so nah dran. Sie drückte ihren Rücken durch und presste sich an ihn. Er war hart, aber sie wusste, dass er sich gerade nicht darum kümmerte. Er war so auf sie fokussiert, es machte sie wahnsinnig.

»Komm für mich, Evie. Kannst du das machen?«

Das konnte sie und tat sie auch. Mit einem so schamlosen Stöhnen, dass sie etwas schockiert war, dass es wirklich aus ihrem Mund kam.

Sanft drückte er sie weg. Außer Atem, wollte sie nach seinem Gürtel greifen, als ihr auffiel, dass sie immer noch das Sandwich in der Hand hielt. Sie war also mit einem Grilled-Cheese-Sandwich in der Hand gekommen. Sie lachte los.

Als sie es aber weglegen wollte und die andere Hand nach seinem Gürtel ausstreckte, schüttelte er den Kopf und ging zurück. »Ich muss wieder zur Arbeit.« Er hielt ihre Hand fest, in der sie das Sandwich hielt. »Iss auf, wir sehen uns später.«

Sie verdrehte die Augen. »Du bist schlimm.«

Er strich sich über den Bart und winkte ihr von der Tür aus zu. »Ja, aber auch der Beste.«

Kapitel 24

Am Tag, bevor sie nach Toronto fuhren, stand der Zähler bei 133. Innerlich war Sawyer stolz.

Oder innerlich war er … irgendetwas. Wenn er an ihr letztes Treffen dachte, spürte er erst mal Stolz, aber dann verwandelte sich das schnell in etwas deutlich weniger Angenehmes als das.

Ein Teil von ihm wollte vorspulen. Es hinter sich haben, dass Evie weg war. Clara weg war.

Sein Handy piepte, und hastig schaute er drauf. Sie hatte zwar recht, dass sie im Sexting nicht sehr gut waren, aber inzwischen reagierte sein Körper auf den Benachrichtigungston, als wäre es das Schmutzigste überhaupt.

Die Nachricht kam allerdings nicht von ihr, sondern von Law.

> Law: Wo bist du? Wir haben schon mal angefangen und das Kanu auf Jakes Truck geladen.

Mist. Er war so in Gedanken versunken, dass er komplett

vergessen hatte, dass sie das Kanu heute für die erste Testfahrt zur Bucht bringen wollten.

Sawyer: Sorry, hing auf der Wache fest. Wir treffen uns Ecke Locust.

Näher an der Bucht als die Kreuzung zwischen Locust Street und Sarnia Street konnte man mit dem Auto nicht parken, deswegen hatte Jake den Truck dort abgestellt. Von da aus mussten sie gehen.

Oder eher schleppen, denn sie mussten das Kanu tragen.

»Soll ich helfen?« Sawyer stieg aus dem Auto, als die beiden anderen gerade das Boot hochhievten.

»Nein, geh einfach vor«, antwortete Jake.

Kurze Zeit später wateten sie vor Jakes Cottage ins Wasser, und dann paddelten sie los.

Na gut, die anderen beiden paddelten. Jake und Law saßen auf den beiden Sitzen und hatten Sawyer auf den Boden in die Mitte verbannt, als wäre er ihr Kind.

»Vielleicht hätten wir es erst mal nur mit einer Person testen sollen«, kommentierte Sawyer, der in Gedanken ihr Gewicht addierte.

»Hast du etwa kein Vertrauen in dein Werk?«, stichelte Law.

»Na ja«, begann Sawyer, »ich habe das Teil vor zehn Jahren angefangen, und wir haben es mit YouTube-Videos fertig gebaut.« Das klang zwar immer noch besser, als mit einem Buch Schwimmen zu lernen, aber auch nur knapp.

»Na und, es klappt doch.« Law, der vor ihm saß, zog sein Ruder aus dem Wasser, und Sawyer hörte, wie Jake hinter ihm das Gleiche tat. Das Boot wurde langsamer, wippte sanft auf und ab, während sie alle schwiegen.

Sie hatten ein Boot gebaut. Evies Boot. Verdammt.

Genau pünktlich zu ihrer Abreise.

Er verrenkte sich etwas, um zu Jake zu schauen. »Also können wir ab jetzt Kanus verkaufen.«

Jake antwortete nicht. Das war erst mal nichts Außergewöhnliches, aber irgendetwas an seinem Schweigen gab Sawyer das Gefühl, dass es nicht bloß eine Testfahrt war.

»Wir wollten mal mit dir reden«, fing Law an.

Shit. Er war direkt in eine Bromance-Intervention gerutscht, die nautische Version. Damit hätte er rechnen müssen.

Und er hatte nicht mal ein Ruder. Er ließ seinen Kopf nach hinten fallen und seufzte. Langsam sollte er wirklich mehr auf seine Umgebung achten. Oder zumindest nicht *nur* auf Evie.

»Du bist in letzter Zeit ziemlich abwesend«, sagte Law.

Überraschung. Sawyer machte sich nicht die Mühe, zu antworten. Er war ihnen ausgeliefert, und sie würden ihren Vortrag halten. Law zumindest, Jake würde wahrscheinlich nur zustimmend schnauben.

»Du schläfst mit Eve, oder?«

Es zu leugnen wäre sinnlos. »Ja.«

Anders als Sawyer erwartet hätte, regte Law sich nicht direkt auf. »Ich habe gehört, dass sie mitkommt, wenn du Clara zur Uni bringst.«

»Das war Claras Idee.« Er klang vielleicht etwas zu defensiv. Er räusperte sich und versuchte es noch mal. »Sie denkt, eine Einheimische dabeizuhaben, wäre gut, glaube ich.«

»Es ist beinahe, als wärt ihr verheiratet und würdet euer Kind verabschieden«, meinte Law.

»Okay, wow, so ist das nicht. Wir schlafen nur miteinander, bis sie weggeht.«

»Aber du magst sie«, bohrte Law weiter.

»Natürlich mag ich sie. Mit Leuten zu schlafen, die ich nicht mag, ist nicht so mein Ding.«

Law schaute über seine Schulter. »Also seid ihr Freunde. Und habt Sex. Und sie kommt mit, wenn du deine Schwester zur Uni bringst.«

»Das stimmt.«

»Also *seid* ihr praktisch ein Paar, aber wollt es nicht wahrhaben. Liegt das an dir, oder ist sie genauso blind?«

»Wir sind *kein* Paar.«

»Wieso nicht?«

Überraschenderweise kam das von Jake. Sawyer verrenkte sich wieder, um ihn anzusehen. »Weil sie in Toronto lebt. Sie war nur gezwungenermaßen hier. Sie geht wieder.« Gott, wollten sie ihn nur nerven, oder waren sie wirklich so dumm?

»Aber Clara auch«, entgegnete Jake.

»Und?«

»Du könntest auch gehen.«

Sawyer wusste überhaupt nicht, was ihn mehr verblüffte. Das, was Jake gesagt hatte, oder *dass* er es gesagt hatte. »Ich kann nicht einfach weg.«

»Wieso nicht?«, fragte Law.

»Mein ganzes Leben ist hier. Mein Job.« Er wurde lauter, zwang sich aber, ruhig zu bleiben. »*Ihr* Arschlöcher seid hier.«

»Du hast deine Zeit abgesessen«, sagte Jake leise. »Clara ist ein tolles Mädchen, und das ist dein Verdienst, aber jetzt bist du fertig.«

Sawyer atmete tief durch. Das Gute an einer Bromance – jedenfalls früher – war, dass sie sich gegenseitig halfen, ohne alles bis ins kleinste Detail zu analysieren. Deswegen waren Law und Jake immer bei allen Theateraufführungen oder Jugend-forscht-Wettbewerben von Clara. Deswegen verbrachten Sawyer und Clara alle Feiertage mit Jake oder Law und ihren Familien.

Auf der einen Seite war es also keine große Überraschung, was Jake sagte. Jake und Law waren immer da, Sawyer hatte bisher nur keine Ahnung, wie viel sie mitbekommen hatten.

Aber wenn sie alles mitbekommen hatten, wirklich *mitbekommen*, dann sollten sie auch verstehen, wieso er sein Leben nicht einfach aufgeben konnte, um glücklich mit Evie nach Toronto zu ziehen. »Ihr versteht das nicht. Es ist zu spät. Sie lebt in einer anderen Welt.«

»Toronto ist drei Stunden entfernt!«, widersprach Law.

»Nicht nur geografisch. Sie mag Dokumentationen und … Bestandsaufbau.«

»Was?«, kam direkt von Jake.

»Eben.« Er sah Law an, dass er wieder nachlegen wollte. »Okay, also ihr habt eure Meinung gesagt, aber es ist zu spät.« Im Gegensatz zu Arielle und ihrem Prinzen konnten sie nicht – nicht für immer, nicht bis an ihr Lebensende – in der Welt des anderen leben.

Law wirkte immer noch, als wollte er widersprechen, aber für Sawyer war die Unterhaltung beendet. »Ich habe genug darüber geredet. Rudert ihr Wichser das Ding jetzt wieder zum Ufer, oder muss ich rausspringen?«

Sie ruderten zurück, und als sie das Kanu auf den Strand zogen, bemerkten sie, dass der rosa Streifen die Jungfernfahrt nicht überstanden hatte.

»Da muss mehr Lack drauf«, sagte Jake.

»Ne«, antwortete Sawyer. »Vergiss es. Das war sowieso eine dumme Idee.«

• • •

Eve hatte irgendwie gehofft, die Maklerin würde weg sein, bis Sawyer und Clara sie für den Trip nach Toronto abholten. So viel Glück hatte sie nicht. Gerade als sie das *Zu Verkaufen*-Schild rausstellte, fuhren sie vor.

Sie konnte nicht sagen, wieso, aber diese Überschneidung war Eve unangenehm. Sawyer und sie waren exzellent darin, *nicht* über ihre Abreise zu sprechen, und auch wenn es unsinnig war, wollte sie ihm nicht diesen bildlichen Beweis unter die Nase reiben. Vermutlich wollte sie es weiter verdrängen. Verdrängung und Orgasmen.

Es gab Schlimmeres.

»Eve!«, rief Clara, als sie auf der Fahrerseite ausstieg.

»Ich fahre, also musst du Sawyer vom Beifahrersitz verscheuchen!«

Eve lachte, machte das aber natürlich nicht. An einem bedeutenden Tag wie heute sollten die Geschwister nebeneinandersitzen. »Jessica, kennst du Sawyer Collins, unseren Chief of Police?« Eve hatte Jessica aus Grand View angeheuert, als sie ganz am Anfang eine Einschätzung gebraucht hatte und noch unbedingt Leute wollte, die *nicht* von hier kamen, weil sie so paranoid gegenüber den Einwohnern von *Matchmaker Bay* war, die sich überall einmischten. So viel dazu. »Und seine Schwester, Clara. Sawyer, Clara, das ist Jessica Hacking, Maklerin von Remax in Grand View.«

Sawyer schüttelte ihre Hand und nickte zum Schild. »Kaum zu glauben, dass schon ein Jahr rum ist.«

Eve wusste nicht, was sie sagen sollte.

Jessica bewunderte kurz ihre Arbeit. »Ich dachte, wir machen es so, Eve: Ab morgen bin ich weg und komme am Labor Day zurück. Mein Plan ist, heute Abend eine offene Besichtigung nur für Makler zu veranstalten, ein bisschen Aufmerksamkeit generieren, und dann das Angebot online zu stellen. Angebote nehme ich aber erst nach dem langen Wochenende entgegen. Ich denke, das ist die richtige Strategie, und so können wir die Angebote gemeinsam durchgehen. Ich müsste nur wissen …«

»Moment mal«, unterbrach Sawyer plötzlich. »Was ist mit der kleinen Free Library passiert?«

Jessica blinzelte. »Die mussten wir wegnehmen. Mit dem Schild passte es sonst nicht.«

Kurz huschte Ärger über Sawyers Gesicht. »Wir können

sie nach dem Verkauf wieder aufstellen«, schob Eve ein, um die Situation zu beruhigen. Dann fiel ihr allerdings auf, dass sie dann nicht mehr da wäre. Selbst wenn sie über das Wochenende ein gutes Angebot bekommen würden, blieb das Schild vermutlich noch bis zur Übergabe stehen. Vielleicht könnte sie Sawyer bitten, das Bücherregal ohne sie wieder aufzustellen.

Und hoffen, dass der neue Besitzer es behalten wollte.

»Also«, fuhr Jessica fort und riss Eve aus ihren unangenehmen Gedanken, »wäre es in Ordnung, wenn meine Kollegin auch Besichtigungen macht, während ich weg bin?«

»Klar. Wir fahren auch weg.« Sie zeigte auf Sawyer und Clara. »Jetzt gleich sogar. Aber ich bin morgen irgendwann zurück, wahrscheinlich gegen Nachmittag?«, sie schaute kurz zu Sawyer, der nickte.

»Ich gebe meiner Kollegin deine Nummer, damit sie dich erreichen kann, falls Fragen aufkommen. Ich werde auch erreichbar sein, aber eigentlich rechne ich nicht mit Problemen.«

»Klingt, als hättest du an alles gedacht«, sagte Eve.

»Ja. Ich kann natürlich nichts garantieren, aber ich bin relativ sicher, dass ich nächstes Mal, wenn wir uns sehen, Angebote für dich haben werde, und dann bist du das Haus bald los. Dann bist du frei.«

Frei.

Sie schaute auf das Haus. Es sah gut aus. Die Fenster glänzten, die Tür hatte eine neue Schicht Farbe bekommen, und Clara und sie hatten ein paar Mondblumen in Töpfe gepflanzt und hingestellt. Ihr Blick wanderte zum Dach. Es fühlte sich gleichzeitig wie vor einer Ewigkeit und wie erst gestern an, dass sie da oben festgesessen hatte. Damals wollte sie Sawyer so krampfhaft aus dem Weg gehen, dass sie sich beinahe einfach abgeseilt hätte.

Und jetzt hatte sie die Freiheit, die sie unbedingt wollte. Nur ... es fühlte sich anders an, als sie gedacht hätte.

• • •

Im Auto ließ Clara die Bombe platzen.

Im Auto.

»Sawyer«, fing sie an, »weißt du noch, wie du gesagt hast, dass man im Auto am besten über ernste Dinge reden kann?«

Eve setzte sich so abrupt auf, dass ihr Gurt sie zurückriss.

»Was gibt's?«, fragte Sawyer locker.

Oh Gott.

»Ich bin lesbisch.«

»*Was?*«

»Ich mag Mädchen. Ich bin lesbisch. Also, ich mag Jungs auch, aber ich *mag* Mädchen. Du weißt schon, was ich meine.«

Clara warf Eve durch den Rückspiegel einen unsicheren Blick zu. Eve nickte ihr nur ermutigend zu. So hätte *sie* die Neuigkeiten zwar nicht verkündet, aber es waren auch nicht ihre Neuigkeiten.

Es folgte ein langes Schweigen. Sie sah Sawyer zwar

nicht, aber sie *fühlte* wie es in ihm ratterte. »Hast du *deswegen* nie gedatet?«

»Ich habe gedatet, nur eben keine Jungs.«

»*Was?*«

Clara lachte. »Entspann dich. Ich hatte auch nie wirklich Dates mit Mädchen. Da lief eine Sache mit Lily Markerville, aber das hat nicht gehalten. Und das ist auch wirklich der Hauptgrund, weshalb ich es dir nie erzählt habe. Es ist nicht so, als würden hier haufenweise Lesben in meinem Alter rumlaufen.«

Das wusste man nie. Eve hatte vor ein paar Wochen mitbekommen, wie ein Mädchen – weder Clara noch Lily Markerville, wahrscheinlich Claras potenzielle nicht rein theoretische Bekannte – *The Joy of Lesbian Sex* aus der Free Library genommen hatte.

»Das ist der Hauptgrund?«, hakte Sawyer nach. »Was gab es sonst noch für Gründe?«

Sehr gut, Sawyer. Das war die richtige Frage. Nicht, dass Eve eine große Szene wollte – sie hoffte auf gar keine Szene –, aber Clara wollte das Ganze zu schnell abhaken.

»Na ja ... du weißt schon.« Clara seufzte. »Wieso haben wir erst gerade angefangen, über Mom und Dad zu reden?«

Jetzt war Sawyer dran mit Seufzen. »Weil es schwerfällt, über den Kram zu reden.«

»Aber in einem Auto ist es minimal leichter!«, meinte Clara übertrieben fröhlich.

Sawyer drehte sich um und durchbohrte Eve mit einem ernsten Blick. »Wusstest du davon?«

Ihr Zusammenzucken musste Antwort genug gewesen

sein, denn er drehte sich wieder zu Clara. »Ich hoffe, ich erfahre es nicht als Letzter, weil du dachtest, ich würde es nicht gut aufnehmen.«

»Nein, nein. Ich weiß auch nicht. Ich habe es nur vor mir hergeschoben. Ich ... wollte nicht noch jemanden verlieren.« Ihre Stimme wurde immer höher, was Eve als Signal erkannte, dass sie jeden Moment weinen würde, und dann müsste Sawyer auch weinen. »Ich kann dich nicht verlieren.«

»Das stimmt«, antwortete er bestimmt. »Du *kannst* mich nicht verlieren.«

Clara sah zu ihm rüber, und die beiden teilten einen langen Augenblick, bis Sawyer auf die Windschutzscheibe zeigte, damit Clara sich wieder auf die Straße konzentrierte. Sobald sie das tat, sprach er in dem gleichen bestimmten Ton weiter. »Du denkst, du bist mich los, weil du nach Toronto gehst, aber ich werde dir ständig schreiben. Und die haben hoffentlich im Herbst einen Elterntag oder so was, den ich jetzt schon beanspruche. Du wirst mich *nie*«, seine Stimme brach, »los sein.«

Ein einzelner Schluchzer kam von Clara, aber sie riss sich schnell wieder zusammen. »Tut mir leid, dass ich es dir nicht erzählt habe.«

»Nein.« Sawyer schüttelte den Kopf. »Mir tut es leid. Ich habe diese wichtige Sache von dir nicht gewusst, ich hätte es doch erkennen müssen.«

»Hättest du nicht.«

»Doch, hätte ich.« Er schwieg kurz. Eve konnte ihn nicht sehen, aber er hatte seinen Kopf auf die Seite gelegt, als würde er angestrengt nachdenken. »Hätte ich definitiv.«

Wieder trafen sich Claras und Eves Blicke durch den Rückspiegel, nur dass Clara diesmal entspannter aussah. »Eve meinte schon, dass du die ganze Vergangenheit im Kopf durchgehen wirst, um herauszufinden, was du alles übersehen hast.«

Sawyer schnaubte. »Na ja, Eve weiß auch nicht alles.« Er drehte sich um und sah sie gleichzeitig genervt und voller Wärme an. Es war, als hätten sie zusammen etwas durchgemacht.

»Irgendwie weiß sie *doch* alles«, entgegnete Clara.

Sawyer verdrehte die Augen, aber sein Blick war eher warm als genervt, und sah wieder nach vorn. Nach einem kurzen Moment sagte er dann: »Ja, irgendwie schon.«

Danach fuhren sie eine Weile im Stillen weiter, während sie vom Bluewater Highway runter auf eine Landstraße bogen, vorbei an Maisfeldern.

»Was meintest du mit ›eine Sache‹?«, fragte Sawyer plötzlich nach.

»Was?«

»Du hast gesagt, da lief ›eine Sache‹ mit Lily Irgendwas – von der ich übrigens auch noch nie was gehört habe.«

»Lily Markerville. Sie ist neu hergezogen.« Clara atmete laut aus, und ihre Schultern sackten zusammen. »Um das Anti-Festival herum haben wir angefangen, oft was zusammen zu machen, und es wirkte echt, als würde sie mich mögen, und dann ...« Ihre Stimme wurde wieder höher, aber sie fasste sich wieder. »Sie hat mir nicht mehr geantwortet und mich komplett ignoriert, also, sie hat mich in der Schule nicht mal mehr angeguckt.«

»Na gut«, sagte Sawyer, »dann scheiß auf sie.«

• • •

Nachdem sie in der schwülen Augusthitze zwei Stunden lang Kartons in Claras Zimmer im dritten Stock geschleppt hatten, war Eve völlig fertig. Daher freute sie sich über die Chance auf eine kleine Pause, als ihr Handy klingelte. Sie würde jedem Callcenter-Angestellten das Ohr abkauen, wenn sie dabei im Schatten sitzen könnte.

Es war allerdings Maya. »Hey.«

»Wo bist du?«

»Ich bin in Toronto und helfe Sawyer und Clara bei ihrem Umzug. Wo bist du?«

»An der Hintertür vom *Mermaid*, um dich zum Antiquitäten shoppen abzuholen.«

»Oh, Scheiße.« Sie hatte völlig vergessen, dass sie mit Maya zusammen nach Möbeln für das Set der nächsten Anti-Festival-Aufführung suchen wollte. »Ich finde, Richard braucht eine antike Truhe, in der er zwischen den Morden seinen Dolch aufbewahrt«, hatte Maya gesagt.

Eve winkte Sawyer zu, um ihm zu signalisieren, dass sie kurz telefonieren musste, und ließ sich dann auf eine Bank plumpsen. »Tut mir so leid, das habe ich verplant.«

Eine lange Pause. Eve fühlte sich schrecklich. Sie holte gerade für ihre Entschuldigung aus, als Maya rausplatzte mit: »Du hast dich in ihn verliebt.«

Was? »Ich bin nicht in ihn verliebt!«

»Oh, also ist das eine rein freundschaftliche Geste, dass du Kisten für seine kleine Schwester schleppst.«

»Genau.«

»Schläfst du auch rein freundschaftlich mit ihm?«

»Ich schlafe nicht mit ihm!«

»Eve, hör doch auf. Anscheinend hast du meinen Rat befolgt, wolltest mir nur nicht davon erzählen.«

Der letzte Teil stimmte. Sie hatte oft überlegt, es Maya zu erzählen, eigentlich wollte sie es. Nur ... Maya hatte einmaligen Sex vorgeschlagen, um über ihn hinwegzukommen, und sie wusste nicht, wie sie Maya erklären sollte, dass aus einmal plötzlich sechs Monate lang geworden sind. Und Sawyer verschwieg es auch, also folgte sie einfach seinem Beispiel. Sie seufzte. »Woher weißt du davon?«

»Ich habe meine Quellen.«

»Oh mein Gott, diese Stadt.« Es machte sie wahnsinnig.

»Weißt du, was ich denke? Ich denke, du liebst die Stadt und du liebst Sawyer.«

»Tue ich *nicht*.« Ihr war bewusst, dass sie wie ein bockiges Kind klang, aber das war ihr egal. »Und selbst wenn, was *nicht* so ist, spielt es keine Rolle. Das Inn geht heute auf den Markt, und ich fange in weniger als einer Woche meinen neuen Job an. Meine Eltern richten mir wieder ein Zimmer ein, damit ich dableiben kann, bis ich eine neue Wohnung finde.« Sie stand instinktiv auf, sie musste sich bewegen. Genau so hatte sie sich vor einem Jahr auf dem Dach gefühlt. Rastlos und zugleich gefangen. Als müsste sie fliehen.

»Ja«, antwortete Maya. »Okay.«

Sie war verletzt, das hörte Eve sofort. »Willst du mit dem Shoppen bis morgen warten? Dann sind wir wieder da.«

»Geht nicht, morgen ist das Tagescamp.«

»Ach ja, stimmt.« Als eine Art Test für das Sommercamp, was sie nächstes Jahr plante, veranstaltete Maya erst mal ein eintägiges Theater-Camp.

»Egal. Es ging sowieso nicht wirklich um die Antiquitäten. Ich dachte nur, es wäre lustig.« Sie räusperte sich. »Du wirst mir echt fehlen, okay? Ich hatte einen ganzen tollen letzten Tag geplant.« Sie klang abwehrend. Es überraschte Eve, dass sie Maya inzwischen so gut kannte, dass sie genau wusste, dass sie ihre negativen Emotionen wie Angst und Trauer mit Bissigkeit überspielte.

»Du wirst mir auch echt fehlen. Ich ...« Ihre Augen und ihr Hals fingen an zu brennen.

»Ich weiß«, sagte Maya leise. »Ich auch.«

Kapitel 25

Sawyer hatte schon damit gerechnet, dass viele Emotionen hochkommen würden, wenn er Clara zur Uni brachte, nur diese unangenehme Stimmung hatte er nicht erwartet.

Aber da standen sie nun alle in ihr kleines Zimmer gequetscht und starrten sich gegenseitig an. Alle Kartons standen im Zimmer, viele sogar bereits ausgeräumt, und Evie hatte sogar schon die Betten der beiden Mädchen bezogen.

Es gab nichts mehr zu tun.

Sein Magen knurrte. Vielleicht gab es doch noch etwas – Essen. Sie könnten irgendwo hingehen und gemeinsam essen. Evie würde bestimmt was Gutes einfallen. Den Abschied noch etwas hinauszögern.

Lynns Mutter tauchte in der Tür auf. »Wir machen uns auf den Weg zum Hotel, Süße. Wir schauen morgen früh noch mal vorbei, bevor wir zum Flughafen fahren.«

Also sollte er wahrscheinlich anbieten, Lynn auch zum Essen einzuladen? Er mochte Lynn, aber eigentlich wollte er Clara einen letzten Abend für sich allein haben. Na ja, Clara und Evie natürlich.

Lynn umarmte ihre Mutter. »Du weißt, dass du mit zum

Hotel kommen kannst. Wir essen was und du könntest da schlafen«, schlug ihre Mutter vor.

»Danke, Mom, aber ein paar Leute von hier wollen zusammen essen.«

»Ich weiß, ich weiß.« Lynns Mutter ging einen Schritt zurück, ihre Augen glänzten verdächtig. Auch Sawyers Augen fingen an zu brennen, als wollten sie mitmachen. »Du solltest mit deinen neuen Freunden mitgehen.«

Sawyer schaute zu Evie. Er musste seine Frage erfolgreich gedanklich übermittelt haben, denn sie nickte kurz. Lynn brachte noch ihre Eltern nach unten, und Sawyer drehte sich zu Clara. »Gehst du auch mit den anderen essen?«

Sie sah hin- und hergerissen aus. »Ich muss nicht. Wieso gehen wir nicht zu dritt irgendwo essen?«

»Nein, nein. Du solltest …«, seine Stimme brach weg.

»Du solltest dich mit den anderen anfreunden.« Evie klang entschlossen, aber liebevoll.

Clara sah zu ihm. Er nickte, auch wenn es sich gespielt anfühlte. Gott, Clara sah so *jung* aus. Wie konnte er sie einfach hierlassen? Wie war das alles passiert? Gefühlt gestern hatte er sich noch nachts in ihr Zimmer geschlichen, um Zahnfee zu spielen, und jetzt war sie *hier*. Jetzt schrieb sie Essays über Impfpolitik, studierte Ingenieurwissenschaften und traf sich mit ihren Freunden in Toronto zum Essen.

»Wir sehen uns nächsten Monat«, sagte sie, als könnte sie seine Gedanken lesen. »Beim Anti-Festival.« Sie hatte ihm erklärt, dass sie zu dem Thema viel gelesen hatte und deswegen zu dem Schluss gekommen war, dass sie am besten einen Monat nicht zu Besuch kam. Zu früh dem Heimweh nachzugehen störte bei der richtigen Sozialisierung.

Wie sollte er da widersprechen?

Aber dann änderte sich schlagartig ihr Gesichtsausdruck, und sie warf sich in seine Arme.

Er hatte das Gefühl, seinen Körper zu verlassen und zu schweben, was nicht schlecht war, denn sonst hätte er sicherlich angefangen zu weinen. Er schlang seine Arme fest um sie. »Ich bin so stolz auf dich, und ich liebe dich so sehr.« Er weinte nicht, aber seine Stimme klang wie erdrückt von den nicht geweinten Tränen. Dann musste er an ihr Outing im Auto denken und fügte noch hinzu: »Ich liebe *alles* an dir.«

»Danke für alles, Sawyer«, flüsterte sie.

Er zwang sich, sie loszulassen. Es runterzuspielen. »Okay, werden wir mal nicht melodramatisch. Wir sehen uns nächsten Monat.«

Sie nickte übertrieben energisch und ging einen Schritt zurück. Dann drehte sie sich zu Evie und umarmte sie.

Evie. Evie, die ihn über Claras Schulter hinweg ansah, deren Augen zwar glänzten, aber ihm Halt gaben.

Sie würde ihm nach draußen helfen.

Und das tat sie.

Sie schob ihn aus dem Zimmer, und sobald sie auf der Treppe waren – Clara hatte ihnen durch den Flur noch zugewunken –, griff Evie nach seiner Hand. Sie hielt ihn fest und führte ihn die Treppe runter. Beim Van angekommen, den er sich von *Jordan's Auto Shop* geliehen hatte, streckte sie ihre Hand aus. »Schlüssel.«

Er gab sie ihr. Im Auto sackte er nach vorn und legte seinen Kopf auf das Armaturenbrett. »Heute hatte meine Schwester ihr Coming-out und ist ausgezogen. Das ist viel.«

Sie antwortete nicht, sondern ließ den Motor an. »Was willst du machen? Irgendwo was essen?«

»Nein. Mein ganzer Körper tut weh. Ich weiß nicht mal, wieso – so viel Kram hatte sie gar nicht. Ich will einfach irgendwo was zum Mitnehmen holen und ins Hotel. Vielleicht in den Whirlpool.« Er hatte darauf geachtet, ein Hotel mit Pool auszusuchen.

»Perfekt.« Als sie vor dem Hotel vorfuhr, meinte sie: »Du checkst uns ein, und ich besorge uns Essen, dann komme ich wieder.«

Er wollte reflexartig widersprechen – sie sollte ins Hotelzimmer und sich hinlegen, während er sich um das Essen kümmerte –, aber noch bevor er etwas rausbringen konnte, zeigte sie auf die Beifahrertür. »Los.«

Also entschied er, sich einfach von ihr umsorgen zu lassen.

Als sie mit göttlich riechendem asiatischen Essen zurückkam, wollte er sie küssen. Zugegeben, er wollte sie immer küssen, aber da besonders. Er hatte sich schon seine Badehose angezogen, deswegen ging sie auch erst mal ins Bad und zog sich um. Danach schlangen beide etwas Curry und jeder eine Frühlingsrolle runter und gingen zum Whirlpool.

Vierzig Minuten später war seine Haut ganz schrumpelig, und er fühlte sich deutlich besser. Er seufzte. »Kann ich dich was fragen?«

»Schieß los.«

»Denkst du, Clara und Lynn …«

Sie grinste. »Du musst noch lernen, darüber zu reden, Sawyer.«

»Denkst du, sie sind ein Paar? Oder werden vielleicht eins? Also, es ist völlig okay für mich, dass sie lesbisch ist. Wirklich. Aber das mit dem *Sex* ist noch mal eine andere Sache. Ich würde sie auch nicht mit einem Jungen in einem Zimmer wohnen lassen.«

»Okay, also erstens kannst du nicht kontrollieren, was Clara macht. ›Lassen‹ und ›nicht lassen‹ gibt es nicht mehr. Sie wird machen, was sie möchte. Alles, was *du* tun kannst, ist, darauf zu vertrauen, dass du sie gut erzogen hast. Und das *hast* du.« Sie klopfte ihm auf den Arm. »Und zweitens, Lynn steht auf Jungs.«

»Woher weißt du das?«

»Clara hat es mir erzählt.«

Gott, er war so froh, dass Clara das letzte Jahr über Evie zum Reden hatte. »Weiß Lynn, dass Clara lesbisch ist?« Denn sollte Lynn damit nicht zurechtkommen, wäre das ein Problem. Und es würde ihn dann auch nicht interessieren, wie viel Kontrolle er noch haben sollte, denn dann wäre es genauso *sein* Problem.

»Tut sie und sie stört es nicht. Sie sind Freundinnen, Sawyer. Sie stützen sich bei diesem großen Schritt gegenseitig. Es ist alles in Ordnung.«

Ja. »Okay.«

Evie lachte kurz. »Erst hasst du Lynn, weil sie deine

Schwester eventuell entjungfern könnte, und dann, weil sie eventuell ein Problem mit ihr haben könnte.«

»Und?«

»Du bist süß.«

»Ich bin nicht süß.«

»Doch, bist du.« Sie spritzte ihm Wasser ins Gesicht, und er verdrehte die Augen. Er war zu müde, um mitzumachen, aber er musste lächeln.

»Zeit für das zweite Abendessen?«, fragte sie. »Und vielleicht ein bisschen schlechtes Fernsehen?«

Das klang perfekt. »Ja.«

Sie wollte gerade rausklettern, aber er hielt sie am Arm zurück. »Evie.«

»Ja?«

Gott. Er wusste nicht einmal, was er sagen wollte. Und er war so müde. Also entschied er sich, Claras Worte von vorhin zu klauen. »Danke für alles.«

Sie lächelte. Ein großes, strahlendes, offenes Lächeln. Er war nur nicht sicher, ob er sich dadurch besser oder schlechter fühlte.

•••

Zurück im Hotelzimmer, klickte Sawyer sich gerade durch die Sender, bis er auf eine Unterwasserdokumentation stieß. »Das ist zwar nicht *Arielle*, aber es muss reichen.« Er nahm sich eine der Schalen mit dem restlichen Essen. »Willst du als Erste duschen?«

Als Eve ein paar Minuten später aus dem Badezimmer

zurückkam, war er bereits im Sessel eingeschlafen. Der Arme. Sie legte ihm eine Hand auf die Schulter. »Sawyer.«

Er blinzelte. »Oh Mann, bin ich kaputt.«

Sie zerrte ihn an einem Arm hoch und zeigte auf das nähere der beiden Betten.

Er ließ sich auf seinen Bauch fallen. »Gib mir zwei Minuten, dann arbeiten wir noch an der Zahl.« Seine Stimme klang ganz gedämpft, durch das Kissen, in das er sein Gesicht drückte.

»Nein. Zeit, zu schlafen.« Sie holte seinen Rucksack und stellte den neben ihn. »Aber zieh erst mal trockene Sachen an.«

»Oh.« Er drehte sich um, was wie ein Kraftakt aussah. »Tut mir leid.«

»Muss es nicht. Du hattest einen langen Tag, und ich bin auch müde.« Sie hatte zwar nicht so viele Kartons geschleppt wie er oder emotional das Gleiche durchgemacht, aber auch sie war ziemlich fertig. »Ich putze mir noch schnell die Zähne und lege mich hin.«

Als sie zurückkam, lag er unter der Decke und atmete ganz schwer. Sie zögerte. Im Zimmer standen zwei Betten. Sie hatten zwar oft und gern miteinander geschlafen, aber sie hatten nie *zusammen* geschlafen.

Weil sie nicht *zusammen* waren. Im selben Bett schlafen war etwas, was man mit seinem Partner machte, nicht mit seinem Sex-Kumpel.

Sie schlich im Zimmer herum, ordnete ein paar Sachen, bevor sie in das andere Bett kroch und das Licht ausschaltete.

»Evie?«

Sie dachte, er würde schon schlafen. »Hmm?«

»Schläfst du bei mir?«

Oh Gott.

Er rutschte ganz an den Rand des Bettes und hielt die Decke hoch.

Verdammt. Wie könnte sie nach diesem Tag ablehnen? Und noch schlimmer, sie *wollte* nicht ablehnen. Also schlüpfte sie neben ihn. »Das ist eine schlechte Idee.«

Er zog sie an sich und seufzte, während er ihren Rücken an seine Brust drückte. »Ich weiß.«

• • •

Ihr erster Gedanke, als Eve am nächsten Morgen aufwachte, war, dass es zu gemütlich war. Viel zu gemütlich, als dass es erlaubt sein sollte.

Aber dann fiel ihr wieder ein, *wieso* es so gemütlich war. Sie lag an Sawyers Brust gekuschelt und fühlte sich warm und sicher.

Doch das hielt nicht lange an.

Als sie ganz aufwachte, fühlte sie sich deutlich *un*sicher.

Sogar panisch.

Sie war noch nie neben Sawyer aufgewacht. Früher, als Teenager, war es unmöglich, und Friends with Benefits blieben nicht über Nacht. Erst recht nicht, wenn einer davon das Sorgerecht für seine kleine Schwester hatte. Deswegen hatten sie zwar sechs Monate miteinander geschlafen, aber nie *zusammen* geschlafen.

Und sie hatte sich sechs Monate eingeredet, dass sie dieses Friends-with-Benefits-Ding durchziehen konnte. Dass sie ihren Spaß haben konnte und dann mit einem vollen Konto und intaktem Herzen aus der Stadt abhauen konnte.

Hatte sie sich da selbst etwas vorgemacht?

Das hier war wie eine Buchstütze. Die erste Buchstütze war der Tag auf dem Dach.

Und jetzt kam die abschließende Buchstütze. Das Ende.

Heute, genau wie an dem ersten Tag, wurde sie panisch. Nur dass sie heute nicht wütend war. Diesmal konnte sie niemandem die Schuld geben außer sich selbst.

Nein, diesmal war sie traurig. So traurig, dass sie Angst hatte zu weinen.

Ganz langsam rutschte sie weg von Sawyer, der ruhig weiteratmete. Sie griff nach ihrem Handy auf dem Nachttisch. Es lag neben seinem, auf dem gerade eine Benachrichtigung aufleuchtete.

Sie wollte nicht herumschnüffeln.

Na gut, sie wollte nicht herumschnüffeln, bis sie sah, dass die Nachricht von Law kam.

> Law: Jake und ich haben den pinken Streifen
> auf Eves Kanu neu gemacht.

Was? *Eves Kanu? Was?* Mehr von der Nachricht konnte sie in der Vorschau nicht lesen.

»Hey.« Sawyer. Sie legte das Handy wieder weg und drehte sich zu ihm. Adrenalin pumpte durch ihren Körper, aber er gähnte müde, deswegen ging sie davon aus, dass er das mit dem Handy nicht mitbekommen hatte. Er wollte nach ihr greifen, aber sie sprang aus dem Bett, bevor er sie berührte.

»Wir müssen los!«, verkündete sie in einem seltsam hohen Ton.

»Wieso? Ich habe den ganzen Tag frei.«

Es war Freitag, und er hatte sich extra freigenommen, um noch etwas Zeit hier zu haben.

Gründe, weshalb Eve sofort nach Hause musste

1. Sie musste in die pinke Folterkammer. Sie musste sich ihr endlich stellen.

2. Nein, sich selbst musste sie sich endlich stellen. Erst dann würde sie wissen, wie mutig sie war. Ob sie ihr gesamtes Leben hinschmeißen würde. Ob sie ein so verworrenes Leben aushalten würde.

Beim zweiten Punkt standen zu viele Sachen, die sie einfach zusammengeworfen hatte. Ihr Listen ließen nach.

»Ich hatte gehofft, dass wir noch reden können«, sagte Sawyer. »Unter anderem.« Er zuckte mit den Augenbrauen.

»Ich muss zurück!«, schrie sie beinahe. Jetzt klang sie nicht mehr nur etwas seltsam, sondern völlig durchgedreht.

»Wieso?«

»Ich muss mit Maya reden!«

»Sofort?«

»Ja! Es ist wichtig.« Erst war es nur eine Ausrede, um hier rauszukommen, aber sobald die Worte über ihre Lippen kamen, wurde ihr bewusst, dass es stimmte.

Er setzte sich auf, sie hatte ihn beunruhigt. »Nimm mein Handy.«

Für einen kurzen Augenblick überlegte sie, das Angebot anzunehmen, damit er es entsperrte und sie im Badezimmer die ganze Nachricht lesen konnte, die ganze Unterhaltung.

Aber letztlich spielte es keine Rolle, oder? Wenn sie dieses Jahr eines gelernt hatte, dann, dass sie selbst eine Stimme hatte. Dass sie aussprechen sollte, was sie wollte.

Sie musste nur noch herausfinden, was das war.

»Ich muss persönlich mit ihr reden.« Sie warf ihm einen entschuldigenden Blick zu. »Sorry. Ich weiß, du wolltest den Morgen noch hierbleiben.«

Er stand auf. »Gib mir fünf Minuten.«

In weniger als zehn Minuten hatten sie ausgecheckt, den Van geholt und waren losgefahren. Nach zehn weiteren Minuten bahnten sie sich den Weg über den Highway nach Westen.

Während sie beide schwiegen, beobachtete Eve, wie die vertrauten Gebäude von Toronto langsam verschwanden. Dann widmete sie sich wieder der gedanklichen Liste, die sie vorhin zusammengestellt hatte. Vielleicht würde sie es ohne die Panik ordentlicher hinkriegen.

Gründe, weshalb Eve sofort nach Hause musste

Nach Hause. Das war keine Absicht gewesen.

Aber es fühlte sich an, wie nach Hause zu gehen.

Verdammt, sie war so verwirrt.

Kapitel 26

Irgendetwas stimmte nicht. Sawyer wusste nur nicht, was. Na gut, das war gelogen. Er wusste, was im Allgemeinen nicht stimmte, er wusste nur nicht, was es ausgelöst hatte.

Es gab schon ein paar Möglichkeiten. Zum Beispiel, dass er darauf bestanden hatte, gemeinsam zu schlafen – wirklich zu *schlafen*. Das war vermutlich ein Schritt zu weit in Richtung emotionale Vertrautheit, die Evie nicht wollte. Oder dass sie zugesehen hatte, wie er gestern zusammengebrochen war?

Vielleicht hatte es auch überhaupt nichts mit dem Trip zu tun. Vielleicht lag es daran, dass morgen die Mermaid Parade stattfand.

Was auch immer es war, die Frage lautete, wie konnte er es wiedergutmachen? Oder war es zu spät?

Wieso hatte er nicht auf seine Freunde gehört? Wieso hatte er nicht auf sein *Herz* gehört? Er hatte tatsächlich geglaubt, dass es zu spät für Evie und ihn war, aber jetzt sah er, wie falsch es von ihm gewesen ist, dem keine Chance zu geben. *Ihnen* keine Chance zu geben.

Das alles war ihm erst gestern klar geworden. Ausgelöst

durch das Wissen, dass er sie bei sich brauchte. Dass neben ihr zu liegen, sie im Arm zu halten, alles besser machte.

Dass er ein Idiot wäre, nicht einmal zu versuchen, ihr nach Toronto zu folgen.

Er sah kurz zu ihr, während sie den 401 runterrasten. Sie starrte aus dem Fenster.

Als sie Kitchener hinter sich ließen, sah er wieder zu ihr. Sie starrte immer noch nachdenklich raus.

»Alles in Ordnung?« Offensichtlich nicht, aber er wollte ihre Stimme hören, diese schreckliche Stille durchbrechen.

»Jap.« Sie schaute weiter aus dem Fenster.

Na schön. Den Wink mit dem Zaunpfahl verstand er. Aber sie mussten reden. Also, er musste reden und konnte nur hoffen, dass sie zuhören würde. Aber gerade war offensichtlich weder der richtige Zeitpunkt noch der richtige Ort. Er würde warten, bis sie zu Hause waren. Beim Inn. Wie auch immer.

• • •

Eve hatte überhaupt nicht an die Mermaid Parade am Wochenende gedacht. Also, schon, aber es hatte nicht mehr die gleiche Bedeutung wie letztes Jahr. Deswegen hatte sie es wohl kurzzeitig vergessen, bis sie am Freitag in die Stadt einfuhren und es überall vor Meerjungfrauen wimmelte. Sawyer wurde langsamer, als sie sich dem Inn näherten, und sie sah eine Gruppe junger Frauen – wahrscheinlich Touristinnen, denn keine davon kam ihr bekannt vor – in aufwendigen Meerjungfrauenkostümen, die im Pavillon Fotos machten. Und dann entdeckte sie auch schon Karl Andersen, der ein T-Shirt trug, auf dem das Männchen war, das man von Badezimmertüren bei öffentlichen Toiletten kannte, nur dass es statt Beinen eine Schwanzflosse hatte.

Als sie vor dem Inn vorfuhren, stand die Eingangstür einen Spalt offen und der Schlüsseltresor war auch offen. »Es muss gerade eine Besichtigung sein.«

Sawyer parkte und wollte hastig zur Beifahrerseite, um ihr die Tür zu öffnen, aber sie war schneller. Er durfte sie einfach nicht berühren, wie schon vorhin. Sie hielt seine Höflichkeit und Aufmerksamkeit nicht mehr aus.

Dann drehte sie sich um, hob den Kopf und betrachtete ihr Inn.

Ihr Inn?

Sie ging ein paar Schritte zurück, um es vollständig zu sehen. Ihr fielen die gleichen Verbesserungen auf wie gestern: die Tür, die Mondblumen. Nur, dass sie sich jetzt wie *ihre* Verbesserungen anfühlten. Dinge, die *sie* am Inn ihrer Tante verändert hatte, mit der Hilfe *ihrer* Freunde.

Und dann waren da noch die Balkone. Die, auf denen Sawyer und sie als Kinder so viel Zeit verbracht hatten. Der eine, auf dem sie sich als Erwachsene beinahe geküsst hätten.

Wieder drohten Tränen zu kommen, aber im Gegensatz zu heute Morgen, fühlten sie sich an wie ... Freudentränen.

Und dann spazierte Jeannie Wilkerson aus der Eingangstür.

Eve holte laut Luft. Vielleicht kam das Geräusch allerdings auch von Sawyer, denn Eve bekam keine Luft.

Jeannie reichte einem Mann im Anzug um die vierzig ihre Visitenkarte. »Wie bereits gesagt, nehmen wir erst ab Dienstag Angebote entgegen, aber Sie können sich jederzeit melden, sollten Sie Fragen haben. Und ich schicke Ihnen die Informationen zu den Bebauungsvorschriften.«

Atmen, befahl Eve sich selbst. Atmen schien eine wichtige Voraussetzung für was auch immer als Nächstes passierte.

Jeannie, die noch mehr oder weniger genauso aussah, nur schlanker und blonder, drehte sich um und wollte den Schlüssel zurücklegen.

Atmen

Endlich klappte es, auch wenn es eher nach einem Japsen klang.

Das zog Jeannies Aufmerksamkeit auf sich, nur nicht direkt auf Eve.

»Sawyer? Sawyer Collins? Oh mein Gott!«

Sie lief die Stufen runter. Vermutlich bewegte sie sich eigentlich recht schnell – sie wirkte ziemlich froh, Sawyer zu sehen –, aber für Eve fühlte es sich an, wie in Zeitlupe einen Autounfall mit anzusehen. Sawyer wich zurück, ging einen Schritt von Jeannie weg, aber der Van hinter ihm hinderte ihn daran, der Umarmung aus dem Weg zu gehen.

»Ich hatte gehofft, dich zu treffen«, rief sie.

»Jeannie.« Seine Stimme klang gleichgültig. »Was machst du hier?«

»Ich bin zurück!«, erklärte sie. »Also, ich bin in Grand View. Nach meiner spektakulären Scheidung geht's zurück zu den Wurzeln, ich weiß, total das Klischee. Mein Dad hatte ein paar kleinere gesundheitliche Probleme, und auch wenn ich früher immer unbedingt hier wegwollte, bin ich jetzt auf einmal ganz nostalgisch geworden.« Sie klopfte ihm auf die Brust. »Also dachte ich, was soll's, ich mache mal was anderes! Ich habe gekündigt, meine Immobilienlizenz gemacht, und jetzt bin ich hier.«

»Jetzt bist du hier.« Er klang immer noch irgendwie mechanisch, fast wie ein Roboter. Es war so auffällig, dass Jeannie sich umschaute, auf der Suche nach irgendeiner Erklärung, weshalb Sawyer sich so seltsam verhielt.

Eve schaute sich auch um. Sie hätte schwören können, dass sie ein Publikum hatten. Sie hatte das Gefühl, als würden alle sie beobachten. Genau wie damals bei der Parade. Doch auch wenn ein paar Leute auf der Straße waren, beachtete sie niemand.

»Oh, tut mir leid!«, rief sie und streckte Eve ihre Hand hin. »Wir kennen uns, glaube ich, nicht, ich bin Jeannie Wilkerson.«

Eve ließ zu, dass ihre Hand rauf und runter geschüttelt wurde. *Wir kennen uns vielleicht nicht, aber ich bin mit deiner Arbeit vertraut.* Ha! Sieh an. Auf Jeannie Wilkerson zu treffen war ihr schlimmster Albtraum, aber hier stand sie nun und machte sogar Witze darüber.

Wie sich herausstellte, war Jeannie Wilkerson auch nur ein Mensch. Eine geschiedene Maklerin mit einem kranken Vater. Ein ganz normaler Mensch.

»Das ist Eve Abbott«, sagte Sawyer, immer noch in dieser monotonen Stimme. War es möglich, dass Jeannies Auftauchen ihn härter traf als sie?

»Oh! Eve!« Jeannie klatschte in die Hände. »Ich glaube, der Mann eben wird dir ein *sehr* gutes Angebot machen. Heute Nachmittag ist noch eine Besichtigung, aber ich glaube nicht, dass es noch besser wird.«

»Wer war das?«, wollte Eve wissen.

Es spielte zwar keine Rolle mehr, aber sie war neugierig.

»Er arbeitet für ein Immobilien-Entwicklungsunternehmen, sie wollen das Haus entkernen und Eigentumswohnungen daraus machen. Sie sind sehr motiviert.«

»Was bedeutet das, es entkernen?«

»Also, ich weiß, das ist schade, weil ihr es so schön renoviert habt, aber wahrscheinlich behalten sie die Fassade, damit der historische Charme bleibt. Innen reißen sie aber alles raus und bauen neu.«

Eve warf sich ihre Tasche über die Schulter und ging wortlos rein. *Auf gar keinen Fall.*

• • •

Nachdem Sawyer zugesehen hatte, wie Evie im *Mermaid* verschwand, wusste er, was zu tun war.

Er ging rüber zum *Lakeside Hardware*, in der Hoffnung, dass ein paar, wenn nicht alle, der Alten dort waren.

Er hatte Glück. Vier Paar Augen schossen in seine Richtung, als die Glocke an der Tür läutete.

»Hi, Sawyer. Ich wollte gerade …«

Was auch immer Pearl sagen wollte, sie überlegte es sich anscheinend anders. Sie starrte ihn an. Sah er so aufgewühlt aus, wie er sich fühlte?

»Sawyer, Junge«, fing Karl an. »Was ist los?«

»Ich muss die Krönung des Meerkönigs und der Meerkönigin manipulieren.«

Karl grinste. »Da bist du hier genau richtig.«

• • •

Eve ging direkt nach oben zur pinken Folterkammer. Sie schloss die Tür auf, ging rein und sah sich um. Sah sich *wirklich* um. Sie ließ ihren Blick kreisen, die Wände voller Andenken an ihr altes Leben entlang. Das eine *Arielle*-Poster, das sie nicht abgenommen hatte, die Fotos vom Eiffelturm, das Bild von Jakes Mutter.

Sie ging zum Fenster und öffnete die Fensterläden. Da das Inn höher war als die umliegenden Häuser, sah sie direkt in den strahlend blauen Himmel.

Wovor hatte sie eigentlich solche Angst gehabt? Es war bloß ein Zimmer. Es hatte nur genauso viel Macht über sie, wie sie ihm gab.

Genau wie Jeannie Wilkerson nur ein Mensch war.

Und *Sawyer* nur ein Mensch war. Vielleicht ein Mensch, der einen Fehler gemacht hatte?

Vor allem aber war *sie* ein Mensch, der einen Fehler gemacht hatte. Viele Fehler.

Eine Liste von Fehlern, die Eve Abbott begangen hatte.

Nein. Keine Liste.

Wie wäre es, wenn sie statt einer Liste diesmal aussprach, was sie wollte? Die eigene Stimme nutzte, die sie das letzte Jahr über entdeckt hatte?

Sie zog sich den Hocker vom Schminktisch zurück, setzte sich und öffnete die Schublade. Plötzlich wollte sie einen Einblick in ihr früheres Ich. In der Schublade lag diverser Kram rum – Nagellack und Bürsten, aber auch Fotos, Zettelchen aus Glückskeksen, der Hogwarts-Brief, den sie sich selbst geschickt hatte. Die Überbleibsel einer Jugend.

Das alles war auch noch da, nur obendrauf lag ein großer Briefumschlag.

In der krakeligen Schrift, die sie sofort erkannte, stand groß ihr Name darauf. Lucille.

Mit zitternden Händen öffnete sie den Umschlag. Darin lagen eine Kopie des Testaments und ein Brief.

Liebe Eve,

kleiner Scherz! Hier ist das richtige Testament.

Tut mir leid, das war sehr gemein von mir. Ich weiß, dass Du nach dem Treffen mit Jason (der übrigens völlig unschuldig ist) bestimmt erst mal Panik bekommen hast, aber lass es mich erklären.

Ich denke, dass es ein Fehler war, von hier wegzulaufen. Ich denke, dass es ein Fehler war, von Sawyer wegzulaufen. (Wohlgemerkt, ich denke auch, dass seine dumme Aktion ein Fehler war, aber wahrscheinlich hat er sich dabei etwas gedacht.) Es tut mir nicht leid, dass ich nicht zulassen wollte, dass Du Dich gegen Dein Studium entscheidest. Ich dachte damals nur nicht, dass Du für immer wegbleiben würdest.

Ich denke aber auch, dass es ein Fehler war, Dir das alles nicht früher zu erzählen. Ich schreibe das hier gerade aus dem Krankenhaus. Ja, ich weiß: so melodramatisch. Aber ich bin noch bei Verstand. Wie Du feststellen wirst, ist das beigelegte Testament neuer als das, was Jason Dir gegeben hat. Die teuren Anwälte aus Toronto, die es für mich aufgelegt haben, versicherten mir, dass es jeder Prüfung standhalten wird. Es ist ein ziemlich normales Testament. Du bekommst das Inn, und Du kannst damit machen, was Du möchtest und wann Du möchtest.

Ich hatte allerdings gehofft, dass Du vielleicht darüber nachdenkst zu bleiben. Nicht unbedingt, dass Du das Inn leitest, denn ich weiß, dass es nicht Dein Traum ist. Aber dass Du in der Stadt bleibst. Ich habe das Gefühl, dass Du es hier liebst, ganz tief im Herzen, und es tut mir weh, zu sehen, wie Du diese Liebe zurücklässt, wegen ... was? Stolz? Schmerz? Angst? Weil ich einen Fehler gemacht habe?

Ich weiß es nicht, und es tut mir leid, dass ich nie danach gefragt habe.

Aber ich dachte, wenn Du zumindest eine Weile hier bist – wenn ich Dich dazu dränge –, dann hältst Du Deinen Schmerz vielleicht aus und entdeckst die Wahrheit, die darunterliegt. Ich hoffe, ich habe Dich nicht zu lange gequält. Ich wusste, dass Du sehr bald hier nach oben kommen würdest.

Ich habe auch noch niemandem von dem Herzinfarkt erzählt. Es kann gut sein, dass ich mich erhole, alles in Ordnung ist und ich es mir anders überlege, aber das denke ich nicht. Egal was jetzt passiert, ich bin alt und krank. Ich habe nicht mehr viel Zeit. Aber wie sich herausstellt, lernt man dazu, wenn man alt wird. Eines der Dinge, die ich erst ziemlich spät gelernt habe – und zum Teil durch Dich, meine Eve –, ist, dass man eine traurige Meerjungfrau sein kann oder eine glückliche. Man kann versuchen, sich in eine Form zu pressen, in die man passen soll, und man kann sich selbst dabei aufgeben. Oder man schwimmt mit seinen Freunden und singt. Vielleicht trifft man einen Prinzen. Vielleicht auch nicht. Aber Singen ist besser als Weinen, oder?

Also Du hast die Wahl. Du kannst mich auffliegen lassen, Du kannst Jason das Testament zeigen. Er ist klüger, als er aussieht, also habe ich keine Zweifel, dass er es sofort durchschaut. Oder Du zerreißt dieses Testament und den Brief. Du bleibst eine Weile hier und lässt Dich treiben.

So oder so liebe ich Dich, meine Eve. Das war immer so und wird immer so bleiben.

Lucille

Heiße Tränen liefen ihr still über die Wangen. Eve schloss ihre Augen, versuchte die wirren Gefühle in ihrer Brust zu verstehen. Es fühlte sich an wie Trauer, aber auch wie Hoffnung. Eigentlich sollte es sich widersprechen.

Das letzte Jahr hatte sie so oft darüber nachgedacht, wie Sawyer mit seinen rauen Händen und seinem weichen Bart so widersprüchliche Gefühle auslöste. Wie die ganze Stadt das tat.

Sie ließ ihre Augen weiter geschlossen. Ihre Augäpfel schmerzten. Okay. Alles würde gut werden. Der Brief gab ihr das Gefühl, als wäre eine Bombe in ihrem Schoß geplatzt, obwohl darin nichts stand, was sie nicht schon wusste.

Das hier war ihr Traumjob. Das Inn mit der Little Free Library, beides voller Märchen.

Das war ihr Traum, Punkt. Die Stadt. Ihre alten und neuen Freunde.

Und vielleicht, wenn er sie wollte, Sawyer?

Sie atmete noch einmal tief durch und öffnete ihre Augen. Sie blinzelte, dachte erst, die Tränen würden ihr einen Streich spielen. Aber nein, sie sah etwas im Spiegel. Das offene Fenster spiegelte sich darin.

Sie beugte sich vor und versuchte, mehr zu erkennen.

Ballons. Von Mayas Camp.

Dutzende Ballons stiegen höher und höher in den Himmel, der genauso blau strahlte wie der See.

Alle hatten die Form von Meerjungfrauen.

Kapitel 27

Am nächsten Tag wachte Eve mit dröhnenden Kopfschmerzen auf. »Aua«, stöhnte sie.

»Hmpf«, antwortete Maya. »Dito.«

Beide lagen im pinken Zimmer. Nach ihrer Offenbarung am Abend hatte Eve Maya angerufen, und die war sofort gekommen – mit Wein. So viel Wein. Sie hatten nicht mal wirklich geredet. Sie hatte Maya den Brief gezeigt und war in Tränen ausgebrochen. Maya hatte ihr fleißig Wein eingeschenkt und sie im Arm gehalten, während zehn Jahre angesammelter Tränen aus ihr rausgesprudelt waren. Tränen um verpasste, aber auch wiedergefundene Chancen. Um verpasste und wiedergefundene Stimmen.

Eve drehte sich um, sodass sie Maya ins Gesicht sah. »Ich bleibe hier. Ich behalte das Inn.«

Maya lächelte. »Natürlich tust du das.«

»Weißt du, ich denke, Lucille wollte mir sagen, dass letztlich die Disney-Version die richtige ist.« Eve schwieg kurz, versuchte all die wirren Gedanken von gestern zu einem Plan zusammenzufügen. »Besser als die tragische Originalversion. Also, das denke ich. Im Film will Arielle herausfinden, wo sie hingehört. Sie will Teil der Menschenwelt sein, aber sie hat nicht das Gefühl, da wirklich reinzupassen.« Sie schnaubte. Gott, das würde sich jetzt so kitschig anhören. »Also ... das hier ist meine Welt. Diese verrückte Stadt ist der Ort, wo ich sein will.«

Maya klopfte ihr auf den Arm. »Den Gedanken weiß ich wirklich zu schätzen, aber ich finde, keine Version von *Die kleine Meerjungfrau* ist hier die richtige Metapher. Ich meine, Arielle leidet so viel, selbst in der Disney-Version. Wenn du unbedingt eine tiefgründige Metapher willst, dann ist *Splash* viel passender. Am Ende schwimmt Tom Hanks mit Daryl Hannah in ihr Unterwasserkönigreich, wo sie glücklich sind bis an ihr Lebensende.«

»Okay, aber wenn man *Splash* nimmt, dann würde ich *nicht* hierbleiben«, entgegnete Eve. »Und Sawyer würde mit mir zurück nach Toronto kommen. Und *das* ergibt gar keinen Sinn, denn Moonflower Bay ist definitiv das Unterwasserkönigreich. Immerhin haben wir Meerjungfrauen.«

»*Vielleicht* ist das ein Argument, aber wenn das hier *Arielle, die Meerjungfrau* ist, wer bin ich dann? Der dumme Fisch?«

Eve kicherte. »Nein, ich habe schon eine Palme, die Fabius heißt.«

Maya runzelte die Stirn. »Also bin ich entweder eine Möwe oder ein Krebs?«

Eve kuschelte sich an Maya. »Vielleicht muss nicht alles so streng metaphorisch sein.«

»Was?«, Maya schnappte dramatisch nach Luft. »Jetzt

wird es aber absurd. Wo kommen wir denn ohne strenge Metaphern hin?«

»So oder so brauche ich jetzt einen Plan. Ich muss wirklich mit dem Prinzen reden. Oder Tom Hanks. Oder wer auch immer er ist. Und ich habe keine Ahnung, wie ich das anstellen soll. Denn das hier ist *kein* Märchen, sondern mein Leben.« Sie setzte sich auf und zuckte erst mal vor Kopfschmerzen zusammen. »Und ich brauche Ibuprofen.«

»Oh!« Maya wedelte mit den Händen durch die Luft. »Du solltest es bei der Parade machen! Zum Tatort zurückkehren! Die Parade zurückerobern!«

Eve rutschte vom Bett. »Danach ist es wahrscheinlich besser.« Sawyer bereitete sich bestimmt gerade auf die Parade vor, und sie brauchte erst mal dringend ein Katerfrühstück. Also würde sie sich zu *Sadie's Diner* schleppen und einen Berg von Pancakes in sich hineinstopfen.

Sie befand sich gerade kurz vor einer großen Abzweigung im Fluss, und sie konnte noch nicht sehen, was dahinter lag. Erstaunlicherweise machte ihr das allerdings überhaupt nichts aus.

• • •

Das Erste, was ihr an der Parade seltsam vorkam, war, dass Sawyer den Polizeiwagen nicht lenkte, sondern Olivia.

Aber wie viel wusste Eve schon über die moderne Mermaid Parade? Nur weil Sawyer letztes Jahr den geschmückten Einsatzwagen gefahren war, hieß nicht, dass er es jedes Jahr tat.

Das zweite Seltsame war Mayas plötzliches Verschwinden. Erst war sie noch mit Eve zu *Sadie's Diner* gekommen, aber da hatte sie eine Nachricht bekommen und war sofort abgehauen. »Meerköniginnenpflichten rufen!«, hatte sie gesagt. »Viel Glück mit deinem Prinzen.«

Also fand sich Eve schließlich allein vor dem *Mermaid Inn* wieder, von wo sie eine weitere Mermaid Parade beobachtete. Sie war überrascht, wie viele der Menschen sie kannte, die unten marschierten oder auf Wagen mitfuhren. Sie winkte Carol Dyson vom Schönheitssalon zu, die auf dem Wagen vom *Curl Up and Dye* ihrer Tochter die Haare föhnte. Und auch Eiko, die zwischen und auf den Wagen herumwuselte, um Fotos für die Zeitung zu machen.

Dann kam Jordan von der Autowerkstatt, der die Mitglieder der Bluewater Quiltgemeinschaft fuhr. Fröhlich winkten sie in die Menge, von der Ladefläche eines Pick-ups aus, der in einen riesigen Quilt gehüllt war, inklusive Aussparungen für die Fenster, Spiegel und Abgasrohr.

Als die Blaskapelle der Highschool kam, grinste Eve bis über beide Ohren. Was ihnen an Können fehlte, machte ihr Enthusiasmus definitiv wett. Im Gegensatz zu letztem Jahr brachten die Twirlerinnen mit den Dreizacken sie diesmal zum Lachen und Klatschen.

Und dann war es auch schon vorbei – oder fast vorbei. Sie streckte sich, um den monströsen letzten Wagen der Parade zu sehen. Er war über und über mit Luftschlangen, Schnickschnack und Meeresbewohnern aus Pappmaschee bedeckt. Es sah aus, als hätte man eines von Lucilles Regalen zum Leben erweckt, und das in riesig groß. Arme Maya.

Nur, dass Maya nicht oben saß. Auch die beiden Muschelschalen-Throne für den Meerkönig und die Meerkönigin fehlten.

Nur ein Meerkönig stand da, ein oberkörperfreier Meerkönig mit einer Krone, einem Dreizack und einer Schwanzflosse.

Der Meerkönig war Sawyer.

Er saß in einem Kanu mit einem rosa Streifen.

»Und Arielle und der Prinz lebten glücklich bis an ihr Lebensende.«

Eve wirbelte herum. Maya. »Was machst du –«

Maya schnippte mit den Fingern und zeigte auf den Wagen. »Guck nicht mich an. Ich mache nur meinen Job als Sidekick-Zeichentrickmöwe – ich habe mich übrigens für die Möwe entschieden, *Krebs* klingt irgendwie nicht so toll.«

Als Eve wieder zum Wagen schaute, hatte er angehalten. Sie merkte, wie ihr Mund aufklappte, als Sawyer aus dem Kanu stieg. Beziehungsweise es versuchte. Der Schwanz machte Probleme. Die ganze Stadt sah zu, wie er mit dem Ding kämpfte und schließlich hinter sich griff, den Reißverschluss öffnete und sich davon befreite. Er war barfuß und hatte darunter nur eine Shorts an. Also kam er nur in Shorts zu ihr rüber. Mit einer Krone. Und einem Dreizack in der Hand.

Maya pfiff, als er näher kam.

Eve drehte sich wieder zu ihr, aber sie schnippte sofort wieder ungeduldig mit den Fingern in Richtung Sawyer.

Seine strahlend blauen Augen waren direkt auf sie gerichtet. Dann fing er an zu sprechen. »Du bist nicht die Einzige, die Lucilles Märchen zugehört hat. Die Geschichte der Meerjungfrau, das Original, ist düster. Sie gibt ihre Stimme und ihre Flosse für einen Prinzen auf, der es nicht wert ist.«

Sie brachte keinen Ton heraus. Ihr Mund stand offen, aber es kam einfach nichts heraus.

Halt. Unsinn. Sie *hatte* eine Stimme. Sie versuchte es noch mal. »Vielleicht *ist* er es wert.« Es klang wie ein Flüstern, aber Sawyer hörte sie.

»Ich wollte nie, dass du irgendetwas für mich aufgibst. Dich davon abzuhalten war das Wichtigste für mich.«

Sie wusste nicht, was sie sagen sollte. Er hatte recht. Sie hätte alles aufgegeben. Wahrscheinlich würde sie immer noch als Kellnerin arbeiten, inzwischen vielleicht für Sadie, und wer weiß, ob Sawyer und sie dann jemals gelernt hätten, richtig miteinander zu reden.

Er atmete tief durch. »Evie. Ich liebe dich. Ich habe dich immer geliebt. Für mich gab es immer nur dich. Ich habe Fehler gemacht, dazu stehe ich. Dich wegzuschicken gehört aber nicht dazu. Nur die Methode war vielleicht nicht optimal. Ich habe mich übrigens auch bei Jeannie entschuldigt, ihr schien es wenig auszumachen. Ich bereue aber nicht, dass du studiert hast, gereist bist, eine Karriere hast.«

»Aber …«

Er hielt eine Hand hoch, eine Hand mit Dreizack, was sie zum Lächeln brachte. »Aber das alles hattest du, und jetzt bist du zurück. Es fühlt sich wie eine zweite Chance an. Schon vor einem Jahr hätte ich das sehen müssen. Aber … Ich weiß nicht. Ich hatte das Gefühl, das, was ich getan habe, kann ich nicht wiedergutmachen. Dass du alles erreichst, was du erreichen wolltest, und dann zurückkommst, war nicht Teil meines Plans. Und dann haben wir ...« Er schaute sich um, als würde ihm erst da richtig auffallen, dass sie ein Publikum hatten. »Ich hätte es schon vor Monaten als zweite Chance erkennen müssen, als ... sich etwas verändert hat.«

Er meinte, als sie anfingen miteinander zu schlafen. Sie lachte leise.

»Aber du hattest deinen Traumjob in Toronto. Du wolltest wieder weg. Ich hatte das Gefühl, wenn ich nicht kontrolliere, was zwischen uns ist, dann wiederholt sich alles. Ich konnte nicht mit dir zusammen sein – *wirklich* zusammen sein – und dich noch mal verlieren.«

Sie wollte ihn unterbrechen, ihm sagen, dass er nicht der Einzige war, der mit den Grenzen Probleme hatte. Nicht der Einzige, der Angst hatte, wieder verletzt zu werden. Aber er schien noch nicht fertig mit dem, was er sagen wollte.

»Dann habe ich gemerkt, dass es alles Bullshit ist. Nur Angst. Clara ist weg, sie ist erwachsen. Ich kann machen, was auch immer ich verdammt noch mal will.«

Sie wurde nervös. Die Leichtigkeit, die sie eben noch gespürt hatte, war verschwunden.

»Und was ich will, ist, bei dir zu sein. Also lass uns nach Toronto gehen. Ich kenne dort ein paar Leute bei der Polizei. Oder ich suche mir was bei einer Securityfirma. Oder ich nerve Clara die Hälfte der Zeit und den Rest werde ich zum Little-Free-Library-Installateur.«

»Oh mein Gott, das ist genau wie *Splash!*« Maya gab Eve

einen Schubser in Sawyers Richtung, der ein paar Schritte entfernt stand.

»Wie, was?«, Sawyer sah verwirrt zu Maya.

Maya schob Eve nur weiter, energischer. Stimmt, jetzt war sie selbst dran. »Ich will nicht zurück nach Toronto.« Ihre Stimme klang zittrig und leise, fast nur ein Flüstern, aber das war in Ordnung, denn sie sprach nur mit ihm. »Ich meine, ich liebe Toronto. Ich werde es vermissen, aber ich habe Jessica schon gesagt, sie soll das *Mermaid* wieder vom Markt nehmen.«

Sawyer schnappte überrascht nach Luft.

»Ich bleibe hier. Ich war so auf den Job konzentriert, von dem ich dachte, dass es mein Traumjob sei, dass ich überhaupt nicht gemerkt habe, dass hier mein Traum*leben* ist. Ich habe meinen Traum zurück.« Ihre Stimme brach weg, und sie musste ein paar verirrte Tränen wegwischen, aber das war ihr egal. »Ich habe meine Liebe zurück.«

»Evie.« Das war alles, nur ihr Name. Er schien seine Stimme verloren zu haben, aber das war in Ordnung. Sie hatte ihre gefunden.

Sie räusperte sich. »Also, okay, anscheinend leite ich jetzt ein Inn.« Sie drehte sich zu Maya, die strahlte.

»Außerdem bist du Meerkönigin!« Maya hielt ihr ein blaugrünes, paillettenbesetztes Monstrum hin. »Du kannst meine Schwanzflosse haben. Ich habe letztes Jahr unten ein Loch reingeschnitten, weil ich mich aus Prinzip nicht einsperren lasse. Deswegen kann man darin gehen ... einigermaßen.«

Eve nahm das Teil entgegen, drehte sich aber wieder zu

Sawyer, weil sie noch mehr zu sagen hatte. »Es tut mir leid, dass ich nicht früher den Mut hatte, dir zu sagen, was ich fühle. Ich liebe dich.«

Er bückte sich und hob die Krone wieder auf, die ihm vom Kopf gerutscht war. »Liebst du mich genug, um das lächerliche Kostüm anzuziehen und meine Meerkönigin zu sein?«

Sie schlüpfte in die Schwanzflosse. »Tue ich. Jetzt kann ich immerhin auch schwimmen.« Sie zeigte auf den Wagen. »Ist das mein Kanu?«

»Ist es. Ich weiß, du brauchst es jetzt nicht mehr, aber ...«

»Es ist gut, Dinge zu beenden. Die Geschichte bis zum Ende zu lesen.«

»Ja.« Er nahm ihre Hand. »Genau.«

•••

Sawyer und Evie gingen zurück zum Wagen. Die Sonne schien auf sie runter, wie so oft, auf seine Evie. Die Königin der Meerjungfrauen.

Unten beim Wagen angekommen, hob er sie rauf, und dann fing die Blaskapelle an *Küss sie doch* zu spielen.

Also folgte er ihr hoch auf den Wagen, zog sich seine Flosse wieder an, richtete seine Krone und tat genau das.

Epilog

Einen Monat später

Sie warteten noch auf Maya, bis sie mit der Tour anfingen. Als Maya ankam, brach erst mal Applaus aus. Sawyer scheuchte sie in die Küche vom *Mermaid* und wies sie lachend darauf hin, dass ihr immer noch ›Blut‹ an den Händen klebte – sie hatte die Hauptrolle der Herbstaufführung selbst übernommen.

»Ja, ja, danke.« Sie machte Jake in der kleinen Gruppe ausfindig und meinte: »Mit dir als Richard wäre es viel besser gewesen, aber na gut.«

Evie stellte danach kurz alle einander vor. »Maya, das sind meine Eltern.« Die beiden waren für die Eröffnung vom *Mermaid* gekommen und hatten alle anderen schon kennengelernt. Evie wollte das Anti-Festival als eine Art Probe für die große offizielle Eröffnung nächste Woche nutzen. Gestern war schon die Pyjamaparty im Inn gewesen, und heute sollten ihre Eltern als erste richtige Gäste übernachten.

Sie waren im Erdgeschoss untergebracht, also könnte Sawyer sich vielleicht später noch mit Evie zwei Stockwerke hoch in ihr altes Zimmer schleichen, das immer noch pink war.

Obwohl ... lieber nicht ins pinke Zimmer. Clara war heute zu Hause, das hatte er kurzzeitig vergessen, auch wenn sie direkt vor ihm stand. Überraschend, wie schnell er sich an das leere Nest gewöhnt hatte.

Während Evie die Gruppe – ihre Eltern, Pearl, Maya, Jake, Law und Clara – aus der Küche führte, versuchte er, das Inn mit neuen Augen zu sehen.

Es wirkte natürlich viel weniger übertrieben kitschig meerjungfrauenhaft als früher, aber hier und da entdeckte man Kleinigkeiten, meist wenn man am wenigsten damit rechnete. Zum Beispiel die Fliesen im Eingangsbereich, die wie winzige blaue und grüne Schuppen aussahen. Alles erinnerte ihn an Lucille, aber auch an Evie: Überall standen Pflanzen, und in einem der Zimmer im ersten Stock hatte sie eine kleine Bibliothek eingerichtet, wo sie Bücherclubs und Märchenstunden für die Stadt organisierte.

Im zweiten Stock endete die Tour. »Das war's«, verkündete Evie. »Das letzte Zimmer, da um die Ecke, ist noch nicht fertig. Gehen wir wieder runter?«

Evie führte Lucilles Cocktail Hour wieder ein und hatte Law überredet, für die erste ein paar seiner edlen Grilled-Cheese-Sandwiches anzubieten – und sie hatte ein paar Mermaid-Küchlein bei Pearl bestellt.

»Ich bereite das Essen vor«, sagte Law, »wir können uns in einer Viertelstunde unten im Speiseraum treffen. Pearl, kommst du mit und machst die Kuchen fertig?«

»Ich bringe euch zu eurem Zimmer«, sagte Eve zu ihren Eltern.

»Das können Jake und ich übernehmen«, ging Maya dazwischen. »Ich will sowieso kurz nach Hause und mich umziehen, bevor wir essen.« Sie drehte sich zu Jake. »Und ich brauche deine Hilfe dabei, draußen Richards Thron von der Bühne zu holen. Es soll regnen, und das Ding ist eine richtige Antiquität.« Ohne die Antwort abzuwarten, griff sie nach dem Arm von Eves Mutter. »Ich muss sagen, ich weiß wirklich nicht, wie ich in dieser Stadt überlebt habe, bevor Ihre Tochter hergekommen ist.«

»Das Inn ist wirklich toll geworden, Eve«, kam von Clara.

Clara. Sie war gegen Mittag angekommen, und Jake hatte sie vom Bus abgeholt, weil Sawyer im Dienst gewesen war, also hatte er sie noch gar nicht richtig gesehen. Er umarmte sie. Fest.

»Au, Sawyer!«

»Sorry, sorry.« Er war einfach so froh, dass sie da war. »Wie läuft alles? Wie läuft Chemie?« Chemie war ihr schwierigstes Fach.

»Gut. Es ist immer noch unglaublich schwer, aber gut.«

»Und bei Lynn?«

»Sie ist besser in Chemie, was sehr praktisch für mich ist.«

»Sonst irgendetwas, was ich wissen muss? Oder irgend*jemand*, von dem ich wissen muss?«

»Sawyer.« Sie gab ihm einen Klaps. »Nein.«

»Stehen die Frauen nicht alle Schlange, um mit dir zu *lernen*?«

»Sawyer.«

»Okay, okay. Aber warte mal kurz, ich muss mit dir reden.«

»Ich meinte doch, dass ich Bescheid sage, wenn ich ein richtiges Date habe, okay?«

»Nicht darüber.«

Clara drehte sich zu ihm und runzelte die Stirn. Sie spürte, dass es ihm schwerfiel. Was dumm war, es war kein großes Ding.

»Ich lasse euch beide mal allein«, sagte Eve dann.

»Nein. Bleib.« Seine Stimme wurde sanfter. Er brauchte sie. »Bitte.« Also los. »Da du bald Geburtstag hast, habe ich entschieden, mit Charles zu reden.« Beide Frauen rissen zeitgleich die Augen auf. »Er wollte dir letztes Jahr ein Geschenk geben, aber ich habe es nicht erlaubt.« Er wartete auf Claras Reaktion – vielleicht Empörung oder Schock, aber es kam nichts. »Aber jetzt, wo wir alle, na ja, über unsere Gefühle reden und so«, er zeigte auf sie alle, »sollte ich wahrscheinlich aufhören, den Aufpasser zu spielen. Ich werde mich nicht dafür entschuldigen, was ich alles getan habe, um dich zu beschützen. Ich werde auch nie eine Beziehung zu ihm aufbauen, aber das heißt nicht, dass du es auch nicht darfst. Ich habe mit seinem Sponsor von den Anonymen Alkoholikern gesprochen, und er ist jetzt seit zwei Jahren trocken. Also habe ich ihn gefragt, ob er dir dieses Jahr das Geschenk geben möchte, und das will er. Ich meinte aber, dass ich natürlich erst mit dir rede.«

»Ich …« Claras Blick wanderte hin und her, als wäre sie nicht sicher, was sie wollte.

»Vielleicht wäre es ein guter Anfang, wenn Sawyer ihm deine E-Mail-Adresse gibt«, schlug Evie vor. »So kannst du besser kontrollieren, wann und wie du damit umgehen willst, was er sagt.«

»Ja«, antwortete Clara sanft. »Ich glaube, das ist eine gute Idee.«

Er räusperte sich. »Okay, dann machen wir es so.«

Clara warf sich in seine Arme. Überrascht erwiderte er die Umarmung.

»Ich liebe dich so sehr«, flüsterte sie.

Noch ein Räuspern war nötig. »Ich liebe dich auch, Clärchen.«

Nach einer Weile löste sie sich schniefend von ihm. »Ich verschwinde mal im Bad und reiß mich wieder zusammen.« Sie winkte ihm kurz zu, bevor sie die Treppe runtereilte, und er hatte das Gefühl, als würde sich ein riesiger Stein von seiner Brust heben.

»Sawyer«, begann Evie, »das war ...«

Er unterbrach sie mit einem Kuss.

Einem langen Kuss. Den brauchte er. Evie war sein Anker. Sie war der Grund, weshalb er all das geschafft hatte. Über den Scheiß mit seinem Vater hinwegkommen und Clara zur Uni bringen, ohne daran zu zerbrechen.

Außerdem liebte er es, sie zu küssen. Er fragte sich, ob sich das jemals ändern würde. Ob er sich jemals nicht darüber freuen würde, wie ihr ganzer Körper sich anspannte, bei der ersten Berührung durch seine Lippen. Wie sie daraufhin immer ihren Mund weiter öffnete, gefolgt von einem gehauchten Stöhnen, bevor sie sich in seinen Armen wieder entspannte.

Gerade als es gut wurde, hörte er auf. »Tut mir leid. Ich habe dich unterbrochen. Was wolltest du sagen?«

Sie zeigte den Flur runter zum pinken Zimmer.

»Sorry, was?«

»Lass uns noch mal an deiner Zahl arbeiten.«

Er lachte und folgte ihr.

»Ich muss das Zimmer wirklich umgestalten«, sagte sie, als sie hineingingen. Sie hatte etwas ausgemistet, aber letztlich sah es immer noch genauso aus. Immer noch ein pinkfarbener Schrein für alles, was sie als Mädchen geliebt hatte.

»Nein, musst du nicht.« Er war dafür, das Zimmer so zu lassen. Es gefiel ihm. Es war wie eine Erinnerung an glückliche Zeiten. Und an traurige Zeiten. All die Zeiten, all die Geschichten, die sie genau hierher geführt hatten.

»Aber es ist so *pink*. Wer will denn da rein?«

»Wir.«

Oh, verdammt. Das wollte er nicht aussprechen. Noch nicht. Aber okay, er könnte es noch retten. Im Sinne von »Wir, jetzt sofort«, oder »wir, um an der Statistik zu arbeiten«.

Er öffnete seinen Mund, um genau das zu sagen, aber was rauskam, war: »Es könnte ein Eigentümerzimmer werden. Für uns. Nicht, dass ich Eigentümer bin. Das bist du, ich bin nur der Freund der Eigentümerin.«

Sie blinzelte verdutzt.

Viel zu früh, um davon anzufangen. Die Parade war erst einen Monat her.

Allerdings war die Parade gleichzeitig elf Jahre und einen Monat her. Außerdem schien heute der Tag für Durchbrüche zu sein.

Er nahm ihre Hand. »Ich will dich nicht unter Druck setzen, also ein Wort und ich höre auf. Aber ich will jeden Tag neben dir aufwachen oder nach einer Nachtschicht neben dir ins Bett kriechen.« Er seufzte, er versaute es gerade. »Evie, du bist zurückgekommen. Ich dachte niemals, dass es passieren würde, und gleichzeitig habe ich das Gefühl, dass ich genau darauf die ganze Zeit gewartet habe. Ich ... Ich denke, wir sollten zusammenziehen. Ich will nicht mehr länger warten.«

Sie lächelte. »Ich will auch nicht mehr länger warten.«

Kurz war er sprachlos. Bevor er dann irgendetwas sagen konnte, schob sie noch hinterher: »Aber was ist mit deinem Haus?«

»Ich habe gehört, dass Jeannie Wilkerson eine gute Maklerin ist.«

Sie verdrehte die Augen, aber auf eine liebevolle Art und Weise. »Hängst du nicht an dem Haus?«

»Ich hänge an *diesem* Haus.«

»Obwohl man sich vorkommt, als würde man in Zuckerwatte wohnen?«

»Hey, mach dich nicht über das Zimmer lustig.« Er tätschelte die pinke Wand. »Hier hatte ich mein erstes Mal.«

»Und was ist mit dem Kanu?«

Es rührte ihn, wie viel ihr das Kanu bedeutete. Sie fuhren fast jeden Tag damit raus. »Das können wir bei Jake unterstellen.«

»Okay, na dann«, meinte sie mit einem Geräusch, das halb wie ein Lachen, halb wie ein Schluchzen klang.

»Okay, na dann«, wiederholte er. Erst wunderte er sich darüber, wie einfach alles schien, aber auf der anderen Seite, nach allem hatten sie ›einfach‹ verdient.

»Wie spät ist es?«, wollte sie wissen.

Er schaute auf seine Uhr. »Fünf vor halb sieben.«

»Also haben wir fünf Minuten, bis Law mit dem Essen fertig ist.« Sie wackelte mit den Augenbrauen, eine wortlose Herausforderung.

Er hob seine Augenbrauen und tat, als wüsste er nicht genau, worauf sie hinauswollte.

»Ich musste nur gerade daran denken, als ich letztes Mal eines von Laws Grilled-Cheese-Sandwiches gegessen habe. Weißt du noch?«

»Oh ja, das weiß ich noch.«

»Du meintest zwar, du wärst schnell.« Sie kniff ihre Lippen zusammen, als würde sie ein Lachen unterdrücken. »Aber fünf Minuten? Das wäre wahrscheinlich zu viel verlangt, selbst für dich.«

Genug geredet. Er zeigte auf das Bett.

• • •

Es war nicht zu viel verlangt, wie sich herausstellte.

Als sie in den Speiseraum kamen, hatte Eve das Gefühl, alle wussten ganz genau, was gerade im pinken Zimmer passiert war. Zugegeben, Maya, Jake und Law taten das wahrscheinlich auch.

Ihre Eltern allerdings hoffentlich nicht. Eves Mutter winkte sie zu sich rüber. »Wir haben dir einen Platz freigehalten, Süße.« Direkt zwischen ihren beiden Eltern, wo sich Eve auch zufrieden hinsetzte.

»Es ist alles so schön geworden«, fing ihre Mutter an.

»Anscheinend wusste Lucille, was sie tut.« Eve sah zu einem der Bilder einer traurigen Meerjungfrau. Ein paar davon hatte sie behalten und auch von dem fröhlichen Meerjungfrauenkram etwas. Gerade genug, um den Charakter der Inns beizubehalten, aber nicht so viel, dass es überladen wirkte. Zusammen mit ihren Pflanzen und den Büchern ergab sich eine perfekte Mischung. Nur das Geld machte ihr etwas Sorgen – sie hatte keins. Aber sie hatte sich mit ihren Eltern und Sawyer zusammengesetzt und eine Übersicht erstellt. Mit einer kleinen Hypothek auf das Inn und den höheren Preisen, die sie jetzt für die neuen Zimmer nehmen konnte, sollte es funktionieren. Außerdem hatte Maya natürlich schon diverse neue Ideen für mehr Theater-Events im Inn, von denen sie sich die Einnahmen teilen würden.

Und, hey, sie könnte auch von ihrem Freund Miete verlangen, wenn er schon hier einzog. Grinsend hob sie ihr Glas in die Luft. »Auf Lucille.«

»Auf Lucille«, stimmten alle ein.

Nach dem Essen gingen sie alle mit einem Korb voller Blumen zum See. Es war zwar nur Halbmond, aber Eve hatte schnell gelernt, dass Maya sich von so einer Kleinigkeit sicherlich nicht aufhalten ließ.

Arm in Arm gingen Maya und Eve vor zum Steg. »Was wünschst du dir?«, fragte Maya.

Eve warf einen Blick über ihre Schulter. Ihre Eltern und Pearl quatschten gerade mit Clara.

Law und Jake redeten auch. Also, Law redete, während Jake wie immer eher schwieg.

Aber Sawyer, der ganz hinten gegangen war, sah sie an. Genau wie er es an dem Abend vor über einem Jahr getan hatte, als sie zum ersten Mal mit Maya hergekommen war, um sich etwas zu wünschen.

Sie hielt ihre Blume über den See und überlegte.

Wünsche, die Eve Abbott in Erwägung zog, während Sawyer sie anstarrte

1.

Nichts. Absolut gar nichts.

Und ausnahmsweise war das völlig in Ordnung für sie. Man brauchte keine Wünsche oder Listen, wenn man seine Stimme gefunden hatte und eine Stadt voller verrückter Menschen, die hinter einem standen und mitsangen.

Also ging sie wieder zurück und ließ ihre Freunde sich etwas wünschen. Sie hatte sowieso einen anderen Plan.

Alle warfen ihre Blumen ins Wasser. Ihre Eltern schwärmten von der netten Tradition, während Clara davon sprach, wie sehr ihr die Sonnenuntergänge über dem Lake Huron fehlten und Pearl und Law in ein Gespräch über *Assassin's Creed* vertieft waren.

Eve ging ans andere Ende vom Pier. Aus irgendeinem Grund, den sie selbst nicht in Worte fassen konnte, wollte sie das hier allein tun. Sie zog die Urne aus ihrer Umhängetasche, flüsterte »danke«, und ließ die Asche in den See rieseln.

Dann kam Sawyer zu ihr und legte ihr einen Arm um die Schulter. Ob er das mit der Asche mitbekommen hatte, ließ er sich jedoch nicht anmerken. »Ich muss Clara zu einer Party von ein paar Leuten aus dem Supermarkt bringen.«

Sie räusperte sich. »Ja, und ich sollte ein bisschen Zeit mit meinen Eltern verbringen.«

»Und ich sollte heute Nacht bei Clara im Haus bleiben.«

»Natürlich.«

Beide seufzten gleichzeitig.

»Aber sie reist morgen wieder ab«, sagte er, als ob er ihre Gedanken lesen konnte.

»Tun sie alle.« Tatsächlich nahmen ihre Eltern Clara mit nach Toronto. »Die Zeit wird viel zu schnell vergehen«, sagte sie, genauso zu sich selbst wie zu ihm.

»Nein, wird sie nicht.« Er küsste sie und ließ sie wieder los.

»Sextest du mir später?«, rief sie ihm noch hinterher.

Er zwinkerte ihr zu. »Ich gebe mein Bestes.«

Danksagung

Ein riesiges Danke geht an das großartige Team von Forever Romance, für all die Arbeit, um diese neue Reihe ins Leben zu rufen. Lexi Smail hat sich ihr Gehalt wirklich hart erarbeitet – vom ersten, nicht sehr durchdachten, Absatz, den sie von mir bekommen hat, bis hin zu dem vollgestopften Monstermanuskript. An Estelle Hallick, die schon vor einem Jahr angefangen hat, mir Fotos von Meerjungfrauenkram zu schicken, sodass ich mich schon gefragt habe, ob sie irgendwie mit Großtante Lucille in Verbindung steht, ohne überhaupt das Buch gelesen zu haben. Elizabeth Stokes, die den Träumen von Evie (und meinen) ein tolles pinkes Cover gegeben hat. Leah Hultenschmidt, die mit ihrer perfekten Mischung aus Enthusiasmus und Sympathie so vieles übernommen hat.

Wie immer auch danke an Sandra Owens, für das Lesen der ersten Fassung, und an Courtney Miller-Callihan, für ihre unerschütterliche Unterstützung und Motivation.

Danke an Elizabeth Gabriel, die mir dabei geholfen hat, was Eves Traumberuf in der Bibliothek sein könnte.

Zu guter Letzt, Danke an meine Facebook Reader Group

(Tritt auch bei: Northern Heat!), für die *vielen* Diskussionen darüber, wie man sich selbst in einem Kühlraum einsperren kann.

Dreißig Tage bis zum Dreißigsten. Dreißig Dates, um den Einen zu finden.

Bella Edwards' Leben ist ein einziges Chaos. Während ihre Freundinnen auf Facebook ihr ach so erfüllendes Leben feiern, ist Bella nicht mal ansatzweise da, wo sie mit fast dreißig sein wollte. Vor allem der Mann fürs Leben fehlt noch. Hals über Kopf fliegt sie von London nach New York zu ihrer Freundin Esther. Die hat die rettende (oder völlig absurde?) Idee: dreißig Dates in dreißig Tagen. So macht Bella sich auf einen verrückten Trip von New York bis nach San Francisco mit dem Ziel: den Einen finden. Zwischen diversen Blind Dates, charmanten und weniger charmanten Typen, findet Bella zwar nicht den Mann fürs Leben, aber tatsächlich das Eine, was sie glücklich macht. Und vielleicht, nur vielleicht, gibt es ja doch noch Hoffnung auf den Einen ...

Christina Bradley
Thirty

Roman
Aus dem Englischen von Sybille Uplegger
Klappenbroschur
Auch als E-Book erhältlich
www.ullstein.de

ullstein